U0371103

中国现代文学馆青年批评家丛书

中 国 现 代 文 学 馆　编

不必等候炬火

王迅 / 著

北京大学出版社
PEKING UNIVERSITY PRESS

图书在版编目(CIP)数据

不必等候炬火 / 王迅著 .—北京：北京大学出版社，2019.5

（中国现代文学馆青年批评家丛书）

ISBN 978-7-301-30287-3

Ⅰ.①不… Ⅱ.①王… Ⅲ.①中国文学—当代文学—文学评论 Ⅳ.① I206.7

中国版本图书馆 CIP 数据核字（2019）第 034552 号

书　　名	不必等候炬火 BUBI DENGHOU JUHUO
著作责任者	王　迅　著
责任编辑	于铁红　黄敏劼
标准书号	ISBN 978-7-301-30287-3
出版发行	北京大学出版社
地　　址	北京市海淀区成府路 205 号　100871
网　　址	http://www.pup.cn　新浪微博：@ 北京大学出版社　@ 培文图书
电子信箱	pkupw@qq.com
电　　话	邮购部 010-62752015　发行部 010-62750672 编辑部 010-62750883
印 刷 者	三河市国新印装有限公司
经 销 者	新华书店 660 毫米 ×960 毫米　16 开本　21 印张　245 千字 2019 年 5 月第 1 版　2019 年 5 月第 1 次印刷
定　　价	48.00 元

丛书总序

中国现代文学馆是在巴金先生倡议和一大批著名作家的响应下，于1985年正式成立的国家级文学馆，也是目前世界上规模最大的文学博物馆。中国现代文学馆的主要任务是收集、保管、整理、研究中国现当代文学书籍和期刊，以及中国现当代作家的著作、手稿、译本、书信、日记、录音、录像、照片、文物等文学档案资料，为文化的薪传和文学史的建构与研究提供服务。建馆三十多年以来，经过一代代文学馆人的共同努力，中国现代文学馆的事业不断发展壮大，现已成为集文学展览馆、文学图书馆、文学档案馆以及文学理论研究、文学交流功能于一身的综合性文学博物馆，并正朝着建成具有国际影响的中国现当代文学资料中心、展览中心、交流中心和研究中心的目标迈进。

为了加快中国现代文学馆学术中心建设的步伐，中国作家协会党组决定从2011年起在中国现代文学馆设立客座研究员制度，并希望把客座研究员制度与对青年批评家的培养结合起来。因为，青年批评家的成长问题不仅是批评界内部的问题，而且是一个对于整个青年作家队伍乃至整个文学的未来都具有方向性的问题。青年批评家成长滞后，特别是代际层面上“70后”“80后”批评家成长的滞后，曾经引起了文学界乃至全社会的普遍担忧甚至焦虑。因此，客座研究员的招聘主要面向“70后”“80后”批评家，我们希望通过中国现代文学馆这个学术平台为青年批评家的成长创造条件。经过自主申报、专家推荐和中国现代文学馆学术委员会的严格评审，中国现代文学馆已经招聘了4期共41名青年批评家作为客座研究员。第五批客座研究员的招聘工作也已经完成。

7年多来的实践表明，客座研究员制度行之有效，令人满意。中国作家协会党组书记钱小芊在第四届客座研究员离馆会议讲话中，充分肯定了设立客座研究员制度的重要意义，同时对他们未来的学术研究提出了希望。首先是要认真学习马克思主义文艺思想，特别是认真学习习近平总书记在文艺工作座谈会上的重要讲话，切实加强文学批评的有效性。其次是要真切关注文学现场。作为批评家，埋头写作是必然的要求，但也非常需要去到作家中间、同道人中间，感受真实、生动、热闹的“文学生活”，获得有温度、有呼吸的感受与认识。因此，客座研究员要积极关注当下中国的现实和文学的现场，与作家们一起面对这个时代，相互砥砺，共同成长。

作为“70后”“80后”批评家的代表，他们的“集体亮相”，改变了中国当代文学批评的格局和结构，带动了一批同代际优秀青年批评家的成长，标志着“70后”“80后”青年批评家群体的崛起，也预示着“90后”批评家将有一个健康的发展空间。为了充分展示客座研究员这一青年批评家群体的成就与风采，中国作家协会和中国现代文学馆决定推出“中国现代文学馆青年批评家丛书”，为每一位客座研究员推出一本代表其风格与水平的评论集。我们希望这套书既能成为中国当代文学批评的重要收获，又能够成为青年批评家们个人成长道路的见证。丛书第1辑8本、第2辑12本、第3辑11本，已分别在2013年6月、2014年7月、2016年11月由北京大学出版社推出，在学术界引起较大反响。现在第4辑10本也即将付梓，相信文学界、学术界对这些著作会有积极的评价。

是为序。

中国现代文学馆

2018年秋

目 录

第三辑　小说家与叙事诗学

第四辑 批评闲话

第一辑

动向与变局

“70后”小说叙事学动向

“70后”作家是新世纪崛起的重要文学创作群体。十多年来的创作表明，这个群体已逐渐走出了左顾右盼找寻门径的初创期，开始琢磨属于自己的叙事道路。打开当下主流文学期刊，留意各种文学奖和排行榜，就能发现，“70后”作家发表的小说占有相当比例。当然，在文学奖项泛滥的形势下，以这种标示去评判作家孰优孰劣，必然存在不小的风险，但从这个群体越来越受到关注的境况中，还是可以感受到某种被发现的快慰。近些年来，“70”后小说创作可谓成绩斐然，中短篇小说以其对现实的深度介入和对形式的执着探索引人注目，长篇小说创作逼近精神向度，或在自我拷问中见深度，或于乡村社会变迁的描绘中进行现代性反省，或在人世沧桑中展露某种和解的人生姿态。尽管长篇创作在叙述上也存在不尽如人意之处，但文体意识渐趋自觉，开启了长篇叙事多种向度的探索。本文从文体学、代际学和叙事学等多重维度，以2015年“70后”小说创作为断面，考察其短篇小说、中篇小说、长篇小说三种小说文体的艺术表现，在这个年度小说创作态势及其根由的寻索中，探讨这一代作家的审美气质、创作特征及其可能性空间。

边缘人、情感形式与形上思索

短篇小说是作家磨炼叙事技法以保持艺术感觉的最佳文体。2015年，名家大家依然构成短篇创作热潮中的突出景观。王蒙、梁晓声、刘心武、冯骥才、残雪、叶兆言、林白、麦家、刘庆邦、王祥夫、杨争光、范小青等，均以短篇叙事维持多年写作的语感和气场。短篇小说的繁荣更依赖青年作家的创作激情，“70后”作家当仁不让，充当了短篇写作的中坚力量。徐则臣、张楚、田耳、戴来、乔叶、朱山坡、李浩、弋舟、阿乙、金仁顺、曹寇、杨遥、赵志明、黄咏梅、斯继东、哲贵、东君、曾楚桥、葛亮等，这批气质各异的“70后”作家，以多样的叙事探索为短篇艺术提供了鲜活的经验。

近年来，游离于社会边缘的灰色人物持续受到文坛关切，也理所当然地成为2015年“70后”短篇小说中的主角。这个群体不仅占据中国社会的大多数，而且在审美的意义上，边缘人或小人物是一种最本质的生命形态，相对而言承载了我们这个时代更丰富的社会内容。因此，以这个群体为观照对象，呈现其现实欲望和苦难遭际，乃是现实主义作家义不容辞的使命。“70后”作家特别关注社会底层的生存现状，从远处说，接续了“五四”以来中国现实主义文学传统，近而观之，则与上辈作家的示范作用不无关系。从审美视点来看，20世纪五六十年代出生的作家情感上更接近乡土中国，愿意把更多目光投向乡村的弱势群体。尤其新世纪底层叙事中，鬼子、陈应松、熊正良等代表性作家的小说创作莫不如此。“70后”作家在青年时期大都有从乡村走向城市的人生经历，这种跨越城乡两种文明的经验影响到他们审美视线的转向。“70后”小说越来越多地关注都市中的灰色人物，而乡村只是作为逃离的背景而存在。这批来自乡村的主人公身上，不乏作者自身的气息，人物的城市遭遇和内心困厄，在写作的意义上可看成“70后”作家的精神履历。

徐则臣的《摩洛哥王子》依然写作者所熟悉的北漂群体，无论是地铁卖唱的“王枫们”，贴小广告的“行健们”，还是街头乞讨的“小花们”，都是不折不扣的都市边缘人。小说在日常画面上花费的笔墨并不多，因为作者大抵认为这是司空见惯的现象，所以，他选择了一种追溯性的线性叙事，一种人性视野中的追溯。随着王枫对小花身世的追踪，一种荒谬的思维和反常的人性浮出地表，同时小花那幼小心灵的无奈与苦闷得以敞亮。当把小花送到其父身边时，王枫反遭怀疑、歪曲和谴责：“你们相信他是要把娃儿送回来的吗？鬼才信！你们相信世界上有这样好的人吗？”相比之下，“王枫们”身份卑微却活得朝气蓬勃，又极富同情心，与小花“父亲”的不劳而获构成人性的两极。小花的遭遇似乎在提醒读者，与成年打工者的悲苦境遇相比，那些生活在繁华都市背面的儿童是否更令人心痛呢？

同样地，这种痛感也弥漫在陶丽群《母亲的岛》和朱山坡《推销员》的阅读中。前者写被拐卖妇女试图逃离的故事；以何种形式逃离，考验着小说家的想象力。作者没有把逃离者的故事作新闻化、猎奇化的处理，而是创设一块岛屿，将母亲置于与家人隔水相望的状态，于隔离中展开他者即地狱式的伦理想象。母亲从忍气吞声到决绝出走，是人性觉醒后的选择。那么，我们要追问的是，觉醒之后等待她的又将是何样的人生？这个问题依然是沉重的，它与鲁迅小说中娜拉的“出走”具有同构性。朱山坡的《推销员》以上门推销诗集的小青年为主人公，呈现了诗意消解后都市社会的可悲境况。小青年并不懂诗，为了获取在房地产公司上班的机会，不得已才推销老板的诗集，最后竟然因为一个“钉子户”的拒购而伤心死去。而以小说中作为知识分子的“我”的眼光看来，诗集《掩面而泣》写得不赖，甚至让“我”产生了认识作者的冲动。小说最后，作为对儿子的祭奠，小青年之母在祈求下售出最后一本诗集。不过，那本诗集当场就被扔到垃圾桶。诗歌的可悲命运，何止是文学从业者的自况，抑或是整个时代的悲哀罢！朱山坡的叙述冷峻而极端，他对这个时代的精神症候有清醒的认识，于是，选择了以诗歌的境遇来折射整个时代的人心面向。

从题材上看，赵志明的《村庄落了一场大雪》与徐则臣的《摩洛哥王子》不约而同地把目光投向最卑微的生命：乞讨者和被遗弃者，后者通过卖唱者视角揭穿儿童乞讨真相，而前者以梦境的形式反映被儿女的无情所割裂的老人的生存现状。《村庄落了一场大雪》写了两个老妇，女人甲心如死灰，女人乙生活无着，其实，两者互为镜像，是同一个人。读到最后，我们发现，两个老人的相遇及其倾诉，不过是女人甲的一场梦，是对其悲凉晚境的一次预演。在形式上，作者别具匠心地将新闻事件、古今传奇、热线电话与梦境熔于一炉，将老人生前无私奉献中的憋屈与苦楚，及其死后“热闹”中的“冷清”呈示出来。而这些“隐藏的声音”无比“微弱”，几乎被喧嚣的世界所遮蔽。可以说，无论从技术上还是从思考向度上，这都是一篇相当用心的作品。

2015年短篇小说领域，青年作家普遍对乡土叙事不够重视，而以都市为背景的小说创作特别繁盛。这种失衡的创作生态，可能出于偶然，但无疑暴露出创作主体审美趣味趋同的问题。如此，李浩《买一具尸骨和表弟葬在一起》和田耳《金刚四拿》的异质性更加凸显。两篇小说从文化层面切入当下乡村的生存现实，在人伦困境中开辟有关生命归宿的终极想象。

前者写民间流行的说“骨身”的风俗，但作者没有对说“骨身”的风俗本身作过多描绘，而主要讲述替车祸身亡的表弟说“骨身”的艰难与曲折，以此洞穿小姨被神秘念头所裹挟的生命意识及其所隐含的悲剧感。表弟小象死于非命，在小姨看来，若不陪上“骨身”，亲人就会招灾。“单身的坟，就是犯病！出邪祟！你躲不过去！”这不，在小姨夫身上显灵了，手被磨面粉的机器打伤，住进了医院。然而，说“骨身”的过程一再受挫，先是败在钱上，后来又失于法。这一切看似荒谬，但考虑到乡间风俗，对一个丧子之母来说，却又是情理之中的。你可以说，那种文化意识只是缘于某种迷信，但对陷入迷障的人来说，它具有某种内在规约的力量，潜伏着极大的破坏性。就此而言，小姨纠结于儿子的身前与身后，以及她那近乎疯癫的行为，实乃一出精神悲剧。同时也让我们看到，从“骨身”的买卖中，作者严厉鞭笞了那些为了钱财而丧尽人伦的灵魂。

田耳的《金刚四拿》以某种神秘意识为考察对象，通过游走于“城”与“乡”之间的“归来者”罗四拿那啼笑皆非的找寻“金刚”的过程，完成了对乡土文化的另一种界定。表面上看，这篇小说承接“五四”以来城乡文化叙事形态。田耳此类小说多从“乔寓者”的眼光反观乡土，比如 2014 年创作的《长寿碑》就是如此。这使他的叙事区别于底层文学中早已泛滥的“进城”叙事。从写作意图来看，作者试图对习见的城乡二元想象有所超越，他既不批判城市商业文化，也无意为乡土文明代言，而是要从乡村文化层面重新评估生命本身的价值。罗四拿这样的青年，不为城市所接纳，而作为“归来者”，作为有“见识”的人，却能神秘地左右着乡间的生死，成了缓解乡土人伦危机的风云人物。因此，作者无意通过四拿的归来去否定城市文化，而是聚焦于关乎生死的某种神秘意识及其对人的精神覆盖，立体地呈示出立足于乡间的生存本质；同时，又以生命本体价值的考量实现了对乡土文化灵魂的重塑。

情感形式是 2015 年短篇小说关注的热点。某种程度上，不同时空背景下的两性情感关系，以及创作主体性别意识的差异性，决定了小说呈现的情感形态的丰富性和多元性。

金仁顺的《纪念我的朋友金枝》和斯继东的《西凉》写两性关系，写女性想入非非而终于还是免不了失落的结局。《纪念我的朋友金枝》中的主人公金枝从中学时期就爱上了袁哲，这种爱一直未变，只不过，不同阶段，爱的程度与形式有别。在袁哲与聂盈盈的婚宴上，金枝毫不掩饰心中的痴情，那种装疯卖傻的表演即是内心扭曲的呈示。韩国整容归来，金枝发现袁哲的婚姻名存实亡，恰在此时，她远在韩国的风流韵事却不巧被“挖掘”出来，这直接导致了金枝的绝望自杀。小说凸显的是一种爱的疯狂性，确切地说，是一种半醉半醒的疯狂。应该说，金枝这样的女性在骨子里并不认同那种诗意化的古典情感。尽管在对袁哲的情感上，她是“一条道儿走到黑”，但现实中在两性关系上的轻浮姿态，显然超出了关于爱情的传统限定。

斯继东的《西凉》同样关注女性单向度的爱，但与金仁顺汪洋恣肆的语态相比，斯继东的叙事要内敛许多。小说所呈现的情感形式也不一样。在情感上历经男人多次抛弃后，单身女性饭粒的情感生活迎来了生机。然而，这种爱尽管炽烈，却始终停滞不前。原因在于，无论饭粒如何主动，如何挑逗，快递员马家骏都不“领情”。有意思的是，作者借助名叫拖鞋的小猫隐喻女性迎接爱情中的心理变化，以及爱情一次次破灭的凄凉之境。正如小说中说的：“拖鞋消失了，毫无征兆，也没有惜别。如同那些男人，他们一个个在饭粒的生命中出现……把她的内心搞得汤汤水水一塌糊涂，然后抽身离去，只留下一个兵荒马乱的战场。”两性关系如猫和鱼的关系，谁主动谁死。这是两篇小说女主人公基于自我爱情史的总结。如果靠得太近，彼此就会变成刺猬。这个意义上，作者建构的是一种对望关系中的两性感情，金枝与袁哲，饭粒与卡卡、马家骏，皆如此。这是一种无法现实化的两性关系，女性只能在一种对望中保持情感的平衡。这种眺望式的“爱”确乎令人绝望，但无疑触及了人类情感的某种本质。

与金仁顺和斯继东在都市背景下从女性视角窥探两性关系不同，张楚的《略知她一二》和曹寇的《在县城》则是从男性视角进入叙事，选取特定空间对两性关系展开想象。前者写大学生的情感故事，这段感情与浪漫诗意无关，甚至谈不上爱情；那是黑暗中的不伦之恋，发生在大学生与宿管阿姨之间。可贵的是，小说没有止于恋情之奇与床笫之欢，而是从两者的交往中引出女人那深藏的悲哀与痛楚。女人善良、温顺，却一直背负着失去女儿的隐痛。多年前，在歌厅当小姐的女儿莫名死去。可见，那冷冻在冰箱里的黑乎乎的女儿心脏，隐藏着何其惨烈的过往！在结构上，底层妇女的悲惨身世与大学生在父母入狱后的黯淡心绪，以及华教授那不如意的灰色人生，互为映照，构成一个当代大学生眼中的世界：“一望无涯的黑”。那股潜在的黑色情绪流泻在张楚精准而细腻的叙述中，隐约可感。

宏观地看，《在县城》没有张楚叙事的沉郁之气，而是在略显喧闹的氛围中展开叙事；但若往细处看，曹寇并非乐观主义者，而是一个质疑者，他试图颠覆文学中关于人类情感的惯常想象。作者把叙事空间择定在介于城乡之间的县城，这是别有意味的。也许，在作者看来，设置这样的暧昧性空间更利于呈现那种微妙的两性关系。故事在两组恋人之间展开。王奎和高敏离开上海，去县城探望朋友张亮和李芫。王奎和高敏、张亮和李芫虽说都是恋人关系，但王奎和高敏是正大光明的恋人，而张亮和李芫则是地下情人关系。抛开道德因素，两组恋人都面临着非常态的情感格局。王奎和高敏若即若离，争执不断，而张亮和李芫则要防范各自家庭的百般阻挠。接下来，小说出现戏剧性转折，张亮妻子终于答应离婚，而此时，张亮和李芫并不格外兴奋，反而显出某种不适甚至情感破裂的迹象。当然，王奎和高敏的情感修补之旅，也未能达到预想的目标。两对恋人梦醒无路可走的结局，多少有些出乎预料。这种情感变局的设计颠覆了历经曲折修成正果的传统想象，在这个意义上，是否可以认为，这是一篇充满后现代意味的小说？

某种意义上，一切小说都是关于意外的表达。那些意外的场景和情节突变，往往使读者的经验获得更新成为可能。葛亮的《不见》、哲贵的《送别》、戴来的《都去哪儿了》都是这样的篇什。这些作品往往在结尾藏有惊人之笔，于读者内心掀起轩然大波。

在意外中见真相，乃葛亮《不见》之所见。葛亮的叙述穿梭在安稳与不安之间，安稳的是杜雨洁母女风平浪静的生活，聂传庆与杜雨洁并非高富帅与白富美，从偶遇到相恋也平淡无奇，但这平静表象下又涌动着某种不安。阅读中这种感觉时隐时现。这不安先是来自青春少女的失踪案，接着是聂传庆的感情变得可疑。两个看似毫无关系的事件，在不安和悬疑的氛围中并行不悖。直到最后，杜雨洁目睹性奴少女的可怕场景，作为结局有如两条河流汇入大海。不过，杜雨洁是否会重遭少女的厄运而变成新的性奴，结尾并不明晰，但这种平庸安稳背后潜伏的扭曲与邪恶足以令人瞠目。哲贵的《送别》写主人公黄超越送老婆艾玲到美国待产之前的告别场景，叨唠中充溢着离情别绪。这种情绪有如不断攀升的势能，在意外结构安排中迸发出极大的情感冲击力。果然，机场途中情势突变，黄超越意识到艾玲可能不会回来了！这个意外结局让人想起一句成语：搬起石头砸自己的脚。

小说家不仅要从写作中获得揭秘的快感，同时还要以无懈可击的逻辑征服读者，在这个意义上，戴来的《都去哪儿了》值得称道。小说的叙事同样沿着“探秘”的思路推进，同样给出让人意外的结局，而逻辑上又相当缜密，让人觉得生活就是这副样子，那些人物和场景，话语间俗不可耐，而这些形而下的世俗描写，又紧扣老刘离开聚会后的去向。大家何曾想到，老刘当场匆忙离席，竟为解救嫖娼被抓的父亲！这是一篇彻头彻尾描写低俗的小说，但并不是说作品有低俗倾向，或者为低俗而低俗，而是说，作者试图从本体论意义上辨析“低俗”的含义。罗大头、袁胖子和“我”之间有着扯不断的纠葛，同时，老刘家里也是鸡飞狗跳的景象；正是这些世俗中的琐碎，让这几个人不堪重负，只能在酒场上显露心迹。对戴来而言，“低俗”中隐藏着本质性图景。小说多次写“我”想揭开老板娘的假发之谜，显然是作者探知世俗生存本相的隐喻。

这个在在呼唤真相的时代，谎言却如肆虐的洪水，荡及世俗生活的每个角落。欲望的极度膨胀促使每个说谎的人找出种种理由，瞒天过海却心安理得。戴来的《表态》和黄咏梅的《证据》，正是基于这个现存的话语现实，以或赤裸或隐蔽的谎言逼问人心，揭穿了人性中普遍存在却不敢正视的精神真相。

戴来的《表态》篇幅短小却意蕴无穷，叙述上颇显功力。表面上，小说写主人公“我”在女友、前妻、老头等的逼问下被要求表态，而事实上，“我”根本没有自由的选择空间。表态意味着自由选择，而“我”的态度却被对方所劫持，冠冕堂皇的“表态”等同于被迫赞成对方的立场和想法。小说提供了三幅图。其一，女友以冷漠口吻要求“我”解释晚归的原因，其中暗含了没有满意答复誓不罢休的势头。而“我”显然不可道出会见前妻的事，这种逼问下，除了说谎别无选择。其二，精明的前妻站在自己立场，晓之以理，动之以情，甚至拉上双方父母为之助阵，对“我”实施马拉松式的“逻辑”攻势，企图让我同意复婚请求。其三，在公交站，老头迫不及待地讲述他与老伴的日常纠纷，而“我”自身无家可归，麻烦不断，哪有闲心理会陌生老人的唠叨？无疑，老人与前妻和女友一样，他迫切需要某种附和，以确认和支持自己的立场，而“我”不过充当着满足这种心理需求的工具。某种意义上，这种需求显示出现代人的自我认同危机。老人张贴寻找自己的启事，表面上看起来是企图让老伴迷途知返，但从深处看也隐喻着现代人对自我的寻找。艺术上，三个画面叠合一处，表达出一种自我被劫持的状态，同时，把读者导向存在论意义上的形而上的思索。

与戴来叙事画面感的直接呈现不同，黄咏梅的《证据》更显心机，它以鱼缸里那伺机逃跑而终于失踪的蓝鲨，隐喻现代社会中人的初心的不知去向。黄咏梅试图通过小说的虚构为此追查证据。小说中大维艰苦打拼，跻身社会“公知”行列，却无度挥霍大众赋予的“话语权”。他这样总结自己：“年轻的时候，我说了很多真话，也没人相信，现在，我说一句是一句，嘿，这世界……”可见，与《表态》中男主人公被动说谎及其所处的弱势地位不同，大维对自己的说谎行为供认不讳。他有律师、“公知”的身份作后盾，可以为其化解谎言被揭穿带来的尴尬。

我们看到，当微信无意中败露其真实去向，大维却能游刃有余地化解危机。如果说《表态》从个体角度展示被迫说谎的无奈，挑明一种被劫持的心态；那么，《证据》则从代言人的角度描画某种说谎的自得之态，这种谎言的危害似乎更大，而大众却习以为常，浑然不觉。作者通过大维这个人物向读者表明，普遍浮躁的现代社会中，说真话谈何容易！它不就是鱼缸里那条与鱼群格格不入、沉默而孤单的蓝鲨吗？

2015年“70后”短篇创作能从纷繁习见的现实中，精准捕捉到那些被遮蔽的生存景观和人性暗角，并提出问题，令人警醒，然而，真正具有理性思辨气质的小说其实并不多见。如此，弋舟的《平行》和吴文君的《立秋之日》就成了珍稀品种。

弋舟的《平行》初看起来是一篇“问题小说”，通篇凸显强烈的问题意识。可贵的是，它不仅提出问题，而且不懈地追问。小说并未止于从社会学层面指出空巢老人亟待解决的诸种问题，而是以人到老年为叙事焦点，借主人公之口提出这样的问题：“老去”究竟是怎么回事？作者通过老人对老同事和前妻的探访，细致呈现出人到老年的惶惑之态。先是同事以晨勃、射精、自慰的次数为标准，从生理层面作出回答；而前妻则从“情”的角度给出答案，离婚三十年，她一直生活在“伞”的世界。正是离婚那天丈夫送的这把伞，如护身符一般保护她，让她神秘地逃脱种种劫难。“伞”与“散”同音，作为一种“散而不散”的爱情信物，它象征着宽容和豁达的人生境界。由此，作者对“老去”的追问上升到一种人生姿态。小说最后在喜剧氛围中结束：年老体衰并患有健忘症的主人公竟能独自逃离养老院，安全回到自己家中；这让孙女惊讶不已，认为爷爷是“飞越老人院”。而这次轻盈的“飞越”似乎澄明了老人心中所有疑惑，从一辈子的直角站立，到此刻的平行飞越，小说以此暗示一种生命哲学：变成一只候鸟吧，与大地平行！

如果说《平行》是对生命本体的哲学思考，那么，关于善与恶的关系则是吴文君《立秋之日》所要辨析的命题。小说写主人公李生立秋之日祭扫亡父途中发生的故事。李生为人善良、厚道，不觉中与车上劫匪瘦子互递香烟，说起话来宛如兄弟，而一场让人惊魂的抢劫案就此降临。李生因此被诬为同伙，招致谩骂殴打，甚至陷入牢狱。李生虽然未遭抢劫，但疑惑犹存，为何独独放过自己？恍惚之间想起一个画面：公交车上，发现有人掏钱时带落钥匙，李生捡起来还给了那个人，而那个人竟然就是抢劫案中的主角。以往小说中，善恶交锋十分常见，而作者反其道而行之，巧妙安排了善与恶的两次擦肩而过，借助两个画面，以善待恶，又以恶观善，两者的碰撞在悄然中无声地进行。吴文君的叙事以诗性婉约著称，而这个短篇的思辨气质，又让我们窥见其写作的另一种可能。

新世纪文学对底层社会的过度书写，导致文学发展呈现出某种失衡的态势。小说中正能量的比重确乎太低，像刘醒龙《天行者》、麦家《暗算》等张扬正能量的作品太少，更多的是关于沉郁情绪和阴暗人性的书写。这种失衡的文学生态背景下，哲贵的《完美无瑕的生活》别开生面，转向积极阳光的世俗生活的描绘。其实，完美无瑕的生活并不存在，关键在我们如何去维护和经营每一天的生活。小说中单亲家庭按说是残缺的，不完美的，但女儿与父亲之间那种亲密关系，几乎可以完全忽略或覆盖那缺席的母爱。当然，随着女孩逐渐长大，生理和情感上出现父亲不可忽略而又无法解决的难题。但父亲从不回避问题，而是试图借助外援，比如，养贵宾狗“奥巴马”消除了女儿的孤独感，让妇科医生萧小荔疏导其经期的恐惧。在与萧小荔的交往中，女儿黄笑笑逐渐产生依赖，乃至崇拜，于是，那种母爱的重生就显得水到渠成。而此时，父亲与萧小荔的恋人关系最后是否修成正果，小说虽然没有交代，却已不言自明。哲贵想表明的是，从残缺到完美，对每个人来说其实并不遥远，重要的是如何去积极面对，迎难而上。这是小说对一种生活态度的肯定，也是作者对美好生活的一种期许。在我看来，哲贵这个小说的意义，可能更多不在它提供的生活模态本身，而在于它打开了一种建设性的叙事向度，在沉郁化叙事笼罩文坛的背景下，重启了20世纪末以来中国文学中所缺失的积极向善的文学面向。

经过多年的叙事训练，“70后”作家越来越意识到形式感的重要性。朱山坡、东君、李浩、乔叶、阿乙等，在短篇形式上作出了新的尝试。这种对形式感的追求在一定程度上强化了“70后”作家在叙事风格上的辨识度。

朱山坡的《一个冒雪锯木的早晨》是读起来让人颇费神思的小说，因为阅读中遭遇太多的“迷宫”。镇上为何修建监狱？爸爸为何遭到监禁？妈妈为何失踪？郑千里儿子犯了什么罪？阮玉娟为何神情沮丧？陌生男人能否将玉米送到爸爸手中？妹妹为何惊叫？如果细读文本，这些疑问都会有所显示。而答案则靠读者去想象、推断和求证。阅读中我首先想到的，不是通过何种方式解开谜团，而是满怀兴趣地去追问作家为何要这样写小说。联系到朱山坡的创作历程，我们发现，他首先是诗人，然后才是小说家。所以，他常常把小说当诗来写，也就不足为怪了。由此，我更愿意把这个小说定义为一种“诗小说”，这种写法与实验作家残雪的小说有些神似。无背景，无情节，无理性，而隐喻和象征却无处不在。这篇小说呈现的是普遍的饥荒，学问高深的知识分子莫名被监禁，阮玉娟“偷偷摸摸”的行为，郑千里的儿子畏罪潜逃、遭到重判……这些画面看似互不相干，却透出某种紧张的氛围，人与人、人与世界处在紧张的对峙中。那种人情淡漠、危机四伏的生存状态，自然引发我们关于“文革”的想象，但如果解读仅限于此，我想作者是很难认同的。这种解法正如小说中郑千里所说，等同于“画地为牢”。而我以为，这是一篇短小却不失大气的作品，它所描绘的世界何尝不是我们整个人类的隐喻。如果这样看，就会发现，郑千里批评哥哥的话，也是对所有人说的：“你们在帮他们修建一座新监狱，还用好木头给他们做坚固的门！……你们竟然乐滋滋地给自己修建监狱！”

东君的《夜宴杂谈》在结构上颇费心思，名义上顾先生邀请学者、画家、书法家、诗人、琴师、昆曲界名伶等文人雅士赴宴，而主角顾先生却是一个缺席的存在。于是，到场嘉宾围绕《崔莺莺别传》展开“杂谈”。其实小说并没有清晰完整的情节，整个叙述由散碎的闲聊拼贴而成。然而，从这些碎片的缝隙中却能窥见某些人性的本相。弋舟的《光明面》所要追问的是，充满活力的生命与颓废消极的生命相遇会是一番怎样的景象？四面楚歌的破产男子与积极进取的阳光女孩作为两个极端，构成两种精神向度。神奇的是，通过两者的对话，男子实现了从“阴暗面”向“光明面”的精神位移。乔叶的《塔拉，塔拉》以散文化的笔致荡开叙述，在旅途见闻式的描绘中为我们提供了隐蔽在喧嚣中的人性标本。《煮饺子千万不能破》同样如此，除了女主人公与饺子店老板的对话和偶尔出现的意识流，几乎没有情节。处处说饺子，却处处有“人”，处处流淌着与饺子有关的情绪。李浩的《消失在镜子后面的妻子》《使用钝刀子的日常生活》，阿乙的《作家的敌人》等都是制作精良的短篇小说，从不同层面显示出艺术探索的叙事意愿。

中年特征与伦理想象

从中篇小说的创作队伍来看，张炜、阿来、张欣、鬼子、林白、邱华栋、杨少衡、胡学文、王祥夫、尤凤伟等名家一如既往地从事中篇写作，基本保持了一贯的风格和水准，写出了2015年中篇小说的高端之作。而"70后"作家也不甘示弱，保持着锐气十足的创作状态，如鲁敏、王秀梅、田耳、杨映川、陈集益、周瑄璞、王棵、哲贵、陈仓、石一枫、薛舒、王小王、东紫、陈家桥、鬼金等。近些年来，这批作家或专注于中篇写作，或以中篇创作为主，写出了不少厚重的作品，形成了致力于中篇艺术探索的稳定队伍。

2015年中篇小说现实主义书写颇显尖锐和泼辣的气度。与2014年同类小说相比，作家不再满足于种种"症状"的呈现，而意识到找寻"病根"的重要性。简单地说，创作主体抱以"热"题"冷"写的姿态，着力探察现象背后的隐秘机制和事物的内部结构。杨少衡的《把硫酸倒进去》、荆永鸣的《较量》、晓风的《回归》、林白的《西北偏北之二三》、梁晓声的《复仇的蚊子》等对现行体制下人性复杂性的揭示，显示出中篇小说现实主义批判的深化。

从对现实的把握和意义深度上，"70后"作家的现实主义书写与前辈作家实现了成功对接，沿袭了"五四"以来现实主义文学的批判精神。随着人生历练的累积与丰富，"70后"作家已经步出青春叙事与校园叙事的格局，纷纷把目光投向校园以外的社会与人生。这批青年作家对中国社会的热点问题非常敏感，他们具有开放的思维，善于将现代科技成果融入文学审美，以此拓宽文学表现疆域，增强叙事的逻辑力量。石一枫的《地球之眼》把视点对准官二代，通过现代科技背景下人物的悲剧命运，深度透视人性扭曲背后的巨大陷阱。值得一提的是，这批作家对现代工业的原始积累也有所洞悉，他们赶上了 90 年代的打工潮，身处工厂车间第一线，凭借自身的在场经验，对当代产业工人生存现状给以深层观照。陈集益的《人皮鼓》和鬼金的《星期六扑克》便属此类案例。

《人皮鼓》对原始资本积累中隐藏的罪恶给以有力鞭笞，那些死里逃生的场景，那种人性扭曲的可怖，再次刷新了关于底层的想象。现代工业体制的弊端是鬼金小说常见的批判对象。先不管这种批判是否有失偏颇，但作为呈现当代工人生存现实与精神状态的特定背景，这种批判性指向却是无可厚非的。正如鬼金以往现实主义书写那样，现代工业非人性的一面在《星期六扑克》中再次受到激烈批判。小说通过吊车司机兼小说家的视角，以一次扑空的沈阳之旅为主线，陈述其所闻所见所梦所想。矿工那“活地狱”似的悲惨生活，“抱猫的男人”瞬间化成一摊血……这些画面揭示了私人矿场的惨无人道，以及机械工业中机器“吃人”的可怖现实。而这种现实对工人造成的“内伤”更是触目惊心。鬼金的工人身份让他看到工厂车间那些被遮蔽的现实，这使他的叙述内聚着尖锐的锋芒和现实主义的冲击力。

“70 后”作家年龄都在 40 岁上下，还未彻底（或者刚刚）步入中年的门槛，而在他们的叙事中，那种中年迫近的危机感，那种灰色的压抑情绪和人生的颓败感，非常突出地洋溢在灰色的叙述中。于是，一种漂泊的气质，一种精神重压下的灰色情绪，时时冲荡并包围着读者的神经。由此可见，创作主体基于身处的历史语境，深切体验到中年状态的危机感和幻灭感。以此为参照，“70 后”中篇叙事中，尽管主人公都已步入中年，而此段人生，对他们来说，一切还未尘埃落定，宿命般陷入颠沛、流离与彷徨的状态。传统意义上中年稳定状态的代际预期与这种创作的精神指向是相抵牾的，而这种反差让我们注意到“70后”小说中人物的非常态性。

陈仓的创作近年来以“进城”系列备受关注，但以《墓园里的春天》为开端，他的视点不再是城市化进程中的城乡冲突与人性冲突，而是投向混迹于都市中的农民子弟如何站稳脚跟，如何抵御身份的尴尬等问题，用作者的话说就是“如何重新建造一个故乡”。这个意义上，是否可以把这部作品视为陈仓“扎根”系列的开篇之作？相较于40多年前知青扎根乡土，由于现今意识形态干预能力的弱化，农村人在城市“扎根”似乎面临更多问题。它所要求的，不是个体被动接受教育和改造，而是主动实行自我改造，接纳并适应一种异质性文化。小说中报社胡总编跳楼自杀，而安葬竟成了问题。由此看出，即使在城市混得一官半职，“扎根”的梦想依然难以实现。面对报社的萧条和人事的变故，陈元茫然中在墓园重新找到工作，同时也因此失去女友。有意思的是，小说多次提到陈元遇到烦心事的反应：不由自主地转圈子。这个细节象征意味非常明显，那是一种“扎根”之难的焦虑感。

目前，全面小康社会进入攻坚阶段，农民生活得到多方面改善，但中国社会城乡差距依旧巨大，在潜意识中，那种精神鸿沟普遍存在。这种背景下，陈仓小说所指认的无根化生存，其实是一种普遍的中国经验，而不仅限于小说中的进城新住民。在“70后”中篇小说中，这种无根的生存现实广受关注。比如，鬼金的《薄悲有时》表达了无处着陆的中年心境。主人公李元憷婚姻告败，前途黯淡，那是情感危机的中年，是孤独落魄的中年。而在逆境中，他依然保有文艺青年的幻想气质，沉迷于某种形而上的幻觉中。这种幻觉让他作出逃离现实的选择。

但如何逃离，出路何在，他难以辨清，因此，还是免不了被“无形的引力抓回来”。回来后他才意识到，身边的现实荒诞依旧。显见的是，这种荒诞之境是无法接纳人物身上的诗性气质的，这似乎注定了主人公无根漂泊的命运。

同样，薛舒的《溺水事件》通过一个快递员“死而复活”的故事，展示了中年男人无根、漂泊的生存状态。小说写主人公孟遇冬因女友茉莉被人霸占而投河自杀，但并未遂愿，反倒有一“看客”溺水身亡。吊诡的是，由于被误认为是被救者，不敢露面的孟遇冬遭到社会舆论的强烈谴责。究竟谁是救人者，谁是被救者，即使是孟遇冬本人也难以辨清。薛舒清楚，如果沿着这个“看点”将情节延伸下去，小说很可能滑向侦探小说的俗套中。为了免于叙事的俗套，作者把更多笔墨放在人物的意识清理和灵魂追问中，放在现在与过去生活的对比呈现中。孟遇冬与茉莉相濡以沫，且即将升任主管助理，但与同学兼上司的夏林辉的不期而遇，却让他失去了爱情，变得失魂落魄。小说以那只丢失的白色鞋子，隐喻其丢魂的生存状态。这种状态自然延伸出对存在感的追问，是人还是鬼？死了还是活着？小说以很大篇幅描写孟遇冬意识深处的自我追问，当然，这追问缘于其女友背叛后他窘迫而失落的生存现状。不过，阿爽的形象倒是透出一丝暖意。作为性工作者，阿爽除了要与孟遇冬共同面对被当作盲流遣返的隐忧，还要忍受夜间“工作”的屈辱。作者通过阿爽对孟遇冬的精神关怀和人道援助，表现了下层民众虽不高尚却充满善意的灵魂。

细细考察就能发现，“70后”中篇小说的叙述中弥漫着一种灰色情绪，这种情绪来自迷失中的坠落、情感的破碎，抑或是灵魂的分裂、生命的虚无感等等。鲁敏的《坠落美学》、鬼金的《黑夜降临在白色的墙上》、李宏伟的《假时间聚会》、薛舒的《溺水事件》、王芸的《控》等作品，主人公面临的问题不再是生存的漂泊无着，而是沉迷于肉体所造成的精神坠落，或是记忆的消解、情感的迷失和内心的恐惧，蕴藉着深层而强烈的悲剧感。

与上述作品不同，《坠落美学》和《黑夜降临在白色的墙上》的主角都是女性，是对女性灰色生存的呈现。无论是前者关于灵魂坠落的描写，还是后者对“黑夜”意识的挖掘，都不无悲剧性，一种毁灭性的情绪飘荡其间。鲁敏近期的创作转向值得关注，随着中年逼近，她对精神和肉体的认识发生变化。以前的作品对智性、精神和情感的推崇（比如《铁血信鸽》《取景器》），让位于对肉体本能“暴动”的欢呼。小说篇名“坠落美学”本身就是对作者美学观的最好命名，它基于非理性的肉体本能，原先被信仰和精神所遮蔽的荷尔蒙、力比多等形而下的元素，在鲁敏近期创作中得到应有的尊重和声张。无论是《坠落美学》中柳云之于小田，还是《三人二足》中章涵之于邱先生，很难说是正常的恋爱关系，毋宁说是一种听命于身体而勇往直前的欲望奔突。柳云与章涵都是空姐，她们接受荷尔蒙的鼓动，意欲打破“飞翔”的生命常态，在荷尔蒙激发下发生致命的“坠落”。前者在开篇中写道：“不谈感情、不谈思想、不谈灵魂，都太抽象，谁知道有没有呢。谈身体吧，趁着还热乎乎的。”这种宣言式的开场白成了鲁敏创作转向的标志。两部小说竭力撇开抽象的情感和信仰，彻底剥离身体之外的社会性内容，而转向对生命本体的注视。柳云对身体的反复打量和研究，章涵对“二足”被吻的沉醉，这种委身于诱惑的本能与神圣美学构成对峙，而它在以往文学中长期受到蔑视和忽略。鲁敏对理想主义的拒斥及其对“坠落美学”的认定，表明她对人性的微妙有了更深的理解，成为“70后”作家创作审美转向的又一例证。

与鲁敏“坠落美学”有所不同，《黑夜降临在白色的墙上》所昭示的“美学”，一半是“坠落”，一半是“飞翔”。与《西凉》等作品中的女主人公一样，中年女性林静萍对异性的渴望止于一种想象，也是无法现实化的情感。同时，作者提供了三个女性作为非现实化情感追求的反面参照，但结局都因受贪腐案件牵连，变得残破不堪。而这些女性情感生活的破碎感，那个能“飞”起来的残疾人——令其心醉神迷的对象——的不知所踪，以及父亲的重病给林静萍造成的精神重压，让她只能在“黑夜”笼罩中作超低空“飞翔”。王芸的《控》与薛舒的《溺水事件》中的主人公都生活在城里狭窄的出租屋内，后者叙述中流淌的灰色情绪自不必说，而前者的结构让人想起夏衍的《在上海屋檐下》，讲述了几个来自社会底层的租房者，过着“结结疤疤”的生活。尤其是那个叫湫的女人，患有深度抑郁症，像“被浸泡在黏稠度不断加重的黑色汁液里”。那个身份体面的官员之死，与湫有何关系，作者并未明确点穿，而一种异样的悲剧气息却扑面而来。

关于父亲的想象，东西等新生代作家的小说中常有出现。在他们的作品中，父亲的形象往往被置于特定的历史语境中，通常都是某种缺席的存在，而且多以“审父”为主要视点，宏观上可看作卡理斯马权威轰然倒塌的时代隐喻。比如，东西的《耳光响亮》《我们的父亲》等作品，就呈现了失去共同的精神维系后，处于无中心和碎片化的民间生态。而“70后”作家中，王秀梅的《一墙之隔》《浮世音》、杨映川的《找爸爸》《马拉松》，以及朱文颖的《他乡》等作品，那种宏大的历史感相对贫弱，而多从情感伦理的角度，或在世俗与超拔的两级构造张力空间，或从良心、道义、承担等命题出发，或以逃离现实的乌托邦想象，展现父亲纠结于伦理视域中的尴尬或困顿。

王秀梅的《一墙之隔》和《浮世音》显然偏离了常规的亲情想象，“父亲”不再作为家族权力的符号，而是绝对的边缘人物，其禀赋特异，行动和语言颇显诡秘，不但游离于亲情伦理之外，也是世俗日常中的“另类”。前者以非常情势下父子离别场景开篇，讲述“我”（主人公缪线路）对父亲伟岸形象的维护和守望，以及面对真相后彷徨失措的心态。父亲以“李玉和”的崇高形象出场，而把一桩杀妻案件隐没在背后。从事秘密工作的“谎言”，既构成缪线路对父亲想象的起点，同时又酝酿着前后两个父亲形象在“我”心中的巨大落差。这个过程中，“我”怀着对父亲的崇拜和信任，严守秘密，孤傲地对抗“他者”，但客观上承受着被当作杀人犯儿子的精神压力，并沦为世人眼中的“不良社会青年”，甚至受到牢狱之灾。而当“我”走出监狱，却迎来了父亲的归来自首；一出一进之间，以及父亲先前的崇高与后来的庸俗，这种比照使小说对世态炎凉和卑微命运的审视几近尖锐。同样写父亲失踪后亲人失序的生活，两部小说之间存在两种相反的精神向度。《一墙之隔》关于父亲的想象，始于崇高而神圣的道德高地，止于精神人格的坍塌和现实中的不堪；而《浮世音》则相反，父亲的形象始于现实中与社会格格不入，终于神秘地飞向天堂，由此，作者将关于父亲的想象上升到诗化的层次。

关于“问题父亲”的想象，杨映川的《找爸爸》同样是把父亲形象置于幕后，而把家人因此遭受的苦难推向前台。如果说《一墙之隔》以“失父”状态下的少年成长为视点，《浮世音》以诗性飘逸的叙述打动读者，从亲人视角展开关于父亲的想象，那么，《找爸爸》则把视点转向家人对“父亲”的追责与宽容，而由怨恨、懊悔变得包容一切，很大程度上在于女主人公身患绝症，她要在生命的端点寻求自我救赎。与前期创作不同，杨映川没有讲述女性的逃跑与历险，小说叙事的女性幻想特征逐渐消失，她更多关注那些既贴近现实又直面内心的命题：承担、原罪、救赎等。比如，《马拉松》讲述了主人公为了找回失踪的儿子，不仅改变了偏执的个性，而且不断忏悔，寻求救赎。作品对良心、道义、承担等传统命题的解读，别有洞见。某种意义上，杨映川近期创作的转向，在“70后”作家中具有代表性，是这一代作家精神成长的重要标志。

如果说王秀梅的叙事侧重关于父亲的异质性想象，杨映川关注的是伦理平衡打破后的精神流向，那么，朱文颖的《他乡》则代表了另一种面向，它讲述了一个无能的父亲如何自我改造的故事。这种改造不仅是外表上的，更在于品位和气质上的夺胎换骨。张大民要以此摆脱一种异乡感，这种异乡感又可从两个层面理解：首先是面对上海这个他生于斯长于斯的地方，卑微的生存让他无法找到归属感；其次，与女儿及前妻的那种疏离感和隔膜感，以及家庭分崩离析的乱局，更是让他沮丧不已。朱文颖意欲写出这个生命的悲剧性，所以，她以彩票中奖的戏剧性转折，让贫民张大民一夜之间变成暴发户。而金钱真的能解决问题吗？这似乎是一个不证自明的问题。然而，这个人物却天真地认为可以。因这轻信，他既没有把自己变成优雅的绅士，也未能实现复制旧式庭院的梦想，更无力阻止宝贝女儿的堕落、拯救破败的家庭。朱文颖的叙事流淌着江南水乡的哀愁与幽怨，擅长从记忆深处找寻情感资源与纷乱的现实对接，构成其小说深层的张力结构。也许，这是此部中篇能在细小、绵密、沉郁的叙述中照见整个时代的精神症结的重要原因。与朱文颖的叙事相比，杨映川的《闭上眼睛》没有重返历史的冲动，而是直接切入荒谬的生存现实。主人公潘登高属于中产阶级，平日以脾性柔和著称，经济境况优于张大民；但在某一天，他还是忍不住打了儿子一记耳光，宿命般陷入类似其父的狂躁之中，这使他的人生变得荒谬不堪。两部小说皆以女性的细腻笔触，通过男主人公压抑中的乖张举动，深层透视人类生存的悖谬本质。

在不同时期、不同代际的作家所创作的小说中，由于叙事视角和作家体验的差异，女性命运形态的书写各有不同。“50 后”的池莉惯于从社会解剖的角度和人性批判立场阐释女性命运。以《爱恨情仇》为例，从顾命大的命运可以看出，作者对现代社会发展持怀疑和批判的态度。“60 后”作家贺小晴小说中的女主人公生活在物欲充斥的时代，在男性压抑下的缝隙中求得生存，敞亮一种被遮蔽的女性命运。而“80 后”的纳兰妙殊能突破这代人历史感淡薄的局限，凭借自己非凡的艺术想象力，在纠结于多角关系的情感选择中参透女性命运。对于造成女性命运的根源，“70 后”作家很少从社会批判立场出发，也不仅仅是一种女性主义式的命运观照，更非耽于某种虚构和想象，而更多归结于现实中物质上的差异，以及由此造成的心理阴影。这批作家成长于改革开放的年代，对“先富带后富”所造成的贫富差距特别敏感。比如，“70 后”作家李凤群的最新力作《良霞》的叙事，就是依托这样的历史背景所展开的，那种悲切的命运感，以及女性命运所推演出来的社会历史变迁及其结构性矛盾，清晰可见。2015 年的中篇，周瑄璞的《同桌的你》和王棵的《梅音是只燕千鸟》同样如此。如果说，除开对女性命运的书写，两部小说之间还存在其他联系的话，那就是，作为左右命运的杠杆，物质与精神分别承担了推动叙事的重要功能。

女性命运感来自其生命历程中社会历史结构性的变迁，但并不意味着女性命运就会因此走向期待中的变化；因为这其中，个体情感与生存空间的选择充满变数。《同桌的你》讲述两个女性对爱情和婚姻的选择及其所造成的不同命运。谢梅姿色出众，自恃清高，断然拒绝了条件优越的方小林的追求，而最终事业上不无得意，情感上却一败涂地。时心娟相貌上低于及格线，却意外收获方小林的爱。然而，方小林显然出于赌气才勉强作出这样的选择。因此，时心娟无法逃脱被抛弃的命运，忧伤之下匆忙嫁给穷愁潦倒的工人。随后，作者以时心娟的仰望视角，细致描写了由于身份的低微和生活的贫困所导致的女性自卑心理。可以说，那些对物质的感受性细节描写，是此篇小说最为出彩的地方。多年过去，尽管方小林和谢梅的婚姻并不理想，但仍是时心娟内心供奉的偶像。这是因为在她眼中，这两个人在物质上的绝对优越性。作者不厌其烦地描写了女主人公自我比照中的种种失衡心理。先是散心观光式的大 house 与自己老鼠洞式的小房子之间的对比，接着是对谢梅家中“黑茶”感到震惊和羡慕，以及由此带来的失落，然后是面对琳琅满目的化妆品，在营业员嘴角挂着的嘲讽中所感受到的屈辱感、压迫感和幻灭感。周瑄璞通过人物对物质的细微感受，写出了一部陷入困窘女性的心酸史。

如果说周瑄璞《同桌的你》中对物质的感受主宰着女主人公的精神世界，从贫富心理的落差映照出女性颓败的人生，那么，《梅音是只燕千鸟》更关注精神，通过精神困局的突围，增强斗志，改善物质生活贫困的状况。女主人公梅音扮演精神护理者，她的精神疏导使男人变得强大，正是这种精神依赖攫住男人的心智，使他回到自己身边。而与此相对，季妙清当年与富家子弟结婚，显然更看重物质，最后反而成了弃妇，沦落为“神经兮兮的女人”。从这种人物布局看，《同桌的你》

中，无论是丽人谢梅，还是丑女时心娟，结局都不尽如人意，而王棵更为乐观，他要给丑女以出头之日，这似乎是个难题。可贵的是，王棵没有落入俗套，通过整容的方式将丑女置换成美女，从而赢得爱情，而是将主宰女性命运的因素赋予精神内涵。梅音除了相貌丑陋，还显得傻里傻气，对这样的女孩而言，如何让她拥有真正的爱情？更何况，男主人公丰梓凯还是一个彻头彻尾的恶棍呢！谁能想到，这样的恶棍，内心却藏有鸿鹄之志！作者以反复雕刻木鸟暗示其内心的远大志向。打工十多年，丰梓凯几度沉浮，终于败退，偶然中碰到身为心理师的梅音。值得注意的是，此时的梅音对于丰梓凯来说，不再是无条件的物质提供者，而是作为精神疏导员，使陷入迷茫的他重新振作起来。作品表明，女性若要真正主宰自己的命运，不在物质上的一时获取，而必须占据精神制高点。

2015 年对“70 后”作家来说是中篇小说丰收年。王棵的《我不叫刘晓腊》对真假难辨的“善意”的解读，王小王的《倒计时》对伦理情感的敏锐把握，田耳的《范老板的枪》对强硬中的虚弱的精妙诠释，付秀莹的《绿了芭蕉》对两性之间幽微关系的洞悉，东紫的《红领巾》对儿童心理的细微烛照，体现了中篇叙事的多重维度。

在中篇文体的艺术探索方面，阿乙的《乡村派出所》、陈家桥的《局外人》等，以其不动声色的叙述实验，显出其自身的审美价值。

现实感、个体想象与文体自觉

长篇小说是新世纪以来创作量最大也最受关注的小说文体。2015 年长篇小说创作依然呈异常繁荣态势，迟子建的《群山之巅》、王安忆的《匿名》、李杭育的《公猪案》、韩东的《欢乐而隐秘》、东西的《篡改的命》、陈应松的《还魂记》、何顿的《黄埔四期》、周大新的《曲终人在》、须一瓜的《别人》、严歌苓的《护士万红》《上海舞男》、艾伟的《南方》、盛可以的《野蛮生长》、袁劲梅的《疯狂的榛子》、冉正万的《天眼》、刘庆邦的《黑白男女》、张者的《桃夭》等，从这些篇目可以看出，作者大多成名于20世纪90年代，或是更早的“50后”“60后”，他们创作出了艺术品质上乘又不乏思想深度的作品。与这些作家长篇创作的强劲态势相比，从数量上看“70后”作家似乎淡定很多，但也奉上了几部颇显实绩的长篇佳作。

王十月的《收脚印的人》、弋舟的《我们的踟蹰》、路内的《慈悲》、李骏虎的《众生之路》、周瑄璞的《多湾》、于怀岸的《巫师简史》、葛亮的《北鸢》，这些作品既有介入历史的浓厚兴趣，又不乏对中国现实的尖锐洞察；既有对乡村庸常世态和政治生态的探察，又能精准把握都市情感的微妙状态；既有依托地域文化的家族故事，又不失恢宏大气的叙事格局。从小说叙事中颇能感受到这一代作家越来越明晰的长篇小说文体意识，以及特有的生活阅历、中年视野和审美气质。在审美的意义上，这些特征使他们的长篇小说创作与“50后”“60后”以及“80后”作家有了较为明显的区分。

“70后”作家的长篇叙事密切关注现实，现实感、在场感与个体经验构成这批作家长篇创作的重要基石。创作主体依凭个体经验找寻观照现实的视角，通过这个视角，不但可以看到现实背后的人性本相，同时也能激活记忆的神经，唤起自我审问的欲望。

王十月的《收脚印的人》以其非常态化的讲述方式引人关注。作为“打工作家”，王十月写出一部回忆1990年代打工潮的小说并不难，但他深知，单纯以回忆视角讲述打工的艰辛岁月，不足以表达其作为知识分子的深层关怀。小说叙述的故事其实很简单：阿立是如何失踪的，北川是如何死的等等。对这些事件的讲述，短篇小说的篇幅即可承担，但作者为何以长篇小说文体来呈现呢？其中隐藏的叙事伦理值得探讨。其实，完成这类题材的叙述是有难度的，一不小心就容易写成关于底层的社会新闻，但作者将社会新闻进行审美转换，以身为作家的主人公王端午的视角检视那些打工者的悲惨生活，实现了新闻事件的文学化表达。

所谓“收脚印”，其实就是作为目击者或当事人，以临终告白的形式去审视过往的生活。但它不同于一般回忆性讲述，它是以一种自我辩驳的形式，一种自我证明的形式，在听众心中消除“我”作为“收脚印的人”的精神病印象。这当然是王十月给自己出的难题。“收脚印”本身即是虚幻的行为，其真实性又如何能证明呢？而我们看到，正是这种反常态的精神机制将叙事推向了深入。叙述者对打工者苦难的讲述，伴随着为叙述本身的真实性辩护的声音。这种叙述本身就构成一种深刻的悖论，在一种悖论性的叙述中深刻揭示了作为忏悔者的精神危机。值得注意的是，以往底层叙事大都以边缘人的苦难叙述揭露资本的罪恶，为劳苦大众代言，而王十月的叙事同样是站在民间立场，但叙述者兼主人公却以“成功者”置换了边缘人。作为成功者，“我”不仅审判他人，同时伴随严酷的自审。以一种自我揭露和自我拷问的方式，去追究繁华背后的血泪史，是这部小说构筑意义空间的独特之处。

对两性情感的表现在中国当代文学中相当常见，但由于生活环境和个体经验的不同，在关注问题的角度和进入叙事的状态上，每一代作家都不尽相同。就新世纪长篇小说创作来看，韩东的《中国情人》就属此类。这部小说看上去是写男女关系的，实际上却是反映当下现实的。作品借助两性关系的演绎，折射出这个时代物欲追求的疯狂状态——似乎到了世界末日，在最后毁灭之前，人们贪婪地占有物质，一种不考虑未来的极限状态。这种疯狂的时代本质，在艺术表现上却是从男女关系和物质层面切入的。其实，这种创作面向在“60后”作家中无疑具有代表性（如李冯、朱文、邱华栋等90年代的中短篇小说，皆属此途）。也许，《中国情人》那些露骨的性描写，容易让我们陷入有关身体觉醒的阐释误区，其实这种“性”描写与《金瓶梅》等世情小说不同，它只是作为折射我们时代物欲化现实的叙事模式而存在，而小说人物自身的主体性却淹没在主题先行的预设中。以此为参照来阅读弋舟的《我们的踟蹰》就会发现，“60后”作家所持有的反映论审美范式，在这部小说中降到最低限度。写作之初，弋舟心中似乎没有某种意识形态预设，他要探究的是一种状态：踟蹰。以“我们的踟蹰”命名，又暗示这种状态的普遍性。

小说标题缘于汉乐府《陌上桑》：“使君从南来，五马立踟蹰。”古代女子罗敷明艳高贵，不可方物，招来门前路过的太守调戏，然，她并未搬弄铿锵的道德说教，而是向引诱者夸耀自己的男人，虚张声势又俏皮可爱。罗敷的说辞正中《我们的踟蹰》中女主人公李选下怀，但在她看来，罗敷是自吹自擂，外强中干，借助海市蜃楼似的丈夫抵挡汹涌的试探。这何尝不是李选对自我的解读呢。与韩国丈夫离异后，她便陷入张皇无助的状态，面对画家曾铖的追求，还得虚构一副抵挡诱惑的铠甲。“憔悴”是理解这种自嘲心理的关键词。曾铖曾提到青春期的憔悴，它意味着一种“美”，一种“轻”的人生状态，里面包裹的是青春的富丽；而此时的李选活在一种“重”的状态里。“憔悴”的意义已超出外在的恒定空间，更多表现在内心的狼狈与不堪，就像李兰跑到异地给自己寄信那样，那是一种带有反讽性质的狼狈心理。

“爱情”是弋舟写作的关键词，他在后记中写道：“是什么，使得我们不再葆有磊落的爱意？是什么，使我们不再具备生死契阔的深情？”这正是小说所追问的。主人公对这个词的似是而非的解说，有助于我们更深地了解作者的意图。曾铖说：“我不信（爱情）了，但我要求自己必须还得一次一次地去信，还能试图去爱，会让我们显得比较像一根还有被煎熬价值的药材，而不是已经成了可以废弃的药渣。”弋舟研究的对象是“有被煎熬价值的药材”，确切地说，就是指那些“不相信爱情”却依然“试图去爱”的人。对青年作家弋舟来说，小说的任务就是验证这种“爱”的可能性。于是，作者把视点锁定在人到中年的情感与心态。因为中年状态的人生历经沧桑，“有被煎熬的价值”，所以成为弋舟勘探人物心理的艺术标本。

李选和曾铖都是生活中的“落水者”，有着破碎的过往，饱尝世间炎凉。对李选来说，张立均无形中充当了罗敷所虚构的那个男人，而曾铖则等同于那个太守。不过，李选没有罗敷那样轻盈自信，拒绝还是迎接？似乎难以决断，因为她没有底气。她深知，张立均绝非理想伴侣，那种不痛不痒的情人关系，不过是一场“交易”。然而，“神秘短信”还是让她产生了岌岌可危之感，因为她担心失去张立均为她提供的强大的物质支撑，而后来酒驾事件充分证明了这一点。当然，这种“踟蹰”状态不仅限于李选，张立均和曾铖同样如此。张明知肇事者就是情敌曾铖，而李选却甘愿代罪，那么，是落井下石，斩除后患，还是救人于危难，在女人面前维护强者的形象？通过受害者索赔事件，小说细致呈现了张立均作为强者的犹疑之态。曾铖不能接受被当作“肇事逃逸者”的现实，而李选的“吻”却把他变成名副其实的逃逸者。小说通过曾铖与前妻的对谈，展示了这种矛盾心理。必须指出的是，作者借助曾铖之口，道出了爱的虚幻性：他与李选之间所发生的，不过是“同心协力去遐想了一下幻觉式的爱情”。曾铖主动结束了踟蹰状态，因为他怕“麻烦”，不愿触动李选背后那张“密密匝匝的网”。至此，读者可能会明白，是资本、权力与人的共谋使爱变得那么虚幻，那么似是而非的模糊状态。其实，我倒宁愿让这两个人物踟蹰下去，也许，这样的讲述可以把小说的思索导向更深远的地方。

上述作品把人物置于都市背景中，展现喧闹都市中那些被遮蔽的罪恶与困惑。两部作品的共同点是，故事很简单。就整个情节脉络来说，短篇或中篇即可承担，而叙事上偏重于内在化的指向，一种情绪状态或精神状态，在不断强化中照亮某种人性真相。相较而言，李骏虎的《众生之路》和路内的《慈悲》更重视曲折跌宕的故事情节，具有更强的可读性。对特定历史时期社会生活的再现性描写，充分显示出这一代作家驾驭长篇叙事的概括能力。

作为李骏虎的长篇新作，《众生之路》延续《母系氏家》对乡村风貌和人情世故的精心描绘，但视野更开阔，气势更宏大，作品展现了城市化背景下晋南乡村农耕文明如何由盛转衰的整个过程。从南无村的历史变迁来看，《众生之路》是一曲农耕文明的挽歌，它不免使人想起十年前出版的《秦腔》；通过乡间民情世相的细腻描绘，竭力呈现出乡村败落的趋势，是两部作品共同的主体脉络。贾平凹以社会转型期乡村社会的日益溃败和传统农耕文明的行将消失，反思现代化进程带来的诸种问题；南无村如同清风街，在城镇化浪潮冲击下宿命般地走向衰败和萧瑟，成为现代工业文明冲击下中国乡村命运的缩影。贾平凹于十年前的预测，在李骏虎的叙事中得到验证。从连喜把磨房改造成纸箱厂，到韩国工业园的征地，南无村在城镇化进程中逐渐变得面目全非，这意味着传统农耕文明的彻底衰落。李骏虎欲以南无村为个案，展望中国乡村社会未来的可能性，同时又不乏反思，村民集体搬迁到城市，只剩下兴儿爸留守于此，成为南无村最后一个农民。而当搬迁到城里的人纷纷回到农村租地耕种，耕地忽然变得金贵，他又感到无比自得和庆幸。从这一笔，既可看出城市化带来的种种问题，又颇能感受到作者浓浓的乡愁。

小说人物繁多，但几乎没有贯穿全篇的核心人物。李骏虎意识到，只有把视点对准日常“众生”，而不是传统现实主义美学视野中的“典型”，乡土世界更有可能获得原汁原味的呈现。小说中的人物，不仅充当推动故事发展的行动元，而且携带着浓厚的时代文化气息。从暴发户跌落到穷光蛋的二福，鼓捣科学种田却被人耻笑的学书爸，公司改制失败后自杀的榨油厂总经理云良，卖了土地又四处找地种的村支书银亮等等，这些人物充满时代气息，都是历史的产物，以至成了中国社会转型期的文化符号。同时，另一些人物，虽然称不上时代弄潮儿，却也浸润了风土民情，具有独特的审美价值。把女儿嫁给冤家对头的郭老师，没了胃却长得白白胖胖的“眯眼儿”二贵，奴役可怜寡妇的“土教母”，做了“村妓”的秀芳，暗里使劲底下烧火的银贵，像圣母一样爱着全村人的秀娟，誓死捍卫耕地的兴儿爸等等，这些看似不重要的人物，都被刻画得活色生香，构成了充满晋南乡土风情的原生图景。

从叙述上看，小说上部重视细节描写，松弛而舒缓，而下部加强了情节的起伏变化，变得紧凑密集。这种形式上的变化，可见出作者的心机。那个自足而诗意的村庄，包裹着作者内心深处的浓烈乡愁，而这种眷念之情更适于细节的呈现。学书跟着庆有偷瓜的画面，仿如鲁迅《故乡》中少年闰土的世界，这些不无抒情性质的段落可当作散文来读。下部讲述这个充满生机的乡土世界是如何凋敝的，越是到后面，故事性越强，尤其到了明争暗斗的村委选举，叙述节奏开始提速，可读性不断增强。李骏虎对两副笔墨张弛有度的调度，让我们见识了“70后”小说美学灵活多变的生长空间。

从时间上看，《众生之路》的叙事大约起始于改革开放前后，1970年代生人正是从这个时期成长起来的，对中国社会历史发展脉络持有相对清晰的记忆。而路内的《慈悲》则把故事背景再往前推了20年（小说以1950年代末全国性饥荒为开篇背景），一直写到新世纪之初为止。其中至少相隔有一代人的历史是作者未曾亲身参与的，而故事主体部分恰好发生于此。这样看来，如果说《众生之路》的写作主要依赖个体经验和记忆，渗透了创作主体悲愤交加的浓烈乡愁，那么，《慈悲》则是依凭知识积累和艺术感觉去“还原”历史，力图复现特定历史条件下仇恨与慈悲共生而又此消彼长的日常图谱。

作为工厂题材小说，《慈悲》没有十七年工业题材小说对生产过程的冗长乏味的描写与冲天干劲的渲染，也不见蒋子龙“开拓者系列”中的高大形象，而是把镜头对准车间中的芸芸众生及其生老病死背后的悲苦、屈辱、宽容和畸形的灵魂。小说叙事大体上在“文革”背景下乡镇工厂展开。以往“文革”叙事集中于仇恨情绪的渲染，以惊心动魄械斗场面的描写引人关注。贾平凹的《古炉》写小仇小恨，写使强用恨的极端场景，其惨烈程度令人发指。《慈悲》也写仇恨，写血腥，宿小东与李铁牛，王德发与根生等，很多时候，这些仇恨并非起源于个人恩怨，而是在告发有奖的利益刺激下促成的。与《古炉》不同的是，对仇恨、暴力和血腥，作者没有刻意渲染，而是做了最大程度的简化处理。路内的叙述极其克制，他只是客观呈现那些非常态视阈中的日常细碎，而人物命运紧随历史变革沉浮变动，就这种静穆美学格调而言，《慈悲》直追余华的《活着》。水生所经历的苦难可能远不及福贵深重，但他们都背负着生命的沉重和道义的尊严，有着直面苦难的胸襟和勇气。同时，从水生与师傅、妻子玉生、养女复生、朋友根生和同事的关系中，我们看到，一种宽厚和义气支撑着生命的尊严与高贵。从这个意义上，小说所要拷问的是，在极端环境下，一种慈悲之心的生长空间到底有多大。

与“追随三部曲”相比，路内新作《慈悲》在审美观念和精神格调上发生了不小的位移。首先，从叙述语调看，路内此前小说常以戏谑的口吻讲述 loser 的故事，对青年灰色遭遇的讲述多少带有轻喜剧的色彩。这种戏谑格调在《慈悲》中不见踪影，而被冷峻凝练的叙述所取代，风格上更显沉潜与厚重。其次，“追随三部曲”等前期作品在辞藻上多夸饰，而《慈悲》通篇以传统白描见长。每个章节中对事件的讲述洗练简洁，如行云流水，清淡自然。这种审美选择与人物生存及其环境有关。苯酚车间本身就是一个黯淡沉重的隐喻。工人退休后不久就会患癌症死掉，因为打破了身体积习的平衡状态。然而，倘若退休后继续干下去，又必然会累死。应当说，呈现这可悲而又无奈的生存宿命，冷峻平易的写实笔致远比肆意放纵的挥洒抒发更具心理冲击力。再次，就人物来看，路内前期作品聚焦于青春期的断面观照，而这部小说着眼于人生的纵向勾勒，命运感和悲剧性得到强化。以上三个层面的变化，多少显示出路内的叙事逐渐转入中年写作的趋向。

在历史小说的家族化叙事方面，“70 后”作家非凡的叙事才华，更是得到淋漓尽致的发挥。葛亮的《北鸢》、周瑄璞的《多湾》、于怀岸的《巫师简史》等作品，以遮蔽于历史烟云中的生命个体为审美对象，通过时代洪流裹挟下个体的成长史和奋斗史，承载历史变局中家族的兴颓命运。下面谈谈三点印象。一是三部小说都是运思数年的沉淀之作，彰显了“70后”沉稳的创作姿态。二是小说在时空跨度上纵横数十载，叵测多变的历史风云和起伏跌宕的家族命运，依托于地域文化视野中的人性观照。三是故事颇具传奇性和神秘性，在跌宕起伏的人物命运中，可见家国兴衰与时代变迁，显出恢宏大气的叙事格局。

从“新时期”小说发展史来看，自莫言《红高粱家族》以来，历史小说的家族化叙事长盛不衰，构成当代长篇叙事的重要模式。陈忠实的《白鹿原》、王安忆的《纪实与虚构》、张炜的《古船》《家族》《柏慧》、李锐的《旧址》、刘震云的《故乡相处流传》、何顿的《湖南骡子》等，都以家族的兴衰变迁浓缩地反映中国社会历史的嬗变，从文化人类学的高度对历史作出现代反省。创作主体不再抱守传统再现型的美学原则，而偏于揭示宗族文化的深层结构对中国现代历史的影响。相较而言，“70后”历史小说的家族化叙事承接了以家叙国的传统模式，对历史有较强的概括能力，但凝聚着地域文化精神的人格形象还很少见。或者说，在挖掘历史发展动因时，未能足够意识到支撑人物行为背后的文化心理因素的重要性，在如何把显在的家族冲突还原为深层的文化冲突的问题上，尚有很大的提升空间。在这方面，《巫师简史》作出了努力。作者尝试着原生形态的湘西文化精神人格的塑造，尽管小说对湘西地域文化的日常经验的描写不够精细，时有空疏之感（这对青年作家来说在所难免），但有了这种文体自觉和审美气象，创作前景还是值得期待的。

“80 后”新生代的崛起

“80 后”作家的出场是 21 世纪以来中国文坛重要的文学现象。2000 年韩寒的长篇小说《三重门》发表以来，“80 后”作家开始以反叛的姿态崛起于传统文学创作趋于疲软的新世纪之初。尤其是 2014 年 2 月，美国《时代》周刊（亚洲版）的封面刊登了北京少女作家春树的肖像，并将韩寒、春树等几个青年作家列入中国“80 后”的代表。从此，“80 后”小说借助网络、传媒，经过商业包装，以其文学市场份额的绝对优势对正统文学构成巨大冲击。近年来，文坛和学界越来越不能无视这批作家的存在，逐渐以宽容之心待之。“80 后”作家出场姿态、创作得失的文学史意义一时成为热点话题。然而，当下讨论基本停留在对“80 后”概念的公共认识层面，更多关注因商业效应而引起轰动的青春校园作家和网络作家，而忽略了另一部分 1980 年代出生的作家的存在。这些作家通常被从事青春写作或网络写作的“80 后”群体所遮蔽。实际上，“80 后”作为文学批评的概念，随着 1980 年代出生作家队伍结构和创作取向的变化，其内涵也会因其作品中审美新元素的生长而变得更丰富多义。

以春树、韩寒为代表的“80 后”作家在青少年时期就开始写作，但与中国现当代文学史上以成人视角进入叙事的“少年写作”不同，“80 后”青春校园叙事凸现出鲜明的年龄特征，题材上以青春校园为主体，张扬着叛逆、忧伤、颓废的情绪。这批作家除了春树、韩寒，还有小饭、蒋峰、胡坚、张佳玮、周嘉宁、苏德、彭杨、颜歌、水格、笛安等。当年，“新概念”作文竞赛让他们脱颖而出，逐渐形成以文学写作为业的少年作家群体。而今，“80后”进入30岁上下，他们对人生和社会的认识日渐摆脱极端色彩，观察问题的思维方式也随之发生变化，但事实上，这种人生历练所带来的变化并没有从根本上改变这批作家的创作面貌。除了少数（蒋峰等）“80后”作家开始以严肃文学标准调整自己的写作方向，大多数还是沿着当初开辟的叙事轨道前行，继续走商业化、大众化的通俗叙事路线。

经过10年的迅猛发展，“80后”文学的构成及其作家队伍结构发生了很大变化。其中，除了“青春文学”“校园文学”的畅销，更多是网络小说的流行，当年明月、天下霸唱、南派三叔、静夜寄思、流潋紫等网络写手成为“80后”作家阵营中的新生力量，并在出版市场上处于强势地位。这种格局下，正统文坛搁置固有成见，以更为开明的态度，更加关注“80后”作家的成长。我们欣喜地看到，随着韩寒等成名于新世纪之初的“80后”作家加入中国作家协会，文学体制逐渐开始接纳这批富有活力的青年作家。浙江省作家协会还专门成立了网络作家协会，以促进和繁荣网络文学写作。莫言的图书发布会上，郭敬明受邀为之助阵。种种现象表明，“80后”作家在新世纪之初异军突起，起初对传统文坛不屑一顾，经过10多年的磨合，如今逐步表现出与主流文坛合流的趋势。

近些年来，“80后”作家的创作出现新动向。这不仅仅是指青春校园文学在内容上的变化，也不是指网络写作迫于读者压力而适当作出的雅化举动，而是说，这批在文学市场大红大紫的“80后”作家之外，有一批新的1980年代出生的青年作家正在崛起，而且在文坛影响越来越大。从中国小说学会推出的2013年中国小说排行榜来看，宁夏“80后”作家马金莲的中篇小说《长河》高居榜首，而孙频的中篇小说《月煞》、蒋峰的中篇小说《手语者》也名列其中。这批作家中创作活跃的还有甫跃辉、郑小驴、陈再见、王威廉、付秀莹、文珍、蔡东、毕亮、李晁等，从文本来看已初步显示出他们的艺术潜质和创作实力。这些作家的创作稍晚于韩寒、郭敬明等青春校园作家，甚至也晚于网络小说作家。这个时间差铸就了一代作家两股潮流的创作格局。对于这部分后起的“80后”作家，文学史上的“迟到者”身份让他们避开了稍显稚嫩的青春书写，不再以叛逆、孤独、忧伤的表情出场。更重要的是，创作动机上，这批文坛新秀不以市场轰动效应取胜，而是以更为理性的姿态，让写作转入以文学本体核心的精英化轨道。从文本来看，这批“80后”作家更多地采用成人视角叙事，艺术上追求传统文学的审美趣味。从发表方式看，他们更倾向于在传统的纸质文学期刊发表作品，以求争得正统文坛的接纳和认可。

从“伤痕小说”“寻根小说”“改革小说”“先锋小说”到“新写实”，后来的“晚生代”，最后到“70后”美女作家，“80后”作家，中国文学流派和群体的划分越到最后越重视年龄特征。这是因为作家创作风格很难统一命名，于是把生于1960年代后半期的作家统称“晚生代”。“晚生代”前面那一批作家，也就是通常说的“先锋派”，他们的创作风格相对比较明显。但是到了“晚生代”，由于个体的差异性，写作风格很难一以概之。这种群体划分法涉及当代叙事同质化的问题。回顾文学史，巴金和曹禺在24岁分别写出《家》和《雷雨》，刘绍棠16岁发表《青枝绿叶》，王蒙19岁写出《青春万岁》，苏童26岁创作《妻妾成群》，这类作家的写作属于以成人视角为标志的神童写作，所以文本的年龄特征其实不甚明显。从创作年谱可以看出，同是处于20多岁的年纪，前辈作家写出了自己的代表作，而且文风殊异，具有反同质化特征，甚至对同质化的抵抗也并非有意为之，而是创作个性的自然流露。

从这个角度反观“80后”的写作状态，“80后”作家只有挣脱集体书写的无意识状态，其创作才有可能走向成熟，自成一格。我把创作起步稍晚于韩寒们的“80后”作家称为“80后新生代”，正是出于这样的考虑。这批后起的“80后新生代”作家以自己对经典文学趣味的多元追求，企图改变“80后”文学创作态势和整体格局。我以为，陈思和先生对文学时代的划分方式，也适用于阐释当前“80后”创作的审美嬗变，那就是，“80后”作家创作呈现出从“共名”状态逐渐走向“无名”状态的趋势。这预示着“80后”创作多元共存叙事局面的形成。从创作实际来看，“80后新生代”作家普遍抵抗同质化创作潮流，拒绝被集体收编的种种诱惑，志在成为独立的叙事个体，个人化特征所显示的差异性逐渐改变了我们对“80后”作家“共同体”的想象。

在反同质化的意义上，以马金莲为代表的新一代“80后”作家的崛起，标志着“80后”写作的正式分野。这种分野不仅是一种雅与俗的区分，或者说一种正统与流俗的划界，而是一股发生在“80后”群体内部的抵抗同质化的创作潮流。这种分野使“80后”文学摆脱文学史大一统的代际划分和集体命名成为可能。就作家个体来看，即使在年龄上同属一代作家，但由于文学创作的起点并不一致，进入文学场的文化背景和心理动机不一样，其作品所呈现的审美风貌也颇显差异。而出场时间、文化语境和创作心理上的差异，无形中渗透到创作主体的审美趣味中，促成了当下“80后”小说多元共生的文学格局。相较之下，这批新世纪第一个10年中后期崛起的“80后”作家，从事小说写作的时间及其所持的创作立场、精神气质和审美追求，与世纪之交登上文坛的那批“80后”作家之间的确存在很大差异。所以，在讨论“80后”作品时，我们不能将其与全国其他同代作家的创作割裂开来，而应该把严肃文学、青春文学、校园文学、网络文学看作一个有机整体，在互相参照中找出各种写作范式与文本形态的同质异构性，通过个性风格的比较和分析给出一个相对客观的审美定位。

从文学发展趋势来看，与20世纪八九十年代独尊雅文学的审美风尚不同，新世纪第一个10年是雅俗文学并驾齐驱的时代。通俗小说，尤其是网络小说拥有大量读者，在文学图书市场拥有绝对主导权。通俗文学咄咄逼人的发展态势使严肃文学的发展相对处于守势，进入一个自我反省的阶段，一个力图与受众取得有效沟通的艺术调整期。

在纯文学创作遭遇瓶颈的调整期，新世纪第一个10年的中后期，另一批具有一定人生阅历的“80后”作家登上文坛，短短几年，便在中国文学版图中占据一席之地。在精神姿态和创作心境上，这批作家有别于青春校园文学的自我书写，也不同于迎合流行趣味的网络写作，而是接近于传统经典作家，开始对社会问题有所担当。“80后新生代”作家对校园、青春题材的依赖，不如韩寒、春树等那么直接和强烈，而多以成人视角进入叙事。当然，他们很少有网络作家的游戏心态和商业考量，而是自愿接受西方经典作家作品的熏陶，坚持走传统文学创作的路子。陀思妥耶夫斯基、加缪、马尔克斯、福克纳、卡夫卡、卡尔维诺、博尔赫斯、川端康成等国外经典作家依然是他们所崇拜的精神偶像，给他们诸多创作上的启迪。这批后起的“80后”作家的理论功底和艺术修养甚高，“80后”主将甫跃辉还是复旦大学写作专业的研究生，对经典的小说理论和叙事技法都训练有素。这种传统的文学阅读和学习经历，有助于他们避开追逐市场效应的跟风潮流，更有底气去开辟个人化的叙事路径。

首先，相对于主流的“80后”商业化写作，这批作家的创作观念不免显得有些“另类”。湖南“80后”作家郑小驴把村上春树的话当作自己创作的座右铭：“我们生活在一个虚假的世界里，我们观看电视里虚假的晚间新闻……我们的政府是虚假的。但我们在这个虚假的世界里发现了真实，所以我们的小说也是一回事，我们走过一个个虚假的场景，但是在这个过程中，我们本人是真实的，处境是真实的，从某种意义上讲，这是一种承诺，一种真实的关系，这就是我想要写的东西。”在“虚假”中发现“真实”，追究社会生活的本相，成为“80后新生代”作家普遍的叙事追求，而这种追问意识正是“80后”青春写作所缺少的。因此有人说春树的小说“从不思考，只是感受”（月千川语）。

其次，这种真实观内在地蕴涵着批判立场。就生活与小说的关系，郑小驴说：“批判是我介入这个世界的连通器，是我生活在这个时代的一种自我认知。”“80后新生代”作家普遍对现实保持批判的立场。以乡土题材创作来看，当今乡土世界在商业浪潮席卷下“礼崩乐坏”的现实，受到“80后新生代”作家的普遍关注，如甫跃辉《白雪红灯笼》《白雨》等作品。这种批判立场与创作主体的创作心态和文学理想有关。与青春校园作家和网络作家相比，这批作家的写作不是出于好玩或表现或发泄或倾诉，而是把文学当成严肃和神圣的事业，所以他们的社会责任感和时代使命感更趋自觉，其艺术追求也显得更纯粹，对文学更抱有一颗至为虔诚的心。

“80后新生代”作家在美学上推崇悲剧的力量。他们擅长开掘特定历史背景下的悲剧心理，去发现时代急流下小人物的隐痛，因此这种悲剧性是内在而深层的，使小说呈现出意义上的深度感。在这方面，桂林“80 后”作家肖潇近年来的创作具有代表性。短篇小说《黄金船》通过对农村现实的观察，以虚构之刀，揭开了当代农民难以言说的伤痛。作者没有写乡村现实的物质贫困，也没有写乡村政治的腐败和荒谬，而是把视点直接对准农民的精神状态和心理诉求。一个父亲盼着在外打工的儿子回家，但儿子打拼多年，收入状况仍不见起色，自然无颜回乡。说实话，这个故事的开头很一般，未能展露作者的叙事智慧。肖潇不愿就此搁笔，因为他要追究的，远不是这种亲情隔离的表层痛苦，更多的是一种生存的悲剧性。为此，作者虚构了开采金矿的故事，他让这位可怜的父亲采取“骗术”，引得儿子回家。尽管河底的黄金可能本来就子虚乌有，但一场疯狂的黄金争夺战还是不可避免地上演。悲剧由此产生：儿子最终在流血冲突中丧生。尽管这种虚构设置还存在值得探讨的空间，但荒谬而沉重的笔触，出色的叙事掌控能力和文学想象力，充分展示了“80 后”作家良好的文学潜质。

旅居深圳的“80 后”作家陈再见与肖潇有着同样气质。短篇小说《丢牛》《白肉头》等作品对生活中悲剧感的发现，眼光甚为独到。他有能力从生活缝隙中窥见某种隐秘的引爆点，抓住这个视点，就抓住了小说虚构的核心秘密。《丢牛》通过丢牛事件引发冲突，随着叙事的推进，不祥的阴影不断弥漫在冷静的叙述中，构成悲剧感产生的主要来源。我们看到，父亲愤怒之下推翻酒桌的那一幕，最终成就了一个孤独者的形象。如果说《丢牛》以一种沉闷压抑的叙述敞开了一位父亲的愤懑心绪，那么，《白肉头》通过儿童视角照亮了思想解禁之际人性的暧昧区域。小说从父亲用白肉头给人治病添丁写起，接着写到黄色电影中的“白肉头”。而这些颇具童趣的场景呈现于特定历史氛围中，历史对人心的规约激活了个体的欲望想象，自然也激发了儿童对异性的想象。就在这喜剧性氛围中，悲剧以偶然的方式降临。生活的诡秘和女性的宿命，以这种悲喜对照的结构呈现，可见作者匠心之独具。而洞穿本质的独特视角和悲剧感的精心营造，以及穿越人心的力度和思考的意义深度，足以显示“80后新生代”作家捍卫文学深度感和崇高感的坚定立场。从这种美学追求可以看出，与“80后”青春写作和网络小说相比，这种写作路子更接近于传统的经典叙事。难怪有评论家称，甫跃辉“身体里有一个老灵魂”。而残雪读完郑小驴的《鬼节》后作出这样的评价：它可以与鲁迅的一些作品媲美。这从一个侧面说明了“80后新生代”作家所追寻的是传统经典作家的美学趣味。陈再见说，一个好的小说就是揭露了一个秘密，它能让我们读罢，轻声一叹，稍稍改变一下世界观，甚至人生观。这种文学观与鲁迅改造国民性的理想可谓一脉相承。

从叙事向度看，陈再见、郑小驴、王威廉等的小说既直指当下，又面向未来。因为他们试图摆脱写作的时效性和游戏性，而追求文学的普世价值和永恒意义。基于此种定位，“80后新生代”作家对写作中普遍存在的大众化和商业化倾向是相当警惕的，正如郑小驴对“80后”标签的看法：“将一个人纳入某种体系是要值得警惕的事，有些人借这个标签借到了东风，而有人却在这个体系中，个性和特征被遮蔽和平均化了，慢慢泯然于众人。写作要将目标和眼光放长远些。如果将写作的时间维度架构于整个文学史的长河中，一代人或几代人的距离，都是可以忽略不计的。”可以看出，这批作家冲破集体命名的意愿相当强烈，他们不甘由这个被圈定的“80后体系”所“平均化”。这种反叛精神使“80后”文学在内涵上摆脱了纯粹年龄上的代际特征，因为“80后新生代”作家要反映的，不仅是“他们”的世界和追求，同时也是“我们”以及“后人”所关注的全人类的命题。

人性的神秘性和命运的不可捉摸是许多经典作家所关注的命题，博尔赫斯、卡尔维诺等西方现代作家如此，残雪、格非等当代中国作家亦然。“80 后”作家同样痴迷于神秘主义书写，郑小驴的家族小说便是其中的代表，他的《梅子黄时雨》就很容易让人想起格非的“迷宫世界”。值得注意的是，这种书写蜕去了热烈奔放的青春气息，而笼罩在苍凉的氛围之中。马金莲的中篇小说《长河》、甫跃辉的短篇小说《礼佛》等作品，那种充满历史感的苍凉意蕴寄居在一种时间架构的设置中。这种少年老成的叙事作风，归功于作者在有限篇幅（中短篇小说）中对历史感和命运感的强化。马金莲的叙事神秘而斑斓，她对死亡的思索使人想起迟子建长篇小说《额尔古纳河右岸》的苍凉意蕴。所不同的是，“80 后”的人生经验还不足以支撑那份厚重的生命沧桑之感，所以马金莲的叙事所营造的苍凉感和历史感，不是建立在老者回忆性的叙述中，而是通过儿童视角打量生死，小说的死亡叙事因此变得异乎寻常。所以，《长河》叙事的总体格局是苍凉而非沧桑。那些日常所习见的怨恨、恐惧和痛苦，在马金莲的叙事中被洁净、崇高和宁静的死亡想象所置换。在对死亡的凝视中，作者向我们敞开了被恐惧和疼痛所遮蔽的那种高贵和洁净的生命色调。在小说中，死去的生命卑微如尘，而作者企图“挖掘出这些尘埃在消失的瞬间闪现出的光泽”。这就是马金莲的死亡美学。苦难之中人性之花的绽放使小说透出《呼兰河传》的神韵，那种朴实、冷静而淡定的语言质地直逼萧红的笔致。值得圈点的是，作者对民俗性、地域性与世界性、普遍性之间关系的处理方式，是当前“80 后”作家所少有的。《长河》对死亡的书写依托于回族作家所特有的民族经验和宗教背景。“散海底耶”“苏热”“卧尔滋”，这些历史积淀而成的殡葬文化突显出小说特有的民族性和地域性，但作者对死亡的另类阐释，使这部小说超越了民族自身的个体性，而构成文本彰显普世价值的形而上空间。如上所述，甫跃辉小说的背后隐藏着一颗“老灵魂”，所以，《礼佛》虽写到儿童，但没有采用《长河》式的儿童视角，而是在现实与过去的时间链条中穿插游走。作者以沧桑之笔，穿越重重历史光影，同时又频频回到现实，展示出一个历经岁月洗礼的老人那沧桑而寂寥的人生。在结构上，两个不谙世事的小孩在空寂的寺庙中嬉闹的场景，与老人有儿有女却无所依靠的现实境况构成尖锐对照。应该说，这种立足于某个历史空间的叙事，摆脱了那种平面化的人事书写，是“80后”作家走向成熟的重要凭证。然而，“80后”作家的神秘叙事终究缺少历史文化的厚重底蕴，缺少隐喻的穿插和象征的结构，这必然使这种神秘思索难以获得宽广和幽深的艺术空间。

之所以把这批“80后新生代”作家的写作命名为“另类写作”，另一原因在于，他们的写作与这个追求速度的时代并不怎么合拍，与众多网络写手受到苛刻的协议条款压迫而从事的与时尚接轨的“高速写作”相区别。广西作家侯珏谈到近作《被风吹破的门》时说：“光是选什么腔调和场景作为开头，从什么节点切入叙述，在什么地方转折融合，就花了两年时间。”陈再见、王威廉、文珍、蔡东、小昌等“80后”作家写作时间并不长，发表的作品也不算多，但从现有的作品中可以发现，他们天生就有讲故事的才华。从小说体裁看，青春文学和网络文学以走红市场的长篇小说创作为主，通常以商业利润来考量话语操作方式，而“80后新生代”宁愿经营中短篇小说这种并不叫卖的“品种”，在鱼目混珠的文学年代坚守着文学的常道。这说明“80后新生代”作家骨子里存留着精英意识。他们不愿趋众，不愿随俗，也不追求时效，而是“退回”传统，向经典致敬，在一种“守旧”中向前掘进。的确，这批作家有着共同的文学志向，但并不妨碍其创作个性的多样发展。北海作家小昌的中篇小说《我梦见了古小童》就并非是写“我们”的生活，而是切近“80 后”人的生活本身。或许，因为作者自身就是“剧中人”，他总能精准地捕捉到他们这一代人的精神特征。与肖潇、陈再见内敛的叙事作风不同，小昌的叙事语言是表现性的，带有浓厚的戏谑意味。同代作家具有相似的文化背景和人生经验，且同样崇尚严肃文学趣味，却表现出不同的叙事风度，在我看来原因有二：一是创作主体的精神气质先天决定了他的叙事风格，所谓文如其人；二是作家所关注的对象及其所要抵达的审美目标不同。肖潇、陈再见的叙事并不直接反映“80 后”的生活，而是专注于生命痛感的揭示。然而，陈克海、小昌、侯珏等“80 后”作家力图反映的生活与作者自身的人生是同步的。因此，“80 后”走出校园前后的生存状态成为他们讲述的核心内容。

“80 后”作家的文学书写难以摆脱校园的胎记，但与郭敬明、张悦然的校园叙事不同的是，“80 后新生代”作家的视野并不局限在校园之内，他们的叙事因为主人公的人生已跨出了校园的门槛而带有明显的后校园色彩。山西作家陈克海的中篇小说《我们的生活有如冒牌货》便是一例。当代大学生毕业后的生活状态和精神走向，在作者戏谑的讲述中得到鲜活的呈现。作者很少写校园里的故事，而是通过他们面对求职、性爱、婚姻等现实问题的抉择，真实展现了大学生群体不无偏执而又迷茫、颓废的生存状态。小昌的《我梦见了古小童》同样如此。作者借助主人公兼叙述者“我”的视角，讲述了“我”与几个女性之间的性爱游戏，而主人公对性的态度却又真切传达了当代大学生面对现实的迷茫心态。我们看到，两性关系对主人公而言是那么随意不过的事情，甚至失去了最起码的责任心和羞耻感。那些完全超出了与其文化水平相匹配的举动，常令读者讶然。小说这样描写主人公对待“螳螂女孩”的心态：“我一搂她，她就浑身发抖，我生怕她生了奇怪的病，突然死在我怀里。我搂着她光溜溜的身体，有时会想，她要死在我怀里，我该怎么跟警察把这事儿说清，甚至怎么给一个女性尸体穿上衣服。因此我很快跟她分手了。”更多的时候，主人公似乎没有任何其他的企图，而仅仅是为了享受“脚踏两只船的愉悦感”。不可遏止的性欲，人生前途的迷茫，青春的荒唐与无处安放，凡此种种皆铭刻着无聊与空虚的生命印痕。小说中大面积重复性的性爱描写，隐喻着当代大学生涉入社会的当口，那种不确定的情感走向，以及这一代人在纷繁现实中无法把握自我的状态。当然，我们不能否认“80后”精神失重的真实性，但从另一个角度看，由于缺少社会历史层面的整体观照，这种经验的呈现在格局上显得不够开朗和大气。相较而言，广东作家王威廉的小说呈现了另一番景象。《我的世界连通器》《信男》等作品对人类现代境遇的观照，特别是对人物在绝境中抗争的复杂呈现，由于有了历史化的伸展空间而获得了更为辽阔的审美气象。

值得一提的是，近年来，文坛“80后”女作家中新秀不断涌现，她们以各自的审美追求为新世纪女性叙事增添了新质。文珍饱满精细而层次丰富的心理描写，孙频对情感本真形态的形而上追问，蔡东对女性备受压抑而隐忍活着的悲壮书写，潘小楼小说中神秘的画面感，以及若隐若现的叙事氛围，共同丰富着新世纪“80后”文学的景观。

最后要强调的是，“80后”青春小说和网络小说的重要贡献，主要不在它的审美价值，而在于它极大地拓展了文学的娱乐性和消遣功能。

这是对强调载道功能的传统文学的一次反拨。但问题也是显见的，文学的消遣娱乐功能的张扬是以牺牲文学的社会价值和精神重量为代价的。而后起的“80后新生代”作家试图摆脱经验主义写作的框架，极力维护文学应有的社会担当，既为“80后”文学增添了思索的气质，又为整个1980年代出生的这一代作家突破自我提供了可贵经验。但问题也很突出。首先，“80后新生代”作家的叙事过于追求故事的圆整，而没有为读者在审美接受中留下适当的创造空间。其次，“80后新生代”作家叙事中普遍存在概念化和教条化的倾向。如《长河》中就有这样的句子：“时间过得多快啊，它裹胁着我们，活着的，亡故的，我们像一粒粒尘埃，无不汇集在时间的长河里。”这“点题”之笔，应该隐藏在叙述中，由读者去“填空”，而不是由作者直接道出。这些问题在他们的小说中相当普遍，是艺术上不成熟的典型症候，严重制约着小说审美品位的提升。我想，随着人生阅历的丰富和理论素养的提高，这些问题都能克服。当然，这批追随经典文学趣味的“80后”作家，在技术上的不够成熟也是情理之中的，毕竟他们的创作刚刚起步（5年左右），缺少充分的艺术储备。然而，他们在时代喧嚣中表现出来的写作素质却是值得称赞的，他们将经典趣味的追求贯穿在写作中，一定程度上使“80后”作家的整体形象有所改观。我们相信，随着不断的阅读积累、叙事训练和艺术沉潜，“80后”作家创作成熟期是指日可待的。

历史化·神性退位·精神修剪

——“神话重述”现象批判

神话是代代相传深入人心的故事，是原始先民社会生活与精神生活的结晶。神话塑造了远古先民的生命信仰和心灵轨迹。人们常说，言必称希腊。言下之意是说古希腊的神话很发达。《荷马史诗》等大批经典神话皆发源于希腊，不仅是古希腊人原始信仰与社会生活的反映，也是整个人类可资利用的文化资源。从认识论上说，神话对人类生存的意义，并不局限在原始时代。由于神话内在地聚合了人类文化基因，以及它的超语言超文化的性质，在很大程度上，决定了人类在整个认识世界的过程中，皆可从神话中获得取之不尽的“诗性智慧”（维科语）。不但如此，从方法论上，神话还为现代文明所无法解决的人类终极性问题提供了诸多参照与启示。

为保护人类文化遗产，2005年，由英国坎农格特出版公司（Canongate Books）发起的“重述神话”项目已在全世界范围内逐步展开。这是由英、法、美、中、日、德、韩等30多个国家和地区的出版集团参与的全球跨国出版合作项目。加盟该丛书的作家包括玛格丽特·阿特伍德、托妮·莫里森、简妮特·温特森、凯伦·阿姆斯特朗、大江健三郎、翁贝托·埃科、若泽·萨拉马戈等全球著名作家，中国作家苏童、李锐、叶兆言和阿来等也参与了这项全球性文学活动。对于这次跨国性组织的文学写作运动，也许有人会将其视为商业炒作行为，然而在神话历经 19 世纪的消亡和 20 世纪的再次复兴之后，站在新的历史起点回望人类文明的发展历程，我们发现，神话戏剧性地死而复活昭示着强烈的历史反讽意味，深刻地印证了人类生存的辩证法。神话这种非理性的话语，仍然是人类生存须臾不可离开的精神资源。人是一种文化存在，每个人都有属于自己的文化生存环境和精神土壤。"重述神话"项目要求各国作家重述的是本国的神话，如果把这种叙述行为放在全球化语境中来看，它对推动本土民族文化资源的开发、利用和推广具有不可忽视的重大意义。

把"神话重述"诉诸实践的作家作品已有不少，国外有英国的凯伦·阿姆斯特朗的《神话简史》、简妮特·温特森的《重量》，加拿大的玛格丽特·阿特伍德的《珀涅罗珀记》，国内有苏童的《碧奴》、叶兆言的《后羿》、李锐的《人间》和阿来的《格萨尔王》等。目前学界对这些作品的讨论相当活跃，但很多研究把视野拘囿于单个作家作品，在神话文本与重述文本的相互参照中考察重写文本的某种新变，或者从神话的文化意义、神话的原型主题等角度，阐明古代神话作为叙事资源对激活小说叙事想象力的功能价值。深究起来，这些研究多少忽略了对"神话重述"文本本身的审美评估。从叙事性和文体性的维度，讨论神话叙事与文学叙事及其相互关系的文章并不多见。从叙事性看，尽管小说与神话、传说有一定的渊源关系，但神话与现代艺术小说毕竟是差异迥然的两种文体。本文试图以叙事本体论的视角，根据神话与小说这两种叙事文体的审美特征来考察当前出版的"神话重述"文本，以期在神话审美和文学审美的双重层面上对"重述神话"作出价值评估。

鲁迅在《中国小说史略》中指出，神话是中国小说的起源。从古代

《山海经》到六朝笔记小说《搜神记》，从唐传奇到《聊斋志异》，这些文学作品在取材上无疑都来源于古代神话。神话为文学提供了丰富的叙事资源，拓展了文学叙事的精神疆域。从创作主体看，文学叙事与神话叙事都是想象的产物，在精神运作层面有着某种形而上的共性，然而神话并不等于文学。从感知事物的方式看，“原始人的感知方式根本就与现代人不同，原始人能够感知到现代人根本无法感知而必须诉诸想象的神秘事物。于是，一些在现代人看来属于想象的能力，在原始人那里本属于写实的能力。因此，原始人的神话更接近于现代人所说的宗教、历史和科学，而不是文学”[1]。既然神话与文学在审美感知的本质层面上有所不同，那么在对经典神话进行二度阐释时，作家应该遵从原初性思维模式，还是信守文学叙事法则，两种话语如何协调，这无疑是重述作家需要面对的叙事困局。在我看来，重述神话作为一种边缘文体，它介乎文学与神话之间。在创作中，作家既要忠实于神话的某些诗性本质，同时也要发挥天马行空的艺术想象，创作出充分个人化的文学叙事文本。

对于古代神话，在何种意义上的重述才是有效的，在坚持文学话语审美标准的同时，又如何保持神话话语的审美特质，这恐怕是作家在付诸实践的过程中所面临的主要困惑。从叙事学来看，“神话重述”不是一般意义上对神话的重写和改写，而应把它当作一种新的叙事文体被纳入到更复杂的叙述结构中分析。它不仅要求创作主体以现代眼光重新审视远古神话，也意味着对两种叙事体裁的可能性边界作出一

[1] 吕微：《实证与阐释的力作——刘锡诚〈中国原始艺术〉读后》，《文艺研究》2001 年第 5 期。

种新的探索。这种跨文体的创作，对作家来说，其难度可想而知。就现有的重述文本来看，作家们显然没有以原始思维去复现或复制神话，而是不约而同地选择了文学叙事的立场。他们企图以当代视角观照原始神话，重组原始文化资源并为神话文本注入新的活力元素，为读者开创一个新的文学话语空间。

苏童的《碧奴》致力于孟姜女形象的“重塑”，讲述了以一个民间女子的感情生活为主要内容的传奇故事，试图通过神话重述创立一种“民间哲学”。苏童说：“我写这部书，很大程度上是在重温一种来自民间的情感生活，这种情感生活的结晶，在我看来恰好形成一种民间哲学，我的写作过程也是探讨这种民间哲学的过程。”[2] 在重述这个苦难深重的爱情传奇时，苏童着意突显并强化了人物的民间性。然而，让他始料不及的是，这种民间立场，在某种程度上会使他的重述面临着陷入意识形态二元对立阐释的潜在危机。事实上，苏童也承认，孟姜女的传奇“是属于一个阶级的传奇”，它“不仅仅是一个底层女子的悲欢离合，而是一个阶级把出路依托在一个女人身上”。[3] 由此可见，苏童把叙事焦点明确定位在民间和庙堂的二元对立上，以此表达他对女性生存和苦难的认知。我认为，重述文本对阶级意识的强调，虽然不一定直接伤害到神话的精神意蕴的有效传达，但毕竟简化了文学对历史过程的认识，也致使艺术想象空间变得相对狭小。由于强烈的阶级意识和政治意愿限制了作者的文学想象，所以，青蛙、葫芦和眼泪等神话元素经过作家的历史化处理，被整合为一幅阶级社会的图景。这种历

[2] 苏童：《碧奴》序言，重庆出版社，2006 年。

[3] 苏童、罗雪挥：《眼泪是一种悲伤到底的力量》，《中国新闻周刊》2006 年第 33 期。

史化的冲动使苏童的重述“只能在细节上出彩，但却在大处苍白，没有寻着神话的不着理性去飞扬，也没有寻着文学的审美情愫去狂狷”。[4]

嫦娥在古代神话中的爱情背叛者形象，在叶兆言的重塑下变成了圣女的符号。叶兆言《后羿》与《碧奴》存在着类似的艺术处理。作者把“权力”作为叙述的关键词，将“身体”和“性”糅合成叙事推进的原动力。故事的发展与两个女性（嫦娥和玄妻）的介入密切相关。叶兆言对后羿神话的重新编码，很大程度上是通过对嫦娥和玄妻形象的塑造完成的。经过作者的重构，嫦娥由古代神话中的爱情背叛者变为母爱和坚贞的符号，而作为“祸水”的隐喻，玄妻则是作者虚构的形象，她并非完全以身体去俘获男性，而是更注意策略的使用。确切地说，玄妻是以心计和阴谋去颠覆后羿政权的。而后羿、嫦娥、玄妻三者关系的变奏，致使性与政治、伦理、国家的关系变得扑朔迷离。如此看来，与其说叶兆言的重述企图通过形象重塑与情节重构，实现其重述后羿神话的意愿，不如说是借助身体、性和权力结构的关联来演绎一部充满玄幻色彩的政治传奇。正如傅元峰所言，《后羿》的叙事症结在于，作者把叙事的修辞局限在后羿的权力帝国，“他（叶兆言）完成了神话的功能复制，复述神话而非重述神话”。[5] 显见的是，对神话重述的历史化处理，某种程度上不仅削弱了叙事的象征隐喻功能，同时也遮蔽了文学想象的多种可能性。比较而言，马尔克斯的《百年孤独》虽然不是关于神话的重述，恰好是因为“去历史化”的艺术处理而具有神话的象征意味，成为关于人类生存处境的隐喻。

---

[4] 葛红兵等：《苏童新作〈碧奴〉评论小辑》，《上海大学学报》2007 年第 5 期。

[5] 傅元峰：《传说重述与当代小说叙事危机》，《小说评论》2009 年第 4 期。

与苏童的《碧奴》和叶兆言的《后羿》相比，阿来的《格萨尔王》和李锐的《人间》更倾心于叙述形式和话语方式的经营。《格萨尔王》采用了非常现代的“复调”叙述，作者阿来的叙述与说唱人晋美的叙述交织并进，历史与现实、使命与欲望、神性与人性在双声部的叙述中获得艺术呈现。阿来意欲通过文学的表述让更多人“读懂西藏人的眼神”。从创作理念可以看出，这部作品对文化多元性的倡导，与阿来的超长篇小说《空山》的创作指向是一脉相承的。为使重述文本在最大程度上保持“活史诗”的风貌，在内容选择、叙述方式和口头文学的穿插等方面，阿来无不细加斟酌。尤其是那些原汁原味的地方民俗口语和诗句，确实能让我们体味到藏民族文化的旷古悠远和神秘魅力，但同时也正是由于作者过于忠实于史诗原貌，致使“神话重述”在情节内容的原创性上大打折扣。阿来曾透露其创作动机，他对格萨尔王传说的重述，旨在向“伟大的藏族传统文化、艺术致敬”[6]。从这个意义上说，阿来对藏民族文化经典的再次呈现，其民俗学价值或者说文化价值应该远远大于文学价值。

与阿来的《格萨尔王》相比，李锐《人间》的叙述形式更为复杂，作者以三重叙述视角再度改写了人妖相恋的传奇故事。《人间》的文本由传说生发而来，是关于家喻户晓的白蛇传说的重述。与神话不同，传说中人物不是主宰自然现象的神，传说对神性的强调相对减弱。由此茅盾才说“传说的性质颇像史传”[7]。对于传奇与神话的差异，李锐显然心知肚明，其创作理念作了调整。正如标题所示，“人间”是相对

[6] 阿来：《著名作家阿来谈新作〈格萨尔王〉》，http：//book.sina.com.cn/author/authorbook/2009-09-03/1225260039.shtml。

[7] 茅盾：《神话研究》，百花文艺出版社，1981 年，第 4 页。

“神话”的范畴。所以，这种主题范畴的界定决定了创作主体必须走出“厚土”系列的创作理念，同时也与阿来对神话的处理方式有所区分。李锐的叙述淡化了远古神话意味，让故事充满了人间烟火气息。叙述策略上的调整首先表现在，作者直接将叙述视点投向人间，聚焦于人间秩序的质疑与身份认同的困境。李锐毫不隐讳地说，在这个小说中，“所有的异类、人类，所有的妖怪、高僧统统都是人，统统都是关于人的故事，统统都是关于人性的探讨和书写”。[8] 基于这种创作理念，李锐重述神话的动机，显然不在神话本身的重塑，而在于借非现实、非理性的想象模式，寄托他对于人性、对于善恶、对于人类生存终极性的形而上思考。但事实上，就叙述本身来看，作为一部颇有思索意味的小说，由于作者没有切实地把他的观念落实到细节描写中，过多的议论性语言和过浓的思辨意味使作品露出概念化倾向。另一方面，作者把主要精力放在世俗人心的拷问上，导致小说中人物神性光芒的缺失，无论是许宣、白蛇还是法海，在这些主要人物身上都缺少灵光的投射，这也许是“借神话之题材，浇心中之块垒”所必须付出的代价。

神话重述的对象既然是历史上各民族的神话故事，那么它为我们展现的必然是一个神性的世界。换句话说，作家在创作中应接纳神性的召唤，对神话世界的重构须以抵达日常经验之外的神性领域为指归。这不但表现在故事表层的神秘性，更重要的是神话人物所显示的神性特质。神话人物是一种超自然的、非人格化的存在，其所体现出的神性是保证神话品性的核心要素。而这种神性是超越现实经验的，体现出“他性”的本质，说到底其实也就是神话人物所显示出来的一种隐形

---

[8] 李锐：《关于〈人间〉》，《名作欣赏》2007 年第 21 期。

力量。在远古时代，神话的主要功能是为了“让凡间男女得以模仿强大的神祇，体验内在于自身的神性”[9]。尽管今天我们不必如古人那样把神话自觉地当作一种信仰，但我们还是需要神话“帮我们创造新的精神维度，让我们的目光超越急功近利的短视，克服妄自尊大的自私自利，去经历一种新的超验价值”[10]。因此，在审美期待视野中，神话重述文本对神性特质的保留至关重要。上文提到的作品中，神话人物身上更多的还是表现出一种世俗化的人性，而神话英雄的高贵与神圣却处于不同程度的缺席状态。

《碧奴》的创作素材来源于古代孟姜女哭长城的传说，至于孟姜女是如何哭泣的，又是如何把长城哭倒的，故事并没有明确的“所指”。于是苏童紧紧围绕“哭”字大做文章。少女时代碧奴用头发哭泣，但自夫婿被抓去大燕岭修筑长城那天开始，她的手掌、乳房、脚趾，甚至是全身肌肤也都学会了哭泣。在文学叙事的意义上，夸张和荒诞等艺术手法的使用，显然是艺术虚构所允许的。但对于“神话重述”这种介于神话叙事与文学叙事之间的文体而言，叙事手法的使用应该尽可能地为突显神性服务。苏童试图以“哭”和“泪”的神奇性赋予碧奴神性，而我们在碧奴身上看到的只是“柔”和“弱”的一面。况且这种外在标签的粘贴，显然无法达到作者预期的审美效果。老实说，连篇累牍的哭泣，不但没有给碧奴的形象增添神圣色彩，反而造成读者接受和阅读的审美疲劳。关于《后羿》的重述中，叶兆言为神话人物重新编码，打破远古神话中嫦娥作为爱情背叛者的镜像，以一个善良、贤能的女子代之。她不仅忍辱负重把后羿抚养成人，同时给后羿以女人的温存，

---

[9] ［英］凯伦·阿姆斯特朗：《神话简史》，胡亚豳译，重庆出版社，2005 年，第 5 页。

[10] 同上书，第 147 页。

并以身体换来造父的弓箭，成就了后羿射日的伟业。其间充当过他的姐姐、母亲、妻子等多重角色。在叶兆言的重塑中，我们从嫦娥身上看到的是姊性、母性和妻性，而没有神性和灵光的闪现。尽管在嫦娥的辅助下后羿完成了射日的壮举，但这种神性与其说是作者赋予的，不如说是嫦娥给予的。随着叙述的推进，沉迷于权力和欲望旋涡中的后羿终被谋害。射日英雄作为神的形象被消解，神性让位于世俗性。在《人间》的叙述中，作者似乎意识到，神话的魅力是不可言说的神秘性，于是，采用了隐喻手法以强化这种神秘性。白蛇亦真亦幻的前世今生，法海的命运的多重结局，以及不可思议的“蛇孩”新闻等，然而，这些情节上的安排或细节上的点缀，没有从根本上触及人物神性的本质层面。相对来说，阿来对民族史诗的重述倒是能让读者领略到神话英雄的那种超验气质和神秘力量。在神子崔巴噶瓦身上，开始似乎有着无坚不摧的神秘力量，但当他遭遇世俗矛盾与伦理困惑时，神性又开始降落，并逐渐被世俗性所淹没。在这之间，尽管神性与世俗性的转换给人有种突兀之感，但还是为人物文化心理的深度开掘提供了某种可能。

荣格认为，神话不是实际事态的一般比喻，它在一定程度上以原始部落的精神生活为依托。[11] 神话叙事指向人类表达的心理深层。在前现代社会，神话“不仅引导人们领悟生活的真谛，而且揭示出人类心灵中一些不可触及的领域”[12]，它是关乎人类精神活动和心智运作的艺术，是对未知的心理领域的探求。英国神话作家凯伦·阿姆斯特朗特别指出：“神话的意义就在于让人们更充分地意识到精神维度的存在。”[13] 神

[11]　[苏]叶·莫·梅列金斯基：《神话的诗学》，魏庆征译，商务印书馆，2009年，第66页。

[12]　[英]凯伦·阿姆斯特朗：《神话简史》，胡亚豳译，第11页。

[13]　同上书，第18页。

话如此，小说亦然。这种“精神维度”正是衔接神话叙事与文学叙事连通器。毋庸置疑，不管是人还是神，他们都有周密的逻辑体系和丰饶的精神世界。神话重述的“精神维度”在英国女作家简妮特 · 温特森的神话重述文本中得到了充分的贯彻。简妮特的《重量》是一部极为独特的神话重述文本，她的重述以古希腊神话阿特拉斯受罚的故事为基础，但她并不是简单地复现阿特拉斯的受罚以及赫拉克勒斯从他肩头接过苍天的场景，而是以旧瓶装新酒的方式重构了一个全新的神话文本。在简妮特的重述中，神话故事所彰显的精神意蕴变得更加丰厚。它不但是对“轻”与“重”的诠释，也是关于孤独、责任和自由等命题的思索。而对于这些形而上的思考，在文本中既不是作者以叙述者的口吻陈述的，也不是借人物之口说出的，而是内化为人物的心理意识，并以极富生命质感的细节呈现的。从很多精彩的细节，我们可以感受到阿特拉斯的善良本性，对责任的担当以及面对苦难的坚忍，也能体察到赫拉克勒斯狡诈的性格及其孤独和虚无的精神状态。

在简妮特看来，神话的叙述并非仅仅是对超现实经验的揭示，更是一种关于精神生活和心灵之旅的声音。[14] 由此可见，简妮特更加看重精神尺度，她的重述更显空灵，也更具审美性。以此为参照，反观中国作家的神话重述文本，未免会让人有些失望。在《碧奴》《后羿》等重述文本中，我们几乎很难找到一条清晰的精神线索，也很难看到人物精神空间的生长。《碧奴》对情感的整体性表达让位于寻夫的重重苦难，人物的平面化使文本缺少对命运的终极思考。《后羿》的重述更是剑走偏锋，借“戏说”的路子迎合大众读者的庸俗趣味。著名学者叶舒宪毫

---

[14] ［英］简妮特 · 温特森：《重量》前言，胡亚豳译，重庆出版社，2005 年。

不留情地指出，作者“把后羿再造为远古西戎国一个阉割未净，仍然保留性功能的阉人，把后羿和嫦娥的关系再造为母子乱伦的关系，使得整个重述走到‘性而上’的方向”[15]。相对来说，阿来的《格萨尔王》对人心、人性倒是有所触及。阿来在故事的开篇就向读者指出，人间的灾难都是由“魔”的作祟造成的，而“魔”的可怕之处并不在于其外在的杀伤力，而在于隐藏于人体内的“心魔”。对“心魔”的发现昭示出作者对人性现实与未来的关切，一种无奈甚至绝望的心态。令人遗憾的是，这部作品还是没有完成民族文化心理结构的深层探索，而是把人物内心的复杂性做了简单化的处理（如神子的叔父晁通几乎是一个顽固不化的恶魔）。

近一个世纪以来，中国文学与政治意识形态关系甚为紧密。中国作家在这种文化语境下耳濡目染，思维惯性驱使他们在重述中容易滑入历史化的想象。首先，从叙事资源来看，与西方神话不同，中国神话没有相对完整的叙事过程，神话叙事简略且语焉不详者居多，有的神话甚至仅仅表现为一个观念。这给作家的重述增添了难度。在重返原始时代的精神之旅中，作家很难甚至不可能完全抵达那个原生态的生活现场，也很难按照互渗律去体验神境，去赋予人物以神性色彩。其次，神话是“野蛮人”思维的产物（列维·斯特劳斯语），思维中的主客体没有完全分化，这必然造成神话思维的神秘化。同时，神话在古代生活实践中的功利性和集体性等核心要素，也是现代作家在精神层面难以企及的。这些因素无形中制约了文学叙事诗性功能的发挥，也是作家在把握人物时产生审美偏差的重要原因。

---

[15] 叶舒宪：《再论新神话主义》，《中国比较文学》2007 年第 4 期。

当你老了，如何上完生命最后一课

——新世纪老年叙事主题形态论

纵览新世纪小说，一个新品种的创作越来越引起人们关注，那就是表现空巢老人生活，以及老人与儿女之间伦理纠缠的小说。略加思索，当下老年小说叙事繁盛的原因主要有二：一是随着国家城市化战略的推进，农民工进城求生，农村中留守老人的问题日益凸显出来；二是由于几十年来国家独生子女政策的实施，中国社会老龄化问题愈来愈严重。由此，老人的生存状态和情感生活日渐进入作家的视野。下面结合新世纪小说中典型案例的文本分析，归纳出新世纪小说中老年叙事的几种主题形态，以期探寻老年叙事的可能性空间。

老年焦虑症的深层透视

随着儿女成家立业，父辈与子辈之间的伦理关系因老龄化时代的来临而趋于复杂化。父辈日积月累建立的权威日渐失落，越来越受到儿女谋取独立生存空间的挑战。随之而来的是，父辈的生存空间受到挤压，人性不断扭曲和异化，这种人伦的倾斜状态是当下老年人普遍精神焦虑的重要来源。

广西陆川青年作家何燕的短篇小说《晒谷子》，以被压抑的老年情感生活为焦点展开叙事，写老桑和老桑妇借晒谷子之机实现难得的约会。老桑和老桑妇虽说是正当的老两口，但由于分家而分居，难得私处的机会。二老居住在两个儿子家里，老桑分给大儿子，老桑妇划归小儿子，他们生存在一种无形的隔离中。而这种分居，在两个儿子眼中是父母日常物质分配不均所致。父辈与子辈之间处在一种紧张的对峙关系中。而这次晒谷子的农事活动无意中给二老创造了相见之机，两位老人借此机会互诉苦衷，重温旧梦。作者通过晒谷子的场景化叙事，呈现了一幅趣味盎然的老年情爱生活图。小说旨在呈现老年人在儿女压抑下的一种情感释放，在释放中寻求达成一种理解中的和谐关系。这种发现归功于何燕对老年情感生活的敏锐观察。同样是在两代人伦理背景中观照老人的情感与心态，晓苏的短篇小说《皮影戏》中母亲的焦虑并非来自后辈的利益纷争，而是出于一种关怀，一种对大龄儿子婚姻问题的顾虑。有意思的是，这篇小说在情感取向上与何燕的《晒谷子》形成两个极端，作者没有写老人如何受到下一代的敌视和冷落，只是从儿子的视角去看待和想象化解老人焦虑的方式。小说讲述的是儿子如何找三陪女扮演女友，如何千方百计地制造假象，如何证实他与三陪女的情侣关系，以便让母亲信以为真。作者以主人公无比虔诚的尽孝之举化解老人的焦虑，向读者昭示这个时代最为稀缺的精神向度。

何燕很多小说都聚焦老年人的生活，而且写得很有生活的质感，对人物心理有精准的把握。作者对老年群体投以深切关注，彰显了作为知识阶层的人文情怀。短篇小说《小心你的邻居》是这类题材的最新作品。小说主人公是生活中常见的空巢老人，一直生存在焦虑中。这种焦虑首先是一帮老太太跳广场舞引起的。吵闹不休的舞场喧嚣让八爷心神不宁。偏爱清静的八爷不得不搬迁到郊外的新房居住。然而，那种出奇的安静还是未能解除他内心的焦虑，虽然这焦虑并非源自外界的因素，而是出于一种孤独，一种陌生感，或者说，是出于一种寻求友谊而不得的失落。小说的结尾更是令读者讶然，对面的邻居庞老头不但没有入住，也没有如八爷所料，出租给外人居住。谁能想到，对门的房子居然是安放 24 副灵柩的所在。这种结尾确实让人深感意外，同时又耐人寻味，发人深省。

这个结尾使我想起余华的长篇小说《第七天》。这部小说对人的终极问题的思考以及对现实问题的大胆揭露，让我始终难以平静。同样，它也使我想起重庆青年作家第代着冬的短篇小说《一棵树》，这个小说也关涉人的终极话题。“我”爷爷守护着一棵大树，目的是死后给自己打一口好棺材。为了这棵树，他和许大炮结了怨。正在发愁之际，国家出台政策，一律实行火葬。结尾令人啼笑皆非，荒诞中照见了人之终老的悲哀。这个小说以及何燕的《小心你的邻居》中，老人悬空的生存，无根的状态，以及对肉体和灵魂安放的焦虑，与余华所讲述的死无葬身之地的状况比较起来，可能稍微好一些。那些阴魂虽然没有气派的墓地可供停靠，但毕竟有了归宿。从这部小说的空间设置来看，生者与死者相邻而居，它暗示了另一种解题方式，每个人在走向死亡的途中，于焦虑中领受着死神的召唤，生与死只是一步之遥。但何燕的意图可能并不在此，也许她想展示的是，活着的时候，空巢老人灵魂之无处安放，一种孤独而焦虑的生存。这当然是很值得关切的问题，它切中了我们这个时代的痛点，触碰到每个读者的神经。

利益链条中的伦理失范

2014年中篇小说中有两篇是关于老年题材的：王子的《弑父》和李月峰的《无处悲伤》。两部小说不约而同地关注当下都市中老人的生存现实，在视角上却与何燕不同。作者把赡养老人的问题置于父辈和子辈之间复杂伦理关系中去表现，揭示出商业化社会普遍存在的利益链条中的伦理失范。

弑父心理缘于现实中子辈对父亲的不满，或出于对父亲淫威的反抗，或出于对父亲猥琐人格的唾弃。而对王子的《弑父》来说，似乎都不是。《弑父》显示出与当代小说弑父叙事迥然不同的格局。这部小说提出的命题是成年人该如何对待自己年迈的父亲，尤其在父辈丧失自理能力之后，如何去面对。从这个意义上，暂且将之称为“后弑父叙事”。从文本看，弑父动机很难说是出于对父亲的不满，而更多的是来自年事已高的父亲给子辈造成的心理负累。随着老龄化时代的到来，养老问题越来越不容回避，成为当下中国社会普遍面临的困局。《弑父》的写作正是文学对这种社会现象的回应。

这部小说中，作者把单身空巢老人养老难的社会问题，如实呈现在读者面前。二儿戚广义生活在社会最底层，与女儿相依为命。而妻子不满于清贫的生活，跟了别的男人，更使他的生活雪上加霜。小说写这样一个自身难保的人如何去面对父辈养老的问题，这个角度的切入使问题变得异常复杂和尖锐。戚广义要面对的问题实在太多，但他没有为此而怠慢父亲，而是联络兄妹，竭尽全力解决父亲生理和精神上的需求。与此相对，嗜钱如命的长子戚广仁对父母的难题视而不见，冷漠、自私，没有丝毫的人情味。这样，真正的重担只能压在戚广义肩上，让他承受着常人难以想象的精神重负。其结局是，一个深爱父亲的人，却亲手杀死了自己的父亲。结尾那一笔真是惊心动魄，以直插人心的力量照见了亲情伦理的无赖与残酷。

与戚广义处境相似，“80后”作家李月峰《无处悲伤》中的主人公是离异女人，同样遭遇到掺杂着利益纠葛的伦理困局。父辈与子辈的亲情纠缠，在那充满算计的利益链条中展开。由此，人性的复杂面向得以敞开。从上述作品来看，“弑父”已经成为当前社会的普遍心理，它牵扯的不只是代际情感和精神联系，更多的是伦理失范中产生的利益链条。传统人伦失范与世风日下的大环境有关，两部小说的老年叙事正是对当下社会商业主义潮流的批判，其终极目标在世道人心的揭示，并以此表达一种无奈的抵抗。

追踪灵魂深处的黑洞

作为与共和国一同成长起来的知青作家中的杰出代表，叶辛的小说创作保持着与时俱进的姿态，始终关注着他的同代人，致力于那一代知青在每个时期生活状态的书写。作家出版社于2011年出版的《客过亭》是叶辛第十部关于知青题材的小说。这部小说不同于1980年代《蹉跎岁月》对插队知青的艰辛、苦难和爱情的书写，也相异于1990年代《孽债》对知青子女返城后的生活境遇的观照，而是反映知青们渐入晚年后的各种心愿和心结。他们内心深藏着无数密码，而叶辛的写作就成了解密的过程。作为精神遗存，他们的心结缘于40多年前那场知识青年“上山下乡”运动。这部作品以一群知青重返第二故乡的活动为主线，通过知青坎坷生命历程的闪回性叙述反观现实中的生存境况。

叙述因此穿梭于过去与现在之间，构成推动小说叙事的主要动力。小说中的知青们回城后各有自己的人生沉浮和情感际遇，如今回溯那段青春岁月，胸中不免生出一段难以言说又难以释怀的心负。在小说中，作者安排知青们重返历史现场，或揭开谜团，或了结心愿，以求得现实生活的安稳与圆满，实现心灵的自我修复。当年，他们欠下情债，而今却如噩梦般难逃良心的追问。正如万一飞所说："人不能做亏心事，你做过的亏心事儿，以为没人知道，到头来他会来纠缠你。"万一飞在弥留之际，仍然念念不忘40多年前插队时的纯真恋情，那是他一直以来内心纠结的隐痛。在人生的最后时刻，他想见初恋情人蒙香丽一面，向其倾诉衷肠并力争达成谅解。尤其是这次活动的组织者汪应龙，面对勉强维持生计的万一飞在临终之际尚且要求获得灵魂的清白与纯净，他不禁陷入无尽的自责与自怨。而作为如今知青中的佼佼者，汪应龙有不小的产业，衣食无忧，却没有勇气向情人沈迅凤坦白事情的真相。在当年那场运动中，沈迅凤的哥哥沈迅宝遭遇不测，但留下了一笔遗产——在"文革"中沈迅宝担任仓库保管员时，曾将运动中没收的收藏品私自藏起来，而知情者只有他亲如兄弟的汪应龙。然而，在沈迅宝被流弹击中身亡后，汪应龙便自作主张地把沈迅宝收藏的价值连城的唐伯虎画作据为己有，成为他后来发迹的基石。汪应龙试图忏悔，以求获得救赎。对他来说，旧地重游的主要目标就是为心灵减负。他要在沈迅宝的墓前忏悔，并要求与沈迅凤恢复正常关系，让她做一个好母亲、好妻子，可又遭到拒绝。通过这个人物，作者写出了一个灵魂寻求救赎而不得的痛苦。叶辛的叙述中洋溢着一种反省的力量，这种反省，既是对内心的严酷拷问，又是对历史的尖锐反诘。

经过这次返乡之旅，老年知青们果真能获得内心的平衡与安宁吗？他们该如何安顿渐入晚年的生命呢？应力民的遭遇就是最好的答案。这次重返之旅，他最轻松自在也最无心负。而当查清当年徐眉失踪案的真相后，他的内心却无比沉重，陷入了极度抑郁之中。因为岑达成受到徐眉失踪案的牵连，造成了一辈子的坎坷命运，而他却是当年此案的调查者和办案者。人生对他们来说是那么残酷，他们对青春心灵之殇的修补注定遥遥无期。季文进曾是知青当中的失落者，可时来运转，拆迁中意外获得半个千万富翁的身价。然而，横来之财却无法填补内心的黑洞。这次返乡活动中，尽管季文进如愿以偿地见到了当年的恋人雷惠妹，并一次性给予她 15 万元的经济补偿，但因不忍打破这一家人平静的生活，终究见到亲生儿子却无法相认，这是何其令人心痛的事！更可悲的是，当同行的知青都了却心愿，而带着对未来生活无限向往的罗幼杏，却在寻子途中葬身山崖，也葬送了与前夫重拾旧好的梦想。这个悲剧性事件犹如那座历史悠久的客过亭，似乎构成了知青命运的隐喻，生命短促，人生无常。

叶辛说："一切都会输给时间，都是时间的过客。"从知青生命的短促、内心的牵绊与命运的无常，作者读出了人生的悲剧性。叶辛敏锐地捕捉到那些灵魂深处的黑洞，让我们看到了一代知青心灵的隐痛。

广西崇左青年作家梁志玲的中篇小说《微尘》，同样是对老年灵魂黑洞的烛照。这篇小说以一个年近花甲的老人视角和回忆的笔调，讲述父辈之间的情感故事，其间夹杂了他对现实苦难的关怀，并以此求得自我灵魂的救赎。这类小说在当下老年叙事格局中应属上品，且并不多见，若非人生体验、审美积累深厚的作家难以为之。老年叙事要实现灵魂的洞穿确有难度，它需要作家有很好的历史感和审美能力，在生命的长河中把握人物心理的流向，在前后逻辑框架中探寻生命的痛点，呈现人到老年那种深入骨髓的纠结与困扰。

如何维护最低限度的尊严

当身体本身成为生存的囚笼，老年生存必将面临失去尊严的考验。有关老年尊严的小说是当下老年叙事中的常见类型。由于疾病的原因，老人失去自由控制自己日常起居的能力，随之而来的是体面和尊严的失落。韩国作家吴贞姬的小说《脸》把焦点对准主人公半身不遂的老年生活。他的行动不便是脑溢血引起的，若不是妻子悉心关怀，基本生存也难以维持。对老人来说，生命的尊严无从谈起，更多的是“重返童年”的无奈。这种状态从小说中妻子喂药的场景可以窥知一二：

> 妻子把药片递过去。这是降血压药和便秘药。他像看暗号似的呆呆地望着那些将要进入体内促进血液循环和控制胃肠运动的小粒白药片。妻子小心地把药塞入口内之后，又把一杯水送到嘴边。水从嘴角两边溢出来，浸湿了衣襟。右边身子完全麻痹的他，就像一个向一侧完全倾斜的小水缸。

这种状态下，老人就连生理上维持基本生存的活动也无法独立完成，更遑论追求丰富的精神生活和情感生活了。这是一种将老年人儿童化的写法，一种最低限度的叙事，一种关于人之为人的最小化叙事。由此可见，疾病是如何制约着老年生活，几乎把“人”降低到了“动物”的层次。尤其在吴贞姬小说中，那些以假牙或假腿维持生存的细节描写，让我们真切地看到老人作为弱势群体中的弱小个体是如何维护自己最低限度的尊严的。

关于如何维护最低限度的人类尊严问题，短篇小说《祖父在弥留之际》在写法上作出了另一种尝试。作者是江西青年作家陈然。“尊严”这个命题在他的叙事中作了非同寻常的伦理阐释。作者从叙述者苏桥的角度，讲述祖父为了死得有尊严所作的种种努力。祖父本来是个脾气暴躁的人，身体硬朗，活到了 87 岁，然而，面对着儿子儿媳对他在世的不耐烦，他以一次摔倒为契机，通过有意识的“绝食”来预谋自己的死亡。这种预谋并非以儿媳为对立面，而恰恰是出于一种相反的考虑。祖父一生信善，即使在弥留之际，仍然尽量为后人着想。作者通过祖父与“我”父母之间对立和冷漠关系的设置，突出了祖父心性之“善”，以及为实现“善”而表现出的倔犟个性。

与传统伦理相悖的是，叙述者苏桥的父母似乎并不希望祖父能长命百岁，祖父活着对他们来说是个累赘，早死早好。在这种局面下，祖父仍然处处顾及苏桥父母的脸面与感受，他绝食却推说是喉咙吃不下，他对一切世事了然于心，即便在临终也不愿失却尊严。生前，祖父与苏桥的父亲关系并不好，但正是祖父的死让父亲获得了内心的顿悟。受到祖父的感召，父亲也不知不觉在行动和精神上继承了祖父的基因。于是小说这样结尾：“半夜醒来，苏桥忽然听到了后厢房里的鼾声。他久久沉浸其中，仿佛祖父还在人世。但他马上明白过来，那不是祖父，而是父亲的鼾声。”第二天一早，他看到“父亲的背影在棉垄中趋步向前”。这个结尾确实耐人寻味，暗示着祖父所代表的善之精神对父亲实现了潜移默化的影响。通过这个结尾，小说在整体的批判格调中注入了一抹理想主义色彩，显示了作者对社会心态趋善的某种期许。

传统农民精神的守护者

中国是农业大国。中国文化从根本上说是农耕文化体系的支脉，这一点并未随着农民工大规模进城而改变。即使在新世纪的今天，很多人从身份上变成了“市民”或“城市人”，但骨子里依然是农民。这种乡土根性在老一代农民身上更是稳固无比。湖南作家向本贵的短篇小说《两个老人和一丘水田》就是关于两个老农的故事。这篇小说发表在《广西文学》2008年第11期，后被《小说月报》2009年第1期转载。小说通过农民身上体现的农耕文化意识展开两种文化人格的想象。小说讲述的是，在中国城市化进程正如火如荼推进的新世纪，依然固守农田的两个老农的故事。尽管他们的下一代纷纷逃往城市，享受现代都市文明带来的丰裕的物质生活，但在刘道全（主人公之一）们看来，“那可是两脚挂在半空中”。对刘道全们来说，种田是维系生命的根本，是可以治病的，甚至可以延长人的寿命。不但如此，这种古老的农耕活动消除了两个老人二十年的隔阂，缝缀那根治于传统农耕文明落下的心灵创伤。

两个老农从结缘到解怨，皆由那丘水田所引起。他们对农耕文明的依赖是根深蒂固的，表现为一种很可爱很淳朴的农民精神。作者把人物放到城乡交叉的视角中进行透视，检视出隐藏在农民灵魂深处的认知迷障。他们对城镇化战略无法理解，甚至带有强烈的抵制的心态。应当说，这种心态在当代中国老一代农民那里具有代表性。灯红酒绿的都市处处充满诱惑，但丝毫改变不了这一代农民对土地的眷念之情。而宏伟的城镇化战略就是在这样的背景下轰轰烈烈地展开了。它与那些固守乡土的“老灵魂”之间的隔膜是显而易见的。刘道全们需要的是看得见摸得着、实实在在的东西，如黄灿灿的谷子。如今，也许农民对土地的固守已经远远超出了吃饱穿暖等物质范畴，但不可否认，他们之于土地有如鱼之于水，依然有一种解不开的农民式的乡土情结，深深地刻印在老一代农民的心坎里。

通过两个老农的故事，向本贵为我们提出了一个极有价值的命题，那就是中国的城市化在逐渐向农村逼近的途中，现代意识如何真正深入十亿农民的意识之中。换句话说，中国城市化战略的实施，要想达到预期的效果，只凭那都市的繁华向乡村无限度延伸和侵占，恐怕是远远不够的。要真正实现城市化、现代化，必须首先实现人的现代化。只有人们具有了现代意识，中国城市化进程的推进，才能切近民生，深入民心。这篇小说的深刻之处，在于作者看到了这一严峻而沉重的现实，于是，为我们提供了一个非常具有现代意味的文学命题：如何实现人本身的现代化问题。这是一个极具思想意义和审美价值的命题。值得一提的是，对这样的传统农民题材，作者采用意象化的手法，小说中水田、谷子、篱笆等成为一种象征，拓展了意义的延伸空间。在平淡冷静的叙述中，在那丘稻穗飘香的水田间，潜藏着作者对民族未来深切的忧患意识。

重建幸福人生的可能性

关于老年叙事，作家常常容易落入将老年形象客体化的窠臼，而很少注意去挖掘这个群体的主体性空间。随着人生暮年的到来，老年人的身体会陷入衰竭状态，更严重的是，在精神上还不时受到子女的轻视和虐待。那么，在老年弱势化叙事之外，老年题材小说是否存在一种重新构建新的老年人生的可能？这个意义上，韩国作家朴婉绪的《幻觉的蝴蝶》就是对老年群体独立开创新人生的可能性的一种探究。

《幻觉的蝴蝶》所关注的是当前老龄化社会中一种常见的生存困局：老年失智。这种精神疾病似乎是现代社会中老年人难以摆脱的宿命。作者没有详尽地描写大脑活动异常引起的记忆和理解的障碍，而是把老人当作一个生命个体，讲述患有阿尔茨海默症的老太太离家出走，前往一个异于现实的陌生空间去生活的故事。突然丧失记忆的老太太，在偶然中闯进自己曾经生活过的果川的小寺庙。寺庙里的姑娘、算卦人马琴对待老太太有如亲人，她竟然承担了为姑娘做饭洗衣等日常事务，两人不是母女却胜似母女，过着幸福的生活。她们的日常生活情景被刻绘得相当平和温馨，显示出老人在患有阿尔茨海默症后重建幸福人生的可能。在作品的结尾，就连费尽千辛万苦、终于找到妈妈的女儿，也未能打破母亲与姑娘、算卦人共同营造的平和生活。[1] 小说的最后，女儿对目前母亲的生活状态有这样的认识：

> 也许是因为僧服比身躯大一些，妈妈的弱小身体看起来就像折下翅膀而正休息的大蝴蝶。其实这不单是因为宽松的僧服，这是因为把生活过来的累赘或残渣已经完全甩掉的轻松，以及自由自在。至今为止有谁为母亲提供过这种自由和幸福呢？没想到早已年过七旬的老人此时的生活却是千金难买。

一般来说，失智老人是家庭生活的累赘，是子女出于人伦而无法弃之不顾的群体。当然，对失智老人，如果一定要让她重获思维的理

[1] ［韩］金庆洙：《关于老年小说的可能性》，《当代韩国》2008 年第 1 期。

性，并如正常人一样生活在现实中，这种可能性不是没有，但肯定是很小。朴婉绪的《幻觉的蝴蝶》没有着力于这种理智的恢复过程的描写，而是以生命个体在偶然中闯进记忆的闸门，让意识接通过去，呈现了老年人依凭记忆疏通的精神过程来获取幸福生活的可能性。

应当说，《幻觉的蝴蝶》属于精神性叙事的典范之作。作者借助人物对过去生活情境的回忆激活生命意识，经历了一个从失忆到寻找的过程，在寻找中重返常态化的世俗生活。这篇小说给我们的启示是多个层面的，作者不仅把老人当作一个鲜活的生命来写，而且把笔触深入到人物的潜意识区域，从精神层面敞亮出这个群体生命形态和生活面向的多种可能。

结 语

在主题学的意义上，新世纪老年题材小说呈现出多元发展的态势，对当下社会中老年人生存现状和情感生活都有细致的把握和表现，而且不乏深度，尤其是它所提出的老龄化时代出现的各种社会问题、家庭伦理问题以及灵魂黑洞、生命的尊严等命题，具有相当的普遍性和社会学意义。然而，必须指出的是，如果把老年叙事作为文学审美看待，或者说老年叙事若要更上一个审美层次，就必须把老年人这个群体当作生命本身来研究，应该更加重视探讨他们的人格结构和精神面向。如此，老年叙事才能摆脱社会学意义上的主题阐释，最终使小说主题上升到生命哲学、人本哲学的高度。

2014 年 8 月

第二辑

小说现场

重塑历史，逼近精神

——2011 年中国长篇小说创作揽胜

2011 年是中国长篇小说创作的丰收年。作出这样的判断，倒并非因为长篇小说的生产数量之多，很大程度上是就创作主体的结构和作品的艺术质量而言的。老实说，近些年来，每年几千部的惊人产量（若把转移为纸质文本的网络小说算在内），早已让读者的审美心态变得麻木和疲软。而从作品艺术质量来看，这是长篇小说创作的畸形繁荣，繁荣景象的背后是作家对艺术创新的漠视，更是对文学艺术敬畏之心的丧失。相对来说，这一局面在 2011 年有所改观（不包括类型化小说）。我们看到，不仅老中青年作家都有艺术质量上乘的作品，而且作品在艺术形态上呈现出多元化的趋势。

就笔者阅读的近三十部长篇小说来看，2011 年的长篇小说既有对历史题材的深度开掘，又有对当代生活的近距离透视；既有城市文化的重塑与建构，也有乡土日常生态的观照与呈现；既有先锋意识的执拗坚守，又不乏对其他艺术样式的借鉴与融合。文学名家理所当然地扮演了这一年长篇创作的主角，但锐气十足的青年作家也不乏长篇佳作问世。限于篇幅，笔者只能选择其中最具代表性的作品作为研究对象，就其文本特征作出分析，在此基础上对中国长篇小说创作动态及艺术走向进行粗浅的勾勒。

历史题材的小说无疑是 2011 年中国长篇小说创作的重心所在，但每个作家的审美视角和叙事基点的选择都不一样。王安忆的长篇新作《天香》依然实践着自《富萍》以来对上海这座世俗之城的文化建构，但她把小说背景一下子往前推了五百年，让我们无法不心生意外。王安忆在创作中有意汲取本土经验和传统文化，同时又能让她的故事熠熠生辉，人物古色古香，朴拙传神，这对当代作家来说，确实是颇需功力的事。小说时间自明嘉靖三十八年至清康熙六年，洋洋三十万言，但王安忆的叙述无处不雅致精微。人物众多，三教九流，皆入其中，物品丰繁，却声色能详，气韵毕现。作品叙述的虽是晚明时期的上海市民生活，但我们很难说这是一部地方志式的编年史小说。因为王安忆叙事的志向不在对历史的钩沉与打捞，她显然怀有更大的野心。这部小说以申家的人事兴衰为中心，叙述了四代人的不同人生取向和心性追求，但也不可因此把它归于一般意义上的家族小说。王安忆的叙事有着更内在的视野，她不仅暗通明代文化风习，又能精准道出明人心机与心性。尤其是对小说中女性思维和微妙心理的捕捉，让我们领略到王安忆写实中融入女性笔致的魅力，也使我更有理由作出这样的判断：在王安忆的创作历程中，《天香》是女性气味最浓的长篇小说。其中，小绸和镇海媳妇之间的女儿情谊尤为动人，她们互报乳名，要知道，这在古代闺房是极为私密的事情，姐妹情愫之深之密由此看见。为了使这种姐妹情得以向纵深拓展，作者还通过闵氏、柯海与小绸之间的情感纠结，以镇海媳妇作为其中穿针引线人，构成推动故事发展的动力。作为当代文学中的文本个案，《天香》确实精致清雅，气宇不凡，非王安忆这样功力深厚的作家无以为之。从这个小说，我们看到王安忆叙事话语的再次裂变，她不愿追逐时尚与潮流，而是转向“古雅”的一途。小说中的人物大多文雅，有一定的诗书功底和文化修养，无疑也是作者非凡才情与高雅志趣的体现。也许，王安忆的审美企图正在于此，她想写出古人的一种雅致和兴味，而这种雅趣又根植于世俗之中。在这个意义上，《天香》内在地接通了《红楼梦》的精神流脉，呈现出“雅”中显“俗”的气象。这种古典气质的彰显，既让我们意识到小说艺术的精神源流，也为新世纪历史小说创作提供了新的重要参照。

近年来，湖北作家方方的写作表现出介入历史的浓厚兴趣，在创作《水在时间之下》之后又推出新长篇《武昌城》。作者怀着对英雄的敬仰之情，试图以文学想象激活北伐战争中一段久被遮蔽的历史。而小说在对那段历史的复现中，真正关注的不是宏大的战争史和革命史，而是淹没在历史烟尘中的人。方方说：“我只是在史实的基础上，创造活动在这中间的人物以及这些人物的命运。”[1] 这部小说不是单纯地对历史的钩沉，而是通过一个个动人故事的讲述，一个个鲜活生命的虚构，以文学审美的方式再现那次战争中武昌城内外的日常生活史。因此，《武昌城》不同于一般的历史小说。方方抛弃了正史的叙述视角，她想更为客观而真实地反映那段历史。叙述者从敌我双方、城内城外的双重视点透视这场战争，全方位展现了战争环境下日常现实中的人性状态。小说中的马维甫是作者着力塑造的艺术形象。作为北洋军官，他虽是被革命的对象，但却是一个人本主义者，不乏悲悯之心。我们看到，作为人的良心和作为军人的人格纠结于他内心，使他的灵魂处于激烈的搏斗和极度的矛盾之中。这个人物的复杂性和深刻性，不仅表现在他

---

[1] 方方、吴娜：《用小说记录历史》，《光明日报》2011 年 7 月 12 日。

最后自杀的悲壮，更体现在这种内心搏斗中的“水深火热”状态。作者细致描述了马维甫精神世界的起伏与冲撞，使人物真实的灵魂状态得以充分敞开。读完方方的《武昌城》，掩卷之际，我想起迟子建的长篇小说《白雪乌鸦》。两部小说一个写战争，一个写瘟疫，皆以非常态的极端事件为框架，以此透视人的内心质地。相比之下，迟子建的叙事散发出悲凉之气，而方方的《武昌城》则彰显出知识分子立场和理性姿态。方方是一个智性而本色的写作者，她不愿过多地搬弄“花招”，而是抱以现实主义的朴素之心观照历史，通过人物的行动与命运，以及精神困守中的残酷性，以不动声色的叙述传达自己对历史的认知。

同样是以文学的方式观照一座城市的历史，与《天香》和《武昌城》相比，何顿长篇小说《湖南骡子》的气魄更显宏大。这部作品以编年史的体式和60万言的篇幅，反映了湖南长沙20世纪百年间的人类生活史。作为长沙本土作家，何顿的小说创作以长沙地域文化的发掘和市民生存形态的书写著称。《湖南骡子》的叙事依然立足长沙，不过作者把长沙城的世俗生存引向更为深入的探究。这部小说以历史的深度和人性的深度实践着何顿在叙事上的超越。从文学史上看，关于长沙四次会战的历史，以往的文学作品几乎很少触及，像《湖南骡子》这样的鸿篇巨制更是没有。无论是对长沙四次会战的描述，还是对“文革”时期及当下长沙生活的呈现，作者都能严格遵循人物性格自身的发展逻辑，以雄浑的笔力去展现那在长沙城上演的近百年的集体生活史与性格史。小说以一个军人世家的人事沧桑，折射出湖南人的一种群体文化人格——“骡子精神”：“无论平时怎么浪荡，关键时刻身上却展示出坚挺、倔强的性格，宁可掉脑袋，也不屈服！”小说中何家四代人都有一种不屈的反叛意识，何金山十几岁就不满于军阀统治而参加护国军，而何金林、何金石则义无反顾地加入了红军，第三代何胜武在抗日战争中更是表现出神话般的勇猛与威力。正是有了这种不怕死不怕祸的倔强性格和反抗精神，轰轰烈烈的湖南农民运动发生在这片土地上就不足为怪了。而这种集体精神的揭示，主要归功于作者客观冷静的叙述。小说的叙述者是何家第三代的何文兵，而这种叙述视角贯穿整部小说，包括对他出生前爷爷辈生活的观察，以及对其下一代生活的叙述。叙述者不仅见证了何家百年间的沧桑，也目睹了中国一个世纪的历史巨变。这样的叙述既保证了小说叙述的连贯性，又使整个叙述显得真实可信，显示出何顿在美学形式上的独特追求。更可贵的是，作者叙事观念上的先锋性。这种先锋性表现在作者能更为人性化地看待战争，在战争叙事的意义上实现了对以往“红色叙事”和“英雄叙事”的反叛。确切地说，就是“去英雄化”和“去红色化”。何顿的叙述显然偏离了正史的叙事轨道，其叙述重点不在加入工农红军的何家子弟，而是指向军阀和国军中的何家军人。在何顿看来，无论处在战争或政治运动的哪一方，军人世家的几代人，首先是一个个活生生的生命，一个个完整而真实的“人”。何金山对日抗战也好，对红军的包容和顺从也罢，他似乎从未抱着什么主义，而是凭着一股子正义和正气；即使后来投诚起义，也是为了求得心安，不让他的士兵作出无谓的牺牲，当然其中也不乏兄弟之间私人情谊的考虑。但正是这些因素的介入，把军人还原为一个活生生的人本身，才使得这部小说与主流的“红色叙事”和“英雄叙事”有了明显的区分。

如果说王安忆、方方和何顿以重塑城市历史文化的名义介入历史，那么贾平凹的《古炉》则是从乡土日常生态的角度观照历史的。然而，我们很难说《古炉》是一部纯粹的历史小说，尽管作者节选了“文革”

起始阶段的历史作为叙事的基本框架，但历史意识不宜被看作这部小说表现的主体。这部小说令人触目惊心的是对武斗场景的描述，使强用恨的极端表现及其惨烈的程度是前无古人的。但作为“文革”叙事，作者对派系斗争复杂性的分析也许并未达到读者的预期。的确，乡村叙事是贾平凹的特长。《古炉》的艺术魅力，很大程度上还是来自于自《高老庄》的创作以来那种对乡村文化伦理的深刻揭示，以及那浓郁的民风古韵的展现。大致来看，20 世纪的“文革”叙事趋于历史化，强调政治意识形态下的民生状况。到了新世纪，余华的《兄弟》、苏童的《河岸》、阿来的《空山》等一批作品同样涉及这段历史，但就对历史悲剧揭示的深刻性而言显然不及《古炉》。当然，我并不否认这些作品在某个层面艺术表现的深度，但他们显然没有把主要精力放在对“文革”的正面描写和反思上，也很少触及乡村及乡村伦理，没有深挖这场悲剧产生的民间文化土壤。

在《古炉》的叙事中，作者摒弃了反映知识分子、高层干部等阶层在政治斗争中命运沉浮的叙事套路，而是从社会最基层的文化生态去追究“文革”的民间因素。为此，政治因素淡出叙述表层，取而代之的是生命个体的恩怨纠结、小仇小恨，日常中的是是非非。在这场运动中，最具反讽意味的是古炉村农民的文化身份。他们淳朴敦厚，身怀烧制瓷器的技术，但基本上目不识丁，与这场运动的初衷存在着不可忽视的文化隔膜。在这个意义上，他们是这场政治运动的局外人。水皮算是村里有点文化的人，但也只能贴贴标语、在学习会上念念指示。其中的大多数人，要么是把水皮念完的报纸据为己有，要么就是琢磨和评价水皮念报纸的两片嘴唇，然后昏然入睡。他们参加会议除了记工分，丝毫没有更多的考虑。他们对“文革”的认识犹如阿 Q 对辛亥革命的理解，浑浑噩噩随波逐流，参加批判会，贴大字报，销毁古董，皆是基于集体无意识的盲目行动。整个古炉村根据家族利益分化成两派，对于两派之间的对立和争斗的深层原因，村民从来就没有清晰的认识。而他们的参与又是不由自主的，是被“革命”洪流裹挟的结果。当这种争斗发展到极致，人性中“恶”的因素就集中爆发了。值得注意的是，与那些控诉性的“文革”叙事文本相比，贾平凹的叙述没有激愤，也无怨恨，而是以客观冷静的基调，散点透视的叙述方式，细致深入地揭示了“文革”之火是如何从中国社会最底层点燃的。整个过程经由《秦腔》而来的乡土笔致，在《古炉》的叙述中更臻炉火纯青的境界。在很大程度上，正是因为朴素的写实笔法与鲜明的民间立场的结合，这部颇显厚重和大气的小说才得以诞生。

一直以来，中国当代文学缺少深刻而有力的精神表达，即使到了“新时期”乃至近年来的文学，这一局面也未曾得到根本改变。从表面看来，这与中国社会意识形态环境不无关联，但导致文学叙事精神休克症的深层原因，并非全然在于外在因素的干预，从根本上说还是作家没有找到精神叙事的最佳视角和有效依托。托马斯·曼认为，写小说的艺术在于：“尽可能少地着墨于外在生活，而最强有力地推动内在生活。因为内在生活才是我们兴趣的根本对象。”[2] 在对“内在生活”的开拓方面，李锐的《张马丁的第八天》、张一弓的《孤独的火光》作出了新的审美尝试。他们把目光投向宗教题材，试图以宗教的形而上的精神通道揭示人类精神史。李锐的小说创作致力于对人的精神信仰和心

[2] ［德］托马斯·曼等:《德语诗学文选·下卷》，刘小枫选编，华东师范大学出版社，2006年，第193页。

理结构的精微观察。《张马丁的第八天》虽然是历史题材的小说，但作者叙事的兴奋点显然不在历史事件本身，而是试图“从结实的历史事实中表达出最深刻的精神困境”。男主人公乔万尼（中文名叫张马丁）跟随莱高维诺主教来到中国，成为天石村天主堂的教堂执事。在祈雨村民与教民发生的冲突中，张马丁被鹅卵石击中头部而晕死过去。这种宗教和文化的冲突，直接导致了天石村迎神会会首张天赐被官府斩首。然而，小说的叙述并未停留在宗教冲突和文化冲突的层面，而是竭尽全力去呈现在文化冲突下人性的基因突变。小说叙事的关键点在于，张马丁并未真正死亡，而是意外地复活了。复活后的张马丁俨然成为耶稣的化身。吊诡的是，他并没有遵循对他恩重如山的莱高维诺主教的意志，而是在灵魂的拷问中放弃了执事的神职，执意退出天主教堂。因为在他看来，天主不会容忍欺骗行为。这次冲突的另一受难者是小说女主人公张王氏。在失去丈夫张天赐后，由于没有怀上丈夫的孩子，她在极度悲伤中灵魂附体，扮演着民间信仰中的女娲娘娘。而这种灵魂附体是在一种癫狂状态下的精神幻觉，一种扭曲心理的自然流露。张马丁显然是她心造的幻影，因为她要实现为丈夫传宗接代的宿愿。于是，在张王氏的幻觉中，张马丁就成了张天赐的转世灵童。张马丁走出天主教堂是为了实现灵魂的自我拯救；而对张王氏来说又何尝不是如此？张马丁就是一服良药，她要借助这服药拯救自己的灵魂。然而，张马丁和张王氏，作为神的符号，终于不能容于人间。为了获得精神自救，他们所遭遇的磨难与绝望，何其残酷，又何其悲哀！在这个意义上，与其说李锐借宗教题材演绎中西文化冲突，不如说他是以人类信仰的二元对立关系（天主／教民、菩萨／村民）揭示出整个人类自演的精神悲剧。正如作者所说：“无理性的历史对于生命残酷的淹没，让我深深地体会到最有理性的人类所制造出来的最无理性的历史，给人自己所造成的永无解脱的困境。”[3]

在《孤独的火光》中，张一弓摒弃了早期创作中的那种沉郁和悲壮的笔调，代之以童话式轻盈活泼的话语风格。这种艺术追求的变化使一部枯燥的佛教创业史变得意趣横生。张一弓认为，小说创作要力图保持一种中国作风和中国气派。《胡同里的开封》《远去的驿站》等系列作品实践着他的艺术主张，作者把中原本土历史文化渗入人物的生命和血液中。但张一弓并不因此而被看作地域性作家。这是因为张一弓的叙事目标不在地域文化的呈现，而是这一地域文化所孕育的人性。《孤独的火光》描写的是北魏孝文帝迁都洛阳和少林寺的创建等重大历史事件，但作者没有把人所共知的历史文化作为叙述重点，而是把人性中最微妙的部分推向前台，揭示出佛教信徒灵肉分裂所导致的内心尴尬。这种状态正如小说中大禅师跋陀与其弟子道房入住风月楼后的一段对话所说的：“师父，这洛阳叫我们动心的东西实在太多了！”“因此，我们总要把心捧在手中，找不到放置的地方。”跋陀一心向善，济世救人，是耶稣式的圣人，但在面对“风月楼”里风姿绰约的裸女时，仍然不免涌动出勃勃欲望。对佛门子弟来说，这种世俗的生命原欲既陌生又孤独，而这种精神的孤独感缘于文化身份所规定的戒律。戒律与生命相伴又相悖，跋陀为了信仰必须克制自己，用无声的皮鞭抽打驯化自己，把生命的世俗欲望化为对佛祖的忠诚。这部小说的意义不仅在人物潜意识层面的开掘，以及作家试图传达的悲悯情怀与人道精神，同时还表现在它对人与自然之间关系的思考。在当代作家中，张炜、陈应松

[3] 李锐：《拒绝合唱》，人民文学出版社，2008年，第233页。

等少数作家秉承万物有灵的信念，以悲悯胸怀从事关于人类与自然关系命题的文学想象。从这部小说来看，张一弓似乎更愿意加入他们的行列，一方面在于张一弓心存诗意，具有充沛的想象力，另一方面得益于他对法国浪漫主义文学的深刻领悟。在小说中，他虚构了一个与人类相对应的生灵世界。与写人的那条线相比，这种虚构更具有美学价值和诗学意义。鹦鹉、猴子等动物都被作者赋予了种种灵性，表现出生命的奇特，以及它们的义、勇和感恩等神性特征。另一方面，在全球化所带来的生态问题全面升级的现实中，老跛陀对幼小生灵的善待与爱护尤其令人感动。但由于少林寺毁树开荒，不自觉中对自然生态造成了破坏，致使僧人遭到山神的惩罚，付出偿还天债的巨大代价。总的来看，张一弓从佛教文化切入，以极富诗性的叙述，照亮了人性与神性、人与自然之间对立与共存的可能性空间。

以我的审美直觉来看，残雪的《吕芳诗小姐》恐怕是 2011 年中国长篇小说中最为独特的文本。作为中国当代最具先锋气质的作家之一，残雪对自己的文学观表现出痴迷而执拗的坚守。我一直认为，残雪的作品是当下中国小说中文学纯度最高的；之所以下这样的断语，是因为她的写作最接近文学的本质，是一种现代艺术光照下的精神表达。她不仅以人本身作为研究对象，还坚持以洞穿灵魂结构为其叙事的核心目标。残雪始终关注人的灵魂，倾听灵魂的声音。而灵魂具有无限丰富的层次，似乎不可预测，其深层结构混沌无比。文学要实现富有深度的精神表达，必借助于最佳的艺术表现形式，而《吕芳诗小姐》的写作，就是作者力图有效抵达灵魂复杂层次的审美尝试。残雪把后现代思维与魔幻之境缝合在叙述中，使我们的阅读成为一种独立于传统审美的精神旅行。这部小说以地毯商人曾老六亦真亦幻的离奇遭遇，透视人的灵魂中那些昏暗的成分。作为欲望的符号，女主人公吕芳诗引起众多男性为之倾倒，但这群男子当中，无论是曾老六，还是独眼龙，没有一个真正能获得其芳心，他们是一群冒险家，玩着神秘的性爱游戏。正如独眼龙对其弟弟所说的那样，"想做一个幸福的人就意味着在生活中处处遇到险情，永远没有保障，永远悬着一颗心"。小说中的人物半人半鬼，敏感而富于冥想，语言和动作都是神秘兮兮的，似乎冥冥中有一种神力，让他们超越生死的界域进行内心深处的交流。比如，T老翁如幽灵恍惚出现在吕芳诗小姐、常云的生活中，但他从不现身，让两个女人在幻觉中痛苦着、迷失着。又如，主人公吕芳诗在京城的新居所，其氛围窒息得让人仿佛置身地狱。但到了大西北的钻石城，当她融入那里紧迫而神秘的生活后，她还是把京城红楼的那段糜烂生活看成一种不堪回首的美。从主客关系的角度来看，钻石城的魔幻性质使它成为激活记忆的场所，它可以使身在其中的人精神回流到过去。在这里，"只要是一生有过的事物就会再现"，于是，那些激光灯舞会，那些黑暗中的调情，那些高速路上的飞驰，在吕芳诗记忆中复活了。但从心理结构来分析，这种精神现象更多地来自小花父亲生活方式的潜在影响，他的歌声总是那样缥缈而忧郁，那是一种思乡之情的表达，更是对吕芳诗的精神启蒙，指向诗性生命的回归。而这种诗性生命的取向，又是对其生活导师琼姐曾向她描述过的那个"美丽的沙漠"和"月光下的红柳"的有力回应。好的小说无处不潜伏着隐喻。残雪着迷于隐喻神奇的审美功能。隐喻性的表达使吕诗芳的生活显得如此迷幻诡秘，又如此富于诗性，同时让容易落入俗套的欲望化书写焕发出新的色泽。而整个叙事就在京城红楼与新疆钻石城之间展开，让人物的灵魂在两地密集地来回穿梭，扩展了精神表达的美学空间。透过这个精神通道，残雪写出了一个灵魂的流亡、重生乃至救赎的历程。这样看来，残雪似乎想建立一套新的欲望叙事的逻辑，它以从肉体向精神的突进，实现对那种平面化欲望书写的反叛。而这种对灵魂的观察和发现及其尖锐的表达，很大程度上来自作者从世俗中获取的能量。残雪意识到世俗生活的荒诞性，因此她更愿意以非理性的视角打量人的生存现实。比如曾老六与王强之间上下级关系就处于颠倒的非正常状态；曾老六辛苦赶到钻石城，却无法与吕芳诗相见，这使他感到“他和吕芳诗并不是生活在一个层面，他俩虽然偶尔还可以通电话，那只不过是微弱的信号罢了，他们之间隔着万水千山”。在小说的很多地方，残雪以非理性的方式有力地呈现了生存的荒诞性，现实与非现实互相辉映，并由此揭示出人类精神领域中的疑惑与困顿。

关于知青题材的小说，近年来较有影响是韩东的《知青变形记》。韩东力图与主流话语保持距离，依凭儿时的记忆重构“上山下乡”中知青的生活形态。而作为与新中国一同成长起来的知青作家中的杰出代表，叶辛始终关注着他的同代人，致力于知青在每个时期生活状态的书写。

出于创作反映百年中国社会衍变三部曲的宏伟计划，格非的收官之作《春尽江南》把叙事的背景延至当下中国社会。从技术层面来看，一部小说的优劣不仅在于它的宏观构思如何，更在于人物关系的布局与叙事策略的选择。与《人面桃花》和《山河入梦》相比，由于所反映的时代内容的变化，这部小说把对政治与革命的关注转移到对当今社会的精神现实的解剖。相应地，作者选择了诗人谭端午和律师庞家玉作为小说的男女主人公，因为两种职业很大程度上聚合着中国社会现实与精神现状。作者通过谭端午的视角以巨大的辐射维度透视 20 世纪

80年代以来中国社会20多年来的精神流变。尽管这部小说把背景推至当下，但我认为格非小说叙事的内在线索并没有变，始终贯穿着关于人类与时间的思考。小说的标题就是一个隐喻。自古以来，江南的春天是充满诗意的，但可悲的是，现实中的江南早已不是人面桃花的世界，因为诗意已经永远消失了。谭端午的读史，昭示出知识分子对时间的感悟，他从《新五代史》“呜呼”二字中领悟到惊人的秘密，而这“呜呼”又未尝不是格非心里发出的一声长叹。格非在谭端午身上寄托了太多的情感和理想，谭端午与绿珠的关系似乎就是一种反抗世俗的隐喻。但这种反抗是极其无力的，它根本不可能改变什么。这就是格非所要表达的深层悲剧意蕴。格非说：“端午这个人是我的梦想，他既在风暴中心又在世界之外。而在现在社会，你只有两个选择，自外于世界或自绝于人民，做一个穷光蛋，要么你就庸俗一下，往上爬。”[4] 在当今时代，谭端午已不可能像父辈那样做出一番轰轰烈烈的事业，他的反抗是潜在的，也是有限度的。他不可能“自外于世界”，也不可能“自绝于人民”，诗人身份被绝对边缘化的现实处境，注定他只能充当这个时代的游离者。

在创作《对面是何人》之后，张欣的写作把视线从底层重新转向都市白领的生活。长篇新作《不在梅边在柳边》的主人公不是一般的白领阶层，而是绝对的高端人士和社会精英。如果说格非以知识分子的情怀检视当下社会生活的精神病灶，那么，张欣的新作则以女性的笔致打探当代高端人群的爱恨情仇，揭示出这一人群鲜为人知的心理情状。

---

[4] 格非、石剑峰：《作家格非谈新作〈春尽江南〉与时代变迁》，《东方早报》2011年9月1日，又刊《上海文学》2012年第6期。

小说男主人公是一所名校教授，国内物理学界少有的天才，而女主人公梅金是国内龙头企业松崎双电集团副总裁，公司内部实际上的无冕之王。他们在各自的领域皆为顶尖级的精英人士，他们从丑小鸭变成了白天鹅，但童年创伤使他们的性格发生了畸变，造就了一部看似华丽却令人心痛的悲剧。从小说可以看出，张欣对这一人群的生活似乎相当熟悉，小说人物出入豪华酒店、高级娱乐场所与别墅之间，享受着精致而高档的美食。张欣的叙述如鱼得水，游刃有余，保持着作者一贯的都市摇滚趣味。同时，在这部小说中，张欣的叙事完成了对以往熟门旧道的超越，这不仅体现在悬疑、推理等手法的借用，更体现在作者知识的更新与超前。作者把最前沿的科学理论（比如灵魂猜想论、霍金的弦理论、时间二维论等）融入人物的心理意识和行为中，大大拓展了读者的生活阅历和审美视野。从小说本体论的角度考察这部作品，我们看到张欣的创作思维确实发生了内在的裂变，她把悬疑、推理等通俗小说的审美元素糅合进叙事中，使作品在可读性上取得了奇妙的效果。在这个意义上，张欣与麦家的审美趣味不谋而合。虽然二者的小说题材和叙事风格不尽一致，但他们都怀有对小说雅俗美学的探索欲望。在我看来，这是当代小说叙事的一种趋优走向。他们的小说介于严肃文学和通俗文学之间，这种创作取向作为一种探索，既是对中国传统叙事资源的有效开发和利用，而就当前文学边缘化的语境而言，又不失为一种有效的补救举措。

随着人生阅历的丰富和叙事经验的积累，“70后”作家的创作越来越张扬出自己独异的个性和立场。苏州作家朱文颖的《莉莉姨妈的细小南方》无疑是“70后”长篇小说创作的重要收获。朱文颖把莉莉姨妈的内心生活，放在“社会主义改造”“文革”“改革开放”等大时代中表现，把细小情感融入宏大时代的激流中，构筑了一个别开生面的“南方”。这部小说讲述了两个家族的秘史，但作者的兴趣不在历史与人物命运之间的戏剧性展示，也不在对家族宗法伦理的审视与度量，而是在于三代人的情感史及其关系的阐释与探究。基于这样的构架，作者的视角是微观化的，小说的叙述是碎片化的。这样的叙述似乎更便于贴近人物内心，逼近精神生活的本质。在对人物内心生活的细微呈现中，朱文颖的叙述接续着废名以来的抒情性传统，但作为女作家，又更添那纤细而敏感的触觉，诗意而忧伤的情绪，而她的人物孤独而优雅，怀有与生俱来的“粗鲁”心气，他们的爱与恨若隐若现忽明忽灭。

作为小说最重要的人物，莉莉姨妈起着承上启下的作用。她的精神特质激活了整个小说叙事的进程。从人物关系来分析，童莉莉与母亲对童有源抱着既爱又恨的心态。这种矛盾的心态在叙事推进中不断被渲染，构成小说诗性空间的生长点。童有源是一个无法让孩子理解的父亲，他的生活脱离常轨，作风浪荡，生性乖张。但当童莉莉与吴光荣第一次离婚后，他没有支持女儿寻求新的爱情，而是坚决地把女儿拉到正常的生活轨道，显示了这个人物的矛盾性。人物性情的自我消解，在小说中常常出现，不断瓦解人物此前建立起来的形象。因此，这个人物的精神向度处于暧昧不清的状态。对于父亲，童莉莉是茫然的、费解的，且又令她无比迷恋和安慰。在她看来，父亲就像一个“局外人”，如同“一个幽灵”晃悠着。但萧声和昆曲作为父亲的精神符号，又会让她的灵魂起伏飘荡。有趣的是，童有源、童莉莉与“我”三代人之间似乎又存在着某种精神牵连，这表现在他们内心所潜伏的野性、暴烈和孤独的气质。他们对待感情的态度是偏离常态的，他们与周围的世界格格不入，是一群绝对的孤独症患者。就童莉莉来说，她深爱着潘菊民，本想与他一起对抗这个让她心痛的世界，但显然是徒劳的。因为潘菊民是一个天生的悲观主义者，面对童莉莉，他选择的是逃离和背叛。正如莉莉姨妈在“我”面前反复强调的那样：这就是命。孤独者无法拯救另一个孤独者，但童莉莉始终还是相信爱情的，即使到了60多岁，她还在和这个世界赌气。这种对抗的情绪闪烁于时代的边缘，因而更显决绝和悲壮的色彩，也更具悲剧美感和审美意义。这样的写作是偏执的，但也未尝不是一种确证。在我看来，《莉莉姨妈的细小南方》的写作，是朱文颖在内心对细小南方的一次确证，是对这一代作家情感叙事能力的确证，也是对忠于自我内心生活的价值观的确证。

广西“70后”作家朱山坡前期创作专注于乡间生存苦难的书写，但以短篇小说《陪夜的女人》为界，他把叙事的焦点从底层社会物质层面的生存苦难的展示转向灵魂苦难和精神困境的揭示。基于这种精神诉求，朱山坡的长篇小说《我的精神，病了》以一个偏执狂为观照对象，借助意识流、荒诞等手法表现个体内心生活的真相。作者以第一人称视角讲述了一个农民工在现代都市的荒诞遭遇及其心理变异过程。叙述者兼主人公马强壮的讲述似乎有些歇斯底里，但却道出了繁华都市中人性的冷漠和现实的荒诞。在当前底层叙事中，一个农民工的追求往往意味着物质欲望的满足，而内在的精神生活却处于被遮蔽的状态。在这部小说中，朱山坡把主要精力放在马强壮都市奇遇中的精神历程的描述。马强壮有很强的自尊心和名利心，他想当高级酒店的名厨，并以此为捷径获取酒店服务员凤凰的芳心。但结果却是，他不但没能实现这个愿望，反而挨了酒店保安王手足的一记耳光。这直接导致了马强壮精神的异常，使他的内心处于兵荒马乱之中。于是，作者以离奇的幻境、联想的碎片和狂欢化的语言呈现了人物的思维结构和心理现实。马强壮的苦恼在于他要求获得尊重却无法实现的矛盾。但由于一种变态思维的参与，这种矛盾在马强壮的内心又不断被弱化。马强壮似乎就是阿 Q 的现代版，但不同的是，他有时又表现出某种反省，但这种反省是不彻底的，带有很强的游离性质。因此，他的思维方式是精神胜利法在现代社会的变种。由此看来，朱山坡的贡献在于，他把阿 Q 精神从 20 世纪初的乡镇移植到新世纪的现代大都市，在新的时代背景下继承了鲁迅的精神谱系。

近年来，海外华语文坛长篇小说创作形势喜人，严歌苓、张翎等作家均有佳作频频问世。长篇小说《迷恋·咒》在 2011 年的出版，把 20 世纪 80 年代中期就曾蜚声文坛的先锋作家刘索拉再次推向中国文坛的前沿。中篇小说《你别无选择》使中国当代小说在精神主题上实现了真正的现代化（之所以这样说，是因为“新时期”之初王蒙、宗璞、谌容等作家的探索仅仅是在形式层面对西方现代手法的借鉴，而他们的创作主题依然是传统的）。刘索拉新作《迷恋·咒》依然保持着主题上的现代性和先锋性。这部小说表面上是写几个人物之间的关系，而事实上是表达作者对生命的思考，探测人的精神存在复杂性。作者以曼哈顿的一群艺术家为审美对象，借助音乐的形式呈现了他们艺术人生中所遭遇的心理难题：迷恋。为表现这种奇特的精神现象，刘索拉把她对音乐的迷恋贯注在小说人物身上，以音乐的形式勾勒出几种生命形态，使人性在爱情、婚姻、情欲与音乐的组合中变奏，并以此呈现出生命的诡秘与神奇。与《不在梅边在柳边》中男主人公一样，由于童年的不幸，婵也是一个灵魂极度扭曲的精灵。她就像《浮士德》里的靡非斯特，那宁静神秘的演唱施了魔咒似的吸引着音音，并促使音音要求其身为小说家的未婚夫艾德为婵写音乐评论。在音音看来，婵的生命里流淌着死亡的气息，这种气息却十分迷人，使她像天使般神秘。在潜意识中，音音甚至陷入了与之神交而无法自拔的同性恋幻境。音音与舞蹈家塞奥是激情的象征，他们的生命不受束缚，奔放、热烈，与其作品《生命树》一样充满活力；而与此相对，婵的音乐释放的却永远是死亡的气息。两种音乐对生与死的表达，让我们感悟到生与死之间的矛盾与牵扯。而这种关系的纠缠使音音与艾德的爱情顿然失色，因为一种诡秘的东西坚韧地在音音心底生根了。而事实上，音音对婵的迷恋是不对等的，她是不自觉地受到了假象的迷惑。从这个意义上说，认识婵的过程也就是一个祛魅的过程。婵的一切不过是精心伪装的，不过这种伪装被音乐的诡秘所遮蔽。对前男友荆绶，对她的音乐制作人黛安，甚至对音音，为了名利她都以魔咒式的音乐为武器。在婵的神秘面纱渐渐褪去后，我们看到，爱情、友谊等神圣之物皆被她绝对地物质化了。作者在自序中说，这部小说是受到 fascination 一词的启发而创作的，她认为，处于这种状态的人，“就是把自己放在了天堂和地狱之间的秋千上，一忽悠上天又一忽悠落地，命运起伏……”小说中音音、艾德、荆绶与婵之间的关系就处于这种状态。音音与艾德，互相迷恋着对方，但由于婵的介入，却也经历了炼狱般的内心风暴；因为对婵产生瞬间的迷恋，使音音受到了极大伤害，而艾德懊恼不已而选择逃离现实。荆绶更是因为迷恋婵而丢掉了性命。漂浮的乐感掺杂于叙述中，音乐的“魔”性渐渐弥漫开来。这种文字的魅力得益于作者深厚的音乐素养。由于音乐元素的契入，《迷恋·咒》成为这一年文学与音乐强力结合的最佳叙事文本。

台湾中生代女作家陈淑瑶在大陆推出她的首部长篇小说《流水账》，引起文坛广泛关注。她的叙述给我带来的感受，并非那种浅露的女性身体书写，也不是对欲望的时尚诠释，而是一股受到压抑而释放出来的淡水细流，厚积薄发才显出隽永、淡雅的气质。这部30万言的长篇巨构耗费作者十年心血，成为台湾中生代作家中书写乡土岛屿风情的最具代表性文本。《流水账》对澎湖的乡土书写显出独有的地域风情，面对那粗粝的日常生态，陈淑瑶的叙述有如萧红的《呼兰河传》，没有惊天之笔，也无乔装之扮，而是采用了细水长流的笔致，平稳、琐碎，冷静而有耐心。陈淑瑶的创作以乡土叙事起家，十多年过去，陈淑瑶的写作还是无法离开她生于斯长于斯的那片乡土。从人文地理看，澎湖处于台湾生活的边缘地带，这触发了作者的边缘化想象，叙述者以边缘的视角进入叙述，把一个偏安于世的乡土世界描述得绵密有致，对人情世故、儿女情感和农事生产的描写都是那样的贴近世俗庸常，直逼澎湖乡土的生存世相与文化气脉。在艺术上，那种散漫的“微型”叙事，对乡土生活的细微把握，都是从小处着眼，在小处荡开，而无雕饰的痕迹，反而彰显出细水长流、浑然天成的韵致。这种叙事观根源于作者自觉的文体意识，也归功于作者对后现代精神的领悟。她有能力将那些琐碎、粗鄙、沉闷的生活点滴整合为一部意趣横生的小说，犹如无数珠粒被抛入圆盘，让我们领略到20世纪80年代澎湖岛的乡土气息。

从小说艺术本体论来看，2011年中国长篇小说创作表现出某种趋优走向。20世纪五六十年代出生的作家不约而同把目光转向历史题材，以创作主体生活的城市或乡土为基点，表现出建构历史和反思历史的浓厚兴趣。同时，中青年作家在叙事艺术上的表现渐趋成熟，他们开始寻求一种独具个性的精神表达，这无疑是令人鼓舞和欣慰的。但无论是名家还是青年作家，其作品都存在着明显的艺术瑕疵，比如，《天香》《春尽江南》中知识分子腔调的议论不免显得有些教条，《不在梅边在柳边》也有类似的情况。这种概念化倾向使小说的叙述显得思想过剩而气血不足，一定程度地影响到小说整体上的艺术感觉。但总的来说瑕不掩瑜，2011 年的中国长篇小说给我们带来的更多的是惊喜，经过新世纪十年的酝酿和积累，长篇小说的文体意识日趋自觉，似乎预示着一个新的长篇小说创作高峰的到来。前景可堪期待。

有“恨”的地方，可以点石成金

——2013 年中篇小说创作述评

据不完全统计，2013 年发表在纯文学期刊的中篇小说近 1000 部，本文所评作品选自其中。由于阅读视野以及篇幅所限，以及个体审美的主观差异，这种选择性评述必然存在某种随机性和片面性，遗珠之憾在所难免。尽管如此，笔者还是在尽可能多地阅读文本的基础上，通过对所选取的中篇小说的观察、归纳和梳理，力图揭示本年度中篇小说创作走势和审美脉象，从中发掘出值得思考的种种问题。

中篇小说是一种过渡性文体，介于短篇小说和长篇小说之间。我们不排除它对短篇小说片段、场景和趣味的吸纳，也不能说它可以文体的独立性拒绝长篇小说的故事性和命运感，事实上，中篇小说作为叙事的“中间物”，是具有吸纳短篇元素和长篇元素的文体优势的。但无论如何，中篇小说作为独立的文体，自然也存在其自身独特的审美质素。从鲁迅的《阿 Q 正传》到张爱玲的《金锁记》，从谌容的《人到中年》到新世纪日趋繁荣的中篇小说创作，我们看到，中篇小说对文学性的捍卫，标示着中国文学的高端水准和纯正品质。同时，中篇文体强劲地保持着介入现实的热情，特别是中国社会转型所带来的时代巨变，为中篇小说的大显身手提供了充足的文化条件。从小说本体来看，作品介入现实的力度及其彰显的审美趣味如何，归根结底，在于故事本身的质量。铁凝曾说："短篇写场景，中篇写故事，长篇写命运。"这样概括是精到的，它指出中篇小说的魅力在于故事。无论小说如何发展，叙述方式如何变幻，能否以异样的方式讲述与众不同的故事，仍然是甄辨中篇小说优劣的主要标准。2013年中篇小说创作尽管少有技术层面的多样开掘，但故事形态的跌宕多姿和小说主题的多向度展开为新世纪文学提供了诸多新鲜的审美经验。

由于中国现代文学传统的影响，现实题材的小说一直是当代文学的主流。2013年，直面现实的创作仍是中国文学书写的重要一脉。我们发现，叙事中所贯穿的，是作家的独立姿态和清醒的现实主义精神。我坚定地认为，文学的魅力在于思想力量，小说家首先是思想家，然后才是文学家。中国社会的现代化转型让小说家感到焦虑、无奈，甚至愤怒。直击现实，给以执拗而尖锐的呈现，并辅以思考之力，便是艺术之神赋予小说家的使命。鲁迅曾表达过对阿Q爱恨交织的态度，显示了知识分子对国民性问题的深切关注。由"恨"引出对生活的洞察和认知，是一个有情怀的作家内心的真实渴求。由于创作主题和审美个体的差异，这种"恨"存在多种表现形态。它不应成为作家个人泄"私愤"的工具，而是艺术之神赐予作家的洗礼场，是作家塑造理想人性之境的精神原动力。

陈应松《去菰村的经历》是对乡村政治的冷峻追问，这种追问在隐约的叙述中直插问题的核心。一面是追问与探究，一面是遮掩与回避，这个结构所对接的，是徘徊在菰村之外的明争暗斗，而双方较量的实质指向基层政权选举的真相。小说主人公，省作家协会陈主席费尽心思，竟未能真正走进"菰村"。这种经历多少有些荒诞。尽管如此，乡村土豪的专横跋扈却在外部视角的讲述中渐渐显露。显然，陈应松不再沉迷于苦难的悲悯书写——也许，他意识到那种表达的无力感——而开始追求一种不至而至的意义表达：不能抵达也是一种抵达，不能明白也是一种明白。“菰村”虽然未能抵达，但选举真相已在不言中。作者下乡挂职的经历给他带来的，是敏锐的事实分辨力和现实穿透力，这种能力让他发现了“生活深处可怕的现实存在”。如果说“菰村”是现实中被人遗忘的乡村一角，那么，杨仕芳《谁遗忘了我们》所讲述的则是被虚构的“英雄”遭到遗忘的人性一角。身为乡村教师的主人公身份之低微，让他与一切好事擦肩而过。但作者关注的焦点不是生存的苦难，而是对自我灵魂的诘问。小说的开头就让读者感到意外：主人公被检查出身患绝症。但这并不是一般意义上的悬念设置，而是为拷问人性提供契机。在绝望中，他的整个生活状态和精神信仰随之彻底改变。他开始施舍接济穷人，开始向对手坦承自己的卑劣……他甚至变得很极端，竟然想到用汽油烧毁学校教学楼，但出于人性未泯，他从大火中救出两个落难的学生。从此，他便有了另一种人生。由于政府官员的介入，他被迫扮演着英雄的角色，被阴差阳错地奉为公众的道德偶像。显然，作者着力表现的，绝不仅仅是一个生命在绝望中的困惑，而是通过公众对英雄的期待，反射出我们这个时代某种本质的悲剧性。接下来作者不屈不挠地往深处掘进，他要趁热打铁。为此，作者设计了主人公与黄素素的感情戏，更为本质地切入现实，揭示官场的昏暗、边缘人生的尴尬。关于这类大胆反映问题的现实主义之作，与杨仕芳有着同样气质的青年作家鬼金近年来的创作值得关注。鬼金来自工厂车间的第一线，他凭借自身的在场经验，对当代产业工人生存现状给以深层观照。《称之为灵魂》中阴郁、悲凉的叙述渗透着作者刻骨的生命体验，这种体验为他揭示当代工人生存本相提供有力支撑。鬼金的叙述内聚着现实主义的冲击力，那种尖锐的锋芒和凛冽的气魄，在当下小说创作中并不多见。

关于现实题材的创作，很容易流于一种简单的揭露和批判，很难有历史的纵深感和复杂的文化气象。相对于长篇小说的优长，2013 年中篇小说以较短的篇幅试图表达创作主体对大时代中小人物命运的关切，以此反观现实中的社会问题。方方的《涂自强的个人悲伤》尤具代表性。作品以个体生命的遭际观照整个时代变迁，企图揭出我们这个时代寒门子弟的处境和命运。主人公涂自强来自深山里的乡村，读书求业都显得卑微不堪，困难重重。但农家子弟那种自强不息的奋斗精神，在他身上得到顽强的继承。他对个人理想的追求，不像司汤达《红与黑》中于连那样野心勃勃，甚至也不同于路遥《人生》中高加林为了娶到城市姑娘、过上城市生活而不顾一切的奋斗模式。高加林的时代，个人奋斗是实现梦想的常态模式，尽管这个过程可能要付出常人难以想象的代价。而 30 年后的今天，这种奋斗模式显然行不通。涂自强只想在都市落脚，让父母过上安定的生活。这种追求那么朴实、简单，个人作风又那么本分、厚道。然而，涂自强的命运就像他的名字那样，再自强不息也是徒劳。这个时代，农家子弟的都市生存依旧寸步难行，悲剧照旧不可避免地发生。涂自强的个人奋斗史折射出整个时代的精神征候，这根源于 20 世纪 80 年代以来伴随中国社会转型出现的结构性矛盾。我们看到，一方面，城乡文化观念所形成的无形等级阴魂不散，另一方面，中国社会经历 1990 年代文化裂变所形成的精神气候，对处于文化劣势的个体生存构成无所不在的压迫。方方抱着悲悯之心，关注游离于时代的农村子弟，延续着“新写实”小说的人文关怀。同样是观照人生，书写时代，徐坤的《地球好身影》与梳理的《微博秀》更富现代感。前者对当前娱乐圈幕后操纵现象予以揭露，反讽的笔调让读者在诙谐的叙述中不忍生出愤慨。后者在略带悬疑色彩的讲述中，道出了网络媒体对现代生活的深远影响。

与上述作品直接和时代对话的模式不同，杨少衡的《蓝名单》不以个体折射时代，而是在一种政治语境中，透视父子伦理裂变的迹象。《蓝名单》看似一部反腐题材的作品，但杨少衡并未以案件侦破的套路展开，而是把更多笔墨放在日常生活的描绘与人事关系的编织上。作者将父子关系的内在演变放在错综的人事关系中考察，把对腐败案件的关注导向亲情伦理的探究。简哲与父亲简增国的对抗，并非俄狄浦斯弑父情结的再版，这种逆反冲动在父亲的温情关怀下逐渐被理解和感动所替代。简增国暗中的护子行动，作为一种深情的腐败行为，本质上是对传统家族伦理的反动。小说以父亲自甘入狱自我受罚的方式，颠覆了传统的二元对抗模式。小说没有展示血腥，没有阴谋的取代，而是以父爱的深情消解了通常情况下剑拔弩张的父子关系，昭示出通向和平之路的可能。从观照生活的视角看，青年作家普玄的《资源》同样以时代气候与情感伦理并举的方式，掀开个体情感生活的死角，提出具有个性化的情感命题。首先是结构的匠心独具。一方面讲述的是铜都、萍水等城市资源严重枯竭的现象，提出资源型城市如何实现转型的问题。另一方面，小说以城市的空洞为参照，延伸出主人公史昌庆在情感枯竭后的可怕。而母亲和恋人对他的爱是那么极端，那么决绝，我们要追问的是，对这样一个情感枯竭症患者的施救行动会有怎样的效果？结尾表明作者的态度是悲观的。尽管叙述上略感粗糙，叙事逻辑也有待推敲，但从作者强烈的问题意识中，还是能看出一个知识分子的人文气度。

婚姻情感题材的作品是这一年中篇小说创作的重头戏。对女性生存困惑的揭示，对自我内心的审视，以及男女情感纠葛的呈现等等，这些主题在新世纪小说中多有表现，且不乏厚重力作。尽管如此，2013年此类题材中篇小说创作仍有不俗的表现，尤其是青年女作家的作品成为新世纪女性文学的新收获。这主要表现在小说叙事的内向化掘进，在对灵魂内部的打探中展示分裂与弥合的精神图谱。

陈谦的《莲露》以“精神诊断式”的叙述讲述一个女人的奇特遭遇。这种遭遇与乱伦相纠结，缠绕着触目惊心的痛感。小说中的乱伦描写无疑很抓眼球，舅舅对外甥女，母亲对继子。应当说，这种乱伦在当代小说叙事中并不少见，而这个小说中，陈谦决意另辟蹊径，她要着力回避那种常见的欲望化书写，而把视点投向女主人公的心路经纬，深究生命的奇特形式。莲露从小寄养在外婆家，但这并不妨碍她幼小心灵的健康成长。因为舅舅出色地充当着父辈的角色，给年幼的莲露提供贴心的关怀和精神的滋润。在这种温情的氛围中，噩梦倏然而至。舅舅醉酒后的强暴让她跌入痛苦的深渊，而后是母亲的乱伦，朱老师对她的背叛，不断加剧了主人公心灵的蜕变。在对这个过程的探查中，以何种方式切入人物内心，照亮人物精神裂变的流程，极大地挑战着作者的想象力。陈谦的叙事依托于精妙的细节，而这些充满暗示的细节，正是照亮内心黑洞的窗口。同时，这是一部极为出色的心理小说，作者对人物精神路径的探幽，层层推进，步步精心。陈谦的叙事以令人信服的情感逻辑，让我们看到女性作为精神流浪者的悲惨命运。这样的流浪者同样出现在朱文颖的《倒影》中，不同的是，小说主人公“我”是独立的知识女性，在对世俗的不断躲避中审视自我，这是一种后退的审视，一种倒置的自我辩解。为逃避与父辈一代的世俗性纠缠，“我”常常谎称出差躲到自家附近的小旅馆。所以，这种逃逸不同于莲露被动的精神模式，而是自觉的主体行为。朱文颖让主人公站在一定距离之外审视父辈的生活方式，并企图以此反观自身，审问自我。“我”的母亲忙于邀请远方“亲戚”来家里做客，这种行为本身对进入老年的母亲来说，似乎是服从于怀旧的内心需要。而事实上，云姨、根叔和芳姐根本不是所谓的穷亲戚，而是父母当年插队时农村里的同龄人。频频邀请他们吃饭，不过是母亲炫耀自我优越感的把戏。作为高级知识分子的母亲落入平庸的世俗轨道，这正是“我”所揪心的。以此来看，主人公的逃避，与其说是代际矛盾演化的结果，不如说是现代女性抵制自我内心被世俗化的勇敢举动。

中篇小说由于篇幅限制，很难写出历史感和命运感，而迟子建的《晚安，玫瑰》由于历史文化因素的引入，个体情感的极端化和个人命运的沧桑感就有了深厚的逻辑支撑。《晚安，玫瑰》是迟子建作品阅读费时最长的中篇小说，当之无愧地成为这一年女性叙事的扛鼎之作。小说主要人物是遭受严重内伤的两个女性，她们居住在国际化大都市哈尔滨城区。叙述者兼主人公赵小娥由强奸犯而生的身份，给她的精神成长造成决定性影响。这不仅表现在她不如意的生活现状——参加工作三年，没房，没钱，不能过上时尚生活，更重要的是，这种不如意的生存现状让她不相信上帝和神的存在。这个精神死结，经由一个年届80岁的犹太裔老太太的点拨而得以激活。在很大篇幅中，作者通过吉莲娜对个人情感的守口如瓶暗示出两个生命无形中存在着某种内在的神秘联系，这种联系的契合之处便是她们同样不幸的人生遭遇。吉莲娜的继父利欲熏心，亲手导演了一幕让她遭到日本军官蹂躏的惨剧。因此，两个女性的内心所承受的精神重负几乎是等量的，那是一种积压已久却无法排解的创痛。同时，她们同样面对无以逃脱的罪恶感，这种罪恶感源于杀害父亲后的恐惧与愧疚。迟子建的叙述总是在不经意间透出那种无所不在的宿命感，让我们看到女性面对悲剧命运的那种悲凉与无奈。赵小娥有过三段恋情，前两次不幸成为传统伦理和物质主义的祭品，而第三次，正值收获爱情果实的时候，男友齐德铭的遇难使那种幸福的预期化为泡影。齐德铭出差总不忘携带的“寿衣”，似乎是对女主人公悲剧命运的某种隐喻。然而，迟子建并不悲观，她要给人物以精神出路。与赵小娥相比，孤独一生的吉莲娜面对不幸的姿态更淡定，更从容，这不仅仅是因为岁月的磨炼，更重要的，是因为那位高贵儒雅的苏联外交官给她留下的“一辈子回味的香气”。这种爱而不得的悲苦命运，作者以凄婉的语调徐徐道出，分外动人。正是那种共有的伤痛让两个具有不同教养和文化背景的女性，在不断磨合中渐趋默契。尤其在最后，赵小娥杀死亲生父亲后内心的恐惧，消解于吉莲娜宗教意义上的点化。正如吉莲娜说的：“有爱的地方，就是故乡；而有恨的地方，就是神赐予你的洗礼场。一个人只有消除了恨，才能触摸到天使的翅膀，才能得到神的眷顾。”小说由此触及女性生存的深层困境，女性如何在爱恨纠结中安置自我，如何让自我在爱恨悖论中得以超脱等等。对这些问题的探讨构成这部小说的思索品质。在文体上，尽管这部小说只有中篇的容量，却不乏长篇的历史视野和文化气象。历史的与现实的、国际的与国内的、世俗的与宗教的、冷酷的与温情的、爱与恨、生与死，这一切交织在冷静的叙述中，共同奏响了一部五味杂陈而又旋律幽深的生命咏叹调。

同样是对女性内心生活的探讨，何立伟的《今夜流星》和王松的

《雨中黄花》以男性作家特有的视角透视女性心理，阐释女性命运。前者尽管谈不上有多么深刻的历史感和命运感，也没有多少文化意蕴和高雅情趣，但在叙述语调上，这部作品比《晚安，玫瑰》显得明朗得多，也更富有现代感和时代气息。何立伟以轻快的语调讲述了一个婚外恋的故事，而婚外情属于个人隐私，为了强调故事讲述的真实性，作者别有心机地将整个叙事构筑在女主人公萧婉与闺蜜黎笑的对话中。萧婉的内心隐曲在女性私密性的对话中和盘托出。让我意外的是，作为男性作家，何立伟对一个少妇出轨心理流程把握得如此细致入微。萧婉对爱的来临似乎没有准备，那种意外与渴望，紧张与疯狂，那些关于爱的奇思异想，使小说的叙述委婉起伏，趣味横生。值得称道的是，小说最后，作者将这种婚外恋从肉体、物质层面延伸到精神和心理层面，主人公心中暗生的那种幻灭感就显得更为悲凉，更为酸楚。与何立伟那生机盎然的叙述相比，王松《雨中黄花》的色调暗淡得多，作者将女性命运放在复杂的历史背景中铺开。主人公陆菁是个孤儿，凭借敲得一手好扬琴与同班会吹笛子的同学陈向阳走到了一起。而陈向阳出身高干家庭，其家人的盛气凌人让陆菁渐渐疏离陈向阳。随后是中国社会的突变，故事也随之以突变模式展开。这个变局所带来的是陈家失势，陈向阳自杀。按照惯性写作思维，陆菁的反应该是祭奠陈向阳，然后与陈家不再存在多少牵连。但考虑到主人公的孤儿身份，王松意识到叙事的另一种走向。至此已是中学教师的陆菁不但没有远离陈家，而是出乎意料地到陈家料理家事，甚至在陈母暗中怂恿下，接受了陈向阳哥哥陈向峰的无礼要求，并从此与之过着没有名分的同居生活。事实上，陈向峰的世俗之气与陆菁的高雅心性格格不入，所以，陆菁扮演的更多的不是女人角色，而是充当了一种母爱的替代品。关于这种不免令人纳闷儿的关系，作者给出了心理学的解释。它源自一种赎罪心理，其原点在她偶然拒绝了死去好友的一次邀请；这种愧疚感使此后毫无原则的付出就变得顺理成章，也使她的顺从和隐忍变得更加悲壮，更加令人痛心。

薛舒的《我们结婚吧》在世俗与浪漫之间展开想象，以略带荒诞意味的叙述观照女性复杂纠结的结婚心态，这种构架与笔调使这部小说在婚恋题材小说中格外引人关注。苏羊与徐麟同居六年后，在徐母“死不瞑目”的威胁下准备结婚。而此前，苏羊对结婚生子毫无概念，她为即将变成一个世俗女人而深感不适，那是一种“奇异的感觉”，是一种由期待和惊恐织就的焦虑感。作者结合人物的家庭背景，对这种心态进行了深层分析。苏羊父亲反复结婚离婚的随意态度，及其对苏羊母女的伤害，使她面对婚姻的态度变得游弋不定，处于半期待半逃避的状态。尽管如此，她还是为婚礼筹备着，这种筹备不关房子，也不关排场，而是对童年记忆的捕捉，对世俗之心的反抗。卡夫卡《城堡》和梭罗《瓦尔登湖》的文化意向成为苏羊行动的心理指针。她突然想到邀请幼儿园的同桌参加婚宴，这个举动正是她抵制世俗的精神表征。为此，作者动情地勾勒出两幅童真画面：在寒冷的冬天，苏羊把手伸到胖子（苏羊同桌）的毛背心里面，“肚子肥肥的、软软的，真暖”；胖子酣睡中的放屁声惊醒全班同学，苏羊的先知先觉引起的那场骚乱。而现实中“胖子”却是那般的庸俗和委琐，而且对苏羊所打捞的记忆全盘否认。现实与记忆的错位，直接摧毁了苏羊诗意的浪漫想象。要不要结婚？结婚的意义何在？这是苏羊要追问的。而直到结尾，他们竟未领到结婚证，这种悬而未决的人生状态，预示着现代知识女性在世俗现实中，难以把握自我的迷茫心态。

李铁的《会唱黄歌的大姐》和黄咏梅的《达人》是两部别具格调的中篇小说。说其特别，不是因为题材的非同寻常，而是因为小说渗透着复杂的文化元素，并彰显出一种强烈的文化反讽意味。前者把叙事时空推向政治氛围浓厚的历史时期，借助“黄歌”这种特殊的文化形式展现那个物质生活和精神生活双重贫乏的时代。耐人寻味的是，小说叙事以性为中心展开，故事的推进也以性为原动力。崔英父母因为性而丧命，留下崔英姐妹五人相依为命。而作为大姐，崔英的微薄薪水显然难以维持五口之家的生计。她一次次以唱“黄歌”为筹码换取食品，如同一个女地下党员与神秘的同党保持秘密联系。尽管这些“黄歌”如今看来并不算“黄”，而且带有山歌的欢快情调，那些关于男女情感的抒发，甚至还相当淳朴、真挚。这些歌曲的黄色定位与当时过“左”的意识形态话语有关，它缘于权力话语对人身心的极端压制，这种限制潜在地决定了人们为积压已久的欲望寻找出口的可能。这种背景下，以歌易物的方式是主流社会所不容的，注定会遭到意识形态话语的规避。崔英因此被工厂解除厂籍，回到生活无着的境地。这部小说以轻写重，道出畸形文化压抑下女性生存的尴尬，同时让我们看到这种文化如何操纵着整整一代人的精神生活。黄咏梅的《达人》同样表达了特定文化对人类生存的潜在影响，不同的是，黄咏梅的语言显得更诙谐，她不想让这种语言承载某种历史反思的重大命题，而是试图营造一种虚拟化的氛围，并借助这种氛围塑造一种文化人格。小说主人公孙毅迷恋武侠小说，因为崇拜《射雕英雄传》中的人物丘处机，他费尽周折将姓名改为丘处机。不仅如此，在现实中，他也让自己进入虚构的世界，用武侠人物的思维处理日常事务。关于这种文化人格，作者以“达人”称之，这种人格在现实中的遭遇成为小说叙事的重点。丘处机虽然在某些方面确实有过人之处，但考虑到武侠世界与现实世界的反差，黄咏梅没有把这个人物过于神化，而是让主人公与现实发生碰撞，表现他面对现实的无力感。作者一面描述“达人”不“达”的生存状态，一面又给人物以出路和希望。她试图摆脱“底层叙事”那种廉价的苦难诉说，她要让这个似乎有点不合时宜的人物拥有一种自强不息的精神，在种种无奈中顽强而智慧地活着，以此表达她对弱者的关怀和对生命的礼赞。

归隐是徯晗《隐者考》和鲁敏《隐居图》的小说主题。两部作品以不同的方式描画我们这个时代的异类生存图景，以此展开关于人类生存境遇的宏大思考。前者讲述的是一个智商过人而不能接纳现实的大学教授的归隐生活。在结构上，小说的叙述是一个敞开的过程，包括内心的敞开，欲望的敞开，人性的敞开。小说叙述者“我”，一个作家，是这个过程的开启者，通过微博、笔记、小说和访谈等形式，试图揭开现代人的归隐之心。“我”是小说的主要叙述者，充当着探秘者的角色，而康娅，一个特殊的受访者，男主人公高阳教授的昔日恋人，为我们敞开了主人公的归隐之途，以及“另类隐者”年轻园丁的隐秘心结。康娅是名人，社会主流价值的代表，同时又充当着现代隐者与外界联系的桥梁。作者通过性的不和谐暗示出高阳作为隐者，在康娅眼中远远超过了他作为情人的魅力。如果说高阳象征精神，那么，青年园丁则代表肉体，一个被迫的“隐者”（潜逃犯），一个激发康娅肉体欲望的世俗的符号。对康娅而言，精神与肉体如此纠缠不休。通过这个视角打量主人公的人生选择，显得别有意味。我们不仅看到现代知识分子的觉醒，他们对自然灵性、对古典浪漫、对如福克纳的“八月之光”怀有天然的亲近感，同时也看到现代隐者无法做到彻底隐居的尴尬：肉体归隐田园，而精神和思维却无法脱离现代文明，对实用科学和工具理性越来越深的依赖，必然又会导致人类主体性的迷失。如果说徯晗的叙述试图将世外桃源与现代社会对立起来，存在某种把问题绝对化的隐忧，那么，鲁敏的“隐居图”则显得错综复杂起来。女主人公舒宁与康娅一样，也是现代社会中的成功者，浸染着世俗之气。她来到曾经的恋人孟楼生活的小城，成就了一次心灵的探访之旅。当年的分手让彼此生活发生了很大变化，以至对面相逢却难相认。分手之前的舒宁是“欲望散淡的女学生”，是浪漫主义的忠实信徒，而分手后便踏上了“永动机般的功利轨道”，追随现实主义的潜规则。但深究起来，舒宁在仕途春风得意，而情感生活却空洞乏味。相对而言，孟楼粗糙寡淡生活的背后，是另一种自在和逍遥。人物内心的曲折微妙以反讽的形式由此荡开。艺术之梦的溃败让孟楼无法彻底根除内心的惨淡阴影，因此，他对宁静淡泊的“小日子”近似炫耀的展示，不过是面对舒宁的一种权宜之策。鲁敏的叙述精确传达出转辗于出世与入世之间的那种复杂的人生况味，以及命运背后的隐秘情结。

如果要问这一年最具小说味的中篇小说有哪些，我会毫不犹豫地回答：余一鸣的《潮起潮落》和阿袁的《绫罗》。那么，什么是小说味呢？我以为两点必须具备：一是故事内容的世俗性，柴米油盐，生老病死，琐屑细碎，皆入笔端；二是讲述方式的形象生动，能化抽象为具体，于细节而知幽微。小说吸引读者的正是那些日常中的世俗之相，以及作者对种种世相及其形而下的呈现。《潮起潮落》讲述的是商界精英及其家族的故事，金融家、银行家们事业的潮起潮落，伴随着家族恩仇的此消彼长和情感生活的起伏波动。令人称道的是，作者对世俗之心的精心点染，显得自然天成。女人对男人的算计报复，以及女人之间暗中较劲的细微心理，都难以逃脱作者非凡的眼力。《绫罗》的叙述同样如此，乡村妯娌之间的矛盾，女人的背叛以及她们心态变化的细枝末节，都写得入情入理，透着生活的原汁原味。阅读这样的小说，你可能很难从中提炼出多么深奥的哲理，也不要指望它传达多么深刻的人生寓意，但这样的作品却总能抓住你的心，让你领悟到那些雅正小说难以提供的世俗哲学，并使自己渐渐变得睿智起来，丰富起来。

近年来中篇小说创作中，具有自觉的语言意识，并致力于高度精准的文学表达的青年作家并不多见。谢凌洁的《一枚长满海苔的怀表》和薛忆沩的《通往天堂的最后那一段路程》堪称 2013 年中篇小说中凸显语言意识的标志性作品。首先，可能是因为创作主体旅居海外的文化背景，他们有相当敏锐的语感能力，在叙事中工于词句，经营意境，甚至标点的使用也甚为讲究。仅从标题的表述看，量词和形容词的多重限定就显示出一种严谨态度，一种穿越历史的空间感，一种精神抵达的审美诉求。其次，两部作品的交集，不仅在文学表达的精确性和陌生感，还在于创作主体关注对象的一致性。创作主体都致力于西方人文化心理的开掘，在战争、信仰、死亡、爱情等多重视阈中，展开对人性的多向度揭示。谢凌洁的叙述中所充溢的异域海洋文化气息，回望和打捞历史的视角，以及对二战幸存老兵回归日常后的精神残缺和救赎冲动的检视，充分展露出作者以一个反思者的身份，打量那种基于战争的精神创伤和诡异人性，还原历史真相的审美企图。《通往天堂的最后那一段路程》是薛忆沩对自己同名小说重写的结果。新版叙事中，“天堂”脱离了那种日常的语义表达，而与“地狱”构成了某种悖反的意义空间。这个空间在几个人物关于“天堂”的辩论中，同时也在人物走向并试图抵达“天堂”的途中打开。从意义指向看，怀特大夫的“天堂”就是他对前妻的爱，但那个“天堂”注定是他无法抵达的。这个意义上，“最后那一段路程”其实是遥遥无期的，怀特大夫的精神征程本身就是一条绝路。纵然如此，怀特大夫还是倔强地用写信的方式走近前妻，走近他的“天堂”。这种对爱的书写，展示的是灵魂的图景，是走向虚无的精神旅程。

2013年中篇小说创作成绩斐然，出色的作品还有很多。比如，马金莲的《长河》在对死亡的凝视中，向我们敞开了被恐惧和疼痛所遮蔽的那种高贵和洁净的生命色调。苏兰朵的《百合》通过对几代人情感世界的打探，发现历经岁月沧桑的磨砺和淘洗后，爱情是那般坚韧和纯净，弥足珍贵。残雪的《道具》以向死而生的精神操练之图，展示了她对潜意识世界的不懈探索。张炜的《小爱物》和陈河的《猹》借助对灵异世界的想象，在人类与生灵互相观照的生态谱系中，展开对人类中心主义的批判。此外，海飞的《麻雀》在谍战题材的别样开拓，刘永涛的《我们的秘密》对现实中“异类”荒诞生存的独到观察，孙频的《异香》对情感本真形态的形而上追问，乔叶的《拾庄梦》作为“70后”作家想象“文革”历史的尝试，甫跃辉的《杀人者》对大学生杀人事件的关注，以及胡学文的《奔跑的月光》和姬中宪的《单人舞》对个体生命的荒诞书写，均有精彩之笔，值得关注。

以分裂的想象烛照那些隐秘的事物

——2013年短篇小说创作述评

2013年短篇小说创作敏锐快捷地反映社会现实，呈现时代变动。敢于触及时事政治大问题，大胆揭露种种腐败现象，并不一定就能产生短篇杰作。我以为，短篇创作不是雕虫小技即可为之，它是最强调技术性的叙事文体。从文体上看，短篇小说的优长不在故事性和命运感，而是更强调叙事结构、叙事语言等形式层面的创新。被称为“文体家”的鲁迅、沈从文、孙犁、汪曾祺等，无不从短篇创作体现其“形式的急先锋”角色。如何将一种氛围，一个场景，或是一段感情，一种意境，讲述得不同寻常，而又包含高密度的信息量，是摆在小说家面前的重要课题。这决定了短篇写作技术性和形式感的重要性。所以，本文侧重从技术层面考察2013年短篇小说，简要描述笔者进入短篇现场的审美感受。

回顾2013年短篇创作，乡土叙事与都市叙事双管齐下，以分裂的想象展现个体在中国社会转型背景下的生存际遇及其所怀有的复杂心态。同时，对人性和生命的寓言化表达，对情感和内心富有深度的剖析，也是这一年短篇叙事的重要特征。

随着中国城市化进程推向深入，农村劳动力大量转移到城市，向城求生便成为中国文学近年来所关注的主题。这是一个特别庞大的群体，知识结构和文化素质可谓千差万别，如何更有效地呈现他们的人生、情感和欲望，揭示其复杂的内心生活，而又不流于现象式展览，不落入新闻报道式书写，始终考验着作家把握生活和洞穿本质的能力。徐则臣、光盘、刘庆邦等的短篇小说，以不同的视点和笔墨，呈现了都市中农民工生存的真实图景。

徐则臣的《看不见的城市》讲述的是因争打电话而引起的暴力事件。这是故事的外壳，叙述由此向核心突进。当小说的叙述追索到两位主角的生活原态时，我们才发现他们原本并没有想象中的那么残忍，而是生存压力让他们心理发生了变异，最终导致了一场悲剧。徐则臣的叙事有一种深究的品质，而且自有他的方式。死者天岫进城之前是生产队长，但是农村变得愈来愈荒凉的形势逼迫他到了北京，这是因为“地种得大家越来越穷了”。而贵州人原本也是良民，只是他不愿依从妻子出门打工。要知道，是妻子的离弃才迫使他作出进城的决定。徐则臣要深究的是向城而生的根源，乡村的凋敝和亲人的施压使他们别无选择。然而，肉身虽然到了城市，精神之根却在乡村，以至为了给家人打电话而不惜使用暴力，足以说明他们对乡土的依赖之深，以及都市生存的无根性和异己感。这种感觉正如同样是农民工的车夫所说：“就是觉得人浮着，夜里总梦见自己在半空中一圈圈踩脚踏板，怎么踩车都跑不快。”这种状态使他们身处城市却对城市视若无睹，如天岫所说：“我在脚手架间忙活时，从来不想什么城市，我就是在盖楼。”这是一种分裂的想象。从肉身与精神的分裂生存中，作者发现了隐藏在生活背后的悲剧性根源。民工的乡土根性与城市的现代性之间的这层隔膜，在光盘的《楼上的》中表现为一种精神行为，成为主人公内心隐痛的发泄方式。楼上楼下邻里之间矛盾不断激化，故事的神秘性也随之产生。制造悬念是光盘惯用的处理方式，这是一种有力量的方式，因为那种生命的痛感酝酿其间。从小说本体看，小说的优劣，最核心的指标在细部的质量，细节的精妙与否直接关系到作家的创作水准，考验着作家的想象力。在这个意义上，光盘展露出独自的叙事才华。在小说中，老唐对公司老板的怨愤积压在心，本能地想到排遣的精神通道：借用铁锤敲击老板的画像。作者以娴熟的笔致和绝妙的细节，将读者引向对底层弱势群体内心风景的关注。

如果说刘庆邦那篇象征性的小说《到城里去》止于对都市生活的外部观察，那么“保姆系列”则以保姆的旁观者视角，对都市生活细部作出更深入的透视。在《后来者》中，身为保姆的主人公祝艺青并非来自乡下的村姑，而是留城待业的大学生。作者通过她在表舅家做保姆的经历，让我们深切感受到城市的傲慢与人心的冷暖。同样是保姆视角，《金戒指》对都市人心的表现则趋于复杂化。主人公做卫生时意外发现一枚戒指，而这戒指从不见女主人戴过，于是她把戒指戴在自己手上。不幸的是，她沉浸在那种前所未有的幸福感中，还没来得及把戒指放回原处就被发现了。作者关注的焦点不在主人公的道德问题，而是随后两位老人对这件事情的态度和处理方式，这构成都市人心多向展开的重要断面。从这个小说可以看出，刘庆邦的叙述变得更加从容，面对都市的光怪陆离，他不再一味指责，因为他意识到，那种言过其实的谴责，不过是对人性另一面的遮蔽。

2013年短篇小说对都市经验的呈现可以看出，创作主体的兴趣点不在欲望化书写，而是着眼处于社会边缘的小人物的生存现实。作品大都以小人物真实的生存际遇，揭示现代化都市给人带来的压抑和困惑。

邓一光的《轨道八号线》中，主人公是年青一代的进城务工者，模具车间的几个工人。他们空虚、焦躁，无所事事，只能以不无怪异的举动和无所顾忌的发泄打发业余时光。而这种无聊的生存方式背后，正是生存的压力和前途的迷茫。小说中的“轨道八号线”其实并不存在，它只是隐喻着青年一代无所依傍的生存方式和前景渺茫的灰色人生。这种人生，在徐则臣的《六耳猕猴》中是通过梦境暗示出来的，而这个梦以及梦中出现的六耳猕猴，正是主人公生存现实的隐喻。作者以第一人称视角，讲述老乡冯年都市闯荡多年，而至今仍无出头之日的悲哀。如果说徐则臣将小人物纠结于理想与现实之间的尴尬人生，寄托于一只脖子上套着链子的六耳猕猴，那么，这种进退失据的人生经验，在陈然的《失窃记》中则是以意识流的形式呈现出来的。作品以内聚焦的视角道出主人公上班途中的内心流程，由此带出关于人生选择的内心追问。小说将反抗世俗又迎合世俗的无奈心态写得细致入微，这种游移的心态正是当代都市青年精神困惑和心理危机的征兆。

从思考的角度上，范小青的《梦幻快递》对这种心理危机的揭示，更逼近我们这个时代的精神内核。这篇小说写快递员的所闻所见及其尴尬遭遇。但作者的心思不在底层叙事的命题指向，主人公作为都市小人物的生存现实，只是充当作者观察问题的一个视角，借此窥探时代和人心的秘密。在这个追求速度的时代，事物的复制、生存的超常信息化、生命的符号化等等，这些伴随现代性而产生的人类生存方式的变化，逐渐瓦解了那些一直以来被确认为常态的人类经验。作者特意将主人公放在迷离的幻象中，借以窥探现代性进程自身的悖谬性。主人公每次走进小区都有做梦的感觉，总是有似是而非之感，“因为对这些小区太熟悉了，因为这些小区太相像了，我每天进入不同的小区，但它们好像又都是同一个小区，无法区别，不仅梦里会梦到它们，就是醒着的时候，也会把它们当成是梦境”。果然，这种感觉让他走火入魔，在投递快件中出了差错。现代生活的复制性和非个性化是进入后现代社会的重要标志。作者通过人类生存中不确定性和不稳定感的描述和指认，展开对这个以“快”为潮流的时代的深层反思。

当把视线转移到乡村题材的小说时我们发现，中国城市化进程对农村社会造成的冲击，不仅表现在农耕文化面临现代化转型所经历的阵痛，更触目的是乡村社会、基层政权、伦理与情感的惊人变化，以及这种变化中所潜藏的种种内在矛盾。

近年来，晓苏的叙事对乡村社会有独到的观察，他总能敏锐地发现中国农村政治生态和人性生态的真相及其特有的悲剧性。在他的叙事中，当代农村没有沈从文《边城》中的优美意境，也没有知青叙事中的热闹场景，而是矛盾丛生之地，显出一副病态面相。乡村社会的矛盾表面上并不激烈，而是潜伏在暗处，隐藏在日常中。《酒疯子》就是对这种病相的大胆揭露。这是一篇愤怒的小说，但作者的叙述相当节制，他没有把农村社会的内在矛盾写得白热化，而是着力叙写酒疯子袁作义借酒浇愁的画面。一口酒后，袁作义说村长黄仁被罢职，自己代理村长；两口酒后，袁作义描绘新农村建设蓝图，而在规划中不忘自己从中投机一把；三口酒后，袁作义描绘自己如何使用“三步法”勾搭上村长的女儿。读者怎么也没有想到，因为村长与袁作义媳妇行苟且之事，袁作义才被自己媳妇打发出来喝闷酒。这个人物显然与阿Q有着血缘关系，而小说中的“我”与《阿Q正传》的叙述者“我”作为旁观者的身份，又是何其相似。这种愤怒在《桠杈打兔》中依然存在，但似乎有所淡化，更多地转化为一种荒谬经验的呈现。在叙述方式上，退休老村长的回忆性讲述视角，为人物荒诞命运的逻辑展开提供了保障。显见的是，作品的锋芒直指乡村政权的漏洞和基层政治的腐败。而这些，可能还不是晓苏叙事的终极指向，他要借助这个背景，写出一个正常人无法享有正常公民权利的悲哀。毛洞生从青年到老年，好运与他无缘在其次，关键是当初为了当兵修改了年龄，这让他领取养老保险的时间推迟了五年。为了改正年龄，老村长再次出马，而结果正如那句口头禅：桠杈打兔，总是白费。但在叙述上却由此带出毛洞生一生中所有不巧之事。我以为，小说叙事的关键点就在一种“不巧之巧”的设置，有时人生的不幸可能在某种诡异的情境中转化成幸运。唯利是图的姜广才没有帮助困境中的毛洞生，他的意外身亡却让毛洞生免于灾祸。这种偶然的“幸运”让毛洞生有了自欺的理由，而这又何尝不是精神胜利法在当代环境下的变相现身？这种偶然性的转折同样出现在青年作家陈再见的《白肉头》中。作者通过儿童视角，从父亲用白肉头给人治病添丁写起，接着写到黄色电影中的“白肉头”。这些颇具童趣的场景呈现于特定历史氛围中，历史对人心的规约激活了个体的欲望想象，自然也激发了儿童的好奇心。而在喜剧性的氛围中，悲剧以偶然的方式降临。生活的诡秘和女性的宿命，以这种悲喜对照的结构呈现，足见作者匠心之独具。小说主题的多重性和思考的意义深度，足以改变我们对“80后”作家的偏见。

消费文化兴起后的中国都市社会，那种诗意的爱情已很稀缺。理想化的爱情总是弱不禁风，很容易就在各种欲望和诱惑面前束手就擒。那么，新世纪的乡村爱情又是怎样一副情状？向本贵的乡村叙事满足了我们的期待。当他把目光投向乡村的情感世界，发现农村向城市输出的不仅仅是劳动力，随之而去的还有情感，还有纯真的爱情。如果说晓苏对乡村文化生态抱以愤怒的姿态，那么，向本贵的《乡村爱情》则以体恤的情怀，对乡村中的情感生活现状深表忧虑。这篇小说所呈现的是一幅荒凉的爱情图景，新世纪中国乡村的爱情，已经褪去热烈和浪漫的色彩。关于爱情，他们没有太多幻想，只求能找到女人，结婚生子。而我们发现，这种最低限度的情感需求仍是难以实现。作者把传统的爱情主题植入中国社会发生深刻变革的大背景下，切中了当下一些乡村空洞和苍白的情感现实。

关于个体情感的叙事是小说中的常见品种，如何呈现个体的情感经验，把那种情感的微妙讲述得熠熠生辉，以异质性的情感世界打动读者，这对短篇小说写作来说仍然具有一定难度。2013年的短篇叙事中，关于个体情感的想象占相当的比重，尽管切入的角度和呈现的方式各有不同，但从小说所呈现的情感经验来看，作品底色大抵是沉闷的、幽怨的，也是驳杂的、丰沛的。

如何处置个体的情感，挣脱情感死结对自我的纠缠，这是叶弥的《亲人》所要阐释的命题。叶弥的叙述在爱与恨的纠缠中展开。主人公何湘是私生子，母女之间的怨恨，缘于小时候母亲让她在父亲家吃饭时的寄人篱下的经历。母女分离多年后，一个偶然场景催生了何湘寻求和解的念头。母亲早已不在人世的消息使何湘备感凄惶，而就在这种失落中，在小旅馆与陌生男子的不期而遇，又让她再次体验到母爱的温馨，可在内心深处，那股怨恨的情绪仍旧挥之不去。在这种情况下，与男子的一夜情让她生下孩子，宿命般重蹈了母亲的旧路。此时，她才领悟到两种思维的存在：一种是不断得到，一种是不停失去。换一种思维面对，怨恨便烟消云散。沿着反向思维，她在内心与母亲达成真正的和解。当情感死结打开，故事也画上句号。作者通过对女性爱恨纠缠的心理展示，似乎表明爱与恨并不截然对立，有时候是相对的，可以相互转化，只要逆向思考，就能绝处逢生。这种看待问题的角度，作为一种生存智慧，为陷入情感怪圈中的女性提供了自我解救的思维途径。

同样是对女性个体情感经验的烛照，吴文君的《在后海爱上马丁》采用了与《亲人》全然不同的路径进入叙述。吴文君的叙事宛如一幅抒情的山水画，将主人公宜春对马丁若有若无的爱慕之情轻轻点染出来。作为郁达夫的同乡，吴文君叙事中的情绪流隐约可见；而作为女性作家，她对伍尔夫的意识流也有不俗的征用。宜春从小被家人当作有点“痴”的女孩，这份“痴”成为作者拷问生命的起点，构成整个叙事的情绪特征。宜春生性内敛、敏感、倔强，不顾家人反对嫁给一个瘸子，一个小手工业者，因为他会吹口琴，那委婉的琴声吸引着她。不久，瘸子刻字的单调与刻板无法满足她对生活情调的追求，而一次北京之旅让她爱上一个落魄、颓废的官二代。一次偶然的夜游中，那份爱在她内心萌生，蔓延，终至失落。那种隐秘起伏的过程，在作者清丽而不乏忧伤的文字中得到精妙的呈现。吴文君的叙事中，那种散淡的心绪如隐秘之火，忽明忽暗，潜伏在她内心。从诗化的叙事中，我们能感觉到作者的审美喜好。吴文君小说没有扣人心弦的故事，她对戏剧化的情节设置不感兴趣。散布在叙述中的，是意味深长的生活场景、浸染着心绪的意象，以及对场景镜头忽近忽远的调适。她将这些元素编织成似梦似幻的图景，追求一种古典的兴味，一种暧昧的意境。这是诗小说的境界，这种审美追求凸显出女性叙事特有的幽怨之气和婉丽之美。

与《亲人》《在后海爱上马丁》等作品的个体情感的单向度呈现不

同，金仁顺《喷泉》的故事在两个男人和一个女人之间的情感纠葛中展开。那种纠缠不清的情感关系，在平实细腻而又充满张力的叙述中从容道出。张龙与老安，这对少年时期的好朋友，一个好斗、勇猛，刚性十足，一个懦弱、委琐、窝囊。老安的女人吴爱云与张龙有私情，而老安对此视而不见，忍气吞声。这恐怕不仅仅是张龙曾为帮老安而入狱二十年这份兄弟情谊可以解释的。更重要的是，在矿难频发的煤矿，矿工时刻处于生死未卜的状态。对他们来说，面对未来就是面对无底的黑洞。在这种黑色生存中，两个男人面对情感，虽也有痛苦有纠结，但还是能相安无事。正是因为死神的凝视，让老安对三个人的情感现实感到心安理得，可以忽略作为男人所难以容忍的背叛之痛。而当那个黑洞从外部矿难的难以预料，延伸到内部情感的激烈冲撞，三个人的战争注定无法回避。作者以三个人物爱恨情仇的不断演化，细致入微地呈现了那种在背叛中生存，在感恩中煎熬的生命隐痛。

关于情感题材的小说，东君的《不知所终》出类拔萃，值得关注。从这个个案，我们可以看出“70后”男性作家处理情感的方式与女性情感叙事的显著差异。东君的叙事绝不拘泥于个人情感的狭小格局，而是依凭爱情得而复失的框架，搭建寻找自我的精神通途。作者站在存在哲学高度观照个体生存，生与死、现实与虚空、肉体与灵魂、绝望与希望等等，交织在思辨性的叙述中，传达出关于追寻自我的形上之思。

尽管个体情感叙事的主流是沉郁的、悲凉的，但不能说颇具喜剧意味的作品完全绝迹了。李铭的《洗澡》就是一个例外。作品观照的是生活中习见的婆媳关系，但在写法上并不俗套。李铭的智慧，在于他回避了婆媳间你死我活的矛盾，而是以生活中诙谐的情趣取胜。作者以富于质感的细节，把婆媳之间的微妙演绎得绵密细腻而又意趣横生，读来别有味道。那烟火味浓郁的叙述中，常见作者敏锐的心机和洞幽烛微的笔致。

2013年的短篇小说对人格分裂的精神病相也有呈现。由于这种叙述触及人性的根部，并对导致这种精神分裂性生存的根源进行追究，因此很见深度。李亚的《无岸》、叶弥的《逃票》和李铁的《送别宴》等，都是关于人性分裂的文学想象。这类作品中，青年作家对世俗之相的深层透析，照见了世俗文化相对于人类生存的异己性。这种分裂的文学想象所表现出的对人性的穿透力，正是青年作家认知水平提高的显著标志。

与上述城市题材的小说相比，李亚的《无岸》以更绝望的姿态，把都市生存压力所导致的那种无力与无奈推向极致。女儿出国读书需要大笔费用，这让拥有两套房产却不能套现的柳萍夫妇如临大敌。而柳萍在单位不受重视，备受排挤和压抑。尽管她试图抱着与世无争的心态面对一切，但窘迫的经济现状却让她没有退路。她注定无处可逃。于是，夫妻二人开始表演一场虚拟游戏，一种“受辱训练”。丈夫童家羽扮演柳萍的领导“何主任”，这种对话中，无论何主任态度多傲慢，气焰多凌人，柳萍都堆满笑容，说出违心的逢迎之辞，但终究还是败下阵来。其实，这种精神分裂的游戏也正是柳萍内心真相的转喻：“她的闲云野鹤当得有多无奈，在她平和敦厚的外表下，她是多么好胜，她有多少愤懑、嫉妒和计较。”这分明是一种精神分裂的生存。通过这种分裂的想象，作者为我们敞开了都市灵魂的真实一页。那种分裂的精神现实背后，是无路可退的硬挺，是强作欢颜的绝望。这种绝望直接催生了自我逃避的冲动：“我希望自己在精子阶段就被淘汰，我希望游向卵子的那个不是我，我要是没有被生下来该多好。”李亚的叙述确实很见功力，语言充满生机，赫赫有声，同时又不乏棱角分明的线条感，这种素质对青年作家来说尤其难得。只是，那种灰色的生活被处理得太悲观，这其中是否潜伏着走向极端的险途？

李铁的《送别宴》写的是都市小人物的生存困境。送别宴开始之前，作者像一个解说员，一一道出每个人物的性格特征和生活表现。这种回顾性的叙述，让读者将人物的音形状貌尽收眼底，之后送别宴才正式拉开序幕。作者以送别宴上敬酒的顺序，讲述主人公赵青青与同事之间表面友好背后的人事纷争与个人恩怨。在送别宴上，同事们的恭维奉承与现实工作中的钩心斗角形成巨大反差。这种叙事中，作者像一个幕后的窥视者，眼光锐利，那种日常中被遮蔽的人性本相，在畅快的叙述中获得穷形尽相地表现。而赵青青，一个柔弱的职业女性，生活中小心翼翼，极力趋附，到头来却还是要面对卡夫卡《变形记》中主人公的命运。世俗中的倾轧与争斗，以及压抑的工作环境，特别是赵青青与莫总的私情被暴露后所遭受的异样眼光，使她的世界变得暗无天日。她成为热闹世相的局外人。但她不想反抗，也无力反抗，而只能以另谋高职的谎言选择逃离。这正暗合了加拿大女作家艾丽斯·门罗《逃离》的主题，而门罗的女主人公最终还是选择回归，她无法逃离自己的宿命。那么，赵青青会有更好的命运吗？她的未来在哪里？这是作者提出的问题。这种追问是有力的，因为它戳穿了世俗文化的本质性面向。与李铁以洞穿人性的方式揭示人格分裂不同，叶弥的《逃票》所针对的不是世俗文化，而是意识形态给人的精神重压，以及这种压迫下的分裂性人格。叶弥似乎要以此为基点讲述一个突围的故事，一种抗击自我精神分裂性生存的突围。“文革”时期，物质贫乏是次要的，要命的是意识形态对人性的压制，人们必须违背正常人性而活才能平安无事。但孔觉民不以为然。在老婆唆使下，孔觉民不惜放弃尊严，以铤而走险的方式，试图突破精神分裂的生存状态。尽管这种“突围”并不是人物的自觉行为，逃票行为本身也显得不那么光彩，但客观上昭示出一种突出重围的精神向度。因为在那个特殊年代，逃票是一种极为冒险的行动，没有“天大的勇气”不可为之。值得注意的是，孔觉民逃票并非生活所迫，他生活得很安逸，根本没有必要冒险。作者意图很明显，孔觉民之所以选择逃票，搞“投机生意”，在于不稳定的时代氛围带给人的生存危机感。以这种背景为参照，最大限度地积累财富以备不测就在情理之中。但这一秘密一旦被发现，又使孔家招致毁灭性打击。关于突围的主线之外，小说隐藏着另一条副线。作者以孔觉民三次逃票经历，写出了穿越历史的人性嬗变。为了缓解物质上的困境，民警小兰不惜以背叛自己对孔觉民的感觉为代价。凑巧的是，多年后，小兰年轻的女儿继承母亲的价值观念，同样拜倒在已是富翁的孔觉民脚下。作品在巧合的反讽叙事中，展示这种可悲的生命轮回，彰显出洞穿人性本质的力量。

如果说精神分裂所导致的人生悲剧是心灵的扭曲和变异的结果，那么，我们要追问的是，心灵扭曲和变异的根源究竟是什么？叶弥的《逃票》给出了意识形态化的宏观解释。而蒋一谈的《林荫大道》、毕飞宇的《大雨如注》和王芸的《腻歪的晶胞》等作品，正是对这个问题的具体回应。

关于物质与精神的较量，那种发生在内心的碰撞与撕裂，在蒋一谈的《林荫大道》中有出色的表现。一方面，作者以高学历知识青年都市生存的压力，反思当代社会中物质主义盛行的时代悲哀。另一方面，主人公面对奢华的物质享受，那种可望而不可即的失落心态，在叙事中得到生动细腻的表现。比如，醉酒、裸睡等细节，人物对价值三千万的别墅的抚摩、感受和品味，他们对物质近似迷恋的幻觉，以及由此带来的心理落差，都在感觉化的叙述中得以真切的呈现。从对话中我们看到，知识分子的清高与坚守，以及坚守中的彷徨、软弱与无奈，而这些，正是当代知识青年面对物质生存窘境时内心失措的精神表征，读来确实令人动容，叫人深思。

毕飞宇的《大雨如注》和王芸的《腻歪的晶胞》是两篇教育题材的小说。作品切入问题的角度，及其所触及问题的深度，颠覆了我阅读同类小说的审美经验。从传统观念看，前者主人公姚子涵的确是相当优秀的中学生，但这不过是其父母等成人世界所认可的价值立场，实际上这与以姚子涵为代表的新一代中学生的价值观念是严重错位的。毕飞宇关注的不仅是传统教育观念对孩子天性的压抑，而且逆向思考孩子成长中主体性缺失的问题。正如“爱妃”对姚子涵所说的，他的最大愿望就是“发明一种时空机器，在他的时空机器里，所有的孩子都不是他们父母的；相反，孩子拥有了自主权，可以随意选择他们的爹妈”。这种主体性的张扬，让他们轻易地接纳那些在商业社会应运而生的时尚观念。他们受到消费主义文化浸染，追求时尚与潮流，被喧嚣、无序的价值体系所淹没。作者发现了其中的悖论：在追寻自我中迷失自我，反过来又导致主体性的弥散。青年作家王芸的《腻歪的晶胞》同样关注青少年心灵的成长。作者没有以宣教的口吻写我们该如何教育孩子，而是以儿童视角打量孩子成长中逾越庸常的可能，这与毕飞宇对主体性的思考不谋而合。作品同样以冷静的笔调指出孩子的心理世界与传统教育的错位。但王芸所探讨的，不是全球化风暴对儿童内心的劫持，而是传统教育体制规避下，一种诗性的精神生长的空间到底有多大。此外，鲁敏的《小流放》也是同类题材的小说。作品反映了近年来颇为盛行的父母“陪读”问题，同样表达了作者对孩子心灵成长的隐忧。

短篇小说创作中，铁凝的《暮鼓》和李亚的《姚莲瑞女士在等待中》以对女性生命本体的思考引人注目。前者写一位走向衰老的贵妇对年华流逝的迟暮之感。尽管年届六十，颜容已老，但她在着装打扮上成心与时间较劲，勉为其难地维持自己整体上的青春感。但这不过是无力的抗拒，毕竟时间如刀，让她内心时常涌起“铁灰色的感觉”。作者采用主人公的限制视角，讲述傍晚散步途中的所见所闻，同时以女性视角展开对自我心理的追索。一个分不清性别的女性民工，一只黄昏里静听鼓声的老猫，从这些凄凉景象，从她对女民工性别的误判，她觉察到，时间是如何魔幻般地把一切不可能变成了可能。对生命流逝的哀叹与无奈，在《姚莲瑞女士在等待中》的叙述中，在一种时空对比的框架中展开。姚莲瑞的生活从先前的优雅、奢华、舒适，到现在的逼仄、粗糙、平淡，经历了从大富大贵到平凡世俗的人生转折。青春的流逝与人生的落寞，在家境变迁的映衬下显得更是不堪。这种今非昔比的迟暮之思，与白先勇《台北人》中女主人公的芳华不再的青春哀叹，有着异曲同工之妙。两者都在今昔比照中揳入形而上的生命之思，开拓出一种苍凉的美学空间。

苏童的《她的名字》和东西的《请勿谈论庄天海》是致力于营造神秘性和宿命感的短篇精制。事物的神秘性，作为一种常态经验，有如一个幽灵，潜藏在每个人的背后，窥视着每个人的行动，搅动着每个人的命运。在《她的名字》中，“名字”充当着幽灵，不断变换嘴脸，左右着主人公的命运。段福妹从学生时代就嫌弃自己的名字，为了解开心结，她以付出初吻为代价，托同学李黎明走后门，把名字改为“段嫣”。

但第一次更名并未彻底消除人物的焦虑感，无法让她摆脱“段福妹”这三个字的阴影。后来她以母亲唯一的珍贵遗物换来“段菲菲”的名字。然而，这同样没有给她带来好运，反而是生活的种种不如意接踵而至。而第三次更名为“段瑞漪”时，她已是乳腺癌晚期患者。从三次更名来看，主人公的悲剧在于一种符号化的生存。“名字”作为抽象符号深入人的潜意识，牵制着人的神经，逐步将人推向宿命的末路。《请勿谈论庄天海》的主人公陷入了同样的困境。孟、王、陆三人的情变与事故，均与一个叫“庄天海”的人有关。他似乎无处不在，无所不能。但直到结尾，这个神秘人物也并未现身。然而，作为一种文化符码，这个名字横亘在人的意念中，很多不可思议的事情因此发生。两部小说的故事走向很难用日常逻辑来解释，因为推动叙事的终究是一种神秘的力量。那种力量以突袭的方式来临，仿佛梦境，那么荒诞，又那么真实，真实得近乎残忍。神秘力量的造访困扰着日常生存，而根源显然在主体的心理作用，一种鬼迷心窍的状态。这是苏童和东西惯用的思维方式。苏童长篇小说《黄雀记》就是这样的作品。东西的《好像要出事了》《不要问我》，以及长篇小说《后悔录》也是这类文本。从根本上说，文本中弥漫的神秘气息所昭示的，是作家的人生态度和美学素养，对不可知因素的体认显示出作家对大自然的敬畏感。昆德拉曾说，《安娜·卡列尼娜》最伟大的成就之一，是它“表现了人类行动的无因果关系的、不可预知的，甚至神秘的一面”。苏童和东西深谙此道，他们力图探寻那些不可知因素与人的命运之间的隐秘联系，让读者从中体悟到生命的局限性和悲剧感。

短篇小说版图中，一股内在化的叙事潮流清晰可见。朱山坡的《惊叫》关于精神穿越的神来之笔，王秀梅的《父亲的桥》对非正常人的正常之举的解析，王璞的《红房子，白房子》关于灵魂归宿问题的探讨，钟求是的《送话》对女法警难以释怀的心灵轨迹的追索，姚鄂梅的《一次出轨》、黄咏梅的《蜻蜓点水》对老男人心态的敏锐捕捉等等，这些作品都以内在化的叙事指向见长。此外，李敬泽的《赵氏孤儿》以高难度的历史叙事，践行于小说文体边界的可贵探索。李南翔的《老桂家的鱼》、王妹英的《牛语》对民俗风情的鲜活呈现，了一容的《我的颂乃提》、叶舟的《我的帐篷里有平安》对民族文化经验的回顾与开掘，皆是颇有味道的短篇。总体上看，相较于中篇小说佳篇迭出的局面，2013年短篇小说创作要逊色得多。尽管不乏众多名家的支撑，但事实上仍显底气不足。这种状况与短篇小说本身的写作难度有关，但更重要的是，创作主体缺少一种优雅从容的姿态去面对现实，书写现实，与现实过分贴近的视角，让文学失去那种精神飞翔的内在之美。坦率地说，2013年短篇艺术上有惊人之笔的作品极为少见。就形式而言，创作主体的文体意识还不够自觉，“怎么写”往往被“写什么”所遮盖。如果要追根溯源，这种重内容轻形式的叙事倾向，不能不说与自1990年代以来中国文学整体的回归潮流有关。依我之见，文学似乎陷入了轮回的怪圈。更何况，当下长篇为王的创作潮流中，作为基础性的叙事训练，短篇创作的形式创新显得尤为重要。试问，没有艰苦的短篇叙事训练，何来优异的长篇力作？

以上所述是我在阅读了近百篇短篇小说之后写下的文字。必须承认，对所评作品的选取带有很大的偶然性，因此只能说是一种印象式的描述，而不敢奢求对这一年几千部作品有更多的学术把握。就我阅读视野所及，2013年短篇小说常以隐约之笔，去敞亮生活中的“另一面”，或者说情感生活的“背面”，而这“另一面”恰好又是以往文学叙事中被遮蔽的地带。由于这种隐约的笔致，2013 年短篇小说总体上表现出一种沉郁的风格，作家对“存在”的发现，对内心的开掘，大都基于深切的关怀意识，表现出深度的焦虑感。当然，我们可以把这种审美倾向看作文学趋向成熟的标志，文学不再拘囿于个人情感的小天地，不再沉迷于那种颓废的欲望化书写，而是关注整个时代以及个体在这个时代的种种困惑，呈现出悲切和沉重的美学风格。

这种审美走向承续了新世纪以来“底层叙事”的悲悯气质，但必须指出的是，这种气质的沾染某种程度上遮蔽了创作主体的审美视野。首先，作为我们时代精神灯塔的作家，热衷于书写人的种种困顿和不适是无可厚非的，但他们对整个时代有过多的抱怨和失望，普遍淡忘了对美好人性的书写，少有对时代精神中正能量的开采和发扬，这种叙事作风无疑是片面的。其次，我之所以用“沉郁”这个词来定义小说创作的审美特质，不仅是因为作家对现实的焦虑心态，以及作品所传达的精神意象，更重要的，是相对于这种沉沦、忧郁、悲观的书写，那种昂扬、奔放和阳刚的审美表达显然是缺席的。所以，从整个文学生态来看，2013 年短篇小说创作是不平衡的。我认为，作家有自己的审美偏向是正常的，然而，当作家们整体陷入一种审美的集体无意识而不能自拔的时候，那就是一种趋众，结果是创作个性的丧失，很难写出穿越时代而又不乏精神重量的作品。

艺术新变及其裂隙

——2014年中篇小说美学分析

2014年中篇小说的审美气象令人惊喜。之所以这样说，首先在于中篇小说文体的可能性得以充分敞开。艺术形式上的多向度拓展，让我们看到，中篇叙事形态多元共存的小说景观。其次是小说题材的多面辐射与小说主题的多维开掘。题材上，反腐、军旅、维稳、政绩工程、教育问题、妓女问题、民工问题、留守儿童、老龄化、拆迁移民、青年创业、环境保护等，皆被纳入中篇叙事视野。而主题上，历史与现实，物质与精神，肉体与灵魂，忏悔与救赎等，均构成创作主体洞穿时代本质、展示人性面向的主题范畴。但在这里，笔者无意从题材或主题上评述这一年的中篇小说特征，而更多的是从艺术形式上，观察2014年中篇小说创作的艺术探索，以及这种探索给中篇文体边界拓展所带来的生机，及其面临的种种困境。这里谈论的作品虽说是2014年发表在文学期刊的小说，但在美学上，与新世纪小说、现当代小说乃至古典小说不无瓜葛，所以，我们有必要将这一年小说的艺术新变纳入小说史的框架内进行观照、归纳和梳理。简言之，2014年中篇小说的艺术探索，是在多题材、多主题的视阈下展开的，而这些探索在何种意义上具有创新价值，或者说，在新世纪小说叙事格局下，就中篇小说文体建构而言，这些艺术新变意义何在，这是本文所要探讨的重点。下文从六个层面展开。

贪腐叙事何以突围

随着中央反腐行动的深入，贪官的处境及其命运日益成为作家关注的焦点。因之，反腐题材作品自然成了2014年中篇叙事的亮点。在这些作品中，贪官的群像及其生命形态得以突显，甚至与20世纪40年代国统区文学相比，有过之而无不及。其实，反腐题材小说自古有之，并非近年来冒出的新品种。新世纪反腐叙事往往在新闻层面上展开，所关注的是那种带有黑幕性质的事件，而在贪官形象的艺术建构上并无多大作为。与国统区讽刺文学相较，这无疑是退步。但2014年贪腐叙事的美学格局有所改观，作家普遍存在去新闻化的冲动，致力于贪官形象的多元建构，某些篇什甚至让我们看到贪腐叙事新路向开辟的可能，并对人物的精神面向和命运形态有所洞悉。

凡一平的《非常审问》、李乃庆的《双规》、杨小凡的《总裁班》、阿宁的《同一条河流》、曹军庆的《下水面馆》、陈仓的《兔子皮》等作品契合着我们这个时代的最强音，由于切入当前备受瞩目的贪官问题，轻易就能博得大众读者青睐。文学阅读的诱惑固然来自题材的敏感性，作者却并不那么依赖这种先天的题材优势，而是力图在如何将贪腐现象审美化的问题上做文章。《非常审问》就是在一种游戏化的叙述中，展示贪官面对潜在危机的心理情状。这种处理显示出作者逾越那种侦破、悬疑等通俗小说路子的叙事意愿。《总裁班》的视角也很独特，作者以弱势者的目光打量官商勾结、女色相诱的世态，以此探访人性真相。而这个弱势者是小说的叙述者兼主人公，他那不无尴尬的灰色生活，那略显狼狈的助学义举，与整个官商界世态形成对照，产生强烈的反讽效果。

如果说上述作品是以贪官为主体的叙事，讲述官场形形色色的世相，那么，阿宁的《同一条河流》、曹军庆的《下水面馆》中的贪官则退居配角的位置，而其身边的人成为小说主角。这类作品中，官场只是充当作家揭示人性、展现生命形态的发生装置。我们姑且把这类作品称为“后贪腐小说”，因为小说主要情节的展开都发生在贪官倒台之后，主人公也都是与贪官相关的人，而非贪官自己。前者主人公邢丽是贪官焦远的表妹，小说写她发了一笔意外之财，身为市长的焦远以邢丽的名义，将1100万元巨款打入她的账号。当然，这只是小说的开端。先前是平民百姓的邢丽，如何使用这笔巨款，成为读者瞩目的焦点。一石激起千层浪。作者以虚构之笔，写尽了邢丽作为平民的富婆生活，与此相对，也写尽了其丈夫岳大健的灰色小男人心态。两人曾经都深爱着对方，而今却总生活在别扭和矛盾中，因为她怕出事，不愿把真情透露给搁不住事的丈夫，这构成小说叙事的张力，推动故事朝着他们无法掌控的方向发展，以致胆小怕事的岳大健竟然将敲诈者当作情敌并置之死地。就这样，平民与贪官殊途同归，踏进同一条河流。阿宁的叙事贴着地面飞行，以令人信服的叙述，为我们呈现了一出出于善意的隐瞒所造成的悲剧。

与上述作品在叙述上下足了功夫不同，《下水面馆》则是向着思考的纵深地带挺进，借官场生态捕捉人性之本相，洞穿灵魂之款曲。很多贪腐小说是写贪官如何落马入狱的，而曹军庆则反其道而行之。这部小说从主人公出狱后写起，并以此为基点辐射到贪官身边的人和事。窃贼、妓女、商人，各色人等，县城的众生相一览无余。从小说结构设置可以看出，作者不乏驾驭鸿篇巨制的潜质。他的叙述既能紧扣人物内心，又能从容掌控千头万绪的人物关系及其走向。但也许，正是叙述上过于用力，伤害到小说意义深度的有效传达。从几个人物寻求自我救赎的细节，不难看出作者深受西方文化的熏染。但对中国人而言，面对此生犯下的罪孽，究竟何以自救？当然，这还不是问题所在。重要的是，如何为这种精神追求找到合理的文化根基，落实到叙事上，就是如何建立起这种救赎得以成立的精神逻辑。这才是问题的核心。尽管这部小说在叙事逻辑上尚待推敲，但在同类题材作品中，还是显得非凡脱俗，尤其是作者将他对官场生态及其周边人事的观察纳入精神追问的轨道，值得称颂。

贪腐问题无疑是当前最热门的话题，如何将贪腐叙事切入人的精神层次，如何穿透贪腐事件背后的人性真相，这无疑是作家需要努力的方向。面对当下现实，具有远大理想的作家，不能仅仅充当生活的记录员，而应保持冷静的思考。“热”题“冷”写，恐怕是热点叙事的一条出路。所谓“冷”写，首先，写现实，不能止于现实，而要有独特的视角和超拔的思想，不仅要敏感于现实，还要对事态发展有一定的预见性。其次，热门题材不能只是当作题材决定论意义上的优势项目，其实，创作主体与热腾腾的现实之间的距离是存在调适空间的。作家既是剧中人，又是旁观者，好的小说往往在两种身份的无数次转换中完成。再次，创作主体既是中国人，又是世界人，以世界性的身份观照中国现实，揭出问题，逼近灵魂，打探人心，热点叙事才可能走出逼仄的格局，实现文学本体论意义上的艺术提升。当然，“热”题“冷”写的原则可能对短篇或长篇文体也都适用，但对中篇小说这种以迅捷、从容反映时代热点为己任的艺术样式来说，其重要性更是不言而喻。

鲁迅叙事的回响

20世纪下半叶乃至新世纪以来，几代作家的思想以及作品中都可以找到鲁迅的痕迹，看到鲁迅精神在百年文学中传承的不朽价值。那么，何为鲁迅传统，当代作家如何继承这个传统，这不能不说是一个庞大的命题，并非本文所能承担。1990年代以来，当代作家与鲁迅传统处于恢复和重建阶段。其中，余华关于疯狂和幻觉的极端个人化叙事、残雪关于异常的想象与黑暗的情绪，凸显了自己与鲁迅的精神联系。同样，这里探讨2014年中篇小说与鲁迅传统的关系时，不可能将这个传统的所有面向纳入考察范围，而主要依赖于当下作家在精神上的响应，以及文本的关联。或者说，要探讨随着语境的变化，在鲁迅精神血脉的当代文学传承中，伴随着哪些美学新质的输入。

如果要我说出这一年中篇小说中哪部作品最具批判性且笔法最毒辣，我会毫不犹豫地首推田耳的《长寿碑》。小说写县委严书记为发展县域经济，决计要将岱城县打造成长寿县。为了让百岁老人人数达到指标，不惜篡改档案，伪造材料。于是，七十多岁的覃四姨，一夜之间变成了九旬老人。角色转换后，忙惯农活的她无法适应优裕的闲散生活，终因心理负担过重而提前亡故。如果小说只写这些，还只能算是一则新闻事件。田耳的叙事有种执拗的追问气质，经过逻辑分析，他很快就参透了其中的隐秘，并对悲剧根源进行追究。篡改年龄意味着辈分的混乱，而辈分的混乱又意味着伦理秩序的失衡。顺着这个逻辑，田耳看到了其中所隐藏的无法回避的伦理悖论；而他也知道，小说的任务，在于对真相的不屈不挠的追问。为了落实长寿县的计划，马壮成了自己母亲的孙子，而之间还得凭空虚构出一个父亲。由此，在为覃四姨立碑的问题上，利欲熏心的孙子与沉默寡言的儿子之间产生严重分歧。锁金兄弟顺从政府的旨意，支持有违人情伦理的长寿碑，而马壮却选择了无声的逃离。这种安排显然是作者愤怒之下所作出的决定。但逃离并不是最后的选择，清明挂青还必须面对，这样便产生了一座坟两块碑的闹剧。而这诙谐的一笔其实又极为沉重，因为它照见了鲁迅所说的“国民劣根性”。当然，这部小说与鲁迅传统之间的联系，不仅限于这种批判精神，更在于叙述方式上的某些相通之处。鲁迅小说集《呐喊》和《彷徨》中贯穿了一种绝望的反抗精神，与此相连，小说的叙事演化为“离去—归来—离去”的结构模式。田耳的叙事同样以文人戴占文的视角，讲述或转述回乡后的所见所闻。不仅如此，这个回乡者还以作家身份介入其中，充当着帮闲文人的角色。而新富阶层代表亮才，那种作为旁观者的游戏心态，却远比鲁迅笔下的“看客”更为可悲。作为这场闹剧的最大受害者，马壮是十足的悲剧人物，那麻木、温顺、苟安的奴性人格，足以让我们将他列入鲁迅小说中“被看的世界”。

这种“看”与“被看”的结构关系，同样出现在须一瓜的《老闺蜜》中。小说的主人公高老太婆和林老太婆年至七旬，但为见到从国外回来的老同学张丽芳，不惜把整天时间耗费在红茶餐厅。而张丽芳却始终没有出现，是一个缺席的存在。作者以这种不在之在的方式，为萃取人物那无聊、空虚、孤独的精神特质提供契机。令人信服的是，作者从人物身份出发，动态地分析老年女性人性“恶”的层面。刁钻、傲慢、鲁莽、抱怨，“戳天骂地，唾沫四溅，比巫婆还遭人讨厌”，这些有失体面的“恶”相，无不源于特定的身份和悲苦的经历。不过，作者关注的重点并不在此，而是借助一种更险恶的人性背景，探照人心的黑暗区域。小说后半部，作者将人物的无聊心态推向极致——两位老闺蜜走出餐厅，加入由“看客”组成的狂欢而怪诞的死亡啦啦队。须一瓜想通过两个老年闺蜜的滑稽表演，更深入地追究人性中那些熟视无睹的面向。在围观中，老者的理智和风范荡然无存，人心中那最可贵的柔软、善之惯性，那本能的对生命的怜惜与尊重，更是不复存在。她们竟然冲着楼顶上的自杀者高声呼喊：“是男人你就跳哇！”至此，我们发现，须一瓜的高明之处，不在对“看客”画面的重现，而是力图向读者呈现这对老闺蜜是如何一步一步沦为“看客”的心理机制：“两个女人，从年轻到老，就经常诉说她俩以外的、所有人的坏话，包括国家领导人，包括张丽芳。”正是这种“恶”与“恶”的相交和碰撞，演绎了一出震撼人心的人性悲剧。而人生长河中，一份同情，一份善意，长在一肚子的乱麻心事里，究竟能够存活多久？

《社戏》和《故乡》是鲁迅乡土叙事中最具童趣的作品，但我之所以认定叶广芩的《太阳宫》与鲁迅传统的渊源关系，倒不仅仅是因着这种童趣，而是一种忧伤的情调，一种故事的氛围。而且，这种情调和氛围，又使小说显露出抒情散文的韵致。小说写“我”儿时与母亲去太阳宫的乡下走亲戚，受到小姨一家的热情款待。接下来，作者为我们勾勒出令人向往的乡村画卷。“我”在那里结识了儿时的伙伴日头，黄鼬、小黄狗、棒子面、秋虫等乡间物象，以及那乡间的野趣，那新奇的体验，那神像塌陷引起的淡淡哀愁，一如鲁迅小说中“我”与儿时伙伴看社戏、刺猹、放牛、钓虾的记忆。而与此相对，小说下部写日头和父亲进城却是另一副笔墨，城里人的世故、算计与乡下人的淳朴、善良处在人性的两端，构成叶广芩关于现代化进程中城乡对立的二元想象。这种想象与鲁迅小说中自由、欢快和受到封建管束的两个世界遥相呼应。日头和父亲去雍和宫观看“捉鬼”戏成为小说叙事的转折，日头意外染上疾病，从此一场场惨剧连锁发生。那种神秘的命运感，那种黯淡、阴冷的悲剧意味，与鲁迅的叙事风格如出一辙。《太阳宫》如同一曲咏叹乡土的挽歌，那富于历史感的音调中，我们听到的，是作者对城市疯狂扩张的质疑，以及她对乡土世界消失的焦虑和激愤。而其中所蕴含的两种人性的比照，暗示出改造国民性的艰巨性，这显然受到了鲁迅启蒙思想的启迪。

当然，鲁迅传统对中篇叙事的影响，绝不只是体现在上述作品，但这些作品却无疑是其中的典型个案。客观地说，这些中篇，某种程度上，除了明证鲁迅提出的文化命题、国民性批判精神在当下的有效性，以及对鲁迅短篇小说结构模式和叙述方式的借鉴，其实并未突破鲁迅传统的既有格局。如何继承鲁迅传统，至今仍是问题。正如布鲁姆所言："在某种意义上'经典的'总是'互为经典的'，因为经典不仅产生于竞争，而且本身就是一场持续的竞争。这场竞争的部分胜利会产生文学的力量。"（布鲁姆:《西方正典——伟大的作家和不朽的作品》，译林出版社 2005 年版）鲁迅传统对当下中篇小说创作的影响，依然笼罩在多年来鲁迅的高大形象之下，而无法生成某种能够与之"竞争"的创作机制。如何将鲁迅传统的继承纳入创作"竞争"的轨道，在全球化时代背景下产生"文学的力量"，仍是一个难题。

回到小说艺术的原点

在中国近代提出小说界革命以前，文学以诗文为正宗，小说的文体地位无法与之相提并论，但它却是最亲近底层人民的艺术。古代有"街谈巷语"之说，道出了小说的市井性质。这些说法都是从文学普及角度而言的。当然，在这里，我不想细谈小说文本的可读性问题，可读性有时指向大众艺术；我也不想过分强调小说创作的民族化，或许这将成为被指责为复古的口实。其实，在将来，无论小说如何创新，如何实验，它作为最接近民众的文体，可读性、民族性本来就是小说本身题中应有之义。20世纪百年中国文学的发展，足以证明这个说法的真理性。青年作家李亚对这点深信不疑。《自行车》便是他向小说传统致敬的信号，它以别样的方式刷新了我们观察乡村的视野，并以此照见了中国历史文化的真实面影。

宋人话本是说书人讲故事的底本，首先，语言上最显著的特征是口语化。《自行车》的叙事语言有着浓重的口语化倾向，足以让读者一睹古代“说话”的风采。李亚的语言相当俏皮、诙谐，叙述上曲里拐弯，还经常插入“鸵鸟日的”“奶奶个熊”这类不雅词汇，能不时引得读者会心的笑。这种不无夸张的漫画式叙述，特别符合市民群众的文化心态和审美趣味。其次，话本流行于瓦舍勾栏，故事性和趣味性元素都不可少；正因如此，话本故事多采集于民间传说和野史，而非正史。所以，李亚在叙事中多次强调，很多故事出自《李庄野史》，这种表述暗示出故事的生动性和趣味性，意在与读者于审美中达成共谋的效果。最后，在叙述上，话本的“说话人”多以“显在叙述者”的“叙述声音”就人物故事即兴评说（韩进廉：《中国小说美学史》，河北大学出版社2010年版），李亚的叙事同样如此。这类“叙述声音”不遗余力地强调讲述的多种可能性，以及讲述方式的有效性，这种“讲述”类似西方的“元叙述”，“讲述”本身也成为小说的看点。这种穿插不仅能引导读者进入故事语境，也是小说抵达真实的一种途径。“说到位”“说到正梗上”，这些看似不怎么重要的叙述语汇，正是作者确保故事真实性的修辞策略。当然，李亚的叙事绝不仅仅是模仿，他能超乎话本艺术的固有局限。我们发现，小说中的叙述者不仅是故事的讲述者，也是故事的亲临者或参与者。这种第一人称的限制叙事，显然又是很现代的。融现代与古典于一体，又能紧紧抓住读者的心，在当前文学边缘化语境中，不失为文学叙事寻求突围的有效途径。

情感类小说中，“80后”回族作家马金莲的《绣鸳鸯》，以其特有的古典色调显得异乎寻常。这是一出令人忧伤的爱情悲剧。如果说王勇英的《太阳花开》、纳兰妙殊的《魔术师的女儿》、孙频的《十八相送》等作品关注的是非常态的情感及其悲剧性，那么，马金莲则侧重常态情感的非常态书写。说是非常态的书写，其实某种意义也是小说的常道；只是当下的小说，更多的是受到80年代以来那种矫枉过正的、所谓回归文学本身的形式主义浪潮的影响，而短短十多年，还没有来得及从根本上正视自己的传统。马金莲不愿追逐潮流，以西方现代手法为圭臬，而是将目光投向中国小说的叙事传统，从传统小说中采撷叙事资源。我以为，马金莲身上那古典诗意的气质，是“80后”作家中少有的。而当这种另类的气质化作叙事，切切实实地渗透在文字中，就不能不令人侧目了。

首先，从标题看，“绣鸳鸯”就是传统文化的象征，蕴藉着整部小说的古典趣味。小说女主角姑姑古色古香，秉烛而坐，无言而固执，绣着戏水鸳鸯。小说前后两次写她绣鸳鸯的情景，前者是与货郎子在一起，相依相偎，旖旎缱绻，绣的是爱情，而后者是货郎子不辞而别后，孤寂中的姑姑绣的是怀念和忧伤。小说上部，一种朦胧的爱意在彼此心间燃烧，而当二者的结合似乎已成定局，作者对爱的最初想象开始动摇，她觉察到情感逻辑的复杂性，于是，毁灭性的悲剧还是不可避免地发生了。而这出悲剧的张力则主要来自小说细部，如堆雪人、吹火、绣花线等等。那些精妙细节点缀在叙述中，赋予小说以唐传奇的韵致。正如洪迈评唐人小说所说的，“小小情事，凄婉欲绝”。这种情感书写所彰显的古典气象，显然有别于许多“80后”小说中那赤裸裸的男女关系。文字中处处荡漾着的，是那种羞涩的古典表情，那种含蓄的情感特质，而这些，正是来自作者内心的那份矜持，并成为马金莲念兹在兹的爱情愿想。其次，在人物把握上，小说汲取了传统小说技法。作者擅长以白描手法揭开人物内心的细微层次。比如，当姑姑与货郎子把手挨在一起捏着花线，正犹豫着该不该接受这份意外的馈赠时，“我”的莽然闯入让姑姑顿感心慌：“姑姑似乎从梦里醒来，一睁眼就看到了一条蛇，在她的手上，她无声地惊呼一声，跳着脚挣脱了牵绊。把货郎子甩开，逃一般跑出去了。”又如作者这样描写货郎子的女性化及其心灵手巧：“货郎子伸出舌尖舔舔他那红润的薄唇，细长的眼睫毛眨巴眨巴，捏着针一针一针地绣，那么小的绣花针在他手里一点也不嫌小，他甚至跷起一个兰花指来，针头在绷紧的布上嘭嘭嘭跳动，针屁股后吐出一串花线的褶皱。”这些描写都很传神，很能触动细心的读者。最后，作者还通过对歌的形式，含蓄地传达男女之爱。这种质朴的民间化书写，使小说洋溢着自然、清新的民族风韵。这些艺术上的“向后看”，就像货郎子绣鸳鸯那样，一针一线，马金莲都很在行。这种艺术追求及其所达到的效果，对“80后”作家来说，确实难能可贵。

推理叙事，路在何方

裘山山的《死亡设置》、王手的《斧头剁了自己的柄》，以及海桀的《金角花园》是这一年比较典型的以推理为叙事手段的中篇小说。说到推理小说，我们便会想起美国的爱伦·坡、英国的阿加莎·克里斯蒂以及日本的松本清张，因为他们以各自的写作路向开创了侦探推理小说的经典范式。由于法制文化环境的不同，中国推理小说相对来说落后于西方国家，但也不乏质地优良的推理佳作问世。当代作家中，麦家深谙西方推理小说之神髓，是这个领域当之无愧的圣手。《陈华南笔记本》《紫密黑密》等中篇系列，都可以看作中国化的推理小说，尽管在技法上还能看到西方推理小说的痕迹。须一瓜、田耳、张欣等也是这方面颇有作为的作家，他们致力于将推理叙事与纯文学相衔接的工作。而裘山山也坦承，创作《死亡设置》的灵感来自日本作家东野圭吾的推理小说，而细读文本，裘山山的叙事确实与之有些神似的地方，不渲染，不虚张声势，却能引人入胜。

这里提到的三部小说，虽然都以逻辑推理的机制推动叙事，但叙事模式上却不尽相同。《死亡设置》的故事设置类似于克里斯蒂的命案侦探小说，杀人犯到底是谁？作者没有故弄玄虚、把搜索范围进行扩大化处理，而是将目标锁定在与其关系密切的丈夫陆锡明身上。为着这个预设的目标，读者也跟随警方的思路查找线索。可贵的是，作者没有把视线仅仅局限在警方破案过程本身，而是以死者为中心辐射开去，照亮了现实中的种种人生际遇。因此，叙事展开的过程，也是生活面向被打开的过程。命案告破之际，便是小说收笔之时，但读者看到的，不仅是案件的真相、命运的诡异，还有社会现实的众生相。王手的叙事路径则刚好相反，小说从正面去描写主人公如何帮老板逼迫赖债人还款，最终又如何荒唐地充当了暴徒。结局令人啼笑皆非，又不免有些沉重。海桀的独特气质，似乎决定了他既不赞同一般的命案侦破模式，也不欣赏顺着案犯作案过程来展开叙事，而要另寻他途。《金角花园》同样写命案，但与《死亡设置》相比，死亡陷阱设置得更加精巧离奇。而在破案模式上，作者采用的是兵分几路、各个击破的叙事原则。而当纷繁复杂的线索理清后，两个看似毫无关联的案子却同时告破，这样的结局超乎人的想象。

三部小说的共性在于，在逻辑推理中植入戏剧化的元素，由此而来的是，匪夷所思的荒诞结局彰显出反讽的基调。在《死亡设置》中，谁也不敢相信，女主人公竟然死在自己别有用心的设置中。她自作聪明地将丈夫手机里的两个号码（她与丈夫的情人）对换，以便趁丈夫与情人约会之机抓个现行，却怎么也未曾想到，这一阴招却把自己送上西天。《斧头剁了自己的柄》的前半部简直就是一部肥皂剧，有种漫画式的诙谐感，它甚至让人想到一些成语：聪明反被聪明误、搬起石头砸自己的脚。而《金角花园》的反讽指向的是老警察郝昆的人生转折，一生窝心失意，退休后却峰回路转，反而实现了作为一名警察的自我价值。而那些被命运牵着鼻子走的贪官、财阀和青年，他们无奈的艰辛，突降的梦魇，则映照出命运的无常和生命的虚无。

显见的是，在艺术性上，以上三部推理小说有待提升的空间还很大。首先，中国文学自古以来讲究“余味”，强调“言有尽而意无穷”。其实，即使是侦探推理小说，结尾也不必那么明了。不留任何可供想象的空间，就等于杜绝了读者“填空”的可能。所以，我以为，开放式的结尾恐怕更能保障推理叙事的文学性。田耳谈到其推理新作《重叠影像》时说：“我把案件揉碎了，塞在警察二陈的日常生活当中。案件开头不是故事开头，案件结束了，故事还会沿着自己的轨道滑行。这是我强烈感知到的一种生活真实，所以，我让二陈办了一件很窝囊的案子，却得来迁升的机会。”因此，在他看来，侦探推理叙事也应是开放的，不是止于侦探结果，而是在案件结束之后，让“故事还会沿着自己的轨道滑行”。

其次，这些作品中，尽管案件的复杂性有所展开，悬念丛生，故事性强，但触及现实的复杂性以及人性和灵魂的层面，则不免过于单薄。像《陈华南笔记本》那样深入灵魂而又令人心碎的描写，更是少有。值得注意的是，王手借助荒诞反讽的力量，试图将人的内心的反省推向极致。从情节看，陈胜使出浑身招数也不能追回债款，于是指使曾在自己小厂做工的张国粮扮演歹徒，潜入赖账人家里，陈胜的初衷不过是吓唬对方，逼其还债，并非想动真格。但不想，事情非但没有成功，反而让张国粮被警方当作暴徒击毙。故事到这里似乎可以画上句号，但王手并未就此搁笔，对他来说，写小说不仅意味着好玩，也不只是为读者提供找乐的读本，而是肩负着知识分子的使命。因此，接下来小说转入内心的追问，陈胜前往张国粮家中，以余生之力偿还命债，踏上了精神救赎之途。这一笔为小说意义深度的构建提供了契机。小说故事虽然简单化了一些，但作者毕竟在最后将人物作了人本化、生命化的处理，而不是作为罪犯、警察、侦探等形象类型和符号看待。

历史叙事的限度及可能

王秀梅的《虚构的卷宗》和张庆国的《马厩之夜》是值得关注的历史题材小说。按照鲁迅的划分，历史小说可分为两类：一是“博考文献，言必有据”；一是“只取一点因由，随意点染，铺成一篇”。这里谈论的文本显然属于后者，正如鲁迅历史小说《故事新编》，我们很难做到“事事考之正史”。正史只取“一点因由”，关键在“点染”，即审美想象与转换。而新时期的“新历史主义”小说显然走得更远，无论是王安忆的《纪实与虚构》，还是苏童的《1934年逃亡》、叶兆言的《枣树的故事》，作者的形象居然可以自由出入于故事，历史气息与当代情绪混杂其间。这已不仅是停留在“点染”的层面，而是虚构历史，创造历史。在这个意义上，我认为，优秀的历史小说必然是作家超前的美学观和史学观化合而成的结晶。王秀梅和张庆国的史学眼光之独到，让我们看到了既区别于正史叙事，又有别于“新历史”小说、“先锋小说”历史叙事以及“新历史主义”小说的审美新气象。

卷宗是机关分类保存的文件，这些文件经过整理和排列，反映一项工作、一个问题或一个案件等的情况和处理过程。卷宗代表官方正史，而王秀梅将之悬置，试图以钩沉和打捞的方式重建历史。确切地说，作者欲以民间立场解构卷宗，澄清历史的本源。在这个意义上，王秀梅终究还是在建构历史，与格非的《迷舟》等作品解构历史的后现代指向相区分。格非的历史叙事“努力让封尘已久的故事浮出地表，但随着时间圈套的设置，故事的情节并非我们期待的那样变得清晰透明，而是把故事引向‘非存在’的存在，叙事变得无所指而终于一片虚空与茫然”（参见拙文《格非小说叙事中时间的塑形》，《文艺争鸣》2007年第10期）。那么，如何才能抵达历史真相？这是王秀梅写作之前考虑的首要议题；而真相究竟如何，对作者来说其实并不那么重要。我们看到，小说始终致力于历史的还原，那么，如何能还原？

释疑解惑，层层推进，无疑是作者重建历史的总方略，而其依据则往往来自民间传闻。在她看来，历史真相更多地隐藏在民间。有了诸多传闻的佐证，真相终于水落石出：慕谦是卧底而非汉奸，“我”的父亲红命运并非红景天之子，而是“我”祖母被日军军官岩谷叶蹂躏的恶果。但我更愿意把这种交代看作作者讲述的逻辑终点，而非小说叙事的出发点。这种执拗探寻的方式显然不同于“先锋小说”对历史的处理。可以说，王秀梅的叙事对读者没有阻力感。随着解疑的过程一步步向前推进，读者不免产生探究的欲望。尽管故事中谜团连连，山重水复，唤起读者阅读“先锋小说”的错觉，但到头来还是给出明了的真相。这就是王秀梅对读者的解救，她不愿让读者无谓地纠缠于叙述的迷宫，而是慷慨给出答案。

我们看到，这部小说不断制造神秘的氛围，家族势力、政府武装、土匪、日军，几股势力相交织，祖母与慕谦、红景天、岩谷叶之间的姻缘恩怨，构成了小镇抗战故事盘根错节的关系链条。但毕竟，这种神秘性不同于格非的“叙述迷宫”或马原的“叙述圈套”，因为谜团并非无解。随着叙事推进，疑团逐一敞亮。而作为主体的人，在历史中那无法找到自我的悲剧性，也在疑团的敞开中次第深化。由此，我们发现，那些战争的烟云，那些错综的关系，所充当的只是承载这种生存悲剧的器具。因为作者力图追问的，并非这些所谓的历史真相，而是战争所造成的人处在历史灰暗中的精神真相。慕谦和红命运，在不同时代有着相异的悲剧命运。如果说红命运一直生活在秘密中，精神的变异显得触目惊心，那么，慕谦的苦闷在于，他无法证明自己的卧底身份，以致他只能被当作汉奸载入史册。这都是历史的吊诡之处，构成小说叙述的终极追问。遗憾的是，小说在逻辑上还是存在不少漏洞，首先，既然慕谦作为卧底的身份只有白老板知道，而叙述者“我”又是如何知晓的？何以让读者相信“我”的讲述？其次，由于红命运在前半部的缺席，多年后的精神变异必然缺少厚实的逻辑支点，多少显得有些蹊跷。

而这些，都让我们清醒地看到历史叙事的限度。

尽管《虚构的卷宗》和《马厩之夜》都不乏先锋叙事的调子，但阅读中让我想起的，更多的是莫言的《红高粱》、乔良的《灵旗》等"新历史"小说，而不是"先锋小说"历史叙事，也非"新历史主义"小说。尤其是《马厩之夜》，写人道中的非人道现象，以及这种非人道给人带来的精神困扰。这种视角与《红高粱》对生命本体的关注，与《灵旗》对战争环境中人性的拷问都相当接近。《灵旗》所展现的60年前"湘江之战"的历史景观是全新的。这种全新之境是作者所采用的"个人化"的现代叙述方式所创造的。作者关注的不是历史本身，而是特定的战争环境中的人、人性、人道以及人在战争环境中的异化等等。在这里，真正的历史和战争隐退了，而人、人性、人道等在战争冲突中却异乎寻常地尖锐起来（参见金汉：《中国当代小说艺术演变史》）。中日之间的民族仇恨，敌我双方的对垒，慰安妇的肉体遭遇，战争对人性的扭曲等等，这些常规的文学书写，甚至是容易出彩的地方，在《马厩之夜》中都没有出现。张庆国向读者展示的，是桃花村群众如何接受日军指令，选出六个外姓少女献给日军，而战争结束后，他们又如何对待这些逃回来的被日本人"弄脏"了的女孩。陈胖子被迫为日本人到桃花村挑选"花姑娘"，这种作为让他内心不安，挣扎于作为知识分子的良知道义与作为顺民的苟且偷安之间。而最后，王老爷与姑娘们同饮毒肉汤的场景，隐喻着良心复活的可能与重拾尊严的努力。这种全新的视角呼唤着新型的"战争美学"，历史和战争退隐于幕后，而人、人性、人道则被异乎寻常地推至前台。我以为，这种颠覆叙事常规的叙事转换是历史叙事、战争叙事不断实现艺术提升的美学根基。

实验小说的前景

作为“新时期”文学寻求审美独立的结果，“先锋小说”仅仅享有独领风骚三五年的光景，便被迫开始作出反省、退守和妥协。尤其是受到市场化冲击，20世纪90年代以来文学逐渐淡化实验色彩，而以更世故的姿态回到现实，回归故事。从此，虽偶尔有少数作家仍然默默坚守在实验小说的领地，但毕竟只能算是散兵游勇式的自我捍卫。但正是小说史上那些极少数的先行者，坚持艺术形式探索，不断开辟小说文体的审美疆域，催生并推动着文艺思潮的更替和文学艺术的新变。

90年代以来，在曾经的“先锋作家”集体告退的背景下，在抵抗文学商业化、市场化，捍卫“纯”文学精神等方面，立场最坚定、姿态最决绝的先锋作家，应当非残雪莫属。也许，由于残雪那不识时务而特立独行的作风，显得过于清高，或者说其文本的晦涩难懂，让批评界或保持沉默，或视而不见。但我们绝不可以此来否定残雪这些年来的探索的价值和意义。值得庆幸的是，批评界的漠视，丝毫没有动摇残雪实验到底的决心。时至今日，她依然故我，持续写下了数量可观的实验小说。《修鞋匠老傅》延续着残雪近年来的叙事范式，这种范式当然不是某种固定的叙事套路，而是充满着玄机与生机。因为它终究缘于作者沉入灵魂的写作，尽管任何写作某种意义上都与灵魂有关，但残雪的灵魂书写却关乎着作家自我的创作本身，关乎着灵魂本体的存在与出路。小说中的公馆是个神秘之地，是修鞋匠老傅心中的圣地。但如何能真正走进公馆，却让他颇费周折。因为公馆所象征的绝非世俗之地，而是“海上的灯塔”可以看作某种人生的终极之境。水工、谢妈，或者是小薇、老公安等人不断给老傅点拨或暗示，引导他如何探明公馆里的世界。但最终，哪怕是走进了公馆，却因无法忍受那寒冷、黑暗的环境，还是回到了世俗的现实（鞋店）中。这种经历有如卡夫卡《城堡》中的主人公，那只能是在绝望中求生。因为那种圣境，只有让灵魂在充满挑战的环境中探险，经历无数次的被追杀，无数次的自我搏斗，才能实现真正的抵达。正如小说中说的："公馆是个锻炼人意志的地方。"因此，老傅表面在修鞋，其实在修心。而他不适应公馆里的光线（心灵之光），也正说明他还有待更深的灵魂修炼。这种修炼正如残雪的写作本身，让她在灵魂流亡途中，在死神的凝视下，体验那神秘的虚无之境。这种灵魂书写的大格局在中篇文体内展开，也让我们看到了作者诗化浓缩手法的奇妙之处。

陈丹燕的《其实我有许多想说》的叙述颇为独特。这部小说的实验倾向，一眼即可看出；但与残雪叙事的精神进向不同，陈丹燕的叙事更多是在形式上的尝试。考察文本，这种尝试确实给时下形式探索乏力的中篇小说创作输送了精神活力。然，并不是说，陈丹燕的叙事给人以新奇感。其实，就故事本身而言，可以说是俗套透顶、乏善可陈。46 岁的本 3 年前偶然走进木偶博物馆，原想通过旅行拯救濒临破裂的婚姻，却不料反而提前分手，而身份也从游客跃身变成木偶博物馆的管理员。接着写他与年届五十却至今未嫁的中国悬丝偶演员李平的两次巧遇。相似的情感际遇陈丹燕让他们在静默的木偶前惺惺相惜，并悟出浮士德博士对时间流逝的叹息——不能再这样继续下去。当然，小说的"新"，也不仅指小说环境的异域色彩（小说背景安置在布拉格郊外，波希米亚森林与伏尔塔瓦河边的巴洛克城堡里的木偶博物馆）以及它与木偶艺术的联姻，更多是指叙述系统的多元化和叙述结构的复调特征。陈丹燕说："图片系统为人物的内心世界创造了可感受的空间，将意识流进入小说以来，给小说结构带来的内心性转化成可视的、可感的…… 双重结构是我想要做的实验。”无论是本，还是李平，他们的心理流程，都与图片系统构成互文同构的关系。但我并不认同作者对图片功能的指认：“将意识流进入小说以来，给小说结构带来的内心性转化成可视的、可感的。”文学毕竟是语言艺术。如果说这篇小说在叙事机制上有所创新，在我看来，在于人物对木偶世界的自我互文解读。也就是说，小说人物借助木偶的构件，比如浮士德博士、白雪公主的木偶形象及其故事来阐释和演绎自我的命运；小说以此为通道来传达出作者对时间、对生命的形而上的思考。

在创作谈中，陈丹燕指出小说技法磨炼的重要性，并毫不讳言地以争当“手艺精湛的作家”为荣。博尔赫斯、略萨等经典作家的创作，的确都表现出精湛的“手艺”，同样，在如何讲故事的意义上，陈丹燕确实煞费苦心。就这部小说而言，叙述意识的突显给读者带来形式上的新奇感，并成为作者寻求自我“磨炼”的方式。但我的疑惑依然是存在的——如果抽去小说中的图片系统，是否必然会严重影响到核心意义的传达？有时候，在技术层面上刻意去经营一些新形式，而不是借助这种形式去打开一个世界，或者通过它去照亮那些被遮蔽的“存在”，这样的形式价值何在？这种“形式”追求，不能不说是实验小说创作中值得警惕的创作面向。

边缘立场与叩问气度

——2014 年中篇小说主题学分析

2014 年中篇小说现场可谓气象万千，亮点热点不少，但若整体上给以概说却存在一定难度。在此，笔者只能就个人阅读视野所及，侧重于从主题学角度考察中篇小说创作的几个面向，并结合小说主题史的梳理对之进行评析。当然，我们对文本的任何分析，都不能把内容与形式割裂开来，主题学研究也必定伴随必要的形式分析，作者的气质及立场、叙述者、结构、语言等要素的分析，有助于我们理解文本的主题类型与主题形态。因此，本文以小说叙事学分析为入口，着眼于这一年中篇文本的主题形态，及其与文学史上同类主题的牵连，试图提炼出 2014 年中篇小说的主题特征，并探讨其现实意义与思想价值。

反思体制　洞穿时代

对体制的反思是 2014 年中篇小说现实主义书写的重要面向。刘瑜的《哦，乖》、陈应松的《滚钩》、方方的《惟妙惟肖的爱情》、余一鸣的《种桃种李种春风》等，都是其中的代表性作品。阅读这些作品，不能不让人想起 30 多年前张洁创作的长篇小说《沉重的翅膀》。作为新时期反映城市工业改革的开山之作，《沉重的翅膀》围绕经济体制改革中革新与保守两种势力所进行的尖锐复杂的斗争，对这场斗争中显露出来的某些体制弊端进行大胆揭露，提出了社会主义生产中人的价值和作用问题。当然，就这类重大而有普遍意义的主题模式来说，中篇小说很难像长篇小说那样，从多角度多侧面从容展示人物性格的丰富性和复杂性，以宏大壮阔的社会生活画面，全面深刻地反映当前体制所存在的问题。由于篇幅和容量的关系，以上新作多从现实中的一角，直逼道德底线，呈示人性异化，透视体制弊端，洞穿时代本质。

余一鸣身处教育第一线，属于在场的“剧中人”。学生、教师和家长之间的三角关系及其在现行教育体制下的变异，让他颇有感触。《种桃种李种春风》凝聚了作者的深切体验，尖锐、真实而有力。小说借助女性和母亲的双重视角透视社会人心，教育腐败问题便异乎寻常地突显出来。母亲的忍辱负重，教师的痛心自戕，委实显得触目惊心。刘心武当年“救救孩子”的呼声，在余一鸣的叙事中演变为“救救家长”的呐喊。审美视点的转移使文学对体制弊端的思考进入更深层面。那掷地有声的文字，以及叙述中弥漫的生命痛感，直击读者内心。与余一鸣声东击西的叙事模式不同，刘瑜的《哦，乖》以科级干部视角，打量当下中国官场世相，展现中下级官员进退失据的生存状态。从标题看，讽喻色彩不言自明，只有在上级面前表现“乖”巧，顺着领导心思摸索，仕途升迁才有可能。作为即将“转正”的陈市长的秘书，主人公小姚算是“跟对了人”，他对自己的仕途有着明确的规划，似乎胜券在握，即便如此，如股市般瞬息万变的官场角逐中，能否如愿，还是难以估量。其实，小姚矛盾纠结之处，不仅在仕途未卜的焦虑，更在他对官场陋习的厌倦，为领导擦皮鞋、到超市采购蔬菜、开关车门、拎包，包括写八股式的报告，这些为官之“道”让他惊恐和绝望，这是他决定辞职的根本原因。也正因此，小姚严重人格分裂，表面上对领导百般顺从，甚至卑躬屈膝，二十四小时保持待命状态，而内心却无比抵制和抗拒。刘瑜虽为“70后”青年作家，但眼光犀利、毒辣，她洞察到，官场如何成了“活蜡像”的训练场。其实，小姚内里清高的知识分子气质，与逢场作戏的官场做派是尖锐对立的，这种对立决定了他的尴尬处境和两难心态。官场的潜规则对人的奴化以及人在内心对这种奴化的抵制和嘲弄，在作者诙谐而反讽的叙述中获得淋漓酣畅的艺术呈现。

陈应松的《滚钩》，初看起来，标题就给人以陌生感：“滚钩”为何物？随着故事展开，我们发现它是长江渔民用来打捞那些“泡佬”（溺水者）的一种工具。作者以长江荆州段发生的大学生溺水事件为影子，虚构了一个同样令人心痛的故事。小说批判所指，显在的是金钱与生命的权衡中显出的人心的冷漠，而暗藏的锋芒则直指当地政府的无能和体制的漏洞。作者的批判立场及其知识分子的道义和良知由此可见。陈应松信奉苏珊·桑塔格的名言：作家要具有一种英雄的禀性。在创作中，陈应松力图贯彻这种“英雄的禀性”。一如作者此前的风格，这篇小说的叙述同样冷静、克制，又底气十足。然而，作者并未直接指责当地政府的无能，而是把更多的笔墨放在捞尸人的世俗生存，以及捞尸过程中的人性对峙。小说把对峙中良心的拷问推向前台，而当地某些官员对生命的漠视，对史壳子之流的放任，则退至幕后，留给读者去想象。正因为当地政府无作为，大学生溺水而无人营救的悲剧才得以发生，史壳子私立的捞尸公司也才有了生存的空间。应当说，陈应松的叙述是有力的，它如密集的“滚钩”，钩得你心痛。

同样是湖北作家，同样是对体制的反思和批判，方方的叙述没有从某个具体事件入手，而是直面历史与现实，展现物质与精神较量中此消彼长的历程，因而更具历史纵深感。《惟妙惟肖的爱情》对体制的思考，虽然少了《沉重的翅膀》中那种凌厉之风，但它从两个群体生活态度和生存现状的比照中，映现出人文精神的失落和实利原则的至上，同样触及当前社会形态的本质层面。学富五车、严谨治学的知识分子“惟妙”们，无论在物质上还是在地位上，都远不如那些不学无术、以钻国家政策法律空子为能事的“惟肖”们。如果说父辈的时代是以“读书永乐论”为荣，那么，如今，在方方看来，“读书臭屁论”以绝对优势压倒了“读书永乐论”。两个时代的反差映射在生活的方方面面，当这种反常的时代逻辑在现实中被常态化，就会产生精神同质化的危机，让人生在其中而习焉不察。作为这个时代清醒的现实主义者，方方向读者宣告：重实利轻知识的时代风气，正以狂飙突进的气势向我们扑来。

探视另类情感

王勇英的《太阳花开》和纳兰妙殊的《魔术师的女儿》是 2014 年中篇小说情感叙事中比较另类的作品。两部小说都关注非常态的情感，一种略带乱伦性质的父女之情，而这种隐秘的情感常在当下文学书写中被遮蔽或被回避。其实，这种视角及其书写在文学史上并不罕见，纳博科夫的《洛丽塔》便是最佳例证。在《洛丽塔》中，主人公亨伯特与洛丽塔之间那惊世骇俗的父女之恋曾引发批评界的解读焦虑，而争论的实质则是这种“情感”究竟是否健康，是否道德。我以为，从日常伦理学视角出发解读此类小说，必然导致阅读中的道德认同危机。事实上，道德有两种：日常的社会道德规范与艺术中的道德感。现实中的不道德，经过创作主体的审美过滤，有时候可以成就艺术上的道德。如果从审美角度来看，我们发现，正是纳博科夫把亨伯特看成一个活生生的生命，老男人那被少女的诱惑所激荡得风生水起的内心世界便不足为怪了。因为纳博科夫遵循的是现代艺术的标尺，类似于白先勇的《孽子》对同性恋的艺术描写，同样令人震撼。沉沦于不可回避的欲望，正是基于一种人性的悲剧真相，而绝不是日常的道德逻辑可以解释的。而写出这种“真情”，对作家而言，便实现了一种人性的洞穿。

王勇英和纳兰妙殊都是青年作家，虽然涉世不深，但你不能说，她们不能拥有那种非常态的情感经验。因为那些情感的隐秘地带，对天赋很高的作家来说，凭借自己非凡的艺术想象力，在小说的虚构中并非是不可抵达的。纳兰妙殊就属于这类天才型作家。对少女那隐秘而懵懂的内心世界，她简直有一种穿透的本领。女儿与作为魔术师的父亲吉姆，由最初的父女关系，渐次滑向一种异性的彼此向往和依恋。而不久，在异地演出中，年轻俊朗而活力充沛的男子伊斯多的出现，尤其是他那“秀丽的骨头”对“我”的诱惑，轻易就摧毁了父女之间隐秘而美好的情愫。作者以魔术的变幻隐喻充满变数的人性本相，并暗示出：生活中那些潜伏的悲剧终有降临的那天。用小说中的话说就是“任何秩序都并不坚如磐石。总有滴水石穿的那天”。但小说并未据此陷入一种相对简单的理性阐释，而是精细地勾勒出父女那备受煎熬的情感世界。当与父亲形影不离的生活变成一种常态，后来与年轻的伊斯多约会，对“我”来说自然就像“一次变节”，“一种背叛”。而那个吉姆，在“我”心中，既不是情人，又不是父亲，就像半人半兽的潘神。这种形象已经无以继续存留，只能以魔幻之术淡出“我”的世界。作者那独有的女性情怀、细腻的笔触，绘就了一幅异样的爱情图谱，而那生命痛感的线条，那情感的灰暗色调，在这幅图谱中徐徐漫开。

与“80后”作家纳兰妙殊相比，王勇英的“70后”身份意味着一种更沉潜的体验。她的文字背后，你能触摸到一种刻骨的隐痛。正是这种体验，负载于作者心底，经过审美转换，酿就了小说的苍凉底蕴。说真的，我们几乎无法将《太阳花开》中那种深沉的叙述与一个“70后”女作家的经验世界联系起来。男主人公情感生活的曲折与深邃，苍凉与无奈，在作者极富异域气息的讲述中从容铺开。尤其是，儿童文学作家特有的温情笔调与小说的整体氛围弥合无间。这种效果的取得，既依赖于王勇英自身的特有气质，也有赖于作者对象征修辞的领悟。男主人公对阳光女孩那种不乏隐喻色彩的追寻，也许是作者对一种生命状态的期许。一种充满原始气息又灿烂无比的太阳花，既是王勇英心中美好的念想，也是这部小说的核心意象；而这个意象统摄全篇，使得整个叙事内聚着极大的情感冲击力。这种搅动人心的审美体验，让人似乎能听到作者内心的激烈冲撞及其尔后裂变的声音。这种声音在林白中篇小说《亚热带公园》中同样能够听到。当我们走进文本，去感受满地落叶的体温，去聆听那清脆的跑步声，去凝视那天鹅湖面的死水微澜，就会发现，小说中老头的死皆缘于那份不伦之恋，而那种由情感断裂所致的精神毁灭的悲剧，又显得那样的洞穿心肺。

如果说上述作品将审美视点投向父女之间的另类情感，那么，孙频的《十八相送》则是一篇阐释母子之间非常态情感的奇特小说。由于婚姻的不如意，母亲把所有爱毫无保留地赐予儿子，这使儿子在精神上对母亲产生绝对的依赖。这种爱的付出显然已经超出正常范围，以致让儿子几乎无法承受。母爱变成了溺爱，这份“爱”使儿子的性格发生畸变，养成一种女性心理和女性气质。儿子在大学的处境变得尴尬，既不讨女同学的喜欢，又与同性室友格格不入。这种性别错位的阴影纠结于他的内心，他只能在孤独中苦苦挣扎。某种程度上，儿子与母亲之间特别亲近的关系，超乎于常态的母子之情，实质上是一种性别依恋，一种俄狄浦斯情结。对于文学史上反复书写的恋母主题，作为“80后”女作家的孙频，不但没有回避，反而怀有一种悲悯之心。作者以生命化的叙述烛照这片情感暗区，款款道出其中隐藏的悲剧性伦理和逻辑：过多的母爱导致性别倒错，而性别倒错所造成的心理危机，终究又酿成既可悲又令人警醒的恶果。同样，孙频另一部中篇《乱身》也致力于性别倒错的观察，但这种错位，不是男性女性化，而是女性男性化。小女孩自小与爷爷相依为命，为了让孙女在自己死后不受男性的侵害，爷爷教导她如何在日常中保持男性特征，而这种性别改造更多体现在外表特征，给外人造成某种性别假象。与《十八相送》中母亲在日常中对儿子的性别熏染不同，这种出于自我保护的性倒错是刻意的。然而，这些表层的性别假象终究还是让男人识穿，其结果反是女性特质的肆意张扬。可悲的是，女孩双目失明，性别弱势之外，又多了一重生理上的弱势。这使她的世俗生存变得异常艰难，甚至不惜以自残的方式表演神秘的乱身术。而在这时，爱情的出场稀释了生存的苦难。两个主人公，一个是流浪汉，一个是孤儿，他们如何在协作中谋取生存，如何在艰难的生存中编就爱情，是小说最打动人心的地方。就这个小说而言，孙频把被社会所遗忘的群体纳入她的审美视野，展现那异于常人的感情世界和生命奇观，并以此刷新了读者的阅读体验。

倒影：彼岸的虚妄

“80后”作家眼中的女神是什么样子的？这种阅读期待不免让我们想起郭沫若笔下的“女神”，她象征“五四”时代狂飚般的精神力量。在吕魁的《我们的女神》中，“女神”是年青一代中的超人形象，同样象征着时代的精神力量。正如小说中小李所说：“女神（夏奈）之所以是女神，就因为她和我等凡夫俗子间有马里亚纳海沟般深壑的距离。”这样一位“永远让人猜不透的奇女子”，对“我”来说，当然是高不可攀，只能在想象中“意淫”。夏奈虽然是“我”大学时代暗恋的对象，但她在“我”辈眼中绝不只是欲望化的符号，而更多的是“80后”一代人的精神偶像。高智商的夏奈心高气傲，梦想的召唤让她勇往直前，执迷在实现自我价值的奋斗中。但香港次贷危机爆发后，她心中的“完美男”将其积累多年的财富一卷而空，更惨的是，她还要面对艳照门的丑闻。偶像的坍塌就像次贷危机般突如其来，让“我”猝不及防。这就是当代青年的画像，青春如此多娇，充满可能，却又如此脆弱，如此沉重。

面对重创，他们还有退路吗？基于这个疑问，郑小驴的《可悲的第一人称》展开了另一种青春想象：只想“找个地方躲起来，和这个世界捉一捉迷藏”，以此卸掉无法逃避的责任。这种逃离模式显然有别于鲁迅的《伤逝》中涓生的模式，就像苍蝇在原地打转重回起点；也不同于门罗的《逃离》中主人公卡拉的模式，卡拉是在善与恶之间抉择，弃恶而逃，择善而依。在郑小驴的小说中，“我”逃离的是北京这样的中心地带，逃往越南边境的原始森林这样的边缘地区。这是人生的撤退，它缘于涂自强式的焦虑。因为在这样的“中心”，无论怎样打拼也无法实现青春的梦想。面对现实的无力感，他们只能退守。这样，“和这个世界捉一捉迷藏”可以看作这一代人的精神姿态。这种与世隔绝的方式，其实就是将自己“主动边缘化”。这个出发点与涓生、卡拉迫于难以排解的困顿而逃离有所区别，但结果却如出一辙。他们的逃离终究是不彻底的，因为逃往之地并非世外桃源。事实上，他们无处可逃。这篇小说中，“我”在原始森林苦苦经营的药材园以破产而告终，宣告了这次“归隐”之梦的彻底破灭。

近年来，“归隐”成为青年作家小说创作中比较热门的主题。2013年中篇小说中，徯晗的《隐者考》和鲁敏的《隐居图》就是直接以归隐为主题的作品。尽管作者将世外之地与现代社会对立起来，存在某种把问题绝对化的隐忧，但作品通过对我们这个时代异类生存图景的勾画，展开了关于人类生存境遇的宏大思考。“70后”作家徯晗、鲁敏不同于“80后”作家的地方，正在于此。郑小驴、孙频的主人公同样存有归隐的冲动，但那些有关历史的、人类的宏大命题，对这批稍晚出生的作家并没有多少吸引力，他们更关注个体在现代都市中的生存境遇，以及那些与实际生活密切相关的问题。他们关注的同龄人，犹如他们自己，刚刚大学毕业，处于人生的闯荡期，择业、住房、婚姻等成为这代人最切肤的问题。在这个意义上，孙频的《自由故》是对郑小驴的《可悲的第一人称》的有力呼应。主人公吕明月并未像大多数同龄人那样，大学毕业后踏入社会，而是一直往上读到博士。然而，这种高学历的优越性，只在那些颇具“姿色”的同学中体现出来。美女博士更能博得导师的荫蔽，相比之下，身体五短、满脸雀斑、鼻孔硕大的吕明月自然受到冷落，“想谄媚没有机会”，“想坐男人大腿而不得”，问题的关键是，没有导师的“帮忙”，论文无处发表。这一切导致了她的逃离行动。她不惜放弃即将到手的博士学位，开始了她的云游生涯，一种波希米亚式的生活。吕明月的逃离出于自己不被认可，如同郑小驴小说中的主人公不被都市所接纳，但从动机上看，她并非只是想“找个地方躲起来”，而是力图在新的空间寻求异性“他者”的性别认同。到了德令哈，她与畏罪潜逃犯王发财同居并发生关系，但对方显然没有将她当作真正的女性，而是为了满足占有博士女人的虚荣。不仅如此，王发财对她的“爱”还建立在一种“信仰”之上。因为在他想象中，爱就是赎罪，罪孽赎清便可免于入狱。也就是说，至此，主人公的性别依旧是可疑的、悬置的，她并未以女人的性别身份被男性所接纳。小说的悲凉意境也正在于此。

与“70后”“80后”作家相比，“60后”作家普玄的《月光罩灯》的视线拉得更远，不仅指向青春“此刻”的生存，而且延伸到人生途中。从同学少年的理想，到几经周折后的中年人生，其中所发生的戏剧性的精神蜕变，确实令人讶然。也许，更丰厚的人生阅历，让普玄不满足于停留在“此刻”思考问题，而是截取人生中的某个时段，通过对一段人生轨迹的考察，深究现实与理想之间的悖谬关系。时隔多年，生存现状与当年愿想相去甚远，作者苦苦寻思其中的原因。那些理想为何成了明日黄花？那种阴差阳错的结果是如何造成的？当年男生共同的梦中情人，如何爱上了那个最不起眼的田测量，而且爱得那么干脆彻底，毫不顾及他的逃犯身份？而其他同学，为何当年梦想的职业没有如愿，而陷入不无尴尬的生存状态？诸如此类的人生悖谬，都是小说要叩问的。

从上述作品不难看出，从“60后”“70后”作家到“80后”作家，他们视野中的理想与现实是错位的，人生多是易碎品，是水中的倒影，而且这种态势似乎不可更改。他们朝着彼岸走去，最后发现那不过是一片虚妄。这里的彼岸与宗教无关，而是人生年少对未来的期许，一种理想状态的预设。某种意义上，每个人每天都在走向彼岸的途中，正如“70后”作家鬼金小说的标题：“到彼岸去”。读《到彼岸去》的感觉，酷似读韩少功中篇小说《报告政府》，监狱中罪恶之人灵魂深处，偶尔也会闪烁出某种善意的光点。不同的是，鬼金的小说中，人性的冷漠、命运的错位，以梦幻和意识流徐徐道出。与此岸相对，作者虚构了一个虚幻的彼岸，借此传达人生悲绝与虚无的意境。说实话，阅读这样的小说，确实让人不免沉闷。尽管这类小说对现实的洞明透着锐利的锋芒，占据着当下小说创作的主流，但毕竟，文学不可沉湎于绝望的绝对性书写；如何从这种沉郁的叙事中走出来，或者说在悲凉的底板上涂抹些许亮色，并以此打开更为宽广的世界面向，这可能是很多青年作家需要努力的方向。

招魂：乡土的溃败与自守

中国乡土小说向来在改造乡土和守望乡土的两极徘徊。以鲁迅的《阿Q正传》为代表的以文化启蒙改造乡土和以茅盾“农村三部曲”、周立波的《山乡巨变》为代表的在政治经济上改造乡土，无疑是20世纪乡土文学的主流。而以废名、沈从文、汪曾祺为代表的“守望派”，对现代性持疑虑甚至拒斥的态度，而对古老的乡土中国表现出无比的留恋和向往。如此划分，曹永的《捕蛇师》和肖江虹的《悬棺》显然属于后者，但如今乡村所面对的现实，已迥异于“守望派”乡土小说，现代性对乡土的渗透已到了无孔不入的地步。现代社会对乡土形成的包围圈使乡村世界变得凄苦、荒凉，诗意退场之后，是家园的溃败与精神的自守。

《捕蛇师》写乡村的孤独。迎春社深处山寨，是现代之光难以辐射的区域。然，城市对乡村的拒斥，有时候并不仅仅表现在物质方面，而是一种无形的文化渗透。在城市现代之风的习染下，多福即使上了大学，学到科学文化，到头来命运比方方笔下的涂自强似乎更惨。涂自强好歹在城市能够糊口，而多福只能回到乡村，跟着父亲学习捕蛇。捕蛇是为赚钱，为没有止境的欲望，而他不懂得敬畏神灵，尊重生命，结果触犯了生灵，惨死于毒蛇之口。父辈对自然生灵的敬畏与子辈的实用主义态度构成生命的两极，其中潜藏的褒贬，体现出作者对待自然、对待生命的敬畏之心，以及他对和谐生态的向往。迎春社村民为何如此善待这种动物并敬之如神呢？因为在饥荒年代，他们以蛇为食渡过难关。保护它、敬畏它，除了感恩之外，还出于一种赎罪心理。这种诗性情怀的对立面，即是反抒情的现代性。城市现代化扩张对乡土构成威胁，这个主题模式在新世纪以来的小说中屡见不鲜。曹永的别具心裁在于他以神秘的“招蛇术”制造新奇之感，为小说打开了极富张力的思考空间。也许，这种巫术并不存在，只是作者的杜撰和虚构，但这丝毫不妨碍我们对这部作品的理解。其实，“招蛇”并不只是为被咬者带来福音，更是一种仪式，一种构筑在神性和灵性之上的符号。这个意义上，“招蛇”就是招魂。由是，为世代守护的乡土招魂，构成这部小说的隐喻空间，促成乡土叙事审美品格的提升。

乡间的招魂之举意味着现代化背景下乡土的精神自守，而这种自守在肖江虹的《悬棺》中，依托于更奇崛的笔墨，寄生在更诡异的世界。小说中的燕子峡俨然是一个世外之地，但世代生活在这里的两大家族，并非想象中的那样悠闲自在，而是活得胆战心惊、异常艰苦。他们在严酷的环境中艰难地生存，极力维护着世代传下的奇特习俗。悬棺崖、天梯道、燕王宫、祖祠崖、仙宿石、引路幡，这些奇异空间和物体，被作者赋予神性，透着巍然之貌与森严之气。而鹰燕殉崖的壮举更是令人称奇。那些失去觅食护崽能力的老弱鹰燕，为了把燕王宫更多的空间腾出，留给那些可以继续繁衍生息的后代，便会选取一个日子，拼尽最后残力，集体撞崖而死。而燕群的生死存留与燕子峡人的生存息息相关，因为燕粪是当地庄稼生长的必备之物。如此，鹰燕的殉崖之举，作为人类生存的参照，又拓展了小说所构筑的神性空间。值得一提的是，少年视角的引入使族人的生存看起来更神秘更艰险更悲苦。小说这样写道："打我记事起，从来没看到燕子峡的人从河滩上收走过一季庄稼，年年栽种，年年发芽，年年抽顶，年年挂包，同样的，年年绝收。可还是年年播种。"从这段话，燕子峡人脾性的倔强、执拗与生命的坚韧，可见一斑。此外，那种徒手攀岩的力之美，那种刚健而古朴的生活方式，那胸怀祖训而恪守孝道的心底操守，在我看来，都是当下社会应当提倡并值得传播的正能量，也是这部作品鹤立于众多乡土小说之上的思想标示。

当然，仅此，那些民俗性的元素还不足以上升到审美的层次，于是，作者铺设了一条生死之线，借以丈量生与死的距离。依照习俗，"我"在十四岁就准备了自己的悬棺，一个人生的终极处所。为能在生命尽头抵达这个极地，"我"在引路师曲从水的指引下，刻苦操练攀岩之功。因为死后安息于悬棺，是燕子峡人实现终极圆满的途径。为此，辈分最高、摔断了腿的来高粱无比心痛，因为他终将无法抵达。那么，作者如何打发这个看似不起眼却能统摄全篇的人物呢？接下来，我们见证了作者的神来之笔：为了像鹰燕一样飞进悬崖上的那口棺材，来高粱亲手刀劈刨走，捣鼓出一对木翅膀。如此，灵魂如何安放的问题立刻凸显出来。正如来高粱说的："这里不是故土，棺材为啥要悬在崖上，那是祖宗们想回到故土。"从这句话看，他们对祖训的维护，某种意义上是为了让流浪的灵魂找到归宿。小说最后，来高粱终于与悬棺合为一体，构成另一种乡土招魂的模式。生命寻求悬置是因为灵魂无处皈依。这是小说的核心主题。在这个主题之下，小说中现代社会的侵犯与乡土自卫之间，构成了另一重张力。面临灭顶之灾，乡土不可避免地经历挣扎和阵痛，构成小说展示人性复杂面向的窗口。来向南盗窃燕窝成为一切灾难的根源。这个事件貌似突兀，实为推动更深矛盾的展开提供契机。电站已经开工，燕子峡即将淹没于汪洋之中。是走是留？这些古风依旧的山民纠结着，痛苦着。现代化的洪流终究无以抵挡，他们被迫从山地迁至平原。其实，至此，小说并未结束，这些山民的命运如何，给读者留下很多想象的空间。

主题上，两部小说都体现出对诗性精神的维护和对现代性的抵抗。但维护与抵抗之间，矛盾与困惑依然明显。如果仅仅是守望精神，又怎能抵御物质生活的贫困极限？随着乡土与现代性的矛盾在转型期中国社会的不断加剧，乡土精神对现代性是抗拒还是迎合，若是抗拒，又能持续多久？如是迎合，怎样迎合？对这些问题的思考，正是《悬棺》的意义所在。

无处悲伤：弑父与寻父

弑父与寻父是中国现当代小说常见的主题模式。尤其在新时期文学之初，以"弑父""寻父"为主题模式的小说大量涌现。比如，莫言的《红高粱家族》、余华的《十八岁出门远行》中的“弑父”，张承志的《北方的河》和部分“寻根文学”中的“寻父”，往往只是精神仪式上的指称。而世纪之交，文坛集中冒出了备受瞩目的“寻父”系列：东西的《我们的父亲》、鬼子的《上午打瞌睡的女孩》、墨白的《父亲的黄昏》、艾伟的《寻父记》等，这些作品的主人公不仅是在精神上寻求父亲羽翼的庇护，他们还付出了切实的行动。通过“寻父”视角，孤独主体成长的隐痛、辛酸、恐慌凸显出来，由此产生无父的焦虑，以及相伴而生的灵魂对栖息地的寻找。循此思路考察 2014 年中篇弑父、寻父系列小说，或许可以找出此类小说寻求拓展的可能性空间。

文学阅读，不仅意味着进入一个“新世界”，同时也是唤醒“旧世界”的过程。阅读陈仓的《空麻雀》、商略的《回家》，包括王子的《弑父》，伴随着我对既有文学经验的回访。这些作品中出现的“弑父”“失父”“寻父”等议题，也是晚生代小说中常见的主题模式。相比之下，王子的《弑父》中的弑父之举是惨烈的，是人在不堪精神重负后的必然结果。这是动真格的“杀身”，而不是精神仪式上的“弑父”，因而充满悲剧意味，也更具现实冲击力。这部作品严肃而沉重的意义指向，与朱文的《我爱美元》中“我”将父亲“拖下水”的调侃动机，以及对父辈形象在文化象征意义上的颠覆，显然不可同日而语。（王子的《弑父》和李月峰的《无处悲伤》在《当你老了，如何上完生命最后一课》一文中曾做过论述，此处不再赘述。）那么，在审父、弑父之后，“无父”的真空状态又是怎样的？子辈们真能享尽自由和快乐吗？南帆在《冲突的文学》中提到：“无父是一种什么样的状态？儿子得到了空前的自由和自主……然而，从另一方面看，儿子又是处于悬空的漂游之中。”《空麻雀》正是基于这一点，通过“我”对父亲的想象，不仅写出了父亲漂泊的命运，以及父亲缺席状态下子辈生活的无序，同时也表达了对父亲归来的热切呼唤与渴盼。小说是用书信体的形式写成的，也许在陈仓看来，只有通过这种倾诉的口吻，女孩焦灼不安、孤苦无告的无根状态才能获得真切的呈现。

青少年无根的孤独感，“悬空的漂游”状态，皆由“父亲”的缺席所引起，这种“无父”的主题模式，可以从很多新时期以来的小说中得到印证。比如，莫言的《透明的红萝卜》、余华的《鲜血梅花》，甚至是东西的长篇小说《耳光响亮》，莫不如此。应当说，陈仓的叙事虽然作出了形式上的创新，但终究没有超出这种主题模式的固有格局。然而，他对留守儿童的未来所抱有的关切和忧思，确实体现了一个作家应有的担当和情怀。如果说《空麻雀》的视点还仅止于乡村儿童“失父”状态下的境遇，那么，商略的《回家》则把目光转移到城市，讲述青年赵阳只身奔赴杭州寻父的故事。而父亲毫无音讯，赵阳的生存举步维艰，寻父之旅变得渺茫。无奈绝望之际，想到回家过年，想到给弟弟买礼物而求助于大学生秦妙芝，却在纠缠中导致她的死亡。而秦妙芝与他同属底层，是匍匐在城市底层的弱者。在这里，城市被想象成面目狰狞、吞噬孱弱生命的机器，它吞噬了赵阳的父亲，吞噬了秦妙芝，同时也吞噬了赵阳自己。这里苦难如影随形，与鬼子的苦难叙事有些神似。当然，把主人公无家可归的悲惨结局归结于城市的冷漠与排斥，不免有失狭隘。好在作者之意并不在此，而在追问一种无根的极限生存。就像《上午打瞌睡的女孩》里的寒露一样，赵阳的寻父也是一次精神之旅，是人在极限困境中的精神漂泊。

另一种凶险：心中的“虎狼”

在西方现代文艺思潮影响下，20 世纪 80 年代中国文学出现“向内转”，作家的视点从外部现实转向人的内心，挖掘和探究人的“内宇宙”。特别是 90 年代以来，人文精神在市场化推进中遭遇失落，人的心灵也随之发生质变。在这种背景下，人的心理问题逐渐凸显出来，直逼内心的小说也渐成潮流。

2014 年中篇小说中，阿乙的《虎狼》、陈仓的《兔子皮》和蒋韵的《晚祷》是关注内心直逼灵魂的佳作。阿乙的叙事以某种凶险的预兆铺开，但这种危机，绝非来自外部因素对生命个体的大兵压境，而是缘自人的潜意识，缘自心中那无法驾驭的“虎狼”。在常态下，那些神秘的“虎狼”潜伏在人的内心，处在冬眠状态。而当某种平衡被打破，它就会被唤醒，被激发出摧毁性的威力。《虎狼》中的俊峰是寡妇最宠爱的儿子，但不幸的是，他得了不治之症。这对母亲是莫大的打击，让她的心沉入绝对的黑暗中。依她来看，算命先生是生活在黑暗中的智者，可以为其驱除黑暗、指点迷津。而算命先生的话：“你家今年要穿一件孝服。”似乎成了谶语，唤醒了寡妇心中的“虎狼”。作者写道：“这句话就像是一块糖，俊峰妈咀嚼了很久，才算是将它消化清楚。”这种描写与鲁迅写祥林嫂有些类似，但并非简单模仿。《祝福》的命意在启蒙民众，批判吃人的封建礼教制度。而寡妇的迷信只是阿乙借以激活叙事的发生装置，以此召唤潜伏于内心的“虎狼”之群，阐释非理性对人物命运的深刻影响。为了救儿子，寡妇自刎而死。然而，儿子并未因此而得救。算命先生不经意的一句话，却同时葬送了两条生命。何其悲哉！

如果说《虎狼》以一句话激发了寡妇心中虎狼的肆意张狂，那么，《兔子皮》则是一盒下落不明的雷管让主人公陈元寝食难安。雷管的不知所终，对他来说，与其说是一种凶险，不如说是一种隐患。这种隐患笼罩于心，给人造成了无法消除的焦虑。当然，如果仅仅是呈现人物的恐慌心理，以及背后的某些隐私，那么，陈仓的叙事可能会落入相对狭小的叙事格局。可贵的是，作者觉察到这种心理的普遍性，那种不安，作为一种现代病，往往是生活中的常态。它常常以某种特定的方式降临到每个人的心间，犹如埋在心里的炸弹，我们永远也难以找到排爆的方式。于是，作者由此及彼，试图将这种神秘的心理机制上升到人类普遍的、抽象的经验。在结构上，小说以陈元为中心，串联起相关的所有人和事，恐慌心理由此辐射到更大的世俗空间。当重大嫌疑者的嫌疑被排除后，陈元通过报纸打探雷管下落，结果闹得满城风雨，收到过礼物的人都惊慌失措。由此，“雷区”由陈元个体私人空间，延伸到每个人的心理禁区。直到最后，雷管依然下落不明。这个开放的结尾喻示着，危险无处不在，而且将始终存在。同时，作者通过人物翻找出的老照片、初恋书信、邮票等物件，见证了人生的种种变数和命运的奇诡。

“罪”与“罪恶”是基督教文化最核心的观念。西方文化中，“原罪说”认为，任何人天生就有罪，这种原罪来自其始祖亚当与夏娃偷食智慧之果。蒋韵的《晚祷》所探讨的人的“罪恶”观念，与西方原罪说有着相似的内涵。但主人公有桃的罪恶感与始祖无关，而是来自童年的一个心结。有桃自小遭受姐妹、同学的漠视和欺凌，苦闷、压抑、自卑，心中生起跳水自杀的念头。曾对她行凶的同桌男生秦安康，关键时刻好意关心她搭救她，却不料溺水身亡。而一念之间的恍惚，让她失去救人的理智，这在她内心埋下了终生阴影。如果说《虎狼》中寡妇的悲剧在于非理性的心理驱使，《兔子皮》中陈元的恐慌缘于一种中了魔似的被劫持状态，那么，《晚祷》里有桃的可悲则是出自一种原罪式的心理暗疾。当年秦安康的死引起的心悸和愧疚对她来说刻骨铭心，她不断追问内心，对自己实施审判。然而，爱情的诱惑不请自来，捕获她，捉弄她。同样，那种罪孽感，也时时跟踪她。所以，对于心中升起的青涩、懵懂的情愫，有桃既渴望又惧怕，因为她认为自己不配拥有幸福，只能永久流落在“西伯利亚”。于是，拒绝幸福成为她寻求救赎的主要途径。尔后凄怆的悲剧命运，皆源自这种赎罪的心理诉求。而米勒的油画《晚祷》对她的暗示，更将其引入深层的灵魂自虐。这种来自灵魂深处的凶险，比起陈元内心的被劫持和寡妇心安理得的自杀，似乎来得更残忍。

从动机和结果的关系来看，无论是《虎狼》中的寡妇，还是《兔子皮》里的陈元，他们所有的行动都出于某种责任，或对他人，或对自己，而最终的结局却是他们始料未及的。正如在《书与你》中，毛姆对法国作家马德琳·法耶心理小说《克莱夫公主》的评价：“人物都意欲遵从自身的责任感行事，但最后却被他无能控制的因素所击败。”这些人物显然没有意识到心中“虎狼”的存在，这便是悲剧的心理根源。《晚祷》中有桃似乎也没觉察到那份“责任”中隐藏的危险，于是，一个充满悖论的生命就这样诞生了。这又使我想起法国作家普莱沃的作品《曼侬·雷斯戈》。小说主人公同样是一个“矛盾的混合体”，一个“拒绝幸福而甘愿堕入极端的不幸中的盲目的年轻人……放弃命运和自然给他的有利条件，宁肯选择悲惨的、流浪的生活”。(《曼侬·雷斯戈》，江西人民出版社，1979 年）后来卢梭的《忏悔录》暗承此脉。这就是蒋韵叙事与西方小说的关联。据此，我以为，《晚祷》的价值，正在于作者创造了有桃这样一个悖论的生命体。

女性命运的几种形态

李凤群、贺晓晴为代表的青年女作家以女性视角讲述女性命运，探视命运背后隐藏的生活逻辑和文化原因，这是 2014 年中篇小说中值得注意的主题类型。一般而言，长篇小说适于表达命运感，但李凤群以浓缩的方式呈现女性的悲剧命运，正如人们把茅盾短篇小说视作“被压缩了的中篇”，我们同样可以将这类书写女性命运的中篇看作“被压缩了的长篇”。因为从李凤群的叙事中，我们能够清晰地感受到女性在历史的变迁中，命运的复杂流变及其背后深层的悲剧性。

李凤群的《良霞》以细节之流承载了一个女性一生的命运。一个美丽生命逐渐凋谢的过程，以及这个过程中人性的坚忍和仇怨的风流云散，在作者层层推进的叙事中历历可感。小说以良霞的遭遇提出问题：一个美丽的女性在失去外在之美后，如何应对未来的人生？主人公良霞天生丽质，高人一等，家人因她而沾满荣光。小说这样描写她的优越感：“村子里只要有良霞的地方，就有青年男女，男孩子个个想做到最斯文、最突出，女孩们自动当配角，所有的话题都只会围绕着良霞：良霞的眼睛好看，良霞的皮肤好看，良霞的手绢花色好看。良霞站在那里，轻轻一扭，抿嘴一笑，这个样子立刻就有人模仿，有的人像，有的人不像，像不像横竖都是良霞最好看。可良霞不在意，见谁都微微笑。”似乎整个地球都在围着她转，那份女性的优越感不言自明，当然“见谁都微微笑”了。凭借这样的天资，在江心洲人看来，她就能享受荣华富贵：吃商品粮，住楼房，喝自来水，拿工资。这也是良霞的人生蓝图。按说，这一切对良霞来说都不成问题。不巧的是，突如其来的一场大病使良霞的梦想立刻化为泡影。为此，家人笼罩在悲哀的阴影里，本不富裕的家境自然陷入困顿。更严重的是，家境剧变中，大哥、二哥的婚姻只能敷衍和将就，全家人的生活日趋窘迫，精神也随之全面崩溃。作者以轻曼之笔，写出了人在美的荣光照耀下，充满幻想的生活情状，同时又以严峻之墨，写尽了命运突变之后的人生起落与人世沧桑。要知道，乡间的世俗是良霞必须面对的，为了对抗那些世俗的灰暗，她只能在暗中较劲，在隐忍中硬挺。不仅如此，良霞还得直面命运的灰暗。而当村里人纷纷外出谋求发展，她只能充当乡村家园的看守者。这样的生命令人尊敬，不可冒犯，正如那如花年月的青春之美，她的羞涩而骄傲，镇住了全村男女，而她离世的宁静与从容、坦然与自在，同样镇住了村人，同时，也镇住了读者。

如果说那种悲切的命运感，以及女性命运所推演出来的社会历史变迁及其结构性矛盾，经由作者素描式的勾勒变得清晰可见，使《良霞》具有了“被压缩了的长篇”的容量和韵致，那么，贺晓晴的《红被褥》则只是截取了女性生活的片段，以此暗示出她一生的命运。与良霞的静美古朴相对，主人公小玉外表拙朴，安于平凡，不是世界围着她转，而是她一心向着儿子和前夫，“一滴水就够她活出一片世界”。作者从她离异后的生活写起，着力于内心波动的细微描写。比如写前夫光光偶然中回到家，小玉从张皇到惊喜，再到凛然、迟疑、示威等，短短几十个字，一个女人面对前夫的心理写得起伏跌宕，错落有致，又极富层次感。与良霞的羞涩骄傲不同，小玉看上去大度，内里敏感而自卑，而这种自卑心理源自体内如火的欲望，哪怕那种欲望显得那样的卑微而渺小。她渴望前夫回家，而当光光当真决定留宿，她却像遭了雷击，“一跳老高，跟着回过神来，就陀螺一般转起来”。“红被褥”是她的“杰作”，她生活的亮点，隐喻着蛰伏于体内的欲望，红彤彤的一片，意味着激情的燃烧。这是一个不无讽刺味道的意象，因为小玉只能独守空房，即使当光光看透炎凉，离开了情人端端，但小玉还是做了留守女人，卑微的命运依然不可更改。商业化时代，男性闯荡的野心，某种程度上决定了其生活姿态，他们不甘于婚姻的牵绊，而是以游离之态占据两性世界的制高点，逍遥于进退自如游刃有余的状态。这便是光光的生活哲理。于是，在生意受挫情感失意之后，他去了攀枝花，在新的领域寻求发展。通过小玉这个被遗弃而又自甘卑微的形象，小说传达出在男性处于强势的商业社会，传统女性备受压抑而又安于现状的悲哀。

相较而言，池莉的《爱恨情仇》中顾命大的命运比小玉凄惨得多，她不像小玉那样，可以拥有自由选择的空间，而只能充当封建父权压制下的女奴。在家里，她不仅受到来自姊妹们的迫害，还被迫与公公陈有锅乱伦，生下孽种。逃到外乡，她与河南老九结合，似乎找到了幸福。然而，随后她又以母亲的名义，充当儿子博取名利的工具：陈富强为了制造轰动社会的事件——孝子寻母，将其带回老家。绕了一个圈又重回原点，这就是大多数女性的宿命。回归故里，她断然是不愿意的，终于壮烈自杀。从顾命大的命运似乎可以看出，作者对现代社会发展所持的怀疑和批判的态度。即使到了思想如此开放的年代，女性的命运仍旧不容乐观。与《良霞》和《爱恨情仇》一样，万方的《女人梨香》也是以“压缩了的长篇”，讲述了女性坎坷多舛的命运。作者以主人公的三段婚姻，组接成一个女人的一生，勾勒出一波三折的命运形态。这些作品给我的总体印象是，女性悲剧皆缘于女性之为女性本身，作为性别歧视的“第二性”的劣势决定了女性的宿命。这可能是女性叙事的性别焦虑所致，而如何打破女性主义的一元格局，林白在新世纪的叙事探索值得关注。但这种美学考量已超出本文讨论范围，不再展开。

讽刺艺术的新收获

现代小说史上，鲁迅、老舍、张天翼、钱锺书的讽刺小说构成了现代讽刺艺术的高峰，他们以各自的叙事路数为后人创作提供了可资借鉴的范例。而当代小说中，虽然偶有讽喻类叙事作品出现，但与乡土小说、都市小说等类型相比，显然属于稀有品种。这种格局下，盛可以的《算盘大师张春池》和李洱的《从何说起呢》的发表，就显得有些异乎寻常。从文本看，两部作品都表现出对现代讽刺艺术传统的某种呼应，具体而言就是，在调侃揶揄中透着人生的苦涩，在俏皮讥讽中彰显批判的智慧。

《算盘大师张春池》是一部颇为独异的小说，首先，它以其尖锐、泼辣的叙事语言和极具寓言色彩的异质空间，凸显其讽刺艺术的质地。这部作品与前面提到的《哦，乖》相似，都可谓当代官场现形记。不同的是，后者直接以在场者的身份讲述官场生态，而前者则是以算盘大师张春池的视角解剖官僚体制，张春池所讲述的异国见闻，则由第一层叙述者——书吧老板“我”进行转述，两种视角的交替叙述使张春池的凄惨命运真实可感。技艺超群的算盘大师张春池，供职于等级森严的K国算盘协会。这个协会虽然算不上正统的行政部门，但衙门色彩却更胜一筹。这里的人面上微笑，内心青面獠牙，盘算着私人的蝇头小利，一见不得别人好，二容不得别人闲，表面恭维你，背后损毁你。在权力高层，二B哥与二C哥暗中招兵买马，争斗激烈。作为最底层职工，张春池更是受尽掣肘和挤兑，成为上司平衡关系的棋子。为了彻底逃离这个乌烟瘴气的协会，她排除万难，费尽心思。虽然最终获得自由身，可刚逃脱牢笼却又掉进另一重陷阱。移民火星的骗局让她丢失了档案，成为"一个丢了魂的人"，"一个来历不明的人"，可悲到无法证明自我身份。这种形而上的追问，在我看来，是讽刺小说最可贵的品质。其次是批判的锋芒。人事倾轧激烈，外行管内行，官僚化、衙门化作风盛行的算盘协会，显然是对当下中国某些文艺家协会的影射。特别是在以贯彻落实中央"八项规定"为时代风尚的背景下，盛可以对文化艺术部门官僚主义作风的大胆揭露和批判，其现实意义不言而喻。同时，从悲愤绝望的叙述缝隙中，小说尚可窥见些许温情的描写。刘老师为争取艺术部的自由而跳楼自杀，让人顿生敬意，而冰岛青年算盘大师以身体的形式冰释了主人公的孤绝之心。这些人物身上，显示出讽刺笔墨之外的另一重意义指向。

从文本唤起的阅读记忆来看，如果说盛可以对文化官僚的批判，让我们想起张天翼的讽刺小说《华威先生》中只顾揽权不做实事的官僚政客形象，那么，李洱的《从何说起呢》以文人视角对文人圈内的生态展开批判，与钱锺书的《围城》一脉相承。尽管在文体上存在中篇和长篇的差异，但小说对学者文人的辛辣嘲讽，以及对知识分子矛盾人格的揭示，两部小说异曲同工。从创作主体来看，"文人写文人"的共同写作模式，也是两部小说暗通神韵的重要原因。从文本看，作者对文坛和学界的"内情"了如指掌，因此，他能游刃有余地讲述当代儒林的生活本相。《应物兄》便是其中的代表。由于小说开头应物兄就处于昏迷状态，他基本上是缺席的存在，是小说中被“说”的焦点，但从其友人的回忆性讲述中，一个复杂的生命体油然而生。“我不坦荡，但却是君子。我胸怀大志，却苟且偷生。”透过这句话，我们看到儒学大师应物兄作为学者生存的悲哀。应物兄生存的悲剧性与整个时代的文化生态有关。小说以“我”（小说家）为视角，引导读者目睹了当代文化圈的内部景观。我们看到：文人学者怎样以学术之名，行苟且之事；出版商如何寻找商业卖点，极尽唯利是图之能事；而文人又如何被市场牵着鼻子走，被裹胁着充当文化市场的奴隶。小说在语言上明快而不失幽默。作者擅长戏仿名人之语，在诙谐戏谑中制造揶揄嘲讽的审美效果。“我爱导师，我更爱真理，但我最爱的是导师的情人。”这是对亚里士多德名言的敷衍与化用，借以批判季宗慈夺师所爱的负义之举。这种文人小说的格调，与《围城》谈文论道中参透人性之堂奥的笔致，可谓神似。小说标题很有意思，可以看出作者的态度，对种种文化圈内的乱象，不知从何说起，既愤慨而又无奈。因为他意识到，那种缘于人性的痼疾根深蒂固，渗透到文化生活的每个领域，而对这些问题的透辟分析，毕竟是一部小说难以完成的。

正如笔者在前文所声明的，全面翔实地分析和归纳 2014 年中篇小说的主题类型和主题形态，并非本文所能胜任。上述文字，仅是笔者在阅读一百来篇作品的基础上所作的文本分析和主题学阐释，阅读和观察都很有限，时间之仓促，篇幅之所限，可能没有顾及更多既有主题深度又不乏艺术创新的小说。比如，凡一平的《非常审问》、李乃庆的《双规》、彭瑞高的《一票否决》、阿宁的《同一条河流》、曹军庆的《下水面馆》致力于贪官形象的多元建构，并对人物的精神面向和命运形态有所洞悉；王秀梅的《失疾》、叶舟的《开学》以别有心机的叙述，探察当下社会的婚姻情感危机；葛水平的《成长》、马原的《湾格花原历险记》在儿童与成人的对话与对抗中批判现实；马金莲的《绣鸳鸯》以质朴的民间化书写，绣刻出羞涩、含蓄、古典的爱情；须一瓜的《老闺蜜》中“看客”世界的刻画是对鲁迅传统的有力呼应。此外，弋舟的《所有路的尽头》以隐喻的方式凭吊80年代理想主义精神，尤凤伟的《鸭舌帽》、赵玫的《蝴蝶飞》对都市边缘群体的体恤与关怀，宁肯的《汤因比奏鸣曲》、张廷竹的《后代》在历史变局中对人性变奏的回望与检视，朱山坡的《乡村琵琶师》对特殊年代异常生命的宿命化书写，胡学文的《落地无声》以落地无声的优雅诗意反观日常琐碎与无聊，展示个体生存的困局，都以别样的主题追求彰显文本的意义深度。

概括地说，与往年相比，2014年中篇小说在叙事上显得冷静和理智，文学介入现实的深度和力度有所加强，显示出浓郁的时代气息和强烈的批判色彩。首先，无论是对时代体制的反思，对城乡巨变中人性的考察，还是对人生对命运的追问，对心理暗区的逼视与剖析，作品都在理性视阈中，展现出文学介入现实的强力和叩问人类生存本相的气度。其次，理性反思和批判指向与作家独立于主流的创作立场有关。创作主体立足边缘展开审美想象，以悲悯之心表达对弱势群体的关怀，以知识分子的独立识见洞穿人性真相，揭示时代本质。再次，中篇创作都力图在某个主题领域寻求开掘和拓展，昭示出创作主体多元思维格局的形成。但问题也很明显。其一，打破小说题材禁区，构建多元主题形态，这种创作态势令人欣喜，但我们也看到，很多作品在主题开掘的深度上极其有限。倘若把这些作品放在新世纪以来中篇小说的创作格局中考察，就会发现，异质性的思考并不多见。其二，小说具有很强的问题意识，体现出作家的使命感和责任感，但问题的提出多是“此刻”的思考，而少有关于未来的想象。文学应该具有一定的前瞻意识，以超越于大众认知之上。作家不但要站在时代前沿，还要对时代作出审美评估和预见，正如法国批评家马舍雷对斯塔尔夫人的评价，她将文学变成“一种开拓人类未来道路的机器”。预见性的缺席，尤其对于现实题材小说而言，不能不说是一个缺憾。在创作中，文学如何介入现实，如何贯彻鲁迅所说的“开掘要深”的思想标准，如何抵制布鲁姆所说的“影响的焦虑”，与同类主题的经典之作展开有效的认知竞争，在我看来，依然是小说家当前面临的难题。

（《创作与评论》2015 年第 1 期）

“中间”诗学的见证

——2014年中篇小说主旋律叙事考察

提到主旋律叙事，便让人想起官场小说、反腐小说、军旅小说，这类作品受众面广，其所彰显的核心价值早已深入人心。自“主旋律文学”的概念于20世纪90年代产生以来，学界关于此类作品的研究也大都默认这个看法。但我以为，倘若以此为标准划分主旋律文学的范围，主题学上不免太过狭窄。更重要的是，这种狭义划分无形中抽空了主旋律文学应有的丰富内涵，限制并缩减了主旋律叙事的审美生成空间。这种理解上的狭义化不仅不利于此类文学的正常生长，反而会导致主旋律文学创作生气的委顿。况且，即使是以政治上的四个“有利于”来衡定主旋律文学的基本内涵，其意域范围也远远不止于此。吴秉杰先生认为：“配合时事的作品、歌颂性作品，大家都知道这些是主旋律，但如果仅仅把这些作品看作主旋律，其实是退回到了50年前。”他又说：“人们希望主旋律作品思想上有些崇高的、正义的价值观，但不能因为这个就排斥矛盾，排斥多样化和批判精神。要排斥这些东西，就把整个艺术都排斥掉了。因此对主旋律要有广泛的理解，这样主旋律的创作才不会过时，不会给读者造成主旋律作品艺术水准很低或假大空的印象。”[1]他敏锐地指出了当前学界主旋律文学认识上的偏颇。对此，笔者深表赞同。具体而言，我们不可“唯题材论”“唯歌颂论”，也不可“唯文体论”。首先，主旋律文学应该是一个开放的概念，是一个内容丰富而形态多样的体系。我以为，凡符合“人民性”标准，反映了时代本质的文学，大抵可看作主旋律文学。简单说，没有多样化的主旋律文学，就不可能产生卓有建树的主旋律作品。值得注意的是，关于主旋律文学，经常出现不少概念认识上的误区。主旋律文学倡导崇高的、正义的价值观，但不能因此就无视矛盾，排斥批判精神。在叙事文体上，既可以长篇小说来反映时代风云，描绘历史图景和政治生态，也不可低估中短篇小说直击民生问题、揭示主流民意的可能性空间。基于此，与那些通常以长篇（如《突出重围》《暗算》等）作为研究对象的文章不同，本文将主旋律文学研究视点择定在2014年文学期刊所刊登的中篇小说主旋律叙事的范围，题材上不仅关注反腐、官场和军旅，同时也把维稳事件、政绩工程、教育问题、妓女问题、留守儿童、民工问题、拆迁移民、老龄化、创业、环境保护等等，有关国计民生的题材统统纳入考察范围。因为这些问题的核心指向，从根本上说，与四个“有利于”的主旋律审美原则是并行不悖的。其次，《人到中年》《沉重的翅膀》等大量成功范例充分证明，中篇小说相对于长篇小说来讲显得更灵活，对当下现实的反映来得更及时更广泛；同时，相对于短篇小说，它又能更深层次地介入复杂多变的社会现实，发现问题，鞭笞弊端，弘扬主旋律，揭示时代本质。

以这种更宽泛的理解来看，主旋律叙事无疑是2014年中篇小说创

---

[1] 吴秉杰：《以开阔的眼光审视主旋律文学创作》，《中国艺术报》2009年2月17日。

作的重要面向。在内容上，作家对当下政治生态、社会现实题材的热衷，与70年代末“伤痕文学”、90年代“现实主义冲击波”一脉相承，是世纪之交中国社会转型期底层叙事热的自然接续，其结果是将主旋律叙事推向新的创作高潮。在某种程度上，这意味着作家担当意识和使命意识普遍觉醒。创作主体对他所处的时代抱以热情关注，并以敏锐的观察和特异的思考，将波澜壮阔的历史图景和富丽多姿的社会现实给以多样的审美表达。相较于长篇小说，2014年中篇小说更眷顾当前社会政治生态，这种“近距离”视角的创作风潮成就了中篇小说主旋律叙事的空前繁盛态势。之所以出现这种叙事走向，除了层出不穷的社会热点问题，以及全媒时代的强势传播等外部因素，更重要的是中篇小说介入时代的特殊使命。特别是改革开放以来，中国社会的变革与转型，为中篇文体的繁盛提供了文化条件。文体上，在对时代历史画卷的呈现中，中篇文体的优势，在于它给受众心理造成的整体冲击力。中篇小说不像短篇小说那样亦步亦趋地跟踪和反映社会热点，片段化地呈现社会事件，而更能相对完整和集中地揭示社会历史问题，颇具深度地透析潜藏于时代背后的病象，鉴于此，文学史上，中篇小说往往成为某个时期展现社会历史内容的重要载体。不仅如此，新时期以来，中篇小说的艺术成就代表了文学创作的高端水准。即使在新世纪，与处于强势的长篇小说相比，中篇小说创作也是毫不逊色，成绩斐然。

如果要为2014年中篇小说给出某个确定的审美定位，必然存在很大风险。尤其是作为中篇小说叙事主流的主旋律叙事，给我的印象大体是复杂的、多元的。就我所阅读的近百部中篇小说而言，2014年中篇小说并不拘囿于某种一元化的美学定则，而是徘徊于文学审美的两端之间。确切地说，2014年中篇小说叙事在审美上趋向“中间状态”，既区别于“伤痕文学”“现实主义冲击波”的纯社会学意义上的叙事，也不同于“先锋小说”那种纯文学意义上的叙事，而是处于小说史上承前启后的某个节点。作为审美意义上的“中间物”，主旋律题材的中篇小说，在美学特征上并不像长篇或短篇那样泾渭分明，而是在总体上呈现出某种复合的特征和过渡的性质。尽管我们可以将这类叙事用现实主义美学作出总体界说，但具体到文学的雅与俗、文学的内部与外部等问题上，便会由于概念的大而不当，难以给出精确的审美定位和学理性解释。本文试图从中篇与长篇 / 短篇的文体差异，以及叙事上的雅俗互动、文学与政治、文学与社会的关系等角度，初步勾勒 2014 年中篇小说主旋律叙事的审美状貌。

游移在短篇与长篇之间

尽管短篇、中篇、长篇在篇幅上有大致的规定，但无论是中短篇还是长篇，作为虚构文体并不存在本质上的区别。在界定文体时，我们不可决然将三者割裂开来，而是应该将这三种文体看作整体，从三者之间的联系中找出各自的本质规定性。长篇创作工程浩大，需要长期积累和酝酿，难免使其在对现实的反映上具有一定的滞后性。短篇尽管可以对现实迅速作出反应，但由于有限的容量以及作家来不及对现实进行从容的思考，很难充分展示社会风貌，也难以深入表象背后的时代秘密。如此，在主旋律题材创作方面，短篇与长篇的文体界限是相对清晰的，而从篇幅容量上，中篇小说处于短篇和长篇之间，对其特征的阐释适于在短篇或长篇的比照中展开。以《阿 Q 正传》为例，我们很容易发现叙事中的长篇小说元素，比如小说人物众多，结构不很严密，适于无限延伸等，但也不难找到短篇小说的惯用技法：以白描手法勾勒人物性格，以精练的叙述以及片段化、场景化描写，推动单线情节发展。但《阿Q正传》却被公认为最经典的现代中篇小说。那么，我们要追问的是，究竟什么是中篇小说？它的本质规定性有哪些？关于这些问题，给出正面回答确实不那么容易。我以为，中篇小说就是文学审美意义上的“中间物”。既然是中性的，我们以“否定”方式界定其概念可能会来得更轻松。“中篇小说某种程度上是一个只能依靠否定去定义的文体样式，它不完全具有长篇小说众多人物、线索的立体结构，也不完全具有短篇小说简单、片段化的线性结构，而是在两者的夹缝中，不断调整和争取着自己的位置。这种否定与游移的性质与《阿Q正传》的精神气质完全契合，如果说中篇小说给了《阿Q正传》特殊结构以命名，《阿Q正传》就给了中篇小说最好的创作注脚。”[2]

作为“夹缝”中的文体，2014年中篇小说在主旋律叙事方面，融合了短篇和长篇的叙事策略，又能保持文体的独立性，很好地突显出中篇小说的文体优势。方方的《惟妙惟肖的爱情》便是范本。这是一部探寻时代逻辑的反讽小说。如果以传统观点看，越来越多的人无法理解当今社会人才标准的反常性，而这种非常态的人才评价体系又潜在地变得常态化，同时改变着精英知识分子的文化身份和现实处境，以至影响着整个社会结构的形成。在经验层面上，中国社会面临由尊知识时代向反知识时代的转型。而这个似是而非的命题，所指向的却是人文诗意在市场经济冲击下逐渐失落的过程。这个过程中，一部分反

[2] 王晓冬：《〈阿Q正传〉与中国现代“中篇小说”文体概念的形成》，《中国现代文学研究丛刊》2011年第10期。

知识阶层如鱼得水，通过投机和钻营，不仅获取了经济资源和社会地位，甚至攻占了原本属于知识阶层的神圣领地。为此，作者设置了这样的画面：不学无术的惟肖被邀请到惟妙所在的大学演讲，气氛相当火爆，而惟妙的课堂却冷冷清清，门可罗雀。在残酷现实面前，“读书臭屁论”终于以绝对优势压倒“读书永乐论”。三尺讲台，当这最后的阵地也被“惟肖”们所占领，“惟妙”们如何“乐”得起来呢。方方以反讽之笔展示出知识者与非知识者角色颠倒的反常现象，她要向我们展示的是：知识分子在这种反常气候中被边缘化的整个过程。惟妙和惟肖虽然出生在一个家庭，但在学习、工作、婚姻等方面的情况相差悬殊。这种反差很大程度上是社会转型的产物。但方方没有平面化地图解时代，而是立足于社会的转型和时代的变迁，以令人信服的叙事逻辑，展现出两代人、两个阶层在中国社会大变革中命运发生逆转、文化身份发生倒置的怪现象。如果说社会转型之前是禾呈、惟妙的时代，那么，如今则是雪青、惟肖的时代。前者是知识、精神、良知的代表，而后者是功利、物化和钻营的符号。所以，我认为，这部小说以日常的视角，如实地呈现了中国社会形态的变迁，并尖锐地指出了当前时代逻辑的反常态化。方方擅长线条清晰、结构简明的叙事。这部小说的对比结构让我想起她的长篇《武昌城》中“城内”与“城外”的对比叙事。其实，作为长篇小说的《武昌城》远远没有如《子夜》等经典长篇的结构那么复杂，这也说明，方方何以能长久保持中篇圣手的文坛地位，而未能在长篇领域傲视群雄。

如果说方方的《涂自强的个人悲伤》以讲述乡村孩子成长的艰辛与酸楚，博得 2013 年中国文坛的广泛关注，那么，余一鸣的《种桃种李种春风》则不再对农村子弟的学习、工作与生存本身作近距离观照，而是将锋芒指向当前教育体制的弊端，以及这种积习给家长形成的重压。涂自强的结局固然悲惨兮兮，但小凤不惜出卖肉体换取儿子清华进入一初中就读的指标，这种灰色生存对作为女性的家长的伤害程度也足以让人嗟叹。身为教师的余一鸣对教育体制所滋生的不良风气可谓洞若观火。作者借助女性和母亲的双重视角透视社会人心，教育腐败问题显得那样触目惊心。我们看到，因为教育部门在文件上玩了一个文字游戏，奥赛骨干教师梁老师，一个知情达理的青年，“说没就没了”。这使人想到鲁迅《狂人日记》中的“吃人”故事，虽然两篇小说批判对象不一，但直击人心的力量如出一辙，同样能收到震耳发聩的审美效果。这种效果对短篇叙事来说是很难企及的，尤其是那种利益链条的复杂性，教育体制的深层痼疾，单线条、片段化的短篇叙事显然难以胜任，很难像中篇叙事那样从容、饱满和翔实而又能收到直击要害、令人警醒的审美效应。作为短篇叙事的核心要素，细节和场景在这部作品中大量存在，对充实小说骨架和推动情节发展起到了关键作用。这使人联想到毕飞宇的短篇小说《大雨如注》的叙事艺术。同样是揭示教育弊端，那种简单线性结构中穿插场景化描写的讲述方式，使宏观的命题落实到微妙细小的层面：教育体制对主人公造成的心灵之伤，那种令人揪心的画面让读者莫不动容，且沉思良久。

值得注意的是张廷竹的《后代》在文体上的模糊性，这种模糊性当然不仅是从作品篇幅长度上说的（5万多字），而是结构上也接近长篇文体。小说的叙述是由叙述者“我”和故事当事人潮儿对自己传奇身世的自述共同完成的。“我”与潮儿对话便是与历史对话，这种别致的叙述关系使小说叙事在历史与现实中不断切换，闪回和跳跃的叙述赋予小说以历史纵深感，既烛照了散落在历史幽微处的阴魂，又能将人物的命运讲述得非同寻常。上山下乡、抄家批斗等历史场景勾连着现实中悲凉的人生境况。政治意识形态对生命的规约使人生充满无奈与辛酸。那种于历史深处所折射的命运感，那种家道中落中伦理失范所构成的生命况味，也常常是经典长篇小说为建立意义深度所精心营构的。此外，贺晓晴的《红被褥》、盛可以的《算盘大师张春池》、姚鄂梅的《蜜月期》、赵玫的《蝴蝶飞》等作品在叙述上也体现出自觉的文体意识，呈现中篇小说取法短篇或长篇元素，并与之相互交融的叙事倾向。在审美属性上，这些作品鲜明体现了中篇小说的文体特征，它既是独立的，有着自身的审美规律，但又脱胎于小说母系，左邻右舍都有长篇与短篇在挤压着它，它只能在长篇、短篇小说的夹缝中谋求发展。

在雅化与俗化中调整

文学史上，那些影响甚大并载入史册的作品，其实很多都不是纯文学。卢梭的《忏悔录》是纯文学吗？鲁迅杂文是纯文学吗？都不是。但这些作品都有极高的审美价值，代表着那个时代的精神气象。那么，怎么理解“纯文学”这个概念呢？我以为，“纯文学”是一个相对的概念。通俗小说固然不是纯文学，但不能说它没有审美价值。而雅小说也并非都是纯文学（比如那些政治色彩强烈的严肃小说）。客观地说，雅文学与俗文学并无优劣之分，皆有存在的价值和理由。鲁迅作品中，学者可能认为《野草》最有价值，但对普通读者而言，杂文影响更大，小说次之。这种审美接受的分野，在于文学文本的可读性，也就是文学的雅俗问题。从雅俗意义上看，任何优秀的文学作品都不可能是绝对的通俗文学，也不可能是绝对的高雅文学，而是处在某个“相对值”的位置。这个“相对值”与作家的文化修养和审美趣味有关。因此，我们承认有些作家在审美倾向上适于通俗做派，而另一些作家则寻求艺术的精湛与思想的高端。而2014年主旋律题材中篇小说创作中，既没有单纯迎合读者追逐看点的通俗小说，也少有自闭于象牙塔不食烟火的高雅创作，更多的作品是处于雅俗之间，呈现出雅俗互动的审美追求。

李亚的《自行车》是一部具有创新价值的小说。说它新，并不在故事的新颖别致，而在作者将古代话本之神韵融入叙事。作者以说书人口吻讲述故事，在千篇一律的遵循西方现代叙事风尚的当下小说中，显得有些扎眼和异类。叙述人或说书人掌控着整个叙事的节奏和氛围，并时时意识到“听众”的审美感受，不断调整叙述方向。这种自觉的读者意识是小说叙事通俗化的重要方式。小说中叙事主体为“自行车”，作者以自行车作为时代的象征物，展开李庄的琐碎人事，以及李庄人面对新生事物时，有如堂吉诃德式的疯狂举动。随着陌生感的不断制造，历史的真实面孔就在作者风趣的讲述中自然而然地呈现出来。李庄的历史就是一部当代中国文化史，那种档案柜里的历史被最原始的说书艺术所激活。随意挑选其中一段以观叙事风采：

> 这样闲话几句一过，我也省了介绍咋样培育烟苗，咋样种烟……现在我把这些脏活累活都撇到沟里去，凡事就像我们李庄人所说的，贼挨打的事儿就算了吧，说说贼吃肉多爽快。这里我就直接说烟叶出坑的时候。烟叶出坑，你要是没见过，我给你表述起来也相当费周折，你要是我们李庄的人，不管你多么阴郁的心情，哪怕你媳妇被人拐走了你一心想死，但我一说烟叶出坑，你心里扑腾一下顿时敞亮无比，朝心口猛捅三刀你都死不了。

这样的叙述在当下中短篇叙事中已很罕见。李亚对古典叙述的戏拟出神入化，他的叙事以轻载重，融古典于现代，宏大历史在貌似通俗的形式下被赋予形而下的趣味。与李亚叙事相对的是邓一光的《深圳蓝》，邓一光的叙事充满现代气息。如果说李亚倚重叙述方式上的古典气质，为主旋律叙事导入趣味元素，那么，《深圳蓝》则是以叙事语言的时尚化和现代化，契合了当下大众读者的阅读口味。小说写光怪陆离的职场，写都市繁华中的孤独，这显然属于非常现代的主题。因为作者所提炼的情绪，是整个时代精神的写照。中国社会转型期的典型情绪就是孤独，这种现代病衍生于传统伦理失范的商业社会。然而，作者对这种困惑的表达相当含蓄，在主人公不确定的情感状态呈现中，照见了工业化社会现代人的精神病象。

形式上通俗化是2014年主旋律题材中篇小说普遍的叙事追求。陈仓的《空麻雀》以书信的形式，将乡村留守女童孤独无告的生存现实与都市民工险象环生的高空作业相联结，那种哀楚的讲述读来让人扼腕。池莉的《爱恨情仇》看起来似乎是拆迁移民题材的小说，因为故事主要发生在移民村，但实际上是以“寻母”为主线写女性的悲剧命运。女主人公被迫出走与傀儡式回归被赋予传奇性和神秘性，这使小说在“好看”的前提下又能给读者诸多人生启迪。海桀的《金角庄园》、王手的《斧头剁了自己的柄》、陈仓的《兔子皮》等作品皆对官场腐败有所揭露，并以此为框架，或写窝心的小人物如何在一生失意中成就自己的人生价值，或写现代人惶惶不可终日的不安感如何成为一种生活的常态，叙述上不约而同地吸收了通俗元素，悬念、推理等手段成为小说叙事推进的重要方式。探案侦破小说叙事元素的引进，无疑大大提高了文本的可读性。

近年来，通俗题材小说创作出现新动向。青春小说、官场小说、金融小说以及网络小说迫于市场和读者的压力而适当作出雅化举动。2014年行业题材中篇小说也不免受其影响，出现了杨小凡的《总裁班》和袁亚鸣的《范军是只骆驼吗》等由俗向雅转移的代表性作品。前者融合官场、金融、教育等题材，紧贴当前官场、商界、教育界现实。自称“批判现实主义流派追随者”的杨小凡曾亲历过某名校的总裁班，他显然看穿了此类培训的要害，于是在他内心埋下了批判的种子。总裁班学员都是一掷千金的商业巨子，参加培训的目的不在学习知识，而是为了建立有利于自己发展的人脉关系。我们看到，这些商界巨子如何借助人脉，在冠冕堂皇的项目名义下行官商勾结之事。小说叙事中金钱、权力、女色等传统通俗元素的糅合，使得这部作品初看起来与市场上畅销的通俗小说并无二致，但细细品读你才发现，作者别有意味地设置的叙述者，同时也是小说的主人公，却是全班同学中的异类。作者以“异类”视角打量这个“精英”群体，不仅增强了叙述的真实性，同时扩容了小说意义的增值空间。这个空间是繁殖审美价值的场所，那种利益交易中人性的复杂性，那种物欲社会对私人空间的侵占，都显得鲜活而真切。袁亚鸣的《范军是只骆驼吗》属于金融题材的小说，作者本人在商界身经百战，无论是金融知识还是商道经验都足以成就他的写作事业。尤其是他讲述那些被利益链条所主宰的商人的故事，甚是从容、淡定。他们面临的精神压力，这种压力下作出举步维艰的选择等等，小说中金钱、女人与生命之间的关系设置所拷问的正是灵魂的面向。由此，行业小说的叙述视点，由外部的商战转向内心的交战，这当然是类型小说雅化的重要途径，并内在地提升了叙事的审美品位。

以写“好看、好读、好玩的小说”见长的李月峰，其新作《无处悲伤》是写中年离异女性创业的小说，也可看作家族或情感类小说。小说标题就有种通俗的味道，让人联想到郭敬明的《悲伤逆流成河》。语言简练直白、通俗易懂，故事来龙去脉也交代得面面俱到。尽管如此，或者说，这部小说存在这样或那样的问题，但并不能否认作者在骨子里追求意义深度的诉求。我们看到，母女婚姻上的不如意，姊妹之间亲情的冷漠，勉强维持生计的家政生意最终也只得无奈放弃。而这些，皆缘于我们这个时代的世俗功利风气。而叙述者“我”作为主人公，在面对亲情的“模糊的空洞”之后，自食其力的人生选择也正是对这种不良风气的无言抵抗。

文学叙事在雅化与俗化之间调整，说到底就是文学性与可读性之间的调整。事实上，无论是雅化还是俗化，两种取向并无高下好坏之分，因为两种叙事追求都是作家在实现文学价值的驱动下完成的。这种艺术新变标志着中篇叙事的趋优走向。在这方面，更确切地说，在雅俗共赏的意义上，张爱玲应该是现当代文学史上的一座高峰。《金锁记》之所以被夏志清教授誉为中国“自古以来最伟大的中篇小说”，主要在于她以高端的思考“装扮”世情小说，使作品具有了相当的思想价值和审美价值，这也正是张爱玲区别于张恨水、琼瑶、金庸等通俗作家的重要标志。

难以调和的悖论：工具论与本体论

20世纪中国文学史上，随着国家意识形态的变化，文学与政治、文学与社会的关系在表述上不断变化，并成为每个时期文艺论争的焦点。“五四”文学，无论是文学研究会倡导的“为人生”，还是创造社推崇的“为艺术而艺术”，尽管都在不同层面表现出文学意识的现代觉醒，但无疑都为“启蒙”的时代主题服务。随后的“革命文学”“左翼文学”“抗战文学”“解放区文学”“十七年文学”“‘文革’文学”等，由于文学与政治紧密联姻，并接受意识形态的检阅而呈现出鲜明的工具论色彩。直到20世纪80年代中期，“寻根文学”，特别是先锋文学的出现，中国文学才发出了强有力的回归文学本身的集体呐喊。但可惜的是，这种纯文学的倡导很容易走上极端，脱离现实的形式舞蹈自然不能持久。随着中国社会转型，文学回归现实的呼声应运而生。90年代直到新世纪，中国文学又进入新一轮的现实书写，近距离描绘政治变革的风流画卷，呈示林林总总的社会世相，一时成为文学创作的主潮。

新时期以来，中篇小说对现实生活的密切关注是这种文体长盛不衰的重要原因。中篇小说对现实的深度介入，揭示了当代社会本相，满足了受众了解社会适应时代的心理需求。即使在新世纪，中篇小说仍以问题意识切入大众文化心理，以每年上千部（纸质纯文学期刊所载）的数量保持着强劲的发展态势。中国小说学会副会长夏康达先生在回顾新时期30年中篇小说时说：“不同历史阶段，不同社会群体，不同性别和年龄段的人生状态和精神境遇，不仅构成了三十年中篇小说力透纸背的现实写照，也使三十年的中篇小说成为反射这段社会的历史存在和文化风貌的一面镜子。”[3] 这种现实主义反映论的理论倡导，在某种程度上，助长了文学审美滑向工具论的创作风潮。

从文学反映论的角度看，尤凤伟的《鸭舌帽》可能是2014年最好的中篇小说之一。小说以农民姚高潮的进城遭遇辐射开来，真实生动

---

[3] 夏康达：《一种文体的崛起——中篇小说三十年》，《名作欣赏》2008年第19期。

地描绘了新世纪民工的群像。这些民工处于都市社会最低层，为了挣钱只能忍辱负重，甚至拿自己的生命作实验品（为了赚取更多收入，小宋暗地里做试药员），但即使这样，他们仍无法摆脱命运的怪圈。作者借助小宋之口道出其中的无奈：“这个世界真让人心寒，活着一点意思没有，可也不能不活，活着又想活好，想活好只能想法弄钱。这就成了怪圈，现在中国人都在这个怪圈里转呀转，直到转晕转疯狂。”民工的生存苦难是新世纪底层叙事关注的重点，所不同的是，尤凤伟的丰厚阅历让他能高瞻远瞩，以令人信服的叙述暗示出这样的结论：对“姚高潮”们而言，那种苦难是与生俱来和挥之不去的。小宋因为药物作用变成了“睁眼瞎”，后半生的日子可想而知。而姚高潮尽管得到提拔，但其所担任队长的“清障队”，不过是为老板卖命的“敢死队”。小说写到“清障队”即将面临一场火并便戛然而止，山雨欲来风满楼式的收笔给读者很多联想。值得称道的是，姚高潮的形象作为新一代民工的典型，实在可与高晓声笔下的陈奂生相媲美。姚高潮和陈奂生虽然处于不同时代，但都携带着那个历史阶段农民特有的典型文化心理特质，借用现实主义反映论的术语来说，二者都是“典型环境中的典型人物”。透过“这一个”，我们能看到中国农民在不同时代的生存法则和普遍追求。

同样是书写社会转型期农民的现实境遇，钟正林的《春天远去》以农村视角区别于《鸭舌帽》的都市视角，写农民以保护庄稼捍卫土地的方式，悲壮地抵抗城市化进程对乡土的掠夺。不过，小说主人公不是普通农民，而是谙通农务的高级农机师。但即使是这样的技术权威，仍然无法挽回收获在即的庄稼被毁坏的结局。小说标题“春天远去”暗含着乡村面对城市化遭受阵痛的不可避免。通过土地的挣扎和农民的抗争，作者要表达的，不只是依托于田园诗意的怀旧情绪，更是一曲悲怆的大地挽歌。这种意旨暗合格非的《春尽江南》的时代主题，尽管《春天远去》没有格非叙事的宏大格局与深层意蕴，但对“春天”的呼唤，以及这种呼唤的无力感，却不能不说是二者共有的人文情怀。这种人文情怀也是陕西青年作家侯波孜孜以求的，《二〇一二年冬天的爱情》虽是维稳题材的小说，但作者的视点却不在如何阻止民众上访，而是以鲜活的细节呈现出一对老年夫妇动人的生活画面。尽管平静的生活因为拆迁工程被打破，但这对夫妇却能自如地生活，彼此温暖着对方。作为参照，维稳工作人员也是一对恋人，较之老年夫妇的从容，在维稳工作的展开中，这对恋人却如历苦狱，紧张焦灼，忐忑不安。作者借由两种心境的对照，所传达的分明是两种殊异的生存境界。尤其是结尾的一笔，被视作上访者的老年夫妇不计前嫌，主动搭救了车祸中的维稳青年干部，更是升华了这种意义指向。

在反映“政绩工程”方面，田耳的《长寿碑》值得关注。小说讲述的是一个本不具备长寿村条件的村庄如何人为地被打造成长寿村的故事。为了提高高龄人口数量，不惜伪造材料，修改档案年龄。如果小说仅止于此，便是一则新闻事件。田耳显然看穿了其中所隐藏的伦理悖论，这种发现使小说对问题的探讨向更深层次掘进。母亲死后要立碑，由于年龄上母子之间隔了一代，儿子只能变成孙子。这种荒诞之笔使小说对当前一些官员为出政绩而造假的不良之风给以不露声色的讽刺。与田耳叙事的荒诞风格一样，向本贵的《迎春花儿开》关注乡村政治生态，并将叙事落脚点置于悖谬的生存哲学，以检视乡村政治文化的复杂维度。主人公田迎春心怀私利，气量狭小，却屡屡能办好事，以致最后成就英雄之举。对这种常被遮蔽的人性亮点的发现，构成主旋律叙事的另一形态。此外，凡一平的《非常审问》和李乃庆的《双规》对贪官的描写也很出彩，这类作品由于切入当前备受瞩目的贪官问题，更能博得大众读者青睐。须一瓜的《老闺蜜》、王子的《弑父》，包括李月峰的《无处悲伤》等作品聚焦人口老龄化问题，但在叙事中，作者无意于描写老年人的日常起居，而是以此作为反观社会或子女，透视人性与人情的镜子。而对当今社会功利主义和人情冷漠的批判，为这类作品争取到更多的文学本体论上的美学空间。

李铁的《护林员的女人》作为“中国梦”主题的小说，可能是2014年最贴近主旋律的作品之一。如果说上述作品多以批判眼光打量现实，或暴露丑恶，或“揭出病苦”，以“引起疗救的注意”，那么，李铁的《护林员的女人》以及魏远峰的《拂晓》则是从正面歌颂英雄，意在为中华民族实现中国梦输送正能量。但也正是因为作家创作出于“听将令”的冲动，而非有感而发的自然流露，致使这类“遵命文学”有些为赋新词强说愁的味道，这样的作品终将沦为文学工具论的典型例证。首先，从艺术上看，李铁的《护林员的女人》、钟正林的《春天远去》等作品都出现环保英雄横躺在大树下充当守护神的场景。当然，不止是这两部小说，很多环保题材小说中，我们都能看到诸如此类的场景描写。而这种重复的描写不仅让读者产生审美疲劳，而且技术上不免显得有些做作和幼稚。对于这种道德诉求，是否可以更富于表现力的细节，给以不事张扬的艺术呈现呢？这种简陋，而且不断复制的文学描写，从一个侧面反映出主旋律叙事想象力的匮乏，也是容易滋生概念化、教条化创作的内在根由。其次，这类作品对“中国梦”的阐释过于粗浅。作家处理“正确”的主题，会尽量显得好坏对照，爱憎分明，这种粗糙的二分法不免让叙事流于卡通化。而若以更宽泛的人性标准把握人物，或许，在正反两极之间就会出现更广阔的灰色地带。

其实，现当代文学史上，这类工具论意义上的创作每个时期都大量存在。就 2014 年中篇小说而言，这种创作倾向乃审美惯性使然。尽管学界通常更看好那种文学本体论意义上的叙事，但我们却不可低估主旋律叙事所肩负的时代使命。事实上，即使是哪些艺术质量上乘的中篇文本，也不能说彻底脱离了审美工具论。田耳的《长寿碑》、余一鸣的《种桃种李种春风》，即使是方方的《惟妙惟肖的爱情》、尤凤伟的《鸭舌帽》，也可明显看出其以反映历史、政治、社会等外部经验为己任的叙事意图。因此，我们不能苛求致力于宏大表述的主旋律叙事是否是"纯文学"，只是提倡一种更趋于内部经验呈现的艺术表达，也就是更接近于文学本身的叙事形态。所以，在我看来，最理想的主旋律作品，应该是生命内部经验与社会外部经验的有机融合。这样的作品既能产生广泛的社会影响，又能在审美上达到相当的艺术水准。

但在文学实践中，主旋律作品往往难以达到它的理想形态，更多的是在本体论与工具论之间滑行，至于究竟偏向哪边，与那个时代意识形态对文学的"干预"程度有关。从《护林员的女人》等作品来看，作家为了响应意识形态的吁求，创作贴近主旋律的小说实属"听将令"所为。同样，反观文学史，20 世纪三四十年代在重大灾难和民族危亡面前，丁玲的《水》、茅盾的《第一阶段的战斗》等"急就章"的出现就不足为怪了。相对来讲，方方的《惟妙惟肖的爱情》和尤凤伟的《鸭舌帽》等作品所反映的虽然也是意义重大的时代主题，但在文学性上显然高于其他作品。原因在于它能触及社会的痛处，探入人性的底层，而不是浮于主旋律意识形态的表面，充当文学为政治服务的现成器具。从这个意义上，以主旋律题材创作为己任的作家，面对热气腾腾浸满时代气息的现实经验，若要将其提炼为艺术并有所作为，最好的途径可能是适当调节创作主体与所处环境的角度和距离。而方法论上，我以为，主旋律题材的小说创作适于“热”题“冷”写，而不宜“激情写作”，更不可听命于“将令”。确切地说，作家应尽可能跳出他的现实经验，让自己获得某种程度上的“世界性身份”。法国批评家皮埃尔·马舍雷在分析斯塔尔夫人的文学思想时说：“由于她的世界性身份，从叙事想象角度看很有意思：她让自己站在所有文化之外，从不让自己完全认同于这些文化，她让读者看到分离这些文化的间隙，但这道间隙也是从一种文化到达另一种文化的必经之地。”[4] 如果说现实中国的当下经验是“一种文化”，那么，在主旋律叙事意义上，作家在虚构世界中所要抵达的则是“另一种文化”。从创作主体的文化身份与其所介入现实的关系来看，《阿Q正传》这部经典之作，很大程度上，正是鲁迅以世界性的文化身份审视中国社会现实的结果，这种视角让他最终发现了“沉默的国民的灵魂”。

[4] [法]皮埃尔·马舍雷:《文学在思考什么？》，张璐、张新木译，译林出版社，2011年，第25页。

诗性在雕琢中流失

——2014年短篇小说创作态势分析

从创作规模上，2014年中短篇小说与往年持平，但从文体角度及艺术品质来看，这一年的短篇小说与中篇小说却处于失衡态势。相较而言，中篇小说是时间尺度上的文体，由于容量更大而给作家留有更多的叙事空间，无论是思想开掘方面，还是艺术拓新上都更易有所作为。而短篇小说则不同，依照鲁迅的说法，“才开头，就完了”。他的意思是说，短篇小说不苛求线性时间上的故事性，而主要在一个片段或某个时点上做文章。从这个意义上讲，短篇小说的优势不在情节上的戏剧性，而更接近于诗。短篇叙事要在短小篇幅内完成深邃的思考，作家在故事层面上施展身手的空间相对有限，难度更大。尽管如此，2014年，众多名家依然坚持短篇创作。王蒙、张炜、残雪、叶兆言、范小青、毕飞宇、石舒清、杨少衡、尤凤伟、刘庆邦、王祥夫等，皆以短篇体制磨炼笔法，寻求艺术形式的多元探索。不仅如此，青年作家仍旧充当着短篇创作的主力，特别是晓苏、蒋一谈、徐则臣、张楚、鲁敏、金仁顺、叶弥、余一鸣等，近年来他们创作颇丰，很有实力，能确保创作维持在一定水准上，给不免有些沉寂的短篇园地注入了活力。

从文本看，致力于叙事结构的精心打磨，在艺术形式精制化的追求中寻求审美拓展，同时讲求小说的故事性与可读性，是这一年短篇创作的总体趋势。但深究这种态势及其后果，我们发现，首先，短篇形式上的精益求精，往往服务于对故事性和可读性的强化，一定程度上导致了小说审美形态趋同化。其次，短篇创作流于一种人生样态的揭示，或是某种社会世相的呈现，或是历史情绪和个人记忆的打捞，而疏于精神含量的输入，致使小说蕴含的诗性空间萎缩，直接影响到小说思想品位的提升。

子辈与父辈之间的亲情伦理及其内聚的反讽性质，是刘庆邦、晓苏、王祥夫共同关注的命题。晓苏的《皮影戏》和刘庆邦的《合作》不约而同地描绘了子辈出于无奈而“演戏”给父辈看的画面。后者写在北京打工的贺品刚，与离异女性金子华“合作”，乔装成一对恋人以骗取贺父的安心，而实则他们是一对各取所需的性伴侣。前者同样如此，只不过女主角从离异女子置换成发廊女，而观众则由父亲变成母亲。晓苏独具匠心地将传统戏曲艺术化入叙述，这使《皮影戏》成为可遇不可求的短篇上品。尽管此前也阅读过不少晓苏的作品，但这次阅读所遭遇的那些文字，那些场景，以及由此带来的内心触动，却非同寻常。皮影戏最早诞生在两千年前的西汉，是中国出现最早的戏曲剧种之一，一种用兽皮或纸板剪制形象，并借灯光照射所剪形象而表演故事的戏曲形式。晓苏以戏仿的形式将这种古老的表演艺术引入叙事，使整个叙述产生了既严肃紧张又不失诙谐的审美效应。小说主人公余成孝自编自导了这样一出绝妙的皮影戏：余成孝携扮作女友的发廊女阿菱回家探亲，目的是让母亲信以为真，成就一片孝心。尽管其中历经曲折，遭遇到村人的暗中破坏，但这片孝心不仅打动了母亲，打动了读者，同时也打动了阿菱，意外促成一对新人的完美结合。把一个儿子的尽孝之举写得如此轻盈灵动，而又如此令人动容，实属不易。晓苏去年创作的《矿难者》是一篇透视底层人性的力作。《皮影戏》同样写外出务工者，但与前者相比，更富情趣，境界更高。凝练的语言，难得的人文情怀，辅之以紧凑有序而又生机盎然的叙述，更使晓苏的叙事达到炉火纯青的地步。同样写母子之情，王祥夫的《泣不成声》则以母亲为叙述主体，讲述重病中的母亲，在孤苦余生中燃起的丧子之痛。作者言此及彼的方式，同样收到出人意料的审美效果。小说开头并未交代儿子巴小东出了车祸，而是通过迂回的形式讲述母亲现实中的生存状态和情感状态，比如，她得了重病，职业，爱好，她的父亲，她与巴小东父亲的恋爱故事，以及丈夫早逝，家里的照片，喝过期的咖啡，写日记，与老朋友文丽聊天。这些描写中，巴小东是缺席的，却又无处不与他有关。就这样，母亲对儿子的想念层层堆积，最终真相展露，水到渠成。从叙事中我们看到，一位母亲对儿子的款款深情，在层峦叠嶂中茂密生长出来。此类短篇中，曹文轩的《小尾巴》对母女亲情伦理的别样思考，展露出儿童文学作家独有的情怀，值得关注。篇幅所限，不再展开。

叶兆言的《魅影的黄昏》与张楚的《伊丽莎白的礼帽》于现实中介入历史，将人物内心引渡至特殊年代的“魅影”中。“魅影”隐含着某种暧昧的神秘。前者的神秘性在“文革”中“我”与祁师傅之间的某个心结，而这个心结直到最后也没有打开，它如幽灵潜伏在主人公内心，让他欲罢不能。在去大学演讲途中，那个司机的脸居然被“我”认定为祁师傅，而这种潜意识与这次有关“文革”历史的演讲有关。与学生辩论中，作者借助大学生之口说道：“文化大革命”并没有结束。以此暗示，“文革”给人留下了挥之不去的心理阴影，干扰着“我”的世俗生活。而回家途中，司机又换成一副陌生的面孔，他还是那个祁师傅吗？作者不置可否，“魅影”终未消除，叙述隐没在一片晦暗中。不同于叶兆言小说的实验色彩，张楚的叙事不以制造“迷宫”为乐，而是以解开心结为快，显得平易而富有生趣。小说通过现实中姨妈多少有些偏执的举动，及其生命不息奋斗不止的种种作为，凸显出生命的鲜活质地。而就是这个执着于编织礼帽出售的姨妈，在公众场合与徐正国窃窃私语被误以为“红杏出墙”，引出一段特殊年代不堪回首的往事。“文革”期间，担任妇女主任的姨妈干起“革命”来，一如晚年织帽的狂热劲头，曾给徐正国母亲身心造成重创，自己内心也烙下难以平复的暗伤。为此，姨妈前往探访并以赠送礼帽（赔礼之帽）的形式致以歉意。心结至此打开，于是，编制礼帽升华为一种赎罪方式，构成小说耐人寻味的意蕴空间。

尤凤伟的《金山寺》和徐则臣的《祁家庄》把视点对准官场生态，直击当下中国社会神经的敏感部位。前者写宋宝琦助推好友尚增人登上县委书记宝座，却放弃了有利于自己的大好形势。当然这并非纯粹出于友情让位，而是有他自己的私利打算。但这并不重要，作者所关注的是，宋宝琦升任市委副秘书长后，尚增人由于受贿而被“双规”所引起的种种后起效应。按理，尚增人肯定要重谢宋宝琦，这是官场“潜规则”。随后的叙述集中在宋宝琦惶惑不安的精神状态上，因为，所有收受贿赂的可能都被一一排查。其实，小说写到这里，并未超出贪腐叙事的常规路线。作品的价值，在于收尾的那一笔：丹普寺院上香时，尚增人让私企老板以宋宝琦的名义捐了 10 万香火钱，而宋宝琦对此却一无所知。由此，小说的追问向纵深挺进。因为这 10 万元并非物质受贿那么简单，而是触及人的精神信仰和宗教问题。从这个意义上看，宋宝琦是以物质受贿换取精神受益，依然无法逃脱干系，愁虑重生之际，纪委部门提出：“这事佛是一方事主，哪个愿多事，惹佛不高兴啊？”宋宝琦也因此闯过难关。尤凤伟的高明之处，在他于人之常情与法律法规之间的缝隙中找到了叙述的兴奋点，并以此开辟了全新的精神空间。与尤凤伟严谨平易的叙事作风不同，徐则臣对政权贿选的描写，在略带诙谐、嘲讽的讲述中直抵人心。阅读徐则臣的《祁家庄》，酷似阅读陈应松 2013 年发表的《去菰村的经历》。两篇小说都直面乡村基层政权的选举现状，对种种贿选拉票现象给予批判。不同的是，后者作为中篇，并不让读者直接目睹选举盛况，而是以很大篇幅，写主人公试图抵达现场而不得的经历，以其不至之至暗示选举不可告人的内幕。而前者作为短篇，则是正面描写选举前的拉票场面。小说从历经坎坷的打工青年祁前进回村为父还债落笔，主要写他怎样歪打正着地以公司老总形象，为竞选村委会主任的本家堂兄祁顺风助威，而村民又如何看穿祁前进的穷酸本相，致使竞选计划暗中落空。这样的结尾确实令人啼笑皆非，但小说所批判的，绝不仅仅是选举的作假，而是借此揭穿了国民的劣根性。祁前进作假助威，本为侥幸少还欠下堂兄的债款，而最终的败露却让他落入可悲的境地。作者以祁前进那不无滑稽的表演，不经意间实现了对弱者的审判。

蒋一谈的《在酒楼上》的主人公博士毕业，流落到一所中学任教，刻板僵硬的工作与自己的志向相去甚远，郁郁寡欢。小说与鲁迅的《在酒楼上》构成某种互文，主人公有着同样的叹息和虚无感，以及他们面对命运的憔悴与无奈。这种互文性叙事暗示着作者的创作命意。在叙述上，鲁迅的《在酒楼上》选择了一种半回忆半伤感的叙述方式，这种叙述缭绕着某种诗性和神性的丰饶。对照来看蒋一谈的叙事，物质与精神、道义担当与内心追求、亲情伦理与人性本质之间的交错纠结，在作者的叙述中确实得到细致呈现。小说没有拘囿于主人公郁郁不得志的个人小情愫，而是通过“嘱托”事件照亮人物内心在金钱诱惑下那惊心动魄的自我搏斗，揭示出人性的某种真实状态。在内心走向上，女友的搅局本可将内心的搏斗推向复杂和深刻，但作者却善意地将女友设置为主人公的价值认同者，这样无意中减弱了叙事的张力。女友的最后回归，主人公的明确表态，自然也削弱了叙事的诗性内涵与精神力量。在故事的终极指向上，毕飞宇的《虚拟》与蒋一谈的《在酒楼上》一样，将叙事聚焦于人临死前的灵魂依托。不同的是，后者是某种良心和母性所驱动的结果，而前者则是对自我良心的责问，以及这种责问下所发生的精神危机。《虚拟》中祖父是桃李满天下的中学校长，有很高的道德声望，然而他仍对自己葬礼上花圈数量的多少而担忧。这显然是对当前社会人情淡漠的莫大讽刺。“死亡不再是问题，标志着死亡的纸质花朵却成了一个问题。”作为祖父的孙子和遗嘱执行者，“我”为了让九泉之下的祖父心安而不得不作假，按照祖父生前说出的人名和职务“制作”花圈，虚拟祖父理想中的葬礼，通过作假的方式实现祖父的梦想。与此构成反讽的是，祖父生前曾以刻板严厉的口气说道：“死是件严肃的事，不能作假。”应当说，这样的对话是有力量的。一场近乎对决的争吵中，作者将笔锋直插问题的核心。

范小青近期的小说持续关注现实的荒诞性，其独特的叙事角度以及那有如坠入梦幻的故事结局，令人印象深刻。《南来北往谁是客》与其 2013 年发表的短篇《梦幻快递》一样，旨在揭示现代社会中人类生态的荒谬性。小说以第一人称展开叙事，透过房屋租赁风波将读者引入故事，跟随房屋中介“我”的视线，目睹“我”如何协助房东寻找失踪房客的过程。对这个过程的叙述在层层推理中演进，貌似侦探小说的惯常模式，而小说结尾房客主动现身及其并非故意拖延房租的辩解，彻底颠覆了读者的审美预期。读者的阅读定势与作者的意外设置构成的审美反差，既堵截了小说的通俗趣味喧宾夺主的可能，同时也消解了此前猜疑和寻找的意义。值得注意的是，作者以“你”指称大众读者，邀请读者参与故事，与叙述者“我”之间构成对话结构，以暗示叙述者的自我质疑，以及这种质疑中所包含的“我”置身梦幻般现实的不安与惶惑。

2014 年短篇领域，有些作品尽管出自文坛新人之手，但由于受到短篇创作重技巧重修辞的主流环境的影响，在结构、语言及叙述语调、语态等方面很下功夫，且运笔颇为圆熟。

湖北作家曹军庆的《和平之夜》写问题学生“追梦”而终告破灭的故事。主人公是一个“双差生”，常受同学和老师排斥。爷爷奶奶是下岗人员，以拾破烂贴补家用。这种家境让他觉得有失自尊，“恨不得找根电线杆子撞死”。可贵的是，作者就此打住，他摒弃了问题学生如何颓废而终不可救的叙事套路，而是转入另一种人生的叙述。心灰意冷之际，黑帮传说激活了少年追梦的雄心。小卖部老板通过转述黑帮血腥故事吸引顾客，同时也使主人公陷入其中，欲罢不能。当一个“小混混”的梦想深刻于心，他欲借此摆脱失落，改变身份。这种动机之下，王老板的讲述中，县城两股黑帮势力之间的血战即将上演，这让他疯狂起来，似乎看到人生转机。小说的智慧在此再次重现。作者没有让读者目睹这场期待中的惨烈搏斗，而只呈现了两个小孩嬉闹干架的场景。别有意味的结局让读者深感意外，又忍俊不禁。作者对语言的本体性思考，对少年“追梦”心态的描写，都很到位，显示出小说独异的审美追求。与这篇小说风格相近的是重庆作家第代着冬的《火车哪儿去了》。应该说，这是一篇好玩的小说，在淡淡的幽默中透着一股嘲讽。语言轻松诙谐，结构收放自如，想象奇异诡谲等等这些，使这篇小说与批判叙事作品中惯常的那种一本正经的叙述腔调相区分。人性的狭隘、自作聪明，及其畸形生长，乃至欲望的恶性膨胀，到头来贻害自身、自食恶果。作者以见好就收的笔墨，细致呈现了人性的微妙层面，显示出掌控自如的叙事能力。

上海作家周嘉宁的《让我们聊些别的》是一篇以抵抗虚无为主题的小说。小说主人公兼叙述者身为女作家，因为写不出“卖钱”的好故事而变得抑郁，变得惶惶不可终日。而大澍摘得大奖的消息，天杨强加于她的挫败感，让她的内心处于垂死挣扎之中。其实，她也同样有着大澍般的好胜心，但并不显山露水，而是化作一股“内力”，不断抵抗着虚无的吞噬。这种抵抗表面上是针对以大澍和天杨为代表的外部世界，但实际上是困惑于写作中灵感的枯竭和虚构的无力之感。作者在小说中使用“大概”“或许”“无法说清”“分辨不出”等不确定性的词语，暗示主人公对自我的质疑。关于个人情感，关于写作，前景黯淡。这种双重压力使她陷入深度的精神危机，正如小说中所写的，“日常生活正轰轰烈烈地在她身边坍塌”。在此情境中，露露的死就有了象征的意味。从心理流程看，小说主体是展示主人公内心游移与纠结中放逐自我的历程。她抵制日常和世俗，追求精神事物，渴求他人的肯定。而露露的死却震动了她，让她悟出文学创作的原则，艺术来自日常，来自世俗。只有从世俗中汲取足够的养料，对艺术家来说，对抗虚无的吞噬才有足够的底气。

湖南作家少一的小说公安题材居多，这得益于其公安干警身份。正是他的在场身份和切实经验，让他写起干警生活似洞若观火。他的叙事常能摆脱侦探叙事的俗套，而以局内人的视角观察这一特殊群体的尴尬生存而出彩。《没什么好说的》没有写干警如何威风凛凛，如何英勇壮烈，如何探案如神，这些惯常的经验都被悬置起来。作者以“第三只眼”的艺术敏感，探访干警常常被遮蔽的心理暗区，写出了主人公并不那么风光的生存经历。不足为外人所道的隐秘心结，在作者平易的讲述中渐渐浮出水面。其实，故事并不复杂，警察被小偷盯上，被劫后又碍于面子不敢报案，最终案子水落石出。相对于当下那些以探案为主线的推理小说，作者对人物心理的开掘更为深入，并显出某种荒诞况味。

另外，青年作家中，霍艳的《无人之境》对艺术家情感世界的微妙捕捉，秦岭的《女人和狐狸的一个上午》对人与人无法沟通的悲剧的寓言书写，朱山坡的《天色已晚》从少年视角打量物质与精神的复杂纠缠，甫跃辉的《坼裂》对婚外情中理性与欲望的冲突性的思考，鲁引弓的《隔壁，或者1991年你在干啥》对比邻而居的男女在人生迷茫中互相获取情感慰藉画面的呈现，杨映川的《二姨父的药》以浪漫之笔烛照时代之变中的不变，表达种族退化的隐忧，孙频的《不速之客》以妓女视角打开关于尊严、关于慈悲的意义追问空间等等，都显出不同的思考向度，算得上不错的短篇佳作。

从上述分析来看，无论是名家抑或是青年作家，创作中都相当重视叙事的技巧和修辞。在某些情形下，对技巧的倚重固然能够成就优秀作品，但这种追求，如果仅仅局限于如何讲好故事，让故事超出读者想象，达到“好看”的目的，在我看来，还是远远不够。就短篇小说文体而言，对故事性的强调缘于西方小说传统。西方小说史上，长篇叙事文学的发展成熟先于短篇小说。最典型的如英雄史诗重精神的传统，那种神性总是笼罩于虚构的故事中。而短篇则刚好相反，比如《十日谈》，就失却了史诗的神性观照，而力主“以人物或行动再现日常生活”（伊恩·德里：《论短篇小说》）。在这里，强调对现实的“再现”往往会导致神性因素的退场。这种影响下，“再现日常生活”的线形叙事审美形态，构成了20世纪中国短篇小说叙事的主流。新时期以前，短篇文体概念长期暧昧不清，以浓缩形式承担着中篇或长篇的日常叙事功能。某种程度上，这种创作趋向决定了作家对技巧的过于依赖。而技术主义追求一旦走向极端，小说的神性和诗意必然失去生长的土壤。

2014年短篇小说同样不乏技术至上的极端之作，王蒙的《杏语》和鲁敏的《万有引力》便是例证。前者对生命对时间的感悟，很能见出作品的年龄特征。但这种感悟被嫁接到主人公的意识流中，多流于空泛而零碎的议论，严重影响到小说之为小说的审美性。后者以棒球帽妻子的乡下表弟找不到工作为开端，最后以表弟意外得到粉刷工的差事结束故事，叙事中一环套一环，安插了近十个人物，最后接力棒又回到了乡下表弟那里。作者倾心打造的多米诺骨牌式的环形结构，不可谓不精致，但不可否认的是，故事的偶然巧合太密集，又缺少必要的精神升华，不免沦为“好看”一途，多少有些为形式而形式的倾向。其实，早在90年代，这种网状叙事就在东西的短篇小说《美丽金边的衣裳》中出现过。人物之间的关系像两根绳子打了一个结，然后不断向前延伸，直至织成一张“渔网”。不同的是，《万有引力》的结构是环形的、封闭的，这样就削弱了小说的精神力量。而东西小说的“渔网”结构是开放的、无边的，每一个结都是金钱与性的汇合处。小说在希光兰一次未能如约的幻觉中戛然而止，叙事空缺在这里便构成了一种张力，象征着这张网无限地延伸下去的可能性。

客观地说，2014年短篇小说对故事性的强调，是新世纪短篇叙事审美形态的自然承续。这种审美惯性使然的习焉不察，是到反思的时候了。这使我想起80年代中后期短篇实验小说，无论是残雪的《污水上的肥皂泡》，还是李锐的“厚土”系列，还有文化“寻根”小说，这些作品要么是反故事的，要么故事零碎化、片段化，总之，与故事化小说审美背道而驰。“写小说就是讲故事”，这个概念在读者心中根深蒂固之后，这样的小说似乎有些不伦不类；但事实上，这种反故事的倾向，恰好构成了短篇文体多样性和丰富性的审美生长点。文学史上，这个传统早在“五四”时期由鲁迅所开辟，《狂人日记》《白光》《在酒楼上》等系列小说，正是精神性叙事的经典之作。遗憾的是，80 年代“寻根小说”和实验小说，没有很好消化和继承鲁迅小说的审美质素，以致到了 90 年代，就被淹没在回归故事的大潮中。

2014 年短篇小说中，少数篇什显示出诗性叙事的审美追求，凸显出小说叙事的“异类”形态和纯净品格。张炜的《鸽子的结局》叙事格调上有些超脱，它不直接面向现实，也没有完整流畅的故事情节，而是侧重于一种意绪和灵性的精神表达，呈现出生活化、散文化的审美倾向。小说以儿童视角讲述神秘女鬼的故事，读来颇有鲁迅《社戏》的神韵。在光棍汉肖贵京的想象中，女鬼并不凌厉可畏，而是美的化身和诗性的象征，令他无比神往。于是，他每晚匍匐于屋顶守候女鬼的出现，后来，不料在恍惚中开枪打死了一只鸽子，而传说中女鬼能变成各种飞禽，小说中飞鸽便是女鬼的化身，因此他悔恨不已。作者以此隐喻人类对美的守望与追寻，以及美被摧毁之后的怅然与失落。如果说张炜的审美气质是明丽的神秘，那么，残雪则是灰暗而锐利的，那匪夷所思的情节，那深藏着玄机的对话，都标识出残雪叙事的审美机制，对她而言，写小说就是关于艺术之神复仇途中的精神历险，关于破坏与重建的灵魂工程。《民警小温》读来并不顺畅，但读者悬着一颗心，总要探个究竟。小说看似讲述民警文化身份的倒错及其引起的荒谬生存，实则是展示人该如何接受灵魂的砥砺，如何获得精神成长的历程。正如小说中所暗示的：“你犯错越多，你的位置就越稳。”置身暗无天日的重重陷阱，不断受挫又不断起死回生，是让灵魂永葆生机的精神机制。从艺术生存的角度来看，残雪借由探索性的自我，表达的是一种艺术人格。如何让自我在灵魂的历练中抵达更高的精神层次，同样是其另一篇小说《煤》所思考的问题。从精神层面看，尹秀本质上就是一个艺术工作者。尹秀爹、流浪汉都是艺术殿堂中的圣者，他们视野所及，“指向哪里，哪里就有煤”。在这里，地底深处“煤”的世界就是艺术圣境的隐喻，是尹秀只可仰望而难以企及的抽象存在。残雪将其作品称作“诗小说”，在我看来，正在于她叙事中弥漫的那种空灵的诗性气质。尽管这样的实验小说，很难从传统文学观念中找到理论支持，但就短篇小说作为一种张扬诗性的文体，尤其是作为一种以灵魂探访和追踪为精神诉求的艺术品种而言，对纠偏当下短篇小说重故事轻精神的创作潮流，其意义是不言而喻的。

当然，我并是不说，因为残雪、张炜小说的这种诗性追求而厚此薄彼，借以贬损故事化的短篇叙事形态，而是说，短篇叙事在技巧和修辞上，不可用力过猛，为故事而故事或为形式而形式，都必然伤害到小说的审美质地。从文体上看，短篇小说创作若要在日常性和故事性上，与中篇小说或长篇小说一争高下，很可能得不偿失。总的来说，无论是追求故事性的短篇叙事，还是张扬诗性的短篇叙事，小说家都应该将精神坐标的构筑作为写作的核心事务。基于这个前提，他就会意识到，写作中的关键环节就是，于高度浓缩的时空里，于自然天成的逻辑结构中，建构敞开的审美机制，让辽远深微的精神意蕴得以寄生。

审美经验的重新梳理与多样开掘

——2015年中篇小说创作述评

对2015年中篇小说作出精准翔实的描述，并给出总揽性质的宏观评析，恐怕是件困难的事。或许，正是这种难以概述的多元化创作态势，潜伏着中篇小说创作的某种生机，尽管这种迹象还不那么明显，但在审美形态多元化的意义上见证了中篇文体的健康生长。说实话，与往年相比，2015年中篇小说创作并无惊人的变化，尽管由于政治文化气候的嬗变和大众关注焦点的转移，贪腐题材小说数量锐减，校园青春叙事也不如往年繁荣，但从创作主体对社会底层生态的关注、对人心向度的多维透视，以及叙述方式的多样探索等层面来看，可以说，这一年中篇小说创作不存在基因突变，基本上还是对现代以来的小说审美经验的重新梳理和多样开掘。基于小说所关注的对象以及创作主体的审美气质和美学追求的差异，本文从以下八个方面对2015年中篇小说创作态势进行简要梳理、归纳和评述，以期在中篇小说艺术流变中管窥创作优劣及其可能性。

现实主义批判的深化

2014年中篇小说的现实主义书写多聚焦热点问题，近距离观照当下官场百态与贪腐现象，故事编得奇巧生动，新闻性强，信息量大，颇能博得大众阅读热情，但问题是现实何以如此，很少有作品对此进行深刻反思，更遑论能触及人性的深层脉象了。或者说，从如何把握和解析当下冒出的新现象、新问题的角度来看，关于热点问题的文学表达在姿态上还不够沉稳，思考上还有待深入。换言之，面对热气腾腾的现实，作家应该抱以“热”题“冷”写的态度，着力探察现象背后的隐秘机制和事物的内部结构。鲁迅所说的“揭出病根”“引起疗救的注意”，本是现实主义创作的题中应有之义。而当前现实主义小说创作，似乎未来得及沉潜和细究，往往满足于种种“症状”的呈现，而未意识到找寻“病根”的重要性。简单地说，找寻“病根”就是对“国民性”的观察和研究。在这个意义上，荆永鸣的《较量》和晓风的《回归》对现行体制下人性复杂性的揭示，显示出中篇小说现实主义批判的深化。

医疗行业的腐败现象，读者早已见惯不惊。从《较量》的叙述看，作者没有把主要精力放在难度系数较低的商业语境下医疗行业不正之风的现象性描述，而是将批判锋芒探入人物灵魂深处，照亮那些常被遮蔽的人性黑洞，并由此进入对体制弊端的反思。小说讲述了一家医院两个业务骨干从友好到交恶的过程。钟志林和谈生都是医术精湛的专家，但志向殊异。老院长原本让钟志林接班，不料遭到谢绝。钟志林立志做纯粹的高精尖知识分子，因而到手的提升机会也弃之不顾，年届五十还要前往美国深造。而谈生则是实利主义者，担任院长后推行崇尚实利原则的医疗“改革”，并暗中从药品市场获取暴利。对这种丧尽天良的行为，具有良好职业操守的钟志林当然无法容忍。围绕患者王二甲的逃单事件，两者矛盾迅速升级。这种矛盾关系到职业道德能否坚守的原则问题和医疗知识分子人道主义立场。面对谈生的倒行逆施，钟志林决心与之战斗，这种斗争在方式上是透明的、磊落的，显出知识分子的刚正气度。在频频上访屡访屡败的局面下，作为精神病专家，钟志林自己精神出现异常，终于住进医院。两种人格在一动一静的交锋中终于落幕，结局极富讽刺意味。作者怀着悲悯情怀呈现了两种人格的交锋，以声东击西的方式隐喻人性的险恶与体制的漏洞。

晓风的《回归》同样把视点投向知识分子与官僚体制的纠缠，而与《较量》情节路线相反，小说开端是主人公薛鹏举从大学校长岗位上退下来，接着讲述他告别特权回归平民生活所遭遇的不适与尴尬。由于身份的转化，看问题的角度也发生了由俯视到平视的位移。薛鹏举发现很多在位时所忽略的日常生存死角，其中不乏自责，同时也深感世俗人心的势利。面对浸染世风的学生、出言不逊的同行和故意延时的司机，深谙中西哲学精髓的薛鹏举感叹今不如昔、世风不振。然而，薛鹏举并非不懂风月，而在知识分子气质上兼容传统与现代。从他与李薇那不敢越雷池一步的精神恋爱，我们看到，一方面是作为男人的欲望和冲动，另一方面是以理制欲的传统文人操守。可贵的是，作者没有把这个人物塑造为清心寡欲的夫子，而是恰当地展现其作为现代知识分子的情感需求。从思考向度看，《较量》与《回归》中主人公作为高度文化化的知识精英，犹如一面镜子，照见了世俗人性的林林总总，从民族文化根部折射出我们这个时代的精神病象。

在批判现实方面，2014 年贪腐叙事多是现象的罗列和展示，很少从根基上探寻导致贪腐问题的生成机制。这种倾向在本年度有所扭转。

石一枫的《地球之眼》、杨少衡的《把硫酸倒进去》都把视点对准官二代，前者通过现代科技背景下的人物悲剧命运，深度透视人性扭曲背后的巨大陷阱；后者从两个官员免职后又复职的过程，展现“大树”倒后受其庇荫的干部坚持正义迎面而上的姿态，同时，又从秦健前后态度的变化侧面抨击了权力崇拜心理，并通过“化验”人性人品的角度反思当前在干部任用上过于随意粗暴的流弊。曹军庆的《云端之上》对网络时代大学生精神世界的呈现，切中时弊，让人揪心。陈集益的《人皮鼓》对原始资本积累中隐藏的罪恶给以有力鞭笞，那些死里逃生的场景，那种人性扭曲的恐怖，再次刷新了关于底层的想象。林白的《西北偏北之二三》以旅人视角打量西部生存现实，有些触目惊心。梁晓声的《复仇的蚊子》、鬼金的《碑与城》主体上是现实主义的，但在艺术上有新的尝试。无论是前者的超现实、魔幻手法，还是后者对话剧艺术的征引，都服从于深度揭示现实阴暗和惨淡人生的审美考虑。

少年叙事的多重维度

少年叙事是2015年中篇小说较为突出的品种。张炜的《寻找鱼王》和阿来的《三只虫草》尤其抢眼，就思想艺术上所达到的高度而言，应当说是近年来少年题材创作中所少有的。必须指出，这里所说的少年叙事，并非那种仅仅以儿童视角讲述的小说，而且审美对象也是以少年为主体的。从维熙的《雪娃之歌》、东紫的《红领巾》和周李立的《火山》皆属此类。这些作品对少年心理有深入的开掘，又能以小见大，辐射到成人社会乃至整个时代的精神面向，成为2015年中篇小说创作的一大亮点。

张炜的小说一向有很强的虚构性和幻想色彩，那种野生的灵性化作鬼魅神秘的叙述，铸就了一种惹人神往又不乏现实关怀的格调。作为儿童叙事的《寻找鱼王》同样以充沛的诗性见长。这部小说讲述了少年的“我”寻找鱼王并学习捕鱼手艺的故事。鱼王中的“旱手”和“水手”，以及作为中国几千年宗法制社会最高权势象征的“族长”，这些神秘人物及其后代的爱情故事，与“我”对他们的想象、寻觅和交往同样具有传奇色彩，构成作品诗性空间的审美生长点。小说主体是“我”对两个鱼王后代的寻访。新一代“旱手”和“水手”之间，虽有铭心之爱，却未能结合，分隔终老。那种爱之深恨之切超乎想象。这种爱恨情仇缘于宗法制规约下父辈争当鱼王的个体欲望。在叙述方式上，尽管作品以儿童视角进入叙事，不乏幼稚单纯之相，但却能以轻载重，格局大气。它以人类对自然的欲望开启叙事，收尾于人类对自我的反观和反省。作者以“我”跟随女鱼王在水底深处发现的巨大无比的鱼作为真正“鱼王”的象征，警示人类一切行为皆以大自然的生态平衡为前提，同时也指出在大自然面前人与人之间倾轧争斗的狭隘可笑。

相对于张炜的诗性叙述，阿来的《三只虫草》将笔墨落到现实的大地上，以少年单纯美好的愿望反衬出污浊败坏的社会世相。虫草是产于青藏高原的名贵中草药，小说通过虫草的寻找和销售，以藏族少年桑吉的视角窥探官员、僧侣面对虫草的种种心态，由此延伸到宗教与牧民的关系、藏族群众日常生态、官员腐败现象以及农村教育现状等问题。随着叙事的推进，社会粗鄙的现实逐步粉碎和瓦解了童真少年关于三只虫草的美好怀想。我们看到，三只虫草包裹着少年真挚热烈的情感，承载了他对姐姐、表哥和老师许下的心愿。而这种美好的情愫与这三只虫草在官场被策划、收送、贿赂的命运之间，构成强烈的反讽效果。

小说不仅结构精妙，在人物心理开掘上也颇见功力。桑吉天真、勤劳、善良，富有爱心，不谙世事却又勇敢无畏，应当说，如此丰满鲜活的少年形象在当代小说中并不多见。东紫的《红领巾》同样以儿童视角打量现实，但小说不以情节取胜，而以小 Q 与父母之间的对话，以及对话中父母无言以对的窘迫之境，既敞亮出少年对世界充满疑惑的心理暗区，又在不经意间隐现出当下急剧恶化的道德世风。笔锋锐利，运思精巧。

丛维熙的《雪娃之歌》讲述了两个少年心灵成长的故事。作者把背景置放在解放战争时期的冀东乡村，以破谜的方式拨露出特殊年代少年由调皮任性到痛彻忏悔的心路历程。作者以双线结构故事，借助“逼宫”事件激活了少年探问谜底的心灵之泉。一方面，出于无知促成大错而后觉醒的灵灵，幼小内心经历的风暴照见了历史的诡谲。另一方面，灵灵与闵济生的早恋、“和尚”对灵灵的依恋，以及那由欢快悠然到忧伤怆然的心理变化，构成小说饶有趣味的情感线，让我们感受到战争年代中国少年纯真的美好感情。周李立的《火山》以文亮与父母的离别与重聚及其对父母的想象，透露出父母俱在却如同孤儿的被遗弃感，以及由此造成的阴郁情绪和畸形心态。“火山”是少年对亲情热切渴望的象征，而火山终未爆发又暴露出亲情的脆弱。如果说丛维熙笔下的灵灵和“和尚”历经心灵的洗礼，以作别童梦的姿态奔向光明的未来，那么，文亮的未来并不明朗，他的天空依然氤氲着浓重的阴影。小说以亲情空缺下的少年想象，细致呈示出少年对远在日本的父母那既依恋又痛恨、既向往又逃离的复杂心态。

中年诗学的初步贯彻

2015 年中篇小说作者很多都是“70 后”作家，而他们的年龄都在 40 岁上下，还未彻底（或者刚刚）步入中年的门槛，而在他们的叙事中，那种中年迫近的危机感，那种灰色的压抑情绪和人生的颓败感，却是暴露无遗。他们的小说以一种漂泊的气质、一种精神重压下的灰色情绪，构筑了这一代作家的中年叙事诗学。这是创作主体对客观历史语境和自我生存状态作出敏感反应的一种写作方式和审美姿态。正是那种传统意义上中年稳定状态的代际预期，以及由此产生的关于对 70 年代生人的那种想象与现实的反差，让我们注意到“70 后”小说中人物的非常态性。

陈仓近年来以“进城”系列备受关注，而《墓园里的春天》则属于“进城”系列的后续书写，又是“扎根”系列的开篇之作。他的视点不再是城市化进程中人性的变更以及城市与乡村的冲突，而是投向混迹于都市中的农民子弟，如何站稳脚跟，如何抵御身份的尴尬等等，用他的话说，就是“如何重新建造一个故乡”，这是作者颇为关切的问题。农村人如何在城市“扎根”，与 40 多年前知青如何扎根乡土，是一个问题的两个方面。但总归来说，两种异质人群要在对方的领地扎根，实属不易。小说中胡总编跳楼自杀，在主人公陈元心中产生不小的震动，而最急切的问题是，这个昔日顶头上司的安葬竟成了问题。小说以此暗示喧嚣都市中灵魂的无处安放。面对报社的萧条和人事的变故，陈元茫然中在一座墓园重新找到工作，但女友及家人显然难以接受。作者多次描写陈元遇到烦心事的反应：总会不由自主地转圈子。象征意味很明显，那是一种无根生存的焦虑感。鬼金的《薄悲有时》同样表达了这种漂泊的中年心境。主人公李元憷人至中年，婚姻告败，前途惨淡，那是情感危机的中年，是孤独落魄的中年。他一度沉迷在某种形而上的幻觉里，这种幻觉是他选择逃离现实的精神支撑。但如何逃离，出路何在？他显然不清楚。小说中多次提到，李元懋的书无处存放，这显然是对诗性无处寄生的绝妙隐喻。

与上述男性叙事相对，鲁敏的《坠落美学》和贺小晴的《一个人的瞄准与射击》则以女性的笔致呈现中年女性的精神坠落与人老色衰的焦虑。那种自我毁灭的悲剧感，那种面对小三如临大敌的压迫感，与男性“70后”作家小说中那种压抑黯淡的灰色情绪，无疑具有同构性。此种充溢着压抑感和灰色情绪的叙述，不免让人想起郁达夫小说中的“多余人”和“零余者”，可以看作郁达夫传统在当代叙事中的回响。那种挥之不去的灰色情绪，在我看来，恰是“70后”作家中年叙事的精神标志。它不同于鲁迅、余华和残雪等作家小说中所贯穿的那种黑暗情绪，很大程度上在于，“70后”作家生长在相对平和的环境中，他们内心似乎还不足以承受那种颠覆性的自我审判。与“80后”作家小说中常见的忧伤和叛逆相比，“70后”小说中的那种人到中年的溃败感，似乎显得更沉重，更五味杂陈。从作者与人物的关系来看，小说主人公的灰色生存与“70后”作家人到中年的创作焦虑之间，存在某种意义上的互文性。他们游离在社会边缘，又不乏突出困境的冲动，于是陷入一种尴尬和焦虑的状态。在这个意义上，关于边缘人的想象，何尝不是当代文学格局中“70后”作家生存处境的自况？与20世纪五六十年代出生的作家相比，“70后”作家的创作在诸多层面都凸显出某种非常态性。当然，这种中年诗学只是“70后”作家自我表达的初步尝试，那种无根的焦虑感和灰色压抑的情绪，其精神纹理还有待进一步梳理，其背后的历史文化根源更有待细察和追究。

时间视阈中的人性变奏

海德格尔认为，时间是一切存在领会的境域。事实上，从时间视界探究“存在”，也是小说叙事的重要策略。从某种意义上说，小说是时间的艺术，是对时间之谜的探索。但这里，我并不想讨论时序、时频、时距和时长等叙述技法问题，也不谈时间的线性或立体等本体特征，而是从时间与存在的关系的角度，探讨人类心理和情感如何在时间作用下发生变异，以及这种变异所带来的现实灾难和精神困厄。从这个角度来看，在小说领域，时间并非空洞的抽象概念，而是关乎社会，关乎人自身的文化问题。尹学莹的《士别十年》，李宏伟的《假时间聚会》，薛忆沩的《一九九九年十二月三十一日》（以下简称《一》）、《二〇〇九年十二月三十一日》（以下简称《二》）等，从标题看，都特别倚重时间的结构，在时间视阈中辨析人性结构。于是，作者别具匠心地截取某个便于揭示人性嬗变的时段，在特定的历史断面展开叙事。而从这个断面，我们看到的，不仅是某个时代表面上的时间更迭，更是人性和情感的嬗变，是经由时间发酵的心灵史。

时间改变一切。这句话看似平常，却沉重无比。《士别十年》应验了它的残酷性。作者借助十年前后人事对比开辟思考向度：一个人是如何被改造成了另一个人的。士别十年，真当刮目相看？在尹学莹眼里，这个成语显然有更复杂的内涵。小说双线同构关系的设置以及关于时间的隐喻，迸发出强劲的现实穿透力。郭缨子曾是民俗研究所职员，“见不得任何形式主义，眼里容不得一粒沙子”。当时的副主任苏了群对热爱诗歌的郭缨子欣赏有加，这是因为两人志趣相投。苏了群撰写象征社会良知的杂文，表现出愤世嫉俗的个性。难以想象，十年之后，在新单位担任办公室主任的郭缨子发生了脱胎换骨的变化，前后判若两人。她善于察言观色，在官场应酬中八面玲珑。此时的苏了群已当上主任，不过，对此作者没有过多的正面描述，而是通过郭缨子的继任者陈丹果的自杀，暗示苏了群与当年玩弄女性的季主任乃一丘之貉。锋芒收敛、棱角磨平的背后，是诗性的溃败与沉沦，而触目惊心的精神蜕变所指向的批判意味，不言而喻。

与《士别十年》相比，《假时间聚会》更凸显叙事的虚构性和游戏化，是一部解构主义色彩浓厚的小说。二十年后的同学聚会颇显诡异，按照召集人方块的意思，每人都戴着面具，私下不能透露个人信息，完全是斩断过去的相逢，是面向此刻的述说。作者将真与假、虚与实等范畴揉碎并纳入叙事，以迷醉在“此刻”的想象，逐层剥离时间的外壳，击穿那些关于青春“记忆”的面纱。小说在叙述上间或以第二人称讲述，而这个“你”却是不确定的，有时是王深的分身，有时是方块的分身。这个叙述者的功能是通过拍摄这次聚会，拼接和复现那曾经的美好记忆。这种煞费苦心的叙事结构和叙述方式关乎着方块的内心隐秘，当年王深与方块、方块与孙亦之间互相爱慕，因为两两偷欢又心生芥蒂，此后三人形同陌路。而方块在弥留之际，想借助假面聚会弥补遗憾。当着知道底细对详情却一片模糊的同学，说出心中多年企盼的事，也算是在众人想象中与孙亦在一起了。现实中的幸福在他眼中是那么庸常和不可靠，以致他要虚构出幸福的结局，植入众人的记忆中，因为“现实敌不过记忆”。王深亦然。然而，翻看那些铭刻青春记忆的照片，他再也无法穿起“一条完整的链子”。小说随着叙述者“你”进入王深的身体，在王深深度游离的精神恍惚中结束。因此，作者通过不厌其烦的记忆拼贴，以及这种拼贴的无效，传达出人生陷入庸常中年后的一种深切的虚无感。

关于时间与存在的想象，薛忆沩的叙事属于另一路数。与《士别十年》相比，《一》《二》同样以十年作为断面开启叙事，而薛忆沩的叙事是一种更具本体论意味的时间审美。他不止是把时间看作故事进行和人物生存的客观条件，而似乎更强调时间的精确性。作者选取年末最后一天作为想象的端点，而这个端点与人物及故事走向之间有着纠缠不清的关联。如果说《士别十年》侧重从机关日常生活考察人性裂变的踪迹，那么，《一》《二》等作品则是从家庭伦理或两性关系中揭示人心的动向。无论是前者妻子的失踪，还是后者“我”的回归，已不是个体的行动，而是蕴含着强烈的象征意味。那是一份难以找回的情怀，一种远去的诗性价值；穿过时间的重重迷雾，是“末日”逼近的清醒，而这清醒中又透着绝对的虚无感。在这个意义上，或可说，薛忆沩所追求的时间美学是一种“末日”美学，一种生存困境的寓言化表达。

交叉地带的魅惑

对错、是非、真假、虚实，以及精神与物质、合法与非法等二元对立的思维方式，常常是解释现象和分析问题的重要范畴。而很多时候，现实中的情况并非这样明晰可辨，而是处于暧昧状态，处在难解难分的纠缠和扭结中。小说家的任务，往往就是在那些交叉地带和隐蔽的缝隙中开辟出某种想象空间，去呈现人性的鬼魅和世相的纷杂，以及技术理性所无法解决的两难问题。在某种意义上，这也是昆德拉所提出的“存在”之一种，有待小说去发现、去照亮。

王祥夫的《交界处》关注大学生就业问题，但作者没有把主要精力放在对这个群体寻找工作的过程及其种种艰难曲折的描述，而是去追踪那种在精神重压下如何走向险途的心理流变。作者提出了人人都可能面临的“交界处”的问题，那是是与非、对与错的分界线，那是真与假、虚与实的临界点，跨出这一点，则意味着人生险途的序幕就此拉开。主人公林加春欲以大学毕业作为界点，立志自立自强，然而没有想到不能发挥所长，干起了以身体为资本的街头男模表演。这已颇具讽刺意味了。他想与同学合伙开办电脑公司却无力凑够资金。更棘手的是，父亲急需钱动手术，而女老板尽管看好他，也想帮他渡过难关，却以肉体交易为条件。作者写出了主人公的犹豫，不堕落何以尽孝？这是林加春的难题。其实，是否也可以这样反问，为了尽孝，即使堕落又何错之有？结尾未点明，一切却尽在不言中。从这个人物身上，可以见出方方笔下涂自强的影子，作为对知识经济时代的反知识世风的批判，林加春就是涂自强的另一个分身。

王棵的《我不叫刘晓腊》同样如此。是与非、真与假看似小说要辨析的命题，而从深层看，则是磨砺人性的利器，是见证人性底色的镜子。小说主人公刘晓娜是进城务工的新住民，她随做送水工的丈夫进城，在红帽子巷经营小杂货铺。小说围绕杂货铺前的一场“车祸”展开推理叙事；而随着真假难辨、疑窦重重的案情分析，人性的拷问也步步逼近。起初刘晓娜断定车主林谨是肇事者，极力维护受害者老太太的权益，而当发现林谨陷入困局的家境后又变得纠结万分，毕竟她并未亲眼目击车祸的发生。至此，老太太是否真被林谨开车所撞，似乎并不那么重要了，重要的是，小说借助刘晓娜的自我反省和自我否定，那种复杂的人性获得细致深入的揭示。尤凤伟的《风铃》同样讲述了一起案件的追踪与调查。但与刘晓娜不同，主人公杜师傅首先是知情者，经过代律师的点拨，他明知自己掌握着破案的关键信息（风铃丁零零的声响），在警方再三盘问下却守口如瓶，甚至被拘留也在所不惜。因为他的逻辑是，绑匪不但是错绑了他（原是要绑常老板的爹常老头），且未伤及真正要绑之人，况且绑匪说及接二连三的不幸家事，老伴死了，儿子残废，儿媳跑了，孙子得了怪病，要花一大笔钱治疗，不得已才行此下策，还发誓不再犯。如果说《交界处》的主人公困惑于堕落与失父之间，那么，绑匪则是在犯法与丧孙之间选择。这是法与情的交界处，孰是孰非从古至今都争论不休。这种纠结萦绕在杜师傅的内心，最终让他作出情胜于法的抉择。可谁能想到，常老头再次被绑，由于心脏病突发被吓死了，而绑匪却是那个在监狱与杜师傅套近乎的打工仔。这对杜师傅来说，无疑是一记响亮的耳光。

与上述三篇不同，余一鸣的《风雨送春归》在精神与物质的交界处展开想象，呈现出物欲追逐途中人生的无奈与尴尬。小说从两条线展开，一是王一花的人生经历，一是志高跟郑明月学艺。王一花物质上充裕之后无所事事，似是“多余人”的角色，而内心却对“非物质”或精神事物（送春）充满崇敬。王一花误入传销公司，并非为了财富，如果说起初是出于对顾小虎的同情，那么尔后进入角色发展下线还是送春师傅郑明月的个人魅力所致。小说写了她与郑明月的三次相遇，其中两次是送春途中，一次是传销会上，但显然是作为送春师傅的人格魅力征服了她。而郑明月则不同，他先是送春师傅，后做传销导师，接着是躲避风头，隐匿乡下重操旧业。从对财富的非法追逐到重返略显萧条的送春队伍，郑明月看似被迫演绎了从被物欲裹挟到回归精神的人生轮回，然而，经过物欲熏染之后，他已无法彻底回到民间艺术的纯粹。在他看来，“艺术的生命在于挣钱”，这种世界观与王一花对他的预期存在不小的距离，由此，经历物欲的膨胀后，他已不能回归那个原初的自我，而这与标题的命意构成强烈的反讽。

“闯入者”：伦理想象的起点

每篇小说开启叙事的起因都不同，但有一点可以肯定，就是某种平衡被打破了，否则，故事无法往下走。就打破平衡的方式，可从叙事学上归纳出不同的模式。就叙事模式来看，2015 年部分中篇可归纳为“闯入者”系列。当然，闯入者形象并非新品种，果戈理小说中的流浪汉，屠格涅夫小说中的“新人”，均属此类。就 2015 年的中篇而言，闯入者的叙事功能和审美内涵，并不像俄国小说中的流浪汉和“新人”那样给生活带来新气象，而是麻烦的制造者，不但是打破平衡开启叙事的因素，还是小说关于伦理想象的起点。

胡学文的《闯入者》以“闯入者”为题，以示闯入者角色的重要性。小说中闯入者的扮演者是一个前往深圳寻女的母亲，她固执地认定叫方全的男子（叙述者“我”）是其女儿的男朋友，并要求“我”告诉其女儿的下落；而“我”根本就不认识这个女人，更无从知晓其女的情况。小说从这个闯入者的反常写起，她不仅用审视和挑剔的眼光打量“我”，还反客为主，做饭，搞卫生，把“我”凌乱的住处整理得井井有条。这些反常举动皆基于“我”与其女的关系，而“我”却一无所知。无奈，“我”和女友温燕只能与这个女人共处一室。其实，这是颇有难度的叙事。如何处理三者之间的关系，无疑是对作者的极大考验。而胡学文善于从伦理关系中打开关口，给叙事得以维持提供源源不断的能量。如果通过警方协调让女人出局，让“我”和温燕的生活恢复到从前，这显然便于解决问题，但胡学文想尽办法让这个人物留在“我”的居室，因为他深知，如果就此亮出女人的身份，叙事便无法深入展开。焦点就在，这个闯入者究竟是谁？叙事由此推演开来。女人的闯入使“我”的生活全乱套了。三者之间争吵不断，恶语相向，甚至发生肢体摩擦，矛盾不断升级。警方介入也无济于事。作者的高明之处在于，他不仅把女性之间、母亲与女儿之间，甚至更宽泛些，人与人之间的伦理问题处理得极有分寸，更重要的，是把这个闯入者预设为温燕患失忆症的母亲，就这样，一切便迎刃而解。

与《闯入者》不同，王秀梅的《浮世音》中闯入者是父亲。作为桥梁专家的父亲，从工程局退休赋闲在家，看似回归家族队伍，但这并不妨碍我们将他看成事实上的闯入者。在母亲、“我”、姐姐、姐夫，以及孙辈眼中，这个人物简直就是异类。他与家人邻里格格不入，想法和行动都十足怪异，而且不能忍受丝毫的噪音，挖空心思在露台建造隔音小屋。就此而言，父亲的形象如同麦家的《暗算》中破译天才陈二湖，在专业领域，这些天才能够创造奇迹，而一旦见于日常便脆弱不堪。如果说麦家以日常中的低能反衬天才的非常态性，那么，王秀梅则以绘图、舞场等细节的描绘，把这个人物上升到诗化层次。父亲在天花板上绘制了一幅巨大的天窗，一座凌空飞架的桥从墙脚冒出直到顶棚，消失于天窗边缘，没有来路与去路，这幅画成了父亲失踪的象征。很显然，王秀梅不像胡学文那样为人物关系的设置而处心积虑，而欲以诗性飘逸的叙述打动读者。正如“我”姐所说，父亲有着“浓烈的浪漫主义情怀”。父亲的“不翼而飞”，是否作为一种诗性人格的象征，表达了作者对世俗喧嚣的某种否定？小说最后借女疯子之口道破天机：“你爸踩着大桥，去了天上。”不能不承认，作者在家庭伦理视阈中打开了极为丰饶的想象空间，颇能激起读者脱离庸俗奔向诗意的意愿。

同样是由闯入者所激荡出的伦理想象，如果说《浮世音》所提供的伦理经验围绕着两种人格展开，那么，姚鄂梅的《傍晚的尖叫》则是从女性自身出发，牵扯出理不清道不明的伦理纠缠，通过闯入者的讲述，老年女性的觉醒意识和危机意识跃然纸上。同时，那种夫妻以及两辈人之间的信任危机也冒出端倪。李月峰的《我是你的小苹果》和阿袁的《上耶》也属此类作品。这组"闯入者"系列让我们看到，闯入者的功能不仅是剧中人的扮演者，更是伦理想象的起点和推动者。然而，那种充满纠结的人伦关系背后，似乎缺少了某种形而上的追问。其实，那种外来者的异质性与世俗中的日常性之间，通常能碰撞出鲜活的人伦经验。而伦理想象的展开又意味着对人与人、人与社会之间某种本相的逼近，从而使主题上升到人本哲学的高度。

京味重现

老舍《四世同堂》的出版标志着京味小说创作的高峰。新时期以来，邓友梅、刘心武等创作的京味文化小说，不同于汪曾祺的风俗画小说，也殊异于刘绍棠的京郊乡土小说，而是接续了老舍京味小说的传统。他们着力于开掘民族文化心理，刻绘市井气息浓厚的民俗生活画卷，同时不忘渗入时代精神，从市井众生相中折射出历史的面影。稍后，王朔小说的京味发生变异，以"顽主"的调侃趣味取代老北京典雅的民风民俗，推动了京味小说审美趣味的多样展开。以此为参照，本年度中篇小说京味叙事同样有不俗的表现，既有对老舍京味叙事传统的继承，又能看出新时期之初京味小说的审美元素。

叶广芩的《扶桑馆》内含丰厚的历史文化底蕴，可谓同类题材小说中的上品。从题旨看，北京胡同市井民俗风味并非小说叙述的兴奋点，而只是充当作者分析民族文化心理结构的环境依托。就此而言，叶广芩的叙事以文化心理开掘见长，与自老舍以来的京味市井叙事一脉相承。唐先生是作者着力塑造的人物。这个人物让人想起邓友梅《那五》中坚守节义、重然诺轻躯体的聂小轩。与聂小轩市井艺人的身份相比，唐先生虽贵为日本大亨的乘龙快婿，但与日本侵略者不共戴天的民族气节使他毅然回国，甘愿流落市井以“打小鼓儿”收破烂为生，而在“四清”运动中也免不了遭受批判。然，在政治动荡的冲击下，那自谦、内敛、低调、平和的性格，以及学养深厚却不显山露水的精神品格，支撑着他完好地保存着顽童七格格曾变卖的物件，并在多年后物归原主。而这些物件中，任何一件若被查出都足以让他不得翻身。唐先生不仅为人本分，还熟知礼节。“礼数”描写是京味小说的重要特征。北京人将礼数看成“生活的艺术”。唐先生走街串巷，逢什么人说什么话，规矩礼路都深得要领。就此而言，唐先生与《四世同堂》中的祁老太爷当属同一人物脉系。小说结尾，收到退回旧物后的“我”感叹道：“您真是先生，大先生！”。“先生”在这里已不只是礼貌称谓，而是一种感佩之心和敬仰之情的流露，此刻，一个人情练达又能恪守本分的知识分子形象在读者心中伟岸起来。

肖复兴的《丁香结》同样是写北京大院里的故事，时间跨度上也是叙述者从年幼到老年，作为见证者讲述往事，但叙述者主观情绪要比《扶桑馆》更显在，更强烈，属于怀旧一途。肖复兴的叙事以沧桑感取胜。首先是人生的无常。连先生曾是银行行长，新中国成立后失业，靠着先前置下的大院厢房出租生活，接着，连先生、连太太等相继过世，小连太太与连家大姐相依为命，连家衰败之势由此可见。其次，丁香作为爱情的象征贯穿全篇。连先生与小连太太那神秘的感情，连家大姐与黄家老六的恋爱，两对恋人要么不圆满，要么感情破裂、大伤元气，一种神秘的宿命感笼罩其间。最后是大院的历史更迭。由于政治动荡，连家大院历经岁月沧桑，数易其主，如今面临拆迁。而大院周围的街道和街心花园一如从前，目睹此情此景，那种物是人非之慨在叙述者心中油然而生。而在丁香花香弥漫的夜色中，与初恋女友的偶然相逢，更让“我”百感交集。作者以散文化的笔致讲述了一连串人生世事的无常，由此生出无限感慨，使叙事洋溢出浓重的抒情意味。

常小虎是地道的北京人，自然熟悉北京的风物人情，但《收山》出自如此年轻的“80后”作者之手，还是让我深感意外。那地道的京腔京韵，那老到的世情描写，多少超乎了我们对“80后”叙事能力的预期。小说讲述的是70年代末到90年代的北京饭庄勤行景观，由此推及民间绝技如何传承和传承中人的问题。葛清凭借独创的技艺和配方，树起了宫廷烤鸭的招牌。老字号烤鸭店万唐居师傅杨越钧花高价请来葛清，且赋予他特权。从人物命名可以看出，葛清身怀绝技，自恃清高。涉外考评中葛清与政府的对立，凸显了烤鸭技艺的独创性与一体化考评标准的内在矛盾，而这种矛盾促使葛清内心的恶念不断滋长，便有了后来放火烧店的极端行为。万唐居总厨杨越钧有如老舍《茶馆》中的王老板，里外场面都应付自如。他将“我”打入葛清的烤鸭房，名为打杂，实则打探烹饪宫廷烤鸭的绝活。而“我”夹在葛清与杨越钧之间，左右为难，但还是不负众望，终以诚心打动了曾遭徒弟背叛的葛清，习得绝技。作者从传统技艺生存所面对的现实困境出发，以传统艺人内心的畸变及其命运照见时代的变迁。这种叙事路径颇有《茶馆》的格局和神韵，而将传统文化的传承与命运置放于时代变迁的坐标上进行思考，这在青年作家中是少有的。常小虎的创作可堪期待。在这个意义上是否可以说，京味小说，又见传人？

实验探索的多样展开

关于“先锋文学”的纪念活动是2015年文艺理论界的热点，很多杂志开辟专栏对1985年文学“新潮”进行回顾、梳理和反思。我以为，在当下小说普遍重故事而轻精神的写作背景下，这些活动不仅仅是一种仪式上的祭奠，更是一次适时的召唤和呼喊。阐发形式实验在当年对抗历史的革命性意义，并检视这种缺乏现实根基的形式舞蹈所暗藏的审美误区，必然再次激发作家叙事探索的热情，推动小说实验在新的层次上迈进。从美学上看，如上所述，本年度写实类型一如既往地占据中篇创作主流，而致力于形式探索的中篇小说并不多见。但就某些篇什来看，对“有意味的形式”的探求依然在多样的向度上展开，一定程度上呈示出创作主体的审美意愿和抱负，构成本年度中篇叙事的异样风景。

《两个戴墨镜的男人》是鬼子沉寂七年后推出的又一部力作。鬼子的叙事在90年代初便浸染着“先锋小说”的遗风流韵，后来的转向是他深谙先锋派暗疾之后作出的审美选择。还原故事而非消解故事，切近底层现实而抵御背离现实的“形式的空转”，这便是自《被雨淋湿的河》以来鬼子在在追求的“逆向写作”。而依我所见，这部小说之所以发表后没有获得应有的关注，是因为作品显见的“编”的印象暗合了“先锋小说”技术实验的审美定势，由此在读者心中酿就出一次审美的误会。

然而，技术过剩的表面印象不会妨碍细心的专业读者的有效进入。鬼子想说的是，小说原本就是编出来的，形式上的实验并非作家的罪过，关键是这种形式是否为“有意味的形式”。一方面，这部作品昭示了小说的来源问题，以及小说之所以为小说的艺术逻辑。另一方面，作者没有为“编”而“编”，而是一种看似形式主义，实则内含着严峻的现实主义精神的叙事。鬼子通过显在的编故事的形式切入草根生命的生存现实，以此呈现卑微生命在苦难面前何以挣扎的过程。这种叙述以逼近文本的形式创造和逼近人本的悲悯情怀，与新世纪底层叙事的意识形态阐释模式相区分，同时也证明了先锋写作的另一种可能。

阿乙的《乡村派出所》写法上平易、朴素，酷似传统小说，但却传达出西方荒诞派小说的审美意蕴。小说由六个小人物的故事聚合而成。《一个没有侦破的案子》中，警方为工厂寻找被盗窃的轮胎，不但没有找到，大吃大喝的费用远远超出轮胎的价钱，最后以赵警长自己掏钱买了只旧轮胎作结，而保卫科长却说那就是丢失的轮胎！而这种批判与卡夫卡小说给出的荒诞意蕴何其相似。后面五个故事以漫不经心的叙述，展示出各种层面的荒诞性。《在流放地》写人性的怪诞，《敌敌畏》写命运的吊诡，《小卖部大侠》写精神的荒诞，《国际影响》写事件本身的荒诞，而《面子》则是写荒诞心理。同样，陈家桥的《局外人》和孙频的《抚摸》则显出一种生存的荒诞感，是存在主义哲学的艺术化阐释。

与上述突入现实的叙事探索不同，邱华栋的《楼兰三叠》和阿贝尔的《鹿耳韭》则将笔触伸向历史纵深处，在历史的缝隙中逼视人性的诡异和政治暴力压抑下的精神现实，检讨和反思人与时间、人与自然互相纠缠的关系。前者以三个不同年代的叙述者讲述楼兰古国的历史之谜。作为有历史担当的国王，楼兰王龙比以亲历者的口吻讲述古城如何淹没于战争硝烟的过程，而西方探险家斯文·赫定的考古行动和文人的探访，则是为了抵达某种文化存在的真相，而真相终究难以抵达。小说揭示了人类面对政治暴力的脆弱，以及迷失在浩瀚时间长河中的困局。同样是关于时间与存在的辨析，《鹿耳韭》更为驳杂，它与孙甘露的小说趣味有些接近。作者将语言上升到小说的本体地位，“语言不再是小说的工具，而是小说本身”。所以，小说中那些神秘化的描写和不确定的面向，正是他反叛现实主义反映论的表征。而《小说选刊》转载凸显形式感的《鹿耳韭》，以示褒奖和赞许，表明主流期刊对先锋探索小说创作还是充满期待的。

2015年中篇小说还有不少值得一提的创作面向，比如：田耳的《范老板的枪》、胡学文的《一曲终了》在潜伏的戏剧性伦理框架内挑战叙事的极限；王传宏的《逃离》、邱华栋的《墨脱》等关于逃离与回归的思考；娜彧的《司马鸿的政治生涯》、麦家的《军中一盘棋》、杨映川的《闭上眼睛》、徐贵祥的《识字班》等作品中那荒诞与反讽的人生况味；鲁敏的《坠落美学》、杨红的《最远的是爱情》、叶辛的《情何以堪》、荆歌的《珠光宝气》等关于两性情感的多元想象等等，都不乏可圈可点之处。另外，中篇叙事长篇化态势日趋明显，俨然构成一股挑战叙述耐心的创作潮流。蒋峰的《翻案》和阿贝尔的《鹿耳韭》都在5万字以上，陈谦的《无穷镜》、石一枫的《地球之眼》、阿来的《蘑菇圈》、黄孝阳的《众生》等作品，都是8万字左右的长中篇，张炜的《寻找鱼王》和张欣的《狐步杀》甚至接近10万字的篇幅。无论如何，这种现象值得关注和探究。长篇化的叙事走向显示出中篇与长篇之间的文体界限不再那么明晰，至少在篇幅上越来越难以作出有效的区分。它将对传统小说文体理论构成挑战，由此引发重新界定中篇小说文体的讨论。

在人性裂变的发掘中寻求揭秘的快感

——2016 年中篇小说创作述评

2016 年是长篇小说丰收年，老中青三代作家都发表或出版了质量上乘的长篇新作。同时，短篇小说也呈现分外强劲的创作态势，许多短篇精制出自名家大家之手。在这种背景下，与往年相比，中篇创作相对平淡，给人波澜不惊的印象，似乎少有引起轰动的作品问世；然而只要打开文学期刊，中篇小说在数量上并未显示衰减迹象，保持着自身独特的文体特征和审美路数，以执拗探索的姿态稳步向前迈进。根据笔者对中篇小说现场的观察，本文从黯淡与光明，知识分子意识，人心、人性与命运，角色错位与悖论想象，终极观念下的精神刻度以及虚化与实化的美学探索等六个层面，试图对 2016 年中篇小说创作进行梳理和归纳，初步给出对本年度中篇小说创作趋势的总体描述。

黯淡与光明：美学辩证法

新世纪以来，中国文学总体色调黯淡，而有理想有正气的作品十分稀缺。如果把世纪之初的中国小说与 20 世纪 50 年代文学作一比较，就会发现，当前文学主流中，诸如暴露社会阴暗、揭露官场腐败、呈现不良世风的批判性书写，在五六十年代语境中恰好是受到压抑的，而在当下小说叙述中占据着绝对优势。另一方面，在传统意义上对真善美的开采与发掘，几乎被当下中国小说家所遗忘。在此意义上，秦兆阳的重要论文《现实主义——广阔的道路》所期待的现实主义美学在今天已成为常识的情势下，文学创作似乎陷入了另一种极端："光明面"被遮蔽或被忽略，没有希望、没有理想的文学反而成为主流。你可以说这是社会现实在文学意识形态领域的某种反映，也可以说是出于创作主体义正词严的批判立场，但光明面和正能量的缺失，毕竟有悖于实现民族伟大复兴的中国梦指向，同时也势必造成文学的畸形生长，无形中缩减了文学审美的表现疆域。这种背景下，《把灯光调亮》(《上海文学》2016 年第 10 期)、《远处的雷声》(《芒种》2016 年第 11 期）等作品，在黯淡中展露光明，在逆流中弘扬正气，这种曲折的审美表现，正是对当前文学主流的反动，更是对文学审美严重失衡的纠偏。

张抗抗十余年来首次回归中短篇小说写作，加之小说所关切的问题又显得那么迫在眉睫，使这部以书店命运折射国民精神生活质量的中篇小说备受关注。随着以电子终端为主要载体的碎片化阅读渐成大势，纸质文学阅读进入式微状态。小说主人公卢娜是明光书店经营者，但我们很难把她当作商人看待，因为她同时也是一个传统阅读者，而对手机等电子阅读载体保持本能的警惕。作者这样描述手机对现代人的控制："你与它朝夕相处形影不离难舍难分生死与共，它就这样渐渐控制了你，让你分分钟记挂它想念它，离开它一会儿工夫，就像离开了心爱的情人，魂灵都没有了。"与此相反，正是与纸质书籍的亲近，让卢娜在时代巨变面前保持了一份心灵的优雅，毕竟还有少数读者坚守着传统阅读，让她在寂寞中备感慰藉。对经常逛实体书店的人来说，小说中有个细节让人回味：一位外地读者一口气买了二十多本书，并主动要求盖上书店印章。这个要求看似有些蹊跷，实际上在电子阅读出现之前，却是再寻常不过的事。尽管实体书店经营举步维艰，前景堪忧，而小说在叙述中还是透出正面的期待。标题“把灯光调亮”，就是对这种期待的暗示。作者通过那个神秘客户以及生病女人对书香的守护，让读者在这部色调灰暗的小说中见到一丝光亮，感受到那种恬淡的书香之美。当然，面对狂欢化、碎片化和实用性的阅读现状，作者很无奈，她无力改变。从另一个角度看，小说又通过卢娜焦虑中的等待，暗含着倡导回归纸质深阅读的立场。

当下官场小说以长篇居多，而杨少衡专注于中篇创作。从创作路数来看，他不愿重蹈正邪之争以及以正压邪的叙事套路，而是致力于基层官员丰富人性的勘探，把官场中正与邪、善与恶的较量还原为两种文化人格的冲突，试图展现一种凛然正气，一种理想之光。《远处的雷声》让人想起作者 2015 年发表的中篇小说《把硫酸倒进去》。后者把视点对准官二代，从两个官员免职后又复职的过程，展现“大树”倒后受其庇荫的干部坚持正义、迎面而上的姿态。这种充满正能量的书写同样也是《远处的雷声》值得关注的创作面向。从故事走向来看，主人公史向东的形象代表了作者的价值取向。考虑到国家和人民的利益，史向东在与商人石清标、上级领导周宏等人再三周旋、反复权衡利弊之后，以迅雷不及掩耳之势炸掉电站。作者以果决之笔发出追问，面对即将升迁的政治前途，此举需要何等胆魄？史向东将会面临怎样的命运，小说并未作出正面回答，但一切尽在不言中。

知识分子意识的强化

与往年连篇累牍的贪腐小说相比，2016 年中篇小说的现实主义书写呈现新的审美气象。尤凤伟的《命悬一丝》(《北京文学》2016 年第 6 期)、晓风的《培训》(《广州文艺》2016 年第 9 期)、石一枫的《营救麦克黄》(《芒种》2016 年第 5 期)等作品，同样是关注转型期热气腾腾的社会现实，同样是以批判性为主色调，但不再满足于社会现象的罗列与呈现，也无意对体制弊端发出一味的斥责和控诉。作为公理正义及弱势者的代表，作家依然对现实保持很高的敏锐度，与往年相比挖得更深，看得更远，充溢着鲜明的担当意识和宽广的人道关怀，显示出知识分子应有的正义感和使命感。

雷洋案以来，公安人员执法失当事件屡屡发生，引发民众高度关注。这些事件暴露出来的是司法漏洞，和社会正义发生的倾斜，同时与体制弊端、国民精神有着千丝万缕的联系。尤凤伟在创作谈中坦言，之所以创作这部小说，是因为“有话要说”。而我之所以看重这部小说，很大程度上是感佩于作者的创作姿态。事实上，这部小说的意义并不局限在它对司法之不公、官场之昏暗的批判与追究，更在于那种敢于“说话”的胆魄，那种久违了的知识分子情怀。从这个意义上，作者是以命案之杯中酒，浇胸中不平之块垒，揭出当下社会精神病象，以回应民众对社会热点的关注。

司法界以完成政绩为目标，历来有“命案必破”的说法，这就必然导致不少错案冤案的出现。在小说中，庄小伟因买不起回家车票，于是扒窃卜老太太，未想导致她滚落扶梯意外身亡。按说罪不至死，但因政法委领导一句话“杀鸡儆猴”而改判为“立即执行”，其背后的潜台词不言而喻。更见心机的是，作者在晦暗不明的模糊地带开辟思考向度，以庄小伟案件为原点辐射到社会众生相。法官汤建心存良知，为解救庄小伟，他于多方斡旋中使尽浑身解数。首先是寻找王自然——庄小伟在儿童时代曾救其儿子性命的集团巨商。汤建试图以庄的当年恩德唤醒其善心，争取一笔钱与死者家属达成谅解。而谁知王自然因与副省长一案有牵连，借机给汤建施压，从而改变对副省长的判决。这种连环套式的讲述方式使小说变得疑窦丛生而又意外迭出。小说在最后将视线从官场暗角、法制漏洞拉回到当事人亲属的态度，由此开启对人性的冷峻拷问。卜家兄妹贪婪冷漠，隐瞒母亲疾病，不但如此，为钱财分割问题，兄妹对簿公堂……如此，小说完成了整体性的批判，不仅照亮了法治与人治交叉的暗区，同时对世道人心发出严峻拷问。

2015年，一部描写高校管理者退位后的遭遇的作品引起我的注意，那就是晓风发在《人民文学》第9期的中篇小说《回归》。主人公薛鹏举校长退居二线，无法回归平民生活的窘境给我很大触动，于是，我开始跟踪晓风的创作。2016年出版的《儒风》《弦歌》等系列中篇单行本，对高校知识群体生存状态的呈现，同样彰显了基于知识分子眼光的批判性洞察。对高校体制弊端以及由此带来的人性异化的观察，在最新作品《培训》中照旧延续。小说围绕一次职业培训活动，将学术体制、财务制度以及专家职业道德一并纳入批判视野。尽管批判是主色调，然而我们还是发现一种理想主义情怀的凸显，主要体现在罗处长这个人物的处理上。小说开篇借助孟昕的视角，对罗处长过于女性化作风进行了一番挖苦和嘲讽。颇有快意的讲述让读者别无选择地站在孟昕一边，而在与罗处长深入交流后，孟昕逐渐消除成见，甚至产生了些许好感。至此，那种对人性的体谅又在读者心中渐渐生长。这类似于《回归》对人物的处理，对于作为正面形象的薛鹏举，作者没有把他塑造成不食人间烟火的清道夫，而是依据人物的真实性原则，同时写出这个知识分子作为男人的情感需求，既加强了可读性，又显得合情合理。另一方面，对发乎情止乎礼的情感描写原则的推崇，似乎注定了作者不可能把这种男女关系写到阎连科《风雅颂》的份上。这也说明，在不乏泼辣之气的晓风心底，还存留着一份神圣的理想主义。这种辩证眼光有助于避开知识分子形象的扁平书写，同时及时遏制了那种学者式的单刀直入的表达冲动，而这种冲动在那些知识分子化的写作中又是多么普遍。在这个意义上，《培训》对高校知识阶层的观照，依托于人物性格复杂性的剖析，给同类创作在拓展人性深度方面作出了示范。

石一枫每年都会写出篇幅超长又让人眼前一亮的中篇小说，2016年同样如此。说实话，在进入《营救麦克黄》时，我没有多少阅读欲望，因为诸如养狗、职场等通俗题材，不在我的兴趣范围；但我还是提醒自己，若不读完，就可能错过一部杰作。现在看来，这部小说终究没有让我失望。随着阅读的持续，叙事中途出现的转折让你欲罢不能。小说主线是寻找和营救名贵狗麦克黄，而随着叙事的推进，与主线相连的另一端，在那场营救麦克黄的大追逐中，贫家女孩郁彩彩被撞成骨折，于是，援救郁彩彩的故事渐渐浮出水面。当小说由狗道的疯狂转入人道的拷问，意义深度的建构开始趋于优化。应当说，石一枫对现实的敏锐观察及其深度开掘，为“70后”作家知识分子意识的觉醒提供了参照。

洞穿人心、人性与命运

以琐细之笔深入人心，开掘人性，洞穿命运，是2016年中篇小说引人注目的创作走向。迟子建的《空色林澡屋》(《北京文学》2016年第8期）和尹学芸的《李海叔叔》(《收获》2016年第1期）从时间结构开启思考向度，以敏感的文字从隔膜或苦难中萃取温情，在时代变奏和命运流转中结晶出宽容与和解。

1998年发表在《青年文学》上的《清水洗尘》与《空色林澡屋》都与洗澡有关，前者虽是短篇小说，但与《空色林澡屋》带有同样的精神体温，这种温度对前者而言，出自天真烂漫的儿童视角以及情感裂缝的修复过程，而对后者，则来源于博大无比的母性之爱。这种母爱作为隐喻，关乎整个人类浮躁、焦虑的现实心态，象征着回归子宫的召唤和清洗世俗之尘的博爱，同时它又是在无边的苦难中盛开的。皂娘相貌丑陋，被丈夫遗弃后历尽沧桑，但坎坷人生使她逐渐变得宽容、豁达，不乏悲悯之心。让读者难以想象的是，她竟然把那神秘而诗意的林澡屋变成了精神吸尘器，让那些饱受尘世所累的勘探员沐浴在母性的光辉下，萌生回归大自然的冲动。这部作品中，迟子建对人性温暖的期许，远胜于前期作品，那种女性卑微中的隐忍与向善，指向的正是一种淳朴的宗教精神。

在小说叙事布局上，尹学芸惯于在情感裂变中映现家族人事沧桑。《李海叔叔》从女性视角讲述叔叔的故事，不免让人想起王安忆的名篇《叔叔的故事》，但尹学芸从人情伦理的角度进入细微的人性肌理透视，以此迥别于王安忆对宏大命题的追溯与怀想。在叙述者“我”的眼中，李海叔叔是比亲叔叔更亲的亲人。因为这种亲近，每年春节临近，全家对他的到来充满期待。那是一种两地相隔的遥望，一种排除任何功利的初心所向。而当踏上归程，李海叔叔带回的丰盛的食物，又能把幸福传递到一个赤贫如洗的家庭。更重要的是，"我"与李海叔叔的信件交往哺育了一个少女的精神成长。尹学芸对时间相当敏感，她总是把人性、人情放在跨度较长的时间架构下观察，在一种悄然的人性裂变的发掘中，寻求一种揭秘的快感。时移世易，李海的儿女都走出山窝，家境变得宽裕起来。而此时，两个家庭之间的关系，却随经济条件的好转淡漠了许多；以至三十年后，李海叔叔临终之际对"我"的召见，还遭到"我"基于成见的冷酷拒绝。尹学芸以女性笔触，通过主人公的忏悔与自责，反观亲情伦理的裂变，精细描画出时代转型中经济因素对人性人情的侵蚀的真实图景。

张楚的《风中事》(《十月》2016 年第 4 期）和滕肖澜的《在维港看落日》(《收获》2016 年第 1 期）把审美触觉直接伸向现实中新一代年轻人的情感生活，那种男女之间游戏人生同时又秘而不宣的情感密码，在最后的破解中闪烁出斑驳的泪光。

前者写青年民警关鹏的"风中事"，由关鹏与三个女孩的爱情故事组成。王美琳虽然纯情，但两人世界并不和谐，原因在于她把关鹏当作父亲。而关鹏需要的是过日子的成熟女人，因此他谎称与顾长风同性恋，摆脱了王美琳的纠缠，而更倾向于知性优雅的大学教师段锦。应该说，关鹏对段锦恋恋不舍，更多是出于一种形而上的爱情观。而当两人感情渐入佳境，段锦却意外含泪离去。在作者颇见心机的安排下，段锦始终蒙着神秘面纱，其复杂身世被隐藏得密不透风，而一旦揭开又全在读者想象之外：段锦竟是为人代孕生过一个男孩的母亲。小说由此发生突转。经过这次刻骨铭心的失恋，加上被贬为街道巡警的失意，关鹏开始转而求其次，选择与形而下的米露，这个两年内开过三十六次房的女孩结合。小说结尾更是意味深长，关鹏的同窗好友顾长风竟然为谋取钱财而委身于富婆，终被公安逮捕而求救于他。这对于关鹏来说无疑又是一记响亮的耳光。人性的两面，形而上与形而下，在叙事中构成强烈反讽，展现了张楚小说独有的风姿。

滕肖澜的《在维港看落日》从日常入手，讲述女性在一种幻觉作用下的暗自较劲与自作聪明，而结局不免尴尬。不能不叹服，那种肆意逞强而又脆弱不堪的心理，在一种温婉细腻的叙述中被刻画得有棱有角。滕肖澜小说中那种工于心计的女性形象，往往都是感情生活中的失败者，而在何顿的《蓝天白云》(《人民文学》2016 年第 11 期）中，代巧云以不光彩的手段赢得所爱，尽管有失道德，甚至有些让人生厌，但那种极端而冒险的爱情追逐，最终还是让她争得了黄正的谅解，同时也以至诚之心打动了读者。值得注意的是，何顿这部小说描写的对象几乎都是鳏夫寡妇，写他们对原初情感的忠贞，以及他们纯朴善良的内心世界，比如黄正母子、李木兰，都是如此。即使是代巧云，在亡夫临终指点下，对黄正一门心思甚至不择手段的追求，也都显示出一种至诚的心性，一种面对蓝天的坦荡意志。

同样是描写两性情感困惑，相较于何顿对正面情感的颂赞，梁志玲的《树洞》(《民族文学》2016 年第 3 期）对都市底层女性凄苦命运的讲述，更显凌厉之风。面对婚姻的不幸和情感的欺骗，她们如何在被动中寻求自立，如何摆脱作为“玩偶”的命运，实现哪怕是一种卑微的突围，这些现代女性所必须正视的人生议题，都在梁志玲的探讨之列。作者试图逾越那种习见的对小人物的等级偏见，而着眼于灰色人群本身，在自我观照中寻找那些来自他们自身的悲剧因素。同时，语言上的随意挥洒与叙述上的精致考究表明，一位青年作者在不依赖故事性的情况下，也能写出那种清新脱俗的小说味。与何顿明朗的情感色调和梁志玲略显女性主义的作风不同，孙频在亲情的空缺中追问女性的命运。《因父之名》(《长江文艺》2016 年第 1 期）写父亲出走多年后回归家庭，发现父女之间那段情感空白已无法弥补。父亲的缺席导致女儿胆小怕事，遭受老师蹂躏而无助而恐惧。这是她无法原谅父亲的心理根源，而同时，父亲漂泊在外的无奈又似乎情有可原。小说对女性命运的追问，就在这种纠缠中不断推向深入，孙频对悲剧起点的原发性考察，成为“80 后”小说追求意义深度的生动注脚。

角色错位与悖论想象

与短篇小说对片段和场景的依赖相比，中篇小说更侧重结构的经营和视角的选择，这取决于故事在中篇小说文体中的核心地位，以及与篇幅相对应的对意义深度的更高要求。从何种视角切入，如何结构小说，作家对这些问题的处理方式，对小说意义的有效表达发挥着重要作用。所以，那些以中篇小说名世的小说家，往往都是讲故事的高手。根据我的阅读经验，胡学文、田耳等作家近年来在中篇文体建构方面颇有建树，写出了不少广受好评的中篇佳作。除此二位，2016 年，诗人出身的叶舟同样展露了出众的中篇叙事能力，三位作家的中篇创作皆以非凡的结构才能和独特新颖的视角惹人注目。

胡学文的中篇创作似乎始终在与读者较劲，他要把那种习见的日常经验推翻，看看那些有悖常理的现象背后究竟藏些什么，以此来挑战读者的审美神经，刷新读者的阅读经验。《天上人间》(《长江文艺》

2016年第3期）就是这样的篇什。这部作品以角色倒置的结构设计，在超出伦理常态的高难度叙事推进中显示了小说家挑战自我的勃勃雄心。小说主人公姚百万与众多民工一样，因工头欠薪逃走而孤苦无告。然而幸运的是，偶然中，他碰到一个神秘老板，雇请他侍候性格乖戾的老汉。后来发现，老汉正是那个神秘老板的父亲，留守在家，精神空虚。照说，这个题材也没什么稀奇，故事照常在室内展开，视点锁定在主仆之间。但胡学文的叙事智慧，让他没有按部就班地讲述传统意义上主优于仆、仆受主欺的故事，而觉察到其中隐藏的多种可能性；他不禁想到，主仆角色颠倒后会是一番怎样的景象？于是，这个问题就成为作者讲述的逻辑起点。

可是，这样一来，姚百万的陪护生涯变得荒诞不经。他常常被迫反仆为主，仿佛从人间直升天上，被抛在高高的云端，越来越难以适应，越来越沉陷其中。如果小说仅止于此，已是出手不凡，然而，胡学文还要乘胜追击，以破解都市边缘人的精神密码而后快。于是，作者以撒网式的结构辐射开去，在线头的另一端，他看到了打工者抗议的鲜血梅花，看到了父子冷漠相对的面孔，还有那想见远在毛里求斯的儿子却碍于巨大花销无以成行的苦恼……谁在天上，谁在人间？胡学文并未出示答案，其中的真义，还是交给读者去体悟吧。值得注意的是，作者似乎在提醒我们，或是在追问，随着全球化时代的来临，后一代人如何消失在父辈的视线里，而父辈遭到遗弃后，难道只能自甘为仆，通过服侍他人、积善成德换取一种自欺的信赖，完成生命临终的精神依托？

如果说《天上人间》中主人公的角色错位是迫于生存的职业选择，那么，田耳的《附体》（《北京文学》2016年第12期）中主人公家庆的儿童化生存则是基于一种伦理需要的无奈之举。与胡学文一样，田耳把视角限定在表哥、表嫂、家庆等几个关键人物身上，而结构故事的能力就体现在这几个人物关系的处理上。故事的起因是表哥的儿子海程得骨癌夭折，表哥表嫂承受丧子之痛，亟待心理救助，尤其是表嫂精神出现异常，恍惚中把在厨师学校学习的家庆认作儿子，如此，病情顿时减轻许多。家庆明知，一种灵魂附体状态下，表嫂把自己当作死去的儿子，那就顺其自然，扮演另一种角色，也算积德行善。但始料未及的是，这样一种出于伦理考虑的积德行善，反而出人意料地制造了伦理危机。在母爱驱使下，表嫂要求家庆把头枕在她大腿上，甚至晚上还要抱着家庆入睡……而问题的关键就在，家庆毕竟是成年男人，那种别扭和难为情可以想见。而恰恰是，考虑到人物心理深度，田耳没有忽略家庆作为男性的潜意识心理，于是理直气壮地描写人物性意识的觉醒与自我搏斗。田耳的叙事逻辑建立在另一种伦理之上，这种伦理似乎具有天然的优越性，驱使家庆违心地做了很多有悖伦理的事情。

有意思的是，表嫂的形象如同《祝福》中的祥林嫂，都因丧子之痛变得精神异常；如果说鲁迅把叙事重心定位在祥林嫂的形象上，抨击封建迷信观念，那么，田耳则把视点转向一种伦理的尴尬，以略带戏谑的叙述对此发出有力的追问。这种建立在角色错位中的伦理追问，在叶舟的《陀螺》（《长江文艺》2016年第9期）中同样出彩。这部作品围绕抽打陀螺这项民间娱乐活动，讲述一位公司高管退休前后两种不同角色所遭遇的人间冷暖。高管侯俊杰失去权力后，下属以抽打“陀螺”的方式表达讽刺与愤恨。如果追问这种下场，一般都会朝着贪污腐化、公权私用等方向寻找线索。但孰能料到，像侯俊杰如此廉洁又这般重情的官员，下台后也会遭受昔日下属指桑骂槐的侮辱和诅咒。作者以妻子索君在家备受虐待的实情，分析了侯俊杰受人唾骂的症结所在。妻子深夜被迫写检查以致心脏病突发猝死的事实，以一当十地剖析了侯俊杰的悲剧本质：被权力所异化。当身份由领导变成普通人，而那种高高在上的心态并未落地，那种专断暴戾之风丝毫未减。对此，小说开头就以他与谢静的冲突作了交代。由于权力思维的惯性，从神坛降到民间的侯俊杰，心理不免严重失衡，“敏感得像一根针”。

小说的新意在于，权力符号所昭示的太平和风光背后，挺立着一位隐忍温顺而又能为丈夫撑起一片蓝天的妻子。索君贵为集团公司第一夫人，表面光鲜、高贵、和蔼，菩萨心肠，而谁能想到，丈夫的冷暴力把她变成一个奴隶，一个让丈夫发泄权力欲的接受器。如此观之，索君简直就是圣女的符号，她的存在就是一种承担，甚至是一种受刑。在这里，作者要探讨的是，权力如何使人变异，而实现这种权力的支点又是什么。小说依此逻辑推进，就能发现，正是妻子的知书达理、以善待人维持了丈夫表面上的权威。而今索君已逝，她的角色只能由保姆谢静接替。而谢静的卑微身份显然难以让她胜任此种角色，很难指望她为侯俊杰抵挡来自外界困扰。所以，作者将索君的形象号召力嫁接在谢静身上，让她假借索君的“善”（一种伦理意义上的威慑力），去回击那些以抽打陀螺泄恨的人。以善抗恶，作为谢静的反击策略，维持了心态失衡的侯俊杰的苟且生存。

直到结尾，作者才通过葛明之口交代了实情，抽打陀螺这出戏居然是索君生前一手策划的，寄托了让跋扈了半辈子的丈夫安全着陆、接接地气的良苦用心。谢静惊叹不已，而读者更是恍然大悟。叶舟写诗的经验告诉他，小说借助陀螺的意象可以打开隐喻的大门，使叙事充满象征意味；而作为小说家的叶舟深知，权力及其背后的隐秘机制与人性伦理的感化作用之间的张力，可以让小说叙述在恶与善、法西斯暴力与慈悲情怀的游弋中完成拯救人类的宏大命题。

终极观念下的精神刻度

当代作家中，张承志、史铁生、残雪等少数作家基于终极意识下的小说创作，常常是文坛津津乐道的话题。不能说，小说不关注现实就必然缺少承担意识。有时候，小说呈现的生活情境也许并不切近现实的喧嚣，而是确立在一种精神背景之上，并以此为原点，在一种神秘感的投射下观照现实人生，往往能打开更为宽阔的人性视野，让小说叙事升腾出一种形而上的艺术魅力。

刘醒龙的《赤壁》(《作家》2016 年第 1 期）对和尚的爱情描写，不免让人想起汪曾祺的名篇《受戒》。后者以打破情感禁区的气魄，推崇生命的神性维度，历来备受称赞。相较而言，刘醒龙对和尚情感世界的审视，建立在野史框架中，看似难以及物，实则异曲同工。不同的是，和尚显虚的爱与性是错位的，他爱的是水桃，却被妓女巧巧情色所迷惑。与显空、显无相比，他不但受戒不深，道行不够，更严重的是民族气节上尽失原则，反倒是高上尉这样的“溃军”首领，甚至是巧巧这样的妓女，显示出乱世中难得的人道与气骨。为了维持东坡祠的平静，显无选择圆寂，显空选择涅槃，以“无”制“有”，以虚静对抗暴力，虽无助于灾患的消除，倒能显出佛家本色。由此看出，这部小说在形而下的性、暴力与形而上的虚静互映对照中，展现了两种人格在精神刻度上逸出常态的可能。

陈仓的“进城系列”颇成规模，备受关注。近年来，他对这个题材作深层开拓，开始了“后进城”系列的创作。继去年《墓园里的春天》之后，他又推出《从前有座庙》(《时代文学》2016 年第 1 期)、《地下三尺》(《人民文学》2016 年第 11 期) 等作品。后者把视点转向小人物的理想与壮志，主人公陈元在上海创办了一家小诊所，在医疗费用昂贵的形势下，给普通人提供治病的地方，体现出一种悲悯情怀。而在诊所破产后又偶然中奖，这促生了他更大的梦想，那就是在寸土寸金的上海建造一座供市民朝拜的庙宇，以缓解现代人的精神问题。因为，在多数人达到小康之后，他们最需要的不是钱，也不是房子车子，而是借助神灵消除潜在的灾难，在其指引下最终实现灵魂的皈依。无论从商业还是从公益的角度，建造寺庙的想法都使陈元完成了一次精神的成长。而陈仓从生存苦难中意识到精神苦难的普遍存在，何尝不是实现了一次精神的蜕变。作者以精神穿越现实，寄托了对现代都市中上层腐败的批判。而小说中老吴这样的官员普遍存在的现实，又注定了底层生存苦难的难以摆脱，进而是精神苦难的层出不穷。而直到最后，陈仓的精神寺庙虽未建成，但此种想象已经显出一个“70 后”作家的非凡识见。

《傩面》(《人民文学》2016 年第 9 期) 是肖江虹继《悬棺》之后推出的又一中篇力作。年轻女子颜素容在繁华都市过着灯红酒绿的生活，却突然发现自己身患绝症。在等死这个生命的端点，她无法再寄生于都市的物质世界，而是回到大山深处的故乡，开启了灵魂救赎之旅。起初，颜素容貌似中邪的乖张暴戾、桀骜不驯的种种表现，让村人及家人难以接受，于是，父亲请傩师唱“过关傩”让她恢复清醒。就这样，这种生命焦虑症在原始乡村的傩面文化中找到了一种神性的链接与契合。作者以傩师秦安顺的视角展示了建立在巫术文化之上的生命信仰，刻绘出德平祖的安葬傩和颜素容的延寿傩的场面，同时又以傩神附体的神秘仪式连缀起人生重要节点。出生、成长、婚恋嫁娶、生儿育女、死亡，这些生命的端点都配有傩面戏，以接通阴阳两界的巫术及其内含的神性之光，启悟灵魂缓解生者焦虑，或为亡者超度生命。在傩面戏中，先人往生的灵迹追溯与现代人对精神归处的找寻，终究殊途同归，衔接着亘古常新的“天人合一”思想。肖江虹的叙事不仅确证了传统巫术在精神救赎中的强大功能，同时也提出了一个命题，在物欲横流的社会，现代人对物质的拒绝，是一种死神追缉下的退守，更是一种求生欲望支配下的精神突围。

两种探索：实化与虚化

从《组织部来了个年轻人》到《春之声》，王蒙每个时期皆能得风气之先，冲锋在文学创作前沿。我们欣喜地看到，进入八十高龄的王蒙写起小说来依旧兴致勃勃，势头不减当年。最新中篇《女神》(《人民文学》2016 年第 11 期）同样充满探索激情，不失打破小说文体边界的野心。更重要的是，这部作品的诸多叙事特征，标志着老年写作的审美新走向。王蒙这样描述创作这部小说所经历的“高龄少年的体验”：“忆起往事来心潮涌涌，追起老底来有圆下陈年旧梦的解脱和安慰，抒起情来好像年轻了六十岁，较真起来像查账本，幻想起来像梦像仙神。”我想，王蒙寥寥数语中大抵有这三层意思：一是表达了老年追忆往昔的自觉，追忆是为了寻求“解脱”和“安慰”；二是小说中“抒情”与“较真”并进的美学进向，是一种返璞归真的人格体现；三是心仪于自由洒脱信马由缰的语言风格，写作状态“像梦像仙神”，天马行空，毫无羁绊。

只要浏览王蒙近期作品就能发现，这段话便可看作其小说创作的自述。

然而，《女神》最为惹人注目的，是一种所谓的“非虚构”文本特征。提到非虚构这个词，都会想起梁鸿的“梁庄”系列；而《女神》的忆旧模式，显然迥异于梁鸿那充满现实冲击力的言说。王蒙的“非虚构”给读者的，更多是来自作者与人物在神交中迸发的情感冲击力和人格感召力。它看似是对虚构的反动，但又不同于麦家《解密》的反虚构；麦家所采用的“实录”等形式，实际上不过是一种掩人耳目的策略，最终在不经意间达到虚构的目的。而《女神》同样以翔实的材料，为叙事逻辑的合法性打下坚实基础，但它更强调在与人物实现灵魂对接的过程中那种“真挚”的态度；在某种意义上，作者打捞历史经验和情感记忆的过程，就是一个真诚地无限接近人物自身的过程。

在人生风光绚烂之际，主人公陈布文决然选择归隐家庭生活，正如编者所言：“经由动荡奋斗达至高端绚丽，安于诗书家务落得清纯透明。”这种选择显示出绝顶的生存智慧，一是客观上躲过了历史劫难，二是体现了常人须到落幕之年才能觉悟到的那种至真至纯的人格追求与精神信仰。“女神”之神奇在此落到实处，不但超凡入圣，而且超圣归凡。必须指出，小说非虚构的特征，还在于作者角色的参与，王蒙以主人公的形象反观自我，审视自我，由此打开自我反省、自我升华的精神通道。在这个意义上，陈布文在叙述中复活的过程，也就成了一位高龄作家回望自我拷问自我的过程。

与王蒙的“非虚构”相反，吕新的《雨下了七八天》（《长江文艺》2016 年第 7 期）这部沾染先锋遗绪的小说，最显著的叙事特征则是“虚化”；以至如果把它放在 20 世纪 80 年代的语境中来考察，它所凸显的虚构化仍具有不容置疑的合法性。而在如今现实主义占绝对优势的情形下，这种流连于现代派遗迹的写法已经不算高明，也明显不合时宜。但正是如此，吕新的写作显出一种倔强的创作姿态，同时为读者提供了重温“先锋”、反思“先锋”的契机。

小说在阴雨不断的氛围中开篇，整个叙述就此定下了不祥的基调。首先是会计被抓，儿子福林探监，接着是表兄培仁的神秘到来。培仁刚出场就是一副死里逃生的样子。他似乎被一股神秘力量所挟持，在极端压抑的状态下把福林的手臂抓成重伤。一种世界末日般的紧张气氛由此弥漫开来，而且不断得到强化和延伸。一是小说中奇异妖娆的意象。比如，墙角不断长出阴冷的蘑菇、杨跃海弯曲椭圆的笑容、打棺材的锯木味，强化了这种可怖的氛围。二是人物的非正常行为暗示出祸到临头的征兆。比如，培仁睡觉时枕头底下压着菜刀，杨跃海在飘雨的村口丢魂似的来回走动等等，这种氛围说到底源于一种畏于权力的紧张心理，而人性的故事就在权力机制的隐秘作用下展开。作者极力虚化的正是这种权力机制，但它无处不在，操纵命运，扭曲灵魂。我们看到，杨跃海的女人在丈夫死后，不仅拒绝戴孝，反而穿得花枝招展，毫无悲戚之色。一方面，小说所呈现的，是一幕幕岌岌可危的人间景象、人与人之间的冷漠以及人性沦丧的状况；另一方面，作者又不断作虚化处理，既显露又隐藏，但终究，那些权力机制笼罩下的晦暗区域，经过回旋反复的推敲和辨识，成像在读者的大脑底部。

如果说吕新的虚化写法，意在将叙事的逻辑起点神秘化和模糊化，造成一种“反懂”的阅读效果，那么，王秀梅的《蜉蝣之羽》(《芙蓉》2016 年第 3 期）并未着力于迷宫的搭建，它是朝着全虚构方向进发，以逆向穿越的方式让古人走进现代，借尖锐之笔照亮那道横亘在古人与今人之间的人文鸿沟。在一日千里的现代高科技遮盖下，悄然发生在骨子里的人种退化触目惊心，以致无法被麻木的现代人所觉察。王秀梅的虚化叙事依托于穿越时空的诡异想象，颇得《聊斋志异》之神韵，显出女性写作者难得的叙事才华。作者在形式创新的同时不忘深义的开凿，小说对道德、伦理、情怀等传统命题的探讨，因能直击时代痛点而被赋予新的人文内涵。

2016年中篇小说中，还有许多个性突出而无法归类的作品，艺术上达到了较高的水准，在这里不能不提。陈集益的《训牛记》对乡土中国细致入微的观察，以及他把寻常农事纳入小说的叙事性框架的能力，在"70后"作家中堪称独步。断鼻，瞎眼，断脚筋等等，一头耕牛看似平常的驯化过程，竟然被讲述得起伏有致、鲜活异常；而有关驯牛事件的叙述中，又能处处见出驳杂的人性与时代的面影。王祥夫的《米谷》对底层小人物的互相鄙视以及偏狭的道德洁癖的发现，张惠雯的《场景》对女性以肉体反抗平庸之后无路可走的状态的描述，俞胜的《雪巧》那机智幽默又富于感染力的语言，都值得称道。海飞的《秋风渡》、余一鸣的《丁香先生》、李约热的《龟龄老人邱一声》、少一的《入狱》、杨遥的《流年》、刘鹏艳的《南燕北飞》、葛亮的《海上》、李宏伟的《暗经验》、召唤的《南山葵花开》、西元的《疯园》、宋小词的《直立行走》、潘小楼的《喀斯特天空下》、马金莲的《旁观者》等作品，都不乏亮点，值得关注。

总体来看，我对2016年中篇小说现场的印象是，与往年相比，在既有审美向度上有新的推进，尤其在叙事视角和叙事结构上有所创新，惯于推翻习见的日常经验，看看那些有悖常理的现象背后究竟藏了些什么，在人性裂变的发掘中寻求一种揭秘的快感。同时，创作主体逐渐意识到艺术辩证法的重要性，它不仅意味着叙事逻辑的前后一致，更指向叙事伦理的合法性与相对性。让人快慰的是，部分小说家的知识分子意识开始觉醒，他们敢于向现实发言，揭发不合理的现象，呈露出知识者应有的良知、道义和情怀。

第三辑

小说家与叙事诗学

灵魂的诗篇

——关于残雪的两篇小说

在这个处处利用文学的时代，文学却在利用着残雪，折磨着残雪，指使她在灵魂的分裂和流亡途中重建文学的高贵与庄严。一直以来，残雪的小说以一种最纯正的文学品质吸引着我。她的文字及其所构筑的话语空间，似乎不是来自我们共有的这个世界，只可能在另一个异质的世界诞生。这就是残雪的世界，一个用粗粝的、原始的质料搭建起来的世界，一个实验的王国。在我眼里，残雪就像一个功力深厚而又怀着非凡梦想的女巫。她要使用自己的法术，在黑暗地带开辟出自己的空间，建构艺术灵魂的大厦。而之前，这个空间则完全处于被遮蔽的待唤醒状态。一方面，残雪的世界充满诱惑，以神奇的蛊惑力召唤我们进入；另一方面，它又以非常规的语言道具极力阻挡我们探入的脚步。这就是残雪的魅力，她让你深刻体验到文学的内聚力，让你欲罢不能，让你欲生欲死。也许，历经艰难的精神跋涉后，你就会看到其中的真实图像，那是灵魂受难的旅程，那是向死而生的境界。

以我的审美直觉，阅读残雪其实就是阅读我们自己。而阅读自己、认识自己，从而创造新的自我，也是我阅读残雪最真实的动机。残雪的世界在本质上是我们内心世界的审美呈现，对于文学家、艺术家来说尤其如此。因为残雪的叙事探索，很大程度上建立在她对人的艺术本质的层层揭示。读者必须放空世俗的大脑，以纯精神的审美视角才能洞悉其文本之堂奥，当然这还只是进入残雪世界的审美准备阶段。而要对之进行深度解读，洞察其中真实的图景，势必要把自己的身心投入其中，经历常人难以想象的内心磨难。这是一种有难度的阅读，一种迥异于快餐阅读的审美体验。在阅读《道具》和《801室的房客》这两部近作的过程中，我依然强烈体验到如哈罗德·布鲁姆所说的“有难度的乐趣”。他认为阅读中最高级的乐趣在于“读者的求索”。是的，只有在上下求索中阅读，那种深刻的审美乐趣才能浮现。解读残雪文本，这种“求索”更显必要。事实上，阅读残雪小说的过程就是“求索”的过程，这不仅意味着对文本本身的意义追寻，也是对读者自我本身的不断探索和反复求证。换句话说，阅读残雪不是一口气能完成的，它是一个进入和退出不断交替的审美历程，你得反反复复停下来，意识到你自身的存在。

好的小说无处不洋溢着象征。残雪的小说也不例外。很大程度上，残雪叙事语言的张力就来自意象的奇妙组合及其暗示功能，而意象的大量使用又赋予小说浓厚的诗性特征。从意象的功能看，残雪的小说是可以当作诗来读的。那些简约的文字背后蕴藏着无穷的意味，而这种意味很多时候来自意象世界的丰富呈现。在审美功能上，那些神秘的意象不仅把读者引进残雪的内心世界，同时也能让读者窥见自我灵魂深处的真相。如果说《道具》是作者探寻艺术自我的道具，那么，小说中的纸海轮、弹子机等物件则是通神的道具。这些物件被作者赋予神性色彩，成为有别于日常事物而具有某种魔法的活物。从文本来看，这些物件都是精神事物，它们指向彼岸的世界，与人物的精神追求相联系。确切地说，它们暗藏着神秘的机关，是灵魂在绝境中求生表演的精神道具。制作纸海轮对联络人父亲来说已变成一种信念，他想通过纸海轮的制作来实现对自我的拯救。通过这种精神诉求，这位父亲的生命达到了永恒的境界。某种意义上，这位父亲就是艺术家的形象，他站在生与死的界点，以一种坚定信念对抗虚无的压迫。每个伟大的艺术家都具备感受虚无的天赋，而其目标则是，在与虚无的搏斗中抵达纯净透明的终极境界。

在两极图画中，残雪为我们展示出三种精神图景。首先是古格的世界。古格代表人生的起步阶段，这个阶段，生命在探索中成长。古格的精神成长中，神秘的弹子机起到关键作用。起先，在他眼中，弹子机是来自魔幻世界的危险品，对于这样的异物，他的态度是避之不及。后来，疯老头不小心碰到机关，发现那是更为先进的死亡表演的道具。在这个意义上，面对弹子机就是面对坟墓。它像一扇暗窗，透过窗口，古格窥见了另一个世界的秘密，完成了一次自我精神的觉醒。作者最用力的是对第二种图景的描述，这个图景集中展示了主人公古叔京城探险的画面。小说主要呈现的是一群窃贼的盗窃表演，但显然区别于一般意义上的盗窃行动。小说人物那神秘而诡异的行为，彻底颠覆了我们的审美预期。作为亲历者，古叔在京城玻璃大厦的盗窃活动像一场噩梦，视野中的一切都让他匪夷所思。那是一个魔幻的世界。古叔在大楼里所目睹的一切都是非理性的，是来自人的潜意识层次的事物。从这个角度看，残雪所描述的是古叔与本我相遇时所观察到的景象。从环境来看，偷盗行为在暗中秘密进行，这种环境也正好与艺术家精神探险的氛围相契合。那个看不见的跟踪者如同死神，逼迫古叔去直面本我，接受生死考验。与古叔关系更密切的是联络人。他是智慧的化身，暗中引导着古叔不断突破死神的防线，促其精神层次的提升。

在极限表演中，古叔与其同伙的感觉总是错位的。进入玻璃大厦之前，在古叔的感觉中并没有下雨，但周围的人却都说下雨了。与其说这是人与人感觉的错位，不如说是对这次活动背后所潜伏的危险性的暗示。所以，伞便成为一个重要的精神道具，它的功能不在抵挡风雨，而是成了古叔精神上的护身武器，使他得以从毒蛇丛中死里逃生。对于神秘的纸盒，古叔前后的理解也不一样。纸盒里面先是装的竹叶青小蛇，但后来古叔发现毒蛇变成了钻石。这种变化使古叔意识到欲望即陷阱，也使他从中看到深层自我的投影。如果把几个人物联系起来看，古叔的精神活动反射出艺术家的形象，古叔的京城之旅是艺术家对自我的探访之旅。而这种自我探索不可一蹴而就，而是永无止境的追寻过程。在这种探索中，艺术家于黑暗中潜行，不断通过镜子加深对自我的认识。同时，这种探索又是在无尽的虚无体验中完成的。只有敢于与死神晤面，艺术家才能抵达美之至境。当然，往往在外力的作用下，这种探索才会获得突破性的推进。联络人以及杂技演员等人在暗中充当了梅菲斯特的角色，其中，联络人是古叔所有遭遇的操纵者，在这种催逼下，古叔的精神层次得以不断提升。最后由于联络人的点拨，古叔终于领受到“一阵奇异的欢乐”。老爷子的纸海轮，他的信念，他那能吓退死神的境界，这一切聚合成一尊精神偶像，引导古叔对自我的认识向前迈出了一大步。

联络人一家三代人对精神理念的守护和追寻，是小说呈现给读者的第三种图景。而在这个画面中，三代人之间的精神联系成为作者叙述的重心。那种向死而生的精神操练，在三代人的生活中得到贯穿和统一。这种操练是艺术家精神成长和深化的关键环节。小说中这样写道："折纸币海轮的老爷子，此刻大概正通过他的儿子和孙子在大楼里漫游。"但是，艺术精神的承续并不是封闭的、静止的，而是在变化中发展，在发展中超越的历程。与爷爷反抗虚无的方式不同，孙子没有折叠纸海轮，他要跨越那种传统的操练阶段，以后现代行为艺术的方式（一动不动地通过绳索挂在玻璃墙上）与死神会面。在这个意义上，三代人的生活史就构成了一部艺术史。在一代代艺术家前仆后继的探索中，艺术得以不断发展。

残雪的小说往往都存在一个终极性的预设，那是人类终究无法回避的问题：死。艺术史上，死的境界是那个神秘之光照亮的区域，是艺术家们不顾一切所追求的最高境界。残雪说："艺术不逃避死亡，她将死包容在自己内部，同自己一同发展。所以，艺术作品中的死神可以有无数的面孔，并且永远没有穷尽的时候。"从这个角度看，短篇小说《801 室的房客》是《道具》的姊妹篇，两部小说都在向我们展示死亡表演的游戏。这个小说中，上演的是一出死里逃生的好戏。为逃避死神的追杀，主人公老何用红色箭头探测自己的方位，甚至通过邻居老汉用猎枪瞄准自己的方式，在意念中练就更加过硬的护身本领。而这一切努力似乎都是枉然，因为地球是个大村庄，人又怎么能够撇开那无孔不入的信息网络呢？面对科学理性的强大威力，人类只能退守在自己的精神王国。

老何来自充满原始气息的乌龙山，是久经风浪的自然之子，是诗性精神的化身。这个小说中，作者关注的似乎是，这种诗性精神与科技理性之间的内在冲突。当然，这只是对文本的表层解读。从人物行为来分析，老何探测方位的依据来自主观判断，以自己为猎物的枪击游戏同样是在意念中进行的。这种精神操练使他抵达了更为深层的自我。从某种意义上，对自我的审视是艺术家在精神上寻求突围的征兆。那几个埋网线的黑人就是死神派来的使者，他们的表演是那可怕理性示威的表征。他们通过网络测定老何的方位，步步逼近，让他无处藏身。面对死神的紧逼，老何要做一次鱼死网破的突围。而这个过程是那些具有现代意识的艺术家所谙熟的创作机制。在创作中，艺术家的内心是原始冲动与强硬理性交锋的战场，创作主体依凭那股自由冲动在半清醒中把创作向前推进，但同时又不可避免地受制于那高悬在上的理性的牵制。这种交战，最惊心动魄的一幕发生在黑夜，老何处所被暴露，致使他难逃被死神“清算”的命运。一场你死我活的激战迫在眉睫，那悬在夜空的“火轮”喻示着一场腥风血雨的战争。小说这样描述他死里逃生的场景：“昨夜真是惊险。我用一根绳子拴在腰间，从窗户爬出去，像蜘蛛一样在墙上爬来爬去！他们找不到我，被激怒了，就毁坏了阳台。我不能让自己被他们抓住……”这是创造的画面。老何显然是个了不起的“人物”，他巧妙地逃脱了死神的追剿。作为艺术家灵魂的分身，老何代表了艺术家无意识中的那股原动力。艺术家只有凭借这股原始之力冲破理性布下的重重防线，创作才能往深处掘进。从创作的精神机制来看，老何与对手的周旋正是艺术灵魂所经历的生动现场。在这个“场”中，艺术家内心受到表层理性无处不在的遏制，艺术创作中那股原始之力要想突出重围，难免九死一生，而只有置之死地而后生，艺术家的灵魂才得以向新的精神层次突进。

在叙述方式上，叙述者“我”作为旁观者对房客印象的讲述，让我们看到了艺术灵魂的真实历程。其实，这只是对叙述者第一层次的解读。熟悉残雪叙述机制的读者都明白，叙述者“我”某种意义上就是艺术家的自画像，而老何与他的对手则是艺术自我的分身。残雪迷恋于这种灵魂分身术的写作方式，而这种写作所要抵达的，正是对人的艺术自我本质的深层揭示。具体来讲，两股势力之间的惨烈交战发生在艺术灵魂的内部。艺术家把这两股势力纳入自我的意识中，让内心经受着永无尽头的煎熬。而这种煎熬是现代艺术创作中最紧要的环节，也是创作走向深层的必经之途。从这个意义上说，老何的到来是“我”进入创作状态的标志。接着一连串的不适与恐惧向“我”涌来，那子弹在空中呼啸而过的声音，那猛烈颤抖的箭头，那密密匝匝的网线，房间里那催命般刺耳的呼哨声……所有这些令人发指的场景都是“我”在创作意识的深层所见到的。从根本上说，老何与死神的纠缠，是“我”（艺术家）作为导演者，在自己灵魂内部上演的一出自审的戏。“我”的恐惧感来自艺术深层自我的内心搏斗，而不朽的艺术作品就诞生在创作主体意识深处那紧张而激烈的隐形搏斗中。

别有意味的是，作者给我们描述了艺术家退出创作现场后的状态。为了缓解与老何相处所产生的那种紧张情绪，“我”回到了父母家。然而，未曾料到的是，在与父亲的交流中，“我”却遭遇尴尬的局面，沟通的障碍使“我”的灵魂出现巨大的空洞。“那种紧迫感就消失了。可不知为什么，现在我却情愿回到那种紧迫的生活中去。我情愿，就像老何说的，每天在密密麻麻的信息中呼吸。那种呼吸是踏踏实实的呼吸。而现在，我生怕在沉睡中窒息，或整个呼吸系统完全麻痹。”从创作本身来看，艺术家无法离开那种紧张的生活，因为那种苦熬和挣扎的过程本身就是艺术家的生存常态。那种惊心动魄的内心生活正是他们所神往的理想境界，否则，艺术家就会“在沉睡中窒息”，彻底丧失创作的活力。

先锋作家是20世纪80年代中国文坛的主角，他们的探索演绎了一个辉煌的文学时代。30多年过去，昔日先锋今何在？一部分“先锋作家”或许早已放弃了纯粹的艺术追求。令人欣喜的是，那种对自我灵魂的残酷审视及其所显示的先锋传统，在残雪的小说创作中承接了下来。如今，残雪已不是一般意义上的“先锋”作家了。经过近30年的艰辛跋涉，残雪不断走向那个艺术家们孜孜以求的透明境界。圣境的抵达也许遥遥无期，但那是她毕其一生的追求。所以，文坛主流在90年代转向常规性写作后，在残雪的内心，依然固守着那股最纯净的文学精神。她通过实验小说的写作，追求的是一种反叛精神，一种对文学时尚的反叛，一种对认知惰性的反叛。

残雪的创作精力出奇旺盛，在出版《吕芳诗小姐》《新世纪爱情故事》《黑暗地母的礼物》等系列长篇小说后，最新长篇《一种快要消失的职业》又在《花城》2018年第2期推出。20世纪80年代就已名噪文坛的残雪，如今仍然具有如此大的爆发力。我想，这不能被简单地归纳为意志坚守的执着，更重要的是艺术探索勇气的持存。残雪的创作之所以底气十足，那是因为她找到了一条探索灵魂的广阔道路。残雪的叙事直指灵魂，在灵魂结构的执拗探索中，确立了文学自审的维度。我认为，这是残雪创作的意义所在，也是她对中国文学的最大贡献。

在颠覆中重建

——莫言审美意识的嬗变及意义

莫言是中国现当代少有的几个享有世界声誉的作家之一。从 20 世纪 80 年代的《红高粱家族》对文体形式的探索，到 90 年代的《丰乳肥臀》对母性与神性的书写，再到新世纪的《檀香刑》对权力话语结构的深层剖析、《生死疲劳》中传统文化与宗教意识的有机融合，几乎每一部小说都给中国文学提供了诸多新的审美经验，对当代文学的生产机制产生了深远的影响。继《生死疲劳》之后，莫言又推出了长篇新作《蛙》。就创作过程而言，莫言曾把自己归类到那种一气呵成的作家之列，但《蛙》的创作却是个例外。从 2002 年到 2009 年，创作历时七年，历经了作家对自我的不断质疑和对叙事的反复推敲。从作家的创作过程和文本分析中，或许我们可以找到其在艺术构思和审美选择中的艰难与困惑及其根脉所在，并从创作困境、艺术难题及其解决方式中，发现其对当下小说创作有何启发性意义。我以为，《蛙》在如下几个方面昭示了新的审美信息，值得关注。

首先是人物形象塑造上的新尝试。《蛙》的叙述分为两个部分。第一部分以书信体的形式和作家蝌蚪的视角，叙述了妇科医生“姑姑”的传奇身世；同时又以“姑姑”的身世为线索辐射开来，真实而深刻地展现了新中国成立以来的国民生育史。第二部分通过话剧的形式补充了第一部分难以承载的故事内容，同时使第一部分的叙述获得艺术上的升华。关于“姑姑”的故事，莫言说，这个人物在现实中是有原型的，这个原型就是他自己的姑姑。正是因为作家与现实中的姑姑感情深厚，在写这个人物时，莫言并不显得那么轻松自如。因为作家“不忍心往特别不好的方面去写，不忍心写她的负面东西”。在小说创作中，作家莫言与他的姑姑以及作为小说人物的“姑姑”不可避免地牵扯到一起，亲情伦理与小说虚构之间如何协调，如何处理好三者的关系，显然成为莫言下笔之前的最大困惑。

在这个问题上，作家的思考游走在现实和虚构的边缘，灵魂经受着令人难以想象的疼痛、煎熬和挣扎。我们仿佛看到了两个莫言（现实中的莫言与作为小说家的莫言）的内心在激烈辩论和搏斗的场景。对作家而言，这种两难选择，与其说是一种亲情伦理、文化伦理的困惑，不如说是传统的叙事伦理在作家的创作实践中受到了挑战。莫言创作这部小说的初衷，是力争再现一个丰富而真实的姑姑的形象。然而就文本来看，作为小说主人公的“姑姑”与现实中作家莫言的姑姑并非同一个人；从小说虚构的特征看，这几乎是不辨自明的。根据文学表达的需要，莫言在创作《蛙》时，并没有完全受制于亲情的纠缠与羁绊，换句话说，他没有完全沉迷于亲情伦理的纠缠中，而是超乎现实之上进行纯粹个人化的文学想象。这就要求冲破传统的亲情伦理规范，从而摆脱为自己姑姑立传的预想。于是，在塑造“姑姑”独特的“这一个”形象时，莫言把他所熟悉的人物都融合在“姑姑”身上了，把“好几个妇科医生的故事加在一起”，甚至糅合了“一些男医生的故事”。《蛙》中妇科医生“姑姑”成为“杂取种种，合成一个”的复杂的性格组合体。

莫言习惯于通过夸张和变形来虚构人物，创作出一个个虚构程度很高的小说文本。《檀香刑》中“孙媚娘”“钱丁”“孙丙”“赵甲”这一人物组合构成了“戏中戏”式的结构方式，而这种人物的虚构与人物关系的设置，很大程度上是基于文学表达的审美需求。在《蛙》之前的作品中，莫言的小说人物不能说是一种绝对的虚构，而应该说或多或少地存在这样或那样的原型，不管是源于历史还是来自现实。而在小说中，像“姑姑”这样来自作家所熟悉的生活现实，且以作家身边的亲人为原型的艺术形象似乎并不多见。值得庆幸的是，在《蛙》的创作中，莫言没有成为现实的奴隶，亲情的奴隶，而是成功地从虚构人物与现实原型的牵绊中挣脱出来，写就了一部关于“姑姑”的寓意深刻的传奇。

其次是美学风格从总体上实现了从繁复、狂欢到平实、朴素的转变。莫言是极富创新意识的小说家，每部作品都试图寻找与众不同的审美视角和立足点，开拓着小说这种文体的无限可能性。在《蛙》正式出版之前，莫言在《人民文学》2009 年第 10 期上发表了颇富自传色彩的中篇小说《变》。粗略一看，作品中的主人公，似乎完全可以与现实中的作家莫言对号入座。也许，正如作品标题预示的那样，莫言的叙事正经历着艰难的审美转型，而这一转变在小说美学意义上又显得那么意味深长；此前，我们从作品中读到的是狂欢的莫言、奇幻的莫言、剑拔弩张的莫言。特别是在《生死疲劳》中，狂欢化的叙述语言，荡气回肠的叙事结构，寓言化的生命轮回，无不令人叹为观止。在叙事的狂欢表演达到极致之后，莫言试图在语言和叙述形式上渐渐回归平实与朴素的风格。对莫言来说，这无疑是一次大胆的尝试，预示着他的创作将会抵达更高的艺术境界。

从语言修辞上看，莫言以往的小说善于借鉴汉赋体的语法规则，富丽夸饰，文人气浓；叙事语言惯于挥霍，多用修饰词和较长句式，并讲究反讽效果。但《蛙》的叙事语体风格发生了变化，从绚烂转为平实，他的叙述基本改用短句，少修辞，大量使用了非常简洁、明快而流畅的句式。当然，这种语言风格的追求，是与小说题材和作家的美学追求密切相关的。计划生育题材是以往小说中很少触及的敏感区域，而在《蛙》中，莫言以清醒的现实主义精神检视国民生育的历史与现状，这足以显示作家直面现实的勇气。小说与现实的贴近使莫言很自然地抛弃了那套狂欢的话语模式，选择了以写实为主的表现手法。小说通过对“姑姑”身世的传记式叙述，从生命的视角，确切地说，作品把焦点放在决定着婴儿的生与死的文化因素的考量上，揭示了传统文化意识与现实中政治意识形态的激烈对抗，以及这种对抗所造成的人性悲剧与社会悲剧。

但如果就此认定，莫言的写作从感觉化叙事、狂欢化叙事向写实主义的转向，仅仅是简单的形式意义上的回归那就错了。莫言的意义，在于他对小说文体探索的先锋性，而这种先锋性根源于他对自我的不断质疑，在质疑中探索小说这种文体的边界。莫言的写作，与其说是一种形式上的不断更新，不如说是一直在寻求一种自我反叛的力量，而这种追求诉诸创作实践中，在文学本位意义上昭示着一种叙事文本的颠覆与重建。前文已谈到《蛙》在整体上的现实主义风格，但并不是说他又回到了传统的现实主义，而是说小说的主体采用了写实手法，具有强烈的现实主义批判精神（比如对计划生育体制的公平性的质疑）。从整个文本看，作品是以现实主义为底色的，但又巧妙地融合了魔幻、荒诞、超现实等表现手法。为了使小说有一种“灵魂的深”，莫言采用了魔幻手法表现了“姑姑”因为执行计划生育政策迫使婴儿流产而带来的极度困惑与恐惧心态。比如她梦到路上被许多青蛙追击、被小妖精索命等场景。在第二部分的叙述（剧本）中，作家采用了超现实的手法揭示人性，满足了人物心理深度开掘的审美需求，同时也弥补了第一部分叙述中由于故事性的强调而造成的意义单薄的缺失。除了艺术表现手法的多元化追求，莫言还注重对其他艺术门类的借鉴、引进，充分地体现了作家自觉的文体意识。《蛙》的叙事形式综合了书信、戏剧和小说等多种文体元素，这种跨文体的借鉴与吸收，大大丰富了小说叙事的艺术表现力。

最后要说的是小说在精神领地的深度掘进。从表层看，《蛙》主要反映了我国计划生育政策的民间发展史，以及在贯彻执行中存在的问题（比如“黑孩”问题）。但作品最核心的指向显然并不在此，而更多的是以此为背景去表现人，表现生命。这是莫言小说持续关注的主题。如果说从“娃”与“蛙”的联系中探询人类生命起源之谜只是小说开启叙事的缘由的话，那么《蛙》对生命痛感和忏悔意识的照亮，便是小说精神深度的主要来源。《蛙》之前的《丰乳肥臀》《檀香刑》等作品更多侧重在民族心理结构的发现，以及对苦难、人性的书写，而《蛙》则在精神的追问中作了更进一步的延伸，对历经苦难之后的灵魂状态进行深度开掘。“姑姑”接生的婴儿遍布高密东北乡，可丧生于姑姑之手的婴儿也不计其数。在小说中，“姑姑”是一个矛盾体，她的内心是动摇的、犹豫的，而这种动摇不定的心理很大程度上根植于人物文化身份的双重性。一方面她是党员、革命烈士的后代、肩负重任的计划生育工作者，另一方面她又生性善良，无法抑制自己内心深处对小生命的热爱。所以，她始终游弋在“送子娘娘”与“夺命瘟神”、“天使”与“魔鬼”、“好人”与“罪人”的二重文化身份之间，内心经历着痛苦的挣扎。小说最后，一生未嫁人的“姑姑”出人意料地委身于泥塑艺人郝大手，也正是想借助捏泥娃娃的方式来自我救赎。“泥娃娃”在小说中作为一个文化符号，与小说中的“蛙”具有相似的审美功能，它参与了人物的心理塑造和精神重建。比如在剧本的第二幕就有这样一个场景：“姑姑在那些悬挂的孩子之间，用轻盈的步伐来回穿行着，宛如一条鱼在水中轻快地游动。她一边穿行，一边用巴掌拍打着那些婴儿的屁股。”姑姑只能通过这种虚拟的形式来表达一种忏悔意识。但“姑姑”的忏悔显然不同于卢梭《忏悔录》中的忏悔，卢梭的忏悔是建立在自己已经承认做错了事的基础上的，而“姑姑”的忏悔意识则具有更为复杂的文化内蕴，它萌生于人性与政治意识形态的夹缝中。这使小说对人物精神世界的拷问没有停留在表层，而是有着深层的历史文化根基。

如上所论，《蛙》在某种程度上体现了莫言小说创作的审美意识的嬗变，那么，它对当代中国小说创作有哪些启发性的意义呢？

其一是人物塑造的生命化。杨义曾指出，当下文学最主要的问题是“生命投入”太少，“我们不容易看到那些因为呕心沥血地灌注了作者的人生体验、生命逻辑，而变得凝重、饱满、丰厚、令人刻骨铭心的好作品”。文学在本质上是一种生命的转喻，即作家把生命体验转喻到文字中并传递给读者。但很多作家考虑到作品的数量和市场效应，加快了写作步伐，同时也稀释了作品中的生命含量。当代文学作品中生命含量低是一个普遍的现象，这从一个侧面反映了作家创作中生命体验的缺席。而《蛙》的创作则灌注了作家丰盈的生命体验，小说取材于莫言自身的现实经验，书写的是身边的人和事，致力于熟悉的生活领域的开掘。从文本看，《蛙》不仅凝聚着作家清醒的理性思考，而且也渗透着莫言深刻的生命体验。“姑姑”是莫言塑造的又一个鲜活而丰满的人物形象，是作家走进故乡和人物灵魂之后艺术整合的产物。对灵魂的反复拷问，使“姑姑”这个形象不仅富有生命的血色和生活的质感，而且内含着丰富的情感和灵魂的刻度。

其二是对其他文体的适度借鉴、引进与融合。在我看来，就小说创作而言，小说家应该是一个“杂家”。我们知道，鲁迅既是小说家，又是散文家。他确立了现代小说和现代散文的范本，同时也从事诗歌、杂文、翻译、文艺批评等文体的创作。《蛙》把书信、戏剧和小说融合在叙事中，是莫言创作中的又一次具有开创性意义的审美尝试。在写实的部分，由于书信体的使用，小说的叙事显得更为开阔、活泼和自由，更加从容不迫。而很多写实部分所无法完成的内容在第二部分以话剧的形式得到了有力的呈现。尤其是戏剧元素的渗入，使小说在情节的延续与互补中对人物灵魂的探察更加深入而有力。书信、戏剧和小说在叙事中构成互文关系，大大拓宽了小说这种文体的艺术表现空间。在这个意义上，莫言对小说艺术样式的颠覆与重建，又一次刷新了我们对内容与形式、文体性与文学性等审美范畴的认识。

其三是思考的深度。米兰·昆德拉曾把小说分为三个层次：第一个层次是讲述故事，第二个层次是叙述故事，第三个层次是思考故事。当下有很多作家似乎十分关注“底层”，他们的叙述可谓相当“沉重”，却没有足够的力量将现实有力地托起，并使之飞翔起来。也就是说，这类小说仅仅是“讲述故事”“叙述故事”，而好的小说应该是“思考”的，能唤起“更深远的思想、感情”。故事的内蕴愈是丰富，意义追问的空间就愈大，作品的社会价值和审美价值也就愈大。《蛙》就是一部极富思索意味的小说，莫言怀着极大的勇气对社会、历史以及生命本体提出了具有建设性的问题，这些问题关系到传统价值与现代文明之间的冲突，也关乎着人类的生存现实与终极价值的矛盾性。这体现在作品对一系列问题的解剖与追问中：“姑姑”的行为是否违背了她的良心？悲剧是谁造成的？这些问题都会触发读者的诸多思考。小说的叙事正是在这种发问与追问中显示力量，向读者敞开一个巨大的隐喻空间。

其四是作家的自我反叛精神。20世纪80年代以群体形式出现的“先锋”作家，其创作力整体呈疲软的态势。而作为其中一员，莫言对小说的文体边界进行大胆而不懈的探索。回顾莫言的创作历程我们可以看到，从《透明的红萝卜》开始，他的创作就以令人耳目一新的面貌出现在批评家视野中。此后，莫言那些被评论家称道的“新历史小说”有机地融合了现代史学观念、现代美学观念与中国本土经验，在文学史上确立了一种崭新的小说叙事审美范式。到了《生死疲劳》，莫言狂放与张扬的“酒神精神”几乎发挥到了极致。而《蛙》的创作表明，莫言的创作思维发生了一定程度的裂变，文本风格从夸张的形式和繁复的技术走向了朴实、平静与简洁。他没有再刻意地去虚构历史，去强调装饰性、技术性等形式因素，而是尽可能从作家自身的经验中提取素材，使他的叙事贴近现实生活本身，同时为所要表达的主题去寻找最合理的形式，使小说的叙事在内容与形式、文体性与文学性、文本结构与现实世界中达到最大程度的默契与和谐。因此，莫言创作上的艺术调整，并不是简单的回归传统，而是一次小说艺术上的自我涅槃，是否定之否定的结果。从《蛙》的文本看，莫言的创作在对自我的颠覆中实现了审美转型。这种转变既是作家对既往叙事经验的一次反叛，也是其艺术心态返璞归真的一种表征。

让后人的想象更复杂多义

——从韩东的《知青变形记》管窥小说对“记忆”的处理方式

20 世纪六七十年代上演的那场轰轰烈烈的知青“上山下乡”运动，随着历史当事人的不断失踪与失语，已逐渐淡出人们的视野。对 60 年代及 60 年代之前出生的人来说是如此，而对“70 后”“80 后”来说更是如此。对后者而言，那段记忆天生就很模糊，他们对那段历史的理解和想象更多是从集体记忆中获取，而缺少相应的童年经验和记忆资源的支持。集体记忆是由无数个体记忆的碰撞生成的，同时，个体记忆只有通过集体记忆才能转变成人类共同的历史和经验。在这个过程中，个体记忆要进入公共记忆，就不可避免地受到意识形态的规约，打上鲜明的时代烙印。而主流话语对个人记忆构成一种压抑，很可能会导致集体记忆的失真，以至对历史真实图景形成某种遮蔽，致使历史的另一面在当代叙事中无法得到完整的重现。

文学是保存记忆的重要载体和表现方式之一。一般来说，作家与历史对话，他们面对的是集体记忆，其创作是建立在公共记忆基础之上的文学想象；而同时，作为对人类记忆的“还原性”修补，这种文学想象又是个人化的。作家以当代视角窥探历史，重建过去，就不可避免地与当代发展中的社会生活构成对话关系。经由历史与现实的交汇、公共记忆与个体记忆的对撞，作家对历史的叙述在互动对话中变得复杂起来。然而文学创作是对“存在”多种可能性的一种探求，它要求作家在公共记忆和主流历史之外，找到一条与历史对话的隐秘的精神通道，借以打捞那些可能在集体无意识中所遗落的历史碎片。这就是文学对独特的个体经验与个人记忆的召唤，它要求一代代作家不断地以个体的方式参与历史重述，而重述的“历史”与公共记忆之间所存在的裂隙，正是作家对“历史”的发现，一种揭秘式的发现。换句话说，作家对“记忆”的处理是在对主流历史的反省、质疑和修正中完成的，或者说，在对集体记忆的扬弃中完成了文学的个体思考与历史的诗性建构。

新时期以来，参与知青记忆书写的作家及作品相当可观，这些文学作品虽说都有虚构的成分，但却不失为知青历史的另一种真实呈现，对当代知青历史和当代文学史的研究来说具有极其重要的意义。从“伤痕文学”中的知青叙事来看，文学充当着抚摸伤口、倾诉苦难、宣泄情感的便捷通道。叶辛、竹林、乔雪竹等知青出身的作家对知识青年十年浩劫中生活苦难、精神压抑，乃至失去爱情和生存权利的悲剧揭示，其情感不无真实，姿态无不坦然，然而知青“伤痕小说”所反映和表现的生活，仍然不能构成完整意义上的历史现场。竹林的《生活的路》、叶辛的《我们这一代年轻人》《蹉跎岁月》等作品，过于偏重表现知青生活中受苦受难受伤受骗和精神被压抑被扭曲的一面，而忽略了生活中的另一面。我们遗憾地看到，这些作品在展示伤痕、萃集苦难等方面，更多地表现为含泪的感性诉说，却少有深沉的理性思考。

经过一段时间的积淀，知青叙事的最初逻辑悄悄发生变异。知青文学开始重组记忆，对历史展开反思。王安忆的《本次列车终点》、张承志的《绿夜》、梁晓声的《这是一片神奇的土地》《今夜有暴风雪》等作品，开始以多元视角多层面地反思“历史”，成为对知青“伤痕文学”的一次反拨。他们更能辩证地看待知青的生存现实，对这次运动所导致的后果进行了颇显尖锐的追究，在美学气质上纠正了知青“伤痕文学”阴柔有余而阳刚不足的偏失。当然，这并非说上述知青小说有多高的美学价值，而是说，作为一种反思，这种知青写作为我们对特定时期历史文化生态的认知提供了重要参照。

上述两种知青叙事都是建立在社会学的认知层面的。稍后的知青小说则表现出从社会学政治学认识功能向文学本位回归的趋势，以一种内省的方式将知青文学从社会学层面提升到现代哲学和现代审美的高度。张抗抗的《隐形伴侣》、老鬼的《血色黄昏》等作品对此前知青叙事文本的超越，主要表现在对人本的逼近，对灵魂中的“鬼气”以及人性中隐形层面的尖锐拷问。这是一种更高层次的知青书写。到了世纪之交，以王松的《双驴记》、杨剑龙的《汤汤金牛河》等作品为代表的知青文学开启了对知青历史的后现代书写，正如郭小东所言，这一时期的知青叙事“充满怪诞神妙的存在或精神状况抒写，使小说失却常规或习惯的现实依托，以及不合乎常识的因果关系之中，强调了文学的互文性，也即文本间性”[1]。

知青文学经历多次审美意识的嬗变，对知青生活的书写已从单一走向多元。关于知青的形象史，经过大量文艺作品（包括影视作品）的塑造，历史真实的一面在受众视野中逐渐敞开。但另一方面，知青叙事的模式化与知青群体形象的概念化，也在一定程度上妨碍着人们对历史的想象。韩东说：“我们的文艺在不知不觉中已构造了关于知青生

[1] 郭小东：《知青一代的文学与人生》，《羊城晚报·花地》2008 年 1 月 19 日。

活的诸多概念。”[2] 而这些抽象“概念”在文艺作品中是如何形成的？在多大程度上能概括出差异性极大的知青情感经验？这些文艺作品是有助于我们认清历史，还是对廓清历史的镜像构成了某种程度的遮蔽？这些问题是值得深究的。然而，对于历史建构中所形成的关于知青的抽象“概念”，我们究竟该站在什么样的立场，以怎样的态度去对待？韩东对此就深表忧虑，明确指出以往知青叙事作品所存在的问题：“不是知青的历史不够深刻，而是我们的文艺作品浮于表面。不是知青生活不够复杂、沉痛，而是我们的文艺过于简单、天真了。”[3] 正是因为过去关于知青的叙事太过简单化、表面化，才导致文学表述得不够精细、复杂和深刻，从而使珍贵的“个人”记忆在大众的接受与认识中逐渐流失，甚至陷入濒危状态。

在这样的前提下，那些被政治意识形态所拒绝、被主流文艺思潮所淹没的个人记忆，有望在文学叙事对历史的再度建构中浮出地表。村上春树说：“故事的目的就在于提醒世人，在于检视体制，避免它驯化我们的灵魂、剥夺灵魂的意义。”[4] 如果承认村上春树这句话存在一定合理性的话，那么，我们这个时代的文学自然就有了为历史招魂的审美义务。“唤起记忆即唤起责任。”[5] 尤其对于韩东这一代人来说，这段沉淀在童年记忆中的历史是相当沉痛的，厘清充满未知因素的历史沉积更是责无旁贷。韩东出生在 1961 年，他没有赶上那场知识青年“上山

[2] 韩东：《我为什么要写〈知青变形记〉》，《晶报》2009 年 12 月 26 日。

[3] 同上。

[4] [日] 村上春树：《永远站在鸡蛋一边》，http://edu.21cn.com/catti/g_44_200387-2.htm。

[5] [法] 雅克·德里达：《多义的记忆——为保罗·德曼而作》，蒋梓骅译，中央编译出版社，1999 年，第 1 页。

下乡”运动。他对事件的感性认识可能更多来自童年时期的模糊记忆。但依我看来，相对于本色当行的知青作家，这也正是韩东的写作所特有的优势所在。如此，他可以站在一定距离之外，在对这段历史进行回顾与反思的基础上展开文学想象，实现让“文学提供给后人的想象更复杂多义一些，更深沉辽阔一些”[6]的审美理想，以便在承认历史叙述具有“多音”（multivocal）与“复调”（polyphony）特质的前提下，修正主流历史的片面性。

基于这样的创作初衷，韩东写下了《知青变形记》(《花城》2010年第1期)。在这个作品中，我们确实可以清晰地看到某些异质性因素的存在。同样是叙述知青下放生活的作品，韩东的小说没有梁晓声小说中那无比豪壮的激情与昂扬悲壮的英雄主义献身精神，没有张承志小说中那草原游牧生活的浪漫诗情，也没有铺展出史铁生那充满浓郁乡土气息的农村风俗画面。韩东有意远离了对历史的正面叙述，他没有着意去叙写物质生存的贫乏，也没有把精神的磨难作简单化的描述，而是把以往知青叙事中关于历史的文学想象搁置一边，在个人记忆的召唤下，实现了一种极富“现象学”意味的“还原”历史的叙事意愿。通过无限接近历史现场的“还原”，韩东试图在历史结合点与分裂处的间隙中揭示一种文化的“存在”，而这种“存在”根植于特定历史背景和文化意识中。同时，作者把人性放在城乡文化视阈中考察，通过人物关系的精巧设计和简洁清淡的语言，人性的昏暗与生命的荒谬本质在文本中获得举重若轻的呈现。韩东的叙述文字如他的诗，看似清闲、散淡，

[6] 张钧:《小说的立场——新生代作家访谈录》，张燕玲主编，广西师范大学出版社，2002年，第41页。

却无比沉重，触发了读者诸多联想。而作者的文学观、史学观、叙述手法构筑而成的文本风格，给我们提供了新奇的阅读体验，一定程度上刷新了我们对那场知青“上山下乡”运动历史真相的认知。

权力、性、城市与乡村，是解读这部小说的关键词。与以往知青叙事相比，知青的下放史在韩东小说中依然是在城市与乡村之间展开，但我们感受到的却是另一种节奏。韩东笔下的知青在下乡途中，没有气势轩昂的场面，而是一辆古老的牛车，载着三五个知青，一摇三晃地行进在小阳河堤上。在舒缓的叙述中，呈现的不是田园牧歌式的浪漫主义图景，也非英雄主义的万丈激情与豪情，而是一段生命裂变历程中的爱情变奏曲：爱情在权力的逼迫下被偷换，此后又在人格的分裂中彻底变形。而这其中彰显的人性、命运的吊诡，被置于一个充满复杂性和共生性的历史语境里。以此为背景，韩东为我们讲述了一个不无荒谬感与传奇性的故事，这种荒谬感和传奇性来自作家个体记忆的觉醒，来自创作主体在历史回访中的诗性的想象。

知青“上山下乡”运动是交织着正反两面和多重矛盾的历史事件。如果要深刻全面地认识并反映这场运动，创作主体必须站在新的思想高度和审美层次上，对这段历史进行多向度的透视和深层次的开掘，从而钩沉起那些曾被知青文学所遗漏的历史碎片，以便为后人认识那段历史提供更多的意义空间。在韩东看来，历史是“合力”的结果。这种历史观表明，知青的生存史并不仅仅是受难史、奋斗史，而是掺杂着多重矛盾，纠结着种种复杂性。《知青变形记》对“上山下乡”运动中存在的几股力量进行了深入的剖析，“人保组”王组长、知青老于、队长礼贵、宗族利益维护者福爷爷等各派势力互相交织、明争暗斗。小说对这种复杂历史经验的揭示，激活了历史事件呈现的现场感，为知青生存本相及其命运的展现构筑了深厚的历史根基。回望知青叙事中人物画廊便可发现，“知识青年”常常是以低姿态接受贫下中农“再教育”的，小说中知青老于的出现颠覆了文学关于知青群体形象的既有建构。他代表乡村众多势力中的一极，成为知青名正言顺的代言人。在因为“兔子事件”与“人保组”的对垒中，老于以其人之道还治其人之身，使飞扬跋扈、鱼肉乡民的“三号”陷入不堪的境地。小说中有这样一段颇有意思的对话：

> 我说：“别听大许瞎说，反正我没有干过。”但这会儿已经没人听我的了。
>
> “你就别谦虚啦，咱知青有什么不敢干的？没有不敢干的，也没有不能干的……”
>
> 老于说。

大许故意在“人保组”面前虚称他、吴刚和“我”都曾“干”过“闺女”，但“我”却迫于胆怯不敢承认，于是老于顺势推波助澜，向“权威”发出挑战。显然，这种挑战所显示的气概，不同于梁晓声笔下的知青与天地、与大自然搏斗所表现出的那种豪情，这是知青与非正义力量较量时所展现的叛逆姿态和精神特质。与此相反的是，大许的形象使我们认识到，“知识青年”不仅是荒谬年代的受害者、受骗者，某种意义上也是导致这场灾难的参与者、共谋者。韩东把知青在历史中的作用纳入辩证的思维框架中进行考察，他意识到知青题材“伤痕文学”中对命运不公的展示只是历史的一个方面。事实上，“知识青年”这个群体并非一池清水，而是存在着鱼目混珠的状况。张抗抗就曾尖锐地指出：

“老三届是曾受极左意识形态毒害最深的一代，然而许多老三届人至今不敢正视自己曾误入的歧途，而把所有的责任都推给了时代去承担，便轻易地将自己解脱。”[7] 在某些知青出身的作家作品中，“知识青年”所不为人知的那些孤独的个人灵魂的黑暗，在创作主体的意识中被不自觉地过滤了。相对于那些推卸历史责任、回避灵魂污点的知青叙事来说，韩东对这个群体灵魂阴暗面的检视、拷问与剖析，体现了作为知识分子的历史责任感和深刻自审意识。

当时政治意识形态语境中，尽管富农属于被打击的对象，但富农出身的福爷爷作为乡村宗族势力的代表，却还能在暗中一手遮天，主宰着老庄子村的重要事务。这个人物像一团挥之不去的阴影笼罩在老庄子村人的日常事态中，以至于他的一阵咳嗽声，“听上去就像有几千斤重”。由于这种隐性力量的存在，罗晓飞与邵娜的爱情曾一度获其庇护。而一旦范氏家族的利益遭遇危机，福爷爷便使出浑身解数，甚至不惜露出卑劣跛扈的嘴脸，最终使杀害自己兄弟的范为好获得解救。这个过程中，福爷爷暗中撮合了罗晓飞与寡妇继芳的火速“交配”，同时罗晓飞与邵娜的爱情就此灰飞烟灭。从人物关系设置来看，这部小说延续了韩东小说叙事的艺术特质。在小说的整体构思中，韩东着迷于人物关系的戏剧化处理，表达了对人与人的关系及其生存本相的思考。当然这种特定的人物关系，并不仅仅是为故事情节发展的需要而进行的人物组合，而是服从于作者立足于“真实”的审美需求。韩东说，“真实”就是“承认矛盾，承认冲突”，它是“一个无所不包的事件，是力

[7] 张抗抗：《无法抚慰的岁月》，《文汇报》1998年4月13日。

量的旋涡，是一个产生冲突和分歧的地方”[8]。韩东的艺术洞察力是惊人的，《知青变形记》通过人物关系的审美构造，复现了那个年代特定的历史现场，使我们看到了历史的复杂性和冲突性。

如果说韩东上一部知青题材长篇小说《扎根》对三余的乡村经验的描述，指向的是一种童年经验的本真状态，那么《知青变形记》则直接以知青为视角，叙述了主人公从知青变为农民的传奇经历。这部小说以荒谬的政治生态为背景，集中笔力塑造了南京知青罗晓飞的悲剧形象。在“上山下乡”接受“再教育”过程中，小说主人公罗晓飞的生命与情感发生了充满戏剧性的变化。罗晓飞刚下乡便如鱼得水，轻松捕获了同路而来的女知青邵娜的心，男女之间的互相关爱使原本枯燥乏味的乡村劳动变得温情而浪漫。然而，那是一个谈“性”色变的年代，在畸形政治生态下，男女私情被当作资产阶级生活情调而遭到主流意识形态的鄙视与排斥。在这种情形下，知青触犯“性”的戒律，就很可能要面临在农村“扎根”一辈子的命运。正如小说中大许所说：“碰杯可以加强友谊，碰女人就回不了南京了。”大许的话成为一句谶语，预示着罗晓飞命运的暗淡，以及他无法抗拒的悲剧结局。起因是村上唯一的耕牛“闺女”病了。嫉妒在心的知青大许诬告罗晓飞强奸了“闺女”，使他无法逃脱“人保组”的非法审判。然而，老庄子村一场突发的杀人案，加上乡村宗族势力的介入，改变了这种局面。杀人案的主角是范氏兄弟。在一次平常的农事纷争中，村民范为好在无意中将弟弟范为国置于死地。为了平息事端，也为了家族的整体利益，福爷爷让罗晓飞做了为国的替身，使罗晓飞的身份在一夜之间从南京知青变成了老庄子村的

---

[8]　韩东：《我为什么要写〈知青变形记〉》，《晶报》2009年12月26日。

村民范为国。偷梁换柱的障眼法虽然保全了罗晓飞的生命，但其文化身份与文化人格也遭到彻底的改造。改造的结果是，罗晓飞只能机械地承受命运的作弄，听凭老庄子村宗族势力的任意摆布。

事实上，故事发展到这里，在某种意义上罗晓飞的知青身份已经不复存在，下文的“罗晓飞”是一个“死而复生”的艺术形象。与其说他在现实中扮演着范为国的角色，不如说他是一个有生命的道具。罗晓飞的存在不仅是作为范为国的替身，也为着继芳、为好、正月子，乃至整个范氏家族的利益。就这样，他的生命突然间被不自觉地赋予了很多东西，这其中，包括为国的妻子继芳，也成了这场“交易”的附加品，在宗族势力包办下被直接“转让”给罗晓飞。这就出现了一个情感归属的问题。应当说，爱情的错位是小说的另一条线索。来到老庄子村不久，罗晓飞与邵娜便踏入爱河，爱情之花在福爷爷的庇护下艰难地开放。尽管后来大许通过非正常手段得到了邵娜，但从叙述者罗晓飞对多年之后与大许夫妇的南京会面场景的描述中便可发现，邵娜一直爱着的是罗晓飞，而不是大许。这种爱是深沉的，在某种意义上说也是极端的，只不过，它以一种特有的方式展开。

在“人保组”对罗晓飞的审判中，面对“王组长”提出的那些不堪入耳的问题，邵娜不顾少女的羞涩为罗晓飞挺身而出。三年后，邵娜明知罗晓飞事实上已不属于她，但为了与罗晓飞同处在老庄子村，她决定推迟一年返城。即使在回南京与大许结合后，她仍想尽一切办法恢复罗晓飞的知青身份，以便他得以“平反”回城就业。另一方面，从罗晓飞与继芳的关系看，罗晓飞仅凭知青身份就轻易获取了继芳的芳心，但由于爱情的不对等，罗晓飞一直处于被动状态。确切地说，罗晓飞作为继芳的“替补”丈夫，他与继芳的结合更多是缘于权力的介入和保全生命的需要。于罗晓飞而言，在突如其来的身份变换中，爱情已被历史所架空。韩东说："我的小说是指向虚无的。"[9] 也许在韩东看来，爱本来就很虚无，所以爱到最后便归于虚妄。小说通过人物关系的奇妙组合，以及爱的失落与错位，传达了一种透着冰凉之气又令人嘘唏喟叹的虚无意识。这种虚无感所指向的是人的悲剧存在。韩东更认同悲剧的力量。他认为："人最重要的特征是他的悲剧性。"[10] 人的悲剧性在韩东的叙事中作为生命本质的确证，体现了作者正视历史的勇气，及其体认历史本质的深刻性。

由于外在身份的突变以及爱情的破灭，罗晓飞从"本我"变成"非我"。在个人与历史的强制性"遇合"中，其性格心理与精神状态发生了奇特变异。而韩东的兴趣并不在探讨身份认同的问题，而是为了研究生命在历史突变中的悲剧性。我们看到，作者无意通过"他者"的生存经验与心理经验在人物身份变化前后的难以契合，去渲染人物的痛苦、焦虑和困惑。依作者之见，新的文化身份使罗晓飞获得了异于城市的生存体验，这种无法拒绝的乡村经验在荒诞的历史境遇中不断更新，于是，罗晓飞最终完成了向"超我"的蜕变。小说最后表明，罗晓飞的南京之行，与其说是他在寻找返城的途径与机会，不如说它是一次寻亲之旅，一次记忆之旅。因为返城只是继芳一厢情愿的梦想，对罗晓飞来说其实并没有多大诱惑力。确切地说，罗晓飞的南京之行是在继芳催促下一种被动的非自觉行为。他原本就不属于这个城市。关于这一点，作者在"前史"的叙述中有明确交代：母亲早逝，哥哥姐姐比他

[9]　张钧：《小说的立场——新生代作家访谈录》，张燕玲主编，第 32 页。

[10]　同上书，第 36 页。

大很多，且早已自立门户，关系自然相当疏远。这样看来，南京的家对他来说已然名存实亡。小说最后，罗晓飞对父亲的造访及父亲之死，便是对这种归宿状态的隐喻。在整个叙事中，尽管罗晓飞的父亲始终不在场，但作为象征，他的死去隐喻着罗晓飞与城市身份的彻底了断。韩东感兴趣的是，通过罗晓飞这个人物探察人在特定历史中，如何阴差阳错地从一个人变成了另一个人，在这个过程中又如何实现了文化身份的隐秘转换。值得注意的是，罗晓飞从知青到农民的“变形”，并非外在意义上的改头换面，也非环境上从城市到乡村的简单位移，而更多的是一种无家可归的悲哀，是在一切遭遇毁灭之后对乡村诗意世界的无奈的皈依。

长篇小说《知青变形记》是作者在个人记忆的召唤下，以虚构的方式激活沉睡状态的历史所形成的文本。随着知青历史在文学中的不断改写，那些个体情感的原初经验渐渐浮出水面。韩东说：“写作首先是和未知打交道，但是它又缺乏勇气脱离已知，它应该在未知和已知之间形成的某种张力中存在。”[11] 韩东创作立场的位移以及他对“历史整体性”这一概念的怀疑，使他能够深入事物的内部，自觉地抗拒历史的同质化，认识到历史的复杂性、丰富性和矛盾性，从而触及生命的内在悲剧性，形成知青叙事的另一种审美价值判断。是否可以这样说，作者通过对那段“已知”的“上山下乡”运动的重访，实现了小说对“未知”历史的经验形态的探求与重构。

[11] 张钧：《小说的立场——新生代作家访谈录》，张燕玲主编，第 37 页。

“70后”的历史感何以确立

——以葛亮的《北鸢》为例

继《朱雀》之后，葛亮历时七年写出“中国三部曲”的第二部《北鸢》，再次以介入历史又逼近日常的气度惊动文坛。葛亮是地道的学者型作家，文字之考究，逻辑之绵密，在“70后”阵营中当属少见。尤其在当下不太重视“事理”和“常情”的叙事生态中，重申小说的真实性，抑或叙事的逻辑感，就很有必要。在这种背景下，初读此篇，便让我想起王安忆2011年推出的长篇小说《天香》，在知识考古学意义上，此作曾为王安忆赢得不少声誉。《北鸢》在此意义上作出的尝试同样值得肯定，它给葛亮“70后”作者的身份赋予了相当的审美异质性，很大程度上将改变学界对这一代作家缺少历史感的固有成见。

近年来，“70后”长篇小说创作以关注现实居多，聚焦于转型期中国社会热点问题，以及边缘群体的生存状态和精神现实。比如，王十月的《收脚印的人》、弋舟的《我们的踟蹰》等，皆属此类。这批作家大多成长于改革开放年代，相对于“50后”“60后”作家，他们更敏感于现实中的日常经验，而与那部分不属于他们的“历史”多少有些隔膜。尤其在小说领域，“历史”这个词对这代作家始终意味着严酷的考验。当然，“70后”作家介入历史的冲动，在少数长篇小说创作中却也存在。

路内的《慈悲》和李俊虎的《众生之路》就作出过这样的尝试。两部小说在命题上指向特定历史中的个体命运和乡土社会的变迁，但他们对历史的想象与建构更多依赖于间接经验，创作意味着对历史的审美探访，这种探访在姿态上是主动的，有时甚至是强行的，或者说，是以局外人身份进入历史，属于场外写作。所以，这样的写作对“70 后”作家而言既是机遇，又是挑战。

葛亮的历史感属于另一种类型。基于历史感的写作，于他而言，是一种自觉的审美过程。葛亮的写作是自由的，几乎没有先入的目标。他不带半点“意图”，也无概念的负累，这是因为，在写作中，是历史在召唤他，诱惑着他走进历史现场，而非他借以先见刻意去打捞和捕捉，以呈现中国历史的发展脉络。在这个意义上，与其说是葛亮在讲述历史，毋宁说是历史塑造了葛亮。这种“逆向”写作归因于葛亮显赫的家世，陈独秀、邓稼先、葛康俞，这些历史上的风云人物与葛亮之间的血脉纽带与亲情伦理客观存在，健在的长辈对这些先贤日常起居、三餐用度的口述，对葛亮来说都是一种召唤，让他带着激情和使命，自由驰骋在历史与现实之间。早在《朱雀》的创作中，葛亮就“像写自己的亲朋一样写出了众多的人物”（莫言语）。随着“剧中人”陆续离世，面对既有定论中的重重疑虑，这份精神遗产对葛亮来说，既是荣耀，又是压力。但无论如何，葛亮的优势在于，相对于其他“70 后”作家，他对民国那段历史更亲近，更易窥见历史烟云中那被遮蔽的“日常”。而这关于“日常”的素材积累，对他来讲至关重要。

葛亮正是抱着把历史日常化的写作观，去重审那段曾被反复言说的民国史的。无疑，这种视角并非葛亮首创，刘醒龙的《圣天门口》和刘震云的《一句顶一万句》，以及迟子建的《白雪乌鸦》等厚重大气之作，莫不以细腻微妙的日常化描写立足于世。如果说这批“60后”作家写下这样的作品，是基于前车之鉴的转折性写作——因为后现代文化的兴起，促使他们看清了“去历史化”审美在文学写作意义上的优越性——那么，葛亮则是受到家风的耳濡目染，让他对“日常”的偏好显得更自觉，也更坦然。葛亮的历史观旗帜鲜明，他更重视历史的外围部分，并始终认定，正是主体历史之外那些“日常”因素的沉淀，造就了我们历史的“主脉”。

其实，这样的写作并不轻松，它也正是“70后”作家软肋所在。因为关于历史外围部分的书写，更多依赖于作者的想象和虚构。如何坐实落于日常的文学想象，便成为写作的关键。为此，葛亮扎实的案头工作，为写作提供了基本保障。值得注意的是，葛亮对史料的收集和研究，并非出于重建历史确凿性的考量，而事实上，僵死的史料并无多大用处，它亟待作者以想象去激活。这是作者寻找在场感的过程，他需要用这些史料引领他进入他所需要的历史情境。

“史料”的审美化，这对任何写作者都是难题，因为这其中充满不确定因素。一旦进入历史情境，作者又面临一种被劫持的状态，写作必将受之于缪斯的严格控制。葛亮的任务，不仅是复现历史的现场，此中自有他更大的野心。在后现代思潮的浸润下，葛亮避开了传统现实主义的再现之路，历史在他笔下被还原为毛茸茸的日常民间生态。小说没有像传统写实那样，以卢文笙和冯仁祯的成长与联姻，去反映波诡云谲的民国历史，而是把宏大历史推向幕后，去凸显日常与世俗的状貌，窥探特定环境下的人性和伦理，呈示个体生命如贯穿全书的风筝意象那般飘摇不定的命运感。

那么，什么是“日常”？如何书写“日常”？我想，弄清问题的前提，必先回到小说的原始定义。所谓“街谈巷议”，无非是把审美视点投向生老病死，投向人情世故，投向世俗生存中的细枝末节。这种理解契合了“小说”的字面含义，写小说就是往“小”处“说”，往细微处“说”，与传统意义上所说的“故事”（story）相区分。而现代小说强调叙事的虚构性（fiction），某种意义上也正是对“日常”的强调。换言之，小说不单是粗线条的故事，更是作者对特定环境中所应该有或可能有的人之常情的细微烛照，而这也暗含了英文单词“fiction”的另一层意思：创造。由此，是否可以说，写小说就是依凭艺术逻辑创造“日常”。如果从这个意义上来理解葛亮的写作，或许更能看出他的意义所在。

这日常首先建立在严密的叙事逻辑之上。从叙述视角看，作者所秉持的日常叙事理路，在《北鸢》中与多重叙述者相匹配。作者把叙述者分解为多个“个体”，以昭如、昭德为代表的妇女视角和以文笙、仁祯为代表的儿童视角；随着情节推进，叙述视角又适时转移和变换。这种适得其所的叙述效果，是葛亮孜孜以求的。例如，小说对人物心理及其命运状态的描绘，可谓入微之至：“她（昭如）走进阴湿的楼阁，看见昭德站在暗影子里，肩头栖着一只不知何处飞来的野鸽。鸽子发出咕噜咕噜的叫声，一边用喙啄着昭德的发髻，这发髻，是昭如清早亲自为她梳理的她用去了许多的桂花油，十分的紧实。然而，经不起再三折腾，终于松开、散乱……她回过头，用胆怯的眼神看了昭如一眼，轻轻地说，娘，我饿了。”小说通过昭如的视角打量昭德在家变后的失神与落魄，这个军阀遗孀曾如此强悍可又那么不堪一击，尤其是最后那一声“娘”的呼唤，总让人背脊发凉。又如“青衣”一节，作者借助少女仁祯的视角，寥寥数笔，就能将名噪京城的伶人言秋凰那光彩不凡而哀戚黯淡的情态相当传神地呈现出来。

其次，葛亮的叙述给人强烈的颗粒感，既饱满活脱又不失风雅，它让我想起台湾中生代作家陈淑瑶的长篇小说《流水账》：澎湖列岛那些看似毫无诗意的庸常画面，在作者笔下如散落的珍珠，熠熠生辉，在这一点上《北鸢》与之异曲同工。然而，葛亮的叙事中，每个细节都十分讲究，力求建立叙事的合法性，对服饰、烹调、刺绣、曲艺、书画、星相、祭祀、庆典等驳杂万象的描绘，既贴近人物，又符合情境。如果把"事理"和"常情"联系起来看，我们还能看到一种绝妙的互文性表达。例如，整体意象虎头风筝与小说人物命运的互照，戏里戏外人生的对应。作者借仁祯之口，道出青衣美在"苦"字：《武家坡》里王宝钏十八年的寒窑，苦得痴心；《望江亭》里谭记儿先是孤寡，后情事辗转，又苦经磨难；还有《宇宙锋》里破釜沉舟又装疯卖傻的赵艳容等等，没有哪个青衣能自主命运的。而青衣的命运又何尝不是小说中所有人的命运？正如葛亮的"自序"所言，"一时一事，皆具精神"。此种戏里戏外的互映写法，显出作者深厚的文化修养。这种互文性表达在小说中俯拾皆是。可见，在彼时政治历史、文化艺术和民俗民情的研究上，作者是下足了功夫的。

王德威说，葛亮在经营一种"既古典又现代"的叙事风格。我的理解是，这部作品叙事上的现代感一望而知，自不必说，那么，"古典"风格在我看来，不全在语言的精致典雅，更多是中华美学中抒情传统的指称，而此传统不只关乎掌故的把玩和风物的刻绘，甚或那些充满诗意的段落（比如全书最后两段），更在那些微妙得不可言说的细节，那些嘈嘈切切而欲言又止的情绪。比如家睦夜读《浮生六记》，文笙慨叹"一叶知秋"，以及冯明焕与言秋凰的暧昧谈话，仁珏与范逸美在闺阁相拥而泣等等。在葛亮笔下，即便是男女亲昵之态也那么稚嫩，又略显笨拙："他（文笙）慢慢探身过去，吻了一下女孩的额头，然后是鼻梁、脸颊，最后捉住了她的唇。在这一刻，他们都轻颤了一下，然后更深地吻下去。因为笨拙，她的牙齿咬到了他，有些痛。然后他感到，她滚烫的泪水，缓缓淌在了他的脸上。这一瞬，不知为什么，一种淡淡的喜悦，在他们之间弥漫开来，如溪流交汇。这喜悦稍纵即逝。但他不忍放弃。"应该说，文笙与仁祯的结合到了结尾已是水到渠成，但我们看到，受到阴晴难辨的政局的裹挟，那份喜悦中黯淡却依然如影相随。此类细节以内观外，以小容大，照亮了历史嬗变中的个体命运和家族兴衰。在大风起于青萍之末的意义上，此作又与贾平凹的《古炉》建立起对话关系，同时，它暗承中国传统诗学精神，即所谓味外之味，味外之旨。当然，此种承脉出自葛亮的个人趣味，由是，那波澜不惊的世俗日常经过作者不经意的点染，就变得意味深长。

一个缺少胸襟和情怀的作家必然是狭隘的，也很难走得更远。葛亮不是。《北鸢》回避了主流叙事中对红色革命的讲述，而竭力突显生命个体在时代变局中飘浮不定又无以挣脱的宿命。于此，作者超出以往红色叙事的阶级偏见，而将各阶层人物均纳入审美视野，甚是值得称道。民国社会但凡视野所及，政客、军阀、寓公、商贾、教师、学生、禅师、文人、名伶、艺工等，几乎无所不包。其中，文笙的形象是作者推崇并体现人文精神的典型，尤其是他内心并不认同永安与舞女秀芬苟合，而当他们身处危难，却仍能以包容之心接纳并倾囊相助。在所传达的知识分子情怀的层面上，文笙与路内《慈悲》中的主人公水生的慈悲形象如出一辙，都是作者所怀人文理想的折射。从这个精神向度看，迈入中年的"70后"作家对人性以及社会的看法，逐渐趋于一种和解的立场，这是否也可看作这代作家审美转型和精神嬗变的征兆？

第四辑

批评闲话

美的批评

现代文学史上，李健吾的感悟式批评观独树一帜，在20世纪40年代中国文坛产生了很大影响。他曾提出关于批评写作的美学命题：批评也可以是美的。可以看出，这个命题的核心并不指向批评对象，而是关乎批评写作本身。李健吾不仅倡导“美”的批评，而且身体力行，着力于批评写作审美品格的塑造。像李健吾这样对自己的批评写作行为本身有如此清醒自觉意识的批评家，在现代中国批评史上相当罕见。但理论界把李健吾的批评简单归类为“印象式批评”，其实这在很大程度上是对他的误会。细细品味他的批评文字，我们发现，他所倡导的批评观及其批评实践与西方的“印象式批评”并非全然一致，而在诸多层面似乎更接近于中国诗学传统的批评精神。而联系到当代中国文艺批评的现状，批评家几乎整体向西方主科学理性的批评精神看齐，中国传统的诗学精神反而被束之高阁；在我看来，这不仅与中国文学的民族传统背道而驰，也是对批评写作本身的致命伤害。

在思维结构层面，文学批评的写作与传统的文学创作之间的差异是显而易见的。文学批评理论性强，侧重理性思维的运用，而文学创作则是遵循感性思维，偏重想象力和创造力的发挥。但事实上，在现代文学审美活动中，二者之间这种区分日趋淡化。文学批评不再是纯理论的空洞说教，文学创作也不允许想象的野马漫无边际地奔腾。文学创作除了要求作家充分发挥想象力和创造力，还须接受理性思维（逻各斯）的暗中调空。同样的，文学批评的写作不仅仅是纯粹的理论行为，还必须与作家一道接受艺术想象力和创造力的考验。从这个角度可以看出，其实两种写作在思维本质上是相互贯通的。基于这种认识，批评写作的审美性就不是可有可无的概念。那么，何为批评写作的审美性？批评写作的审美性包含哪些基本要素呢？要弄清这个问题，我们可能要把视线转向传统，在中国诗学传统中寻找线索。

中国传统诗学强调“感悟”的审美思维，这与李健吾的批评路数不谋而合。这种审美方式与中国人特有的认识世界与把握世界的方式有关。宗白华先生说：“中国哲学是就‘生命本身’体悟‘道’的节奏。‘道’具象于生活、礼乐制度，‘道’尤表象于‘艺’。灿烂的‘艺’赋予‘道’以形象和生命，‘道’给予‘艺’以深度和灵魂。”[1] 他认为中国哲学的精髓在于对“道”的“体悟”。这里的“道”与曹丕所主张的“文以气为主”中的“气”实乃一体。清代章学诚说：“凡文不足以动人，所以动人者，气也。”[2] 作品之所以能打动人，在于蕴藉其中的生命气象。而以“气象”论诗文所体现的诗学思维便是对生命向度的强调。宗白华所说的“体悟”与传统诗学中的“感悟”应该是可以互换使用的对等概念。而强调“感悟”的审美观，相当程度上是强调人本身的价值；就批评写作的审美而言，则是强调批评主体的作用。从批评术语来看，传统诗学着眼于审美活动中人与自然的交融，比兴、意象、风骨、气韵、神思、兴味、意境等诗学范畴，皆把人与物的融合视为审美的关键环节，

---

[1] 宗白华：《美学散步》，上海人民出版社，1981 年，第 68 页。

[2] 章学诚：《文史通义》，上海书店出版社，1988 年，第 64 页。

并强调艺术家在审美活动中的移情作用。正如刘熙载所言："山之精神写不出，以烟霞写之；春之精神写不出，以草树写之。故诗无气象，则精神亦无所寓矣。"[3]"山""春"本无精神，其神韵有赖于审美主体的赋予，也就是刘熙载所说的，将"气象"灌注于"烟霞"和"草树"。所以，"山""春"之精神实乃主体与客体"神遇而迹化"的产物。相应地，批评家对作品的解读就成了逆向的思维过程，是对创作中主客体交合过程的还原。这个过程意味着从审美对象化向对象审美化的转移，这其中必然要求批评家生命意识的介入。从深层心理学角度来看，这种主客体一体化的审美倾向根植于中国特有的传统文化心理结构。其中，最核心的理论支点便是"天地一气""天人合一"的思维结构，也就是庄子《齐物论》所说的"天地与我并生，而万物与我为一"。[4]这种思维强调人与自然的精神联系，其本质就是人与天地万象生命贯通的境界。在这种文化心理的支配下，中国传统诗学对生命意识的张扬和凸显便是顺理成章的事。

从这种哲学与文化的梳理中，我们似乎可以断定，批评意识的人本化是中国传统诗学最为根本的特征。无论是创作还是批评，中国传统文学审美活动的核心均指向审美主体本身。无论是作家把审美对象化，还是批评家将对象审美化，两个环节其实都少不了审美主体的生命投入和审美转换过程。清代吴乔在《围炉诗话》中一语道破文学创作的秘密："诗中须有人，乃得成诗。"[5]那么，我则要说，文学批评须有人，乃得神韵。对一部艺术作品的评价，抛弃人的尺度就会失去审美

[3] 刘熙载：《艺概》，上海古籍出版社，1978年，第82页。

[4] 孙通海译注：《庄子》，中华书局，2007年，第39页。

[5] 何宝民主编：《中国诗词曲赋辞典》，大象出版社，1997年，第1385页。

评价的灵魂刻度。某种意义上，只有将艺术作品作出生命化的审美阐释，文学评论才能呈现文本的核心指向。而当前主流批评在主体感知能力上的瘫痪是有目共睹的，表面繁荣的文学评论沦为工厂车间的流水线生产，普遍呈现出“去人性化”“去灵魂化”的特征。这很大程度上归咎于批评主体对西方分析哲学的臣服，而又不能意识到自己的生命存在本身的能动作用。这样导致的恶果便是，从概念到概念，从文本到文本，而抽空了凝聚在文本中的生命含量。按照“新批评”的二元划分，“外部研究”自然没有触及审美的核心，但“内部研究”也无关文学的灵魂面向，仅仅着眼于修辞、语义等层面的纯形式分析，写出的文学评论是没有灵魂的，也是没有体温的，说到底是缺失生命维度的批评。在新世纪文学越来越面向灵魂、面向精神的背景下，“新批评”的文本阐释模式越来越显得捉襟见肘，越来越不能满足文学自身发展的理论需求。

我以为，中国批评家所肩负的使命，也是目前的当务之急，便是着力于把文学批评从西方技术理性思维的制约框架中解放出来。我们看到，西方文论的阐释模式某个层面上的深刻性，某种程度上遮蔽了批评主体被异化的可能。当前所谓的主流批评，面孔冷漠而机械，语言僵化生硬，既无生命气象，更无灵魂面向。在汉语环境中，那些由干瘪生硬的理论术语拼凑的文章只会败坏读者的审美兴味，从中发现作者的内心隐曲和文本的深层意旨，只能成为一种奢望。更重要的是，生命意识缺席的静态分析，很大程度上限制了批评家审美阐释的生命冲动，无形中遏止了文学作品在接受中艺术生成的无限可能性。艺术家创作中来自灵魂深处的原始冲动，及其生命对世界的感受过程，这些艺术阐释中的关键环节，在那种纯理论化的文本分析中被彻底过滤了。在这种批评视野中，批评家没有实现与艺术家在灵魂内部的晤面，更遑论创作主体与批评主体之间的深度对话了。说到底，批评家未能意识到作为审美接受者自身的能动性，也就不能真正履行其审美阐释的职责。总的来说，没有对艺术家灵魂的全程跟踪，批评家很难从根本上完成对文学作品的整体性阐释。那么，批评如何实现突围，无疑是当前评论界面临的重要课题。

第一，批评家作为审美主体，必须建立自觉的批评意识。文学批评并非单向度的审美行为，而是双向的辩证的思维过程。同时，批评审美不是消极被动地接受作品，而是能动地洞穿和揭示灵魂密码。这就要求批评家超越普通读者进入文本的方式，把自己的世俗生命作零化处理，并回到艺术家创作的精神起点。没有超脱于世俗的审美感受力，没有与作者一道体察人性和探索世界的审美心态，艺术家创作中所经历的灵魂阵痛与内心裂痕自然就成了被遗落的风景。

第二，批评家在与文本和作家的对话中，尽可能地建构批评主体自我的艺术人格。文学批评的好坏优劣，在根本上取决于批评家的审美感悟能力，而感悟能力的好坏又在于批评主体的生命意识能否调动自如，能否与艺术家实现灵魂层面的深度对话。基于这样的认识，文学批评所展现的形象系列中，不仅有艺术家的形象及其所创造的艺术形象，随着批评文本的生成，批评家自身也作为独立人格形象逐渐树立起来，构成批评文本审美性的重要参数。尽管与艺术创作相比，文学批评的理论含量似乎更高，但那些深入审美本质的文学批评，写到动人处，无不洋溢着生命的血色，活跃着批评家的身影。正如艺术家的形象暗藏于他所创作的作品背后，批评家的人格与情怀也浸透在字字含情的批评文本中。

那么，批评家如何在他的文字中现身？我以为，批评家若要立身，则必先立心。所谓立心，依我看，就是文学评论必须显示出批评家特有的审美兴味和艺术情趣，以及作为一个活生生的生命所持有的情感态度。而批评家如何立心，则关系到批评的形式问题。理论术语的罗列，名言警句的征用，也许能在表面上增加评论的权威性和学术性，却无助于对文本精神的深层把握。原因在于，文中若无生命的绿洲，批评家的艺术情趣和审美理性便无从寄生。当然，批评家的立身与立心是"内外兼修"的过程。批评家审美个性的构筑少不了生命气息的输入，但也不能忽视批评形式本身的"意味"，而这种"意味"的显现则依赖于批评话语的传达。如何把审美阅读中的生命感悟，及其所伴随的灵魂对话过程准确无误地呈现出来，是对批评家的传达能力和表述能力的考验。我们看到，那些嚼之有味而又意味无穷的文学评论，往往都是对审美感悟及其过程的艺术呈现。相对于西方文论的理论化表述，这种艺术化的呈现方式更能揳入文本的核心，无疑也更能激起读者内心的共鸣。

古代的诗话中很多文章都是既注重个体的生命感悟，又讲究形式本身的审美品性。现代批评史上，李健吾的文学批评亦是如此。例如他评巴金《神·鬼·人》的开头的精彩段落，[6] 倘若没有与作者的深层对话与交流，又何以能深刻地理解巴金呢？在李健吾与巴金的对话中，我们分明也能觉察到批评家所怀有的悲悯之心，以及他对作家灵魂自我搏斗所经受的痛楚抱有的体恤之情。

第三，文学批评不同于学术论文，它本身也应该是美的，给读者以美的享受。李健吾的批评实践充分证实了这一点。批评之"美"，首

[6] 李健吾:《咀华集·咀华二集》，复旦大学出版社，2005 年，第 18 页。

先是批评家的情趣之美、精神之美，然后才是语言之美、表述之美。然而，批评话语并不仅仅是修辞的问题，更关涉到批评家把握世界的审美立场和感觉方式。批评家对作者及其文本的研究，洞悉到微妙处往往是只可意会而不可言传。生命在本质上的混沌性，决定了批评主体的生命感悟不一定那么泾渭分明，也许会处于某种暧昧不清的模糊状态。而这种半透明的审美状态，很可能蕴藏着本质性的艺术直觉。这个时候怎么办？解剖刀式的重分析和思辨的语言自然无力呈现，那种明晰直露的平面话语，恐怕很难把握那种纠结于心的微妙感受。在这种状态下，若要准确道出接受主体的审美感受，不能不借助于审美化的文学语言。那种半明半暗、混沌无比，而又极富生命质感的诗性话语，既凝聚着批评主体对艺术作品的深层体悟，也能照见批评家与艺术家的灵魂碰撞的踪迹。

回望文学批评史，我们发现，那些超一流的批评家并不一定在理论家中产生，而更多的是那些具有自觉审美意识的“两栖型”作家。中国古代的严羽、袁枚等批评家本身就是优秀的诗人，写就了不少经典诗作。现代文学史上的鲁迅、沈从文、李健吾、残雪等作家的文学创作，也代表了 20 世纪中国文学的最高水准。而他们的文字中所流淌的那种纯正的文学美感和精湛的审美眼光，也是很多专业的批评家所难以企及的。优秀的批评家之所以在优秀的作家中产生，这可能归功于作家多年艺术操练所铸就的审美经验。当然，这种现象不可绝对化，只能作经验论意义上的解释。我并不是说，不搞文学创作的批评家就不能写出既有审美品性又颇有见地的文学评论。而是说，一般而言，“两栖型”作家通常是对自己的写作行为本身具有高度自觉意识的艺术家，进入文本的方式更贴近自己的生命体验，贴近自己的创作实践。比如残雪对卡尔维诺的解读："卡尔维诺的使命是要在我们所处的这个正在死亡的世界里头发明一种交合的巫术，让轻灵的、看不见的精神繁殖、扩张，直至最后形成一个魔法王国。就这样，作家走进了那无比古老、难以窥透、无时无处不存在着暗示，并且威胁着要完全将他吞没的阴谋之中。悬浮的、既古老又年轻的氛围伴随着被作者称之为读者或主人公的、抽去了杂质的透明幽灵，世界敞开胸怀，艺术之魂萦绕其间，将永恒的矛盾在'他'眼前不断演绎。'他'是谁？'他'什么也不是，'他'又是一切，正如作品中的每一个令人难忘的人物。……作为一名读者或创作者，当我开始阅读的旅程之时，书中那异质的氛围，那些人物，对我来说也是同样的陌生又熟悉，同样难以窥破。然而我还是马上就感到了从心灵最底层被激发的、既是新奇的又是久违的、同质的冲动。"[7] 这分明是残雪与卡尔维诺实现神交后写下的文字。从这段文字，我们发现，残雪不仅是特立独行的现代派小说家，在审美阅读中她还有穿越时空的本领，引领读者去探索一个异质的精神空间。她的文字显然不是那种纯粹的感性呈现，而是在深层隐藏着灵魂的辩证法。

第四，文学批评理性尺度如何体现的问题。真正的文学批评应是感性与理性的统一。没有理性的视野，批评家就会招致读者的诟病。也许有人对这种注重审美品性的批评模式提出质疑：你强调情趣之美、精神之美、形式之美，那么文学批评的理性尺度何在？残雪的批评实践便是最好的回答。文学批评这种相对讲究理论含量的写作，仅仅只有生命的感悟显然不足以说服读者。如果说艺术作品之"美"，在艺术家灵魂之舞的狷狂与超迈，那么，"美的批评"的理性品格，则在批评

---

[7]　残雪：《辉煌的裂变》，上海文艺出版社，2009 年，第 197—198 页。

家对文本背后灵魂刻度的观察和辨析。面对一部具有复杂灵魂面向的作品，批评家的职责是把高贵的理性投注到一种审美体验的张力之中，让生命在与作家一并经受灵魂挣扎的过程中获得升华。相对于那种学术化的理性分析，对作品灵魂结构的探究是一种更高层次的理性观照，这就自然涉及批评对象的问题。我所提倡的“美的批评”可能更适合理解和阐释那些经典性的文学作品，因为几乎所有伟大的经典之作都具有清晰的灵魂刻度，艺术家创作中的灵魂际遇某种意义上也更能从作品中开掘出来。比如但丁的《神曲》，歌德的《浮士德》等，均属此类。而对于那些表面的现实主义作品（比如仅仅反映时代，反映社会的外部指向的作品，如新时期的“改革文学”“现实主义冲击波”，诸如此类），在解读文本时，要把批评写出美感来可能相对困难。从根本上说，只有深入人性、探入灵魂的艺术作品，艺术家的灵魂结构在批评家视野中才有充分敞开的可能。因为，这样的艺术作品中隐含着批评家与艺术家共生的“小宇宙”，双方在生命向度上更容易达成某种内在的默契。

立体批评

写出好的诗歌和散文很难，写出好的小说似乎更难，而以我之见，要写出见真性情和真风骨的文艺评论则难上加难。正因为难，我不太认同对评论家作为文本解剖者或一般意义上的理论工作者的角色定位，而更愿意把批评家看作一种“立体空间”的构筑者。当前文学批评趋于平面化，主体空间的建构不断弱化。在这种批评生态下，“立体空间”的构筑显得尤为迫切。“立体空间”是一种宏观的说法，简言之就是批评思维的立体化。这种立体化思维首先是一种指向灵魂内部的解读模式。立体批评是开端于自我的批评。批评文章应当打动的第一个读者，不是别人，而是批评者自己；然后，才谈得上触及其他读者，影响作者。基于此，笔者常把批评家比作“钢丝上的舞者”，紧张、惊险、刺激。且，这个“舞者”还须是“现代舞者”，接受过现代艺术的熏染，有清醒的在场感，而不是固守书斋，阐发笔墨之幽情。其实，就批评写作的难度来讲，这种指认并不为过。文艺批评写作就像钢丝上的现代舞蹈，舞姿怎样，节奏如何，全凭身体与内心的契合程度。对批评写作难度的强调，缘于当前普遍浮躁的批评生态。倘若把批评病相归结成一句话，就是，看不到人，或者，一篇批评文章，批评家的形象是怎样的？批评家何以立足于他的文字中？

如今的情况是，批评从业者辈出，批评文章数量惊人，但读者寥寥，作家也似乎并不买账。我以为，作家与批评家、读者与批评家之间这种错位关系的形成，不仅在于批评文章中张扬生命意识的主体性的缺席，还在于批评写作门槛的普遍降低，失去了难度，以致批评不能有效介入文本，发挥它原本应有的审美功能和社会效应。其实，批评的主体性与批评的难度是相关联的。批评之难就难在，批评家如何将自己的生命灌注于文字中，如何找到主体介入文本的入口和方式，把文学史构筑起来的多个支点转换成批评资源，形成一种网状的多极化的立体批评格局。而这一点恰是当代批评家所忽视的。批评家的惰性使他们难以顾及批评的立体化与多极化，这无疑是当前批评影响力衰落的症结所在。本文从批评的内向性、批评的审美性、批评的全局性等层面，谈谈笔者对批评写作的本体性思考。

批评是灵魂之舞

与文学从政治回归人本相呼应，文学批评也应从意识形态纠缠中解脱出来。从外在视角或从文本到文本的模式来阐释文学，是很难深入文学内部关节的。我以为，批评写作最本质的特征就是人本化。批评写作应该融进批评家的主体精神，是批评家与作家及文本潜在碰撞与交流的过程。正如现代舞者以矫健的舞姿传达思想理念，而这种舞姿却全然听凭舞者内心的指挥。同样，文学批评写作中，批评者的身心也是同时介入的。进入这种写作的人，内心必然处于焦虑不安的紧张状态。内心的风暴越是激烈，批评的深度就越有保障。否则，批评将沦为无心的阐释，而缺少了灵魂的重量。

批评家最厉害的本领，莫过于他对艺术家灵魂的洞穿和体谅，他能真正探知艺术家复杂曲折的灵魂旅程，以及这其中可能发生的种种变异。“耶鲁学派”的天才批评家哈罗德·布鲁姆就致力于这项工作。对《哈姆雷特》《罪与罚》等经典的解读中，作为批评家的布鲁姆所扮演的角色绝非普通读者，而是“向黑暗经验敞开怀抱”的读者。从哈姆雷特、拉斯科尔尼科夫的自我分裂，他洞察到莎士比亚和陀思妥耶夫斯基身上那些不易觉察的人格缝隙。我们看到，那充满激情的人物分析中，同时也充溢着怜悯和体恤。布鲁姆饱含同情地说，当可怜的拉斯科尔尼科夫发现斯维德里加依诺夫——穷途末路的化身——知道一个“后虚无主义者”的真相，并渴望一种更安慰的幻想时，他是可以原谅的。同样，作为读者，批评家并不享有绝对的自由，更多的时候，审美活动中，批评者的灵魂会受到某些因素的暗中操纵。具体而言，批评者有时会受制于作者及其人物，沦为囚徒，受其摆布。布鲁姆这样描述他的体验：“我们无路可走，除了走进拉斯科尔尼科夫的意识，如果我们必须跟着麦克白旅行到他黑暗的心脏里去。我们也许不会谋杀老太婆或某个父亲般的君主，但由于我们有一部分已经是拉斯科尔尼科夫和麦克白，因此也许在某些环境下我们也会杀人。如同莎士比亚和陀思妥耶夫斯基把我们变成他那个英雄兼恶棍的谋杀活动的共谋。”[1] 是的，很多情况下，批评家正是充当了“共谋”，如此，阅读便成为一种自觉的，甚至是清醒的无意识活动，在灵魂的穿越和流动中抵达真相的彼岸。

同样，在评论罗丹的作品《巴尔扎克》时，里尔克也经常能敏锐地捕捉到艺术家的灵魂被裹挟的圣境：“他（罗丹）反反复复地浏览过他

---

[1] ［美］哈罗德·布鲁姆：《如何读，为什么读》，黄灿然译，译林出版社，2011 年，第 183 页。

的作品。在这些作品的一切分岔和弯曲的道路上，他结识了许多巴尔扎克式的人，整个家庭和不同世代的人，一个依然相信它的创造者的存在的世界，这世界仿佛是为了他才存在，才看着他。他看到所有这些成百上千的人物形象，不管他们想做什么，却总是全力以赴地关注着创造它们的一个人。如同人们可以从观众席上许多人的神色猜测舞台上表演的戏剧一样，他就是这样在所有人的面孔上寻找那种尚未消失的东西。他像巴尔扎克一样相信这个世界的现实，并能够成功地在短时间里使自己进入这个现实。他生活着，仿佛是巴尔扎克创造了他，毫不令人注目地混迹在他的存在的人群里。他的那些最成功的经验就是这样来的。”[2] 艺术家与被创造的作品及其人物之间的那种复杂牵连，在这种反复迂回的表达中相当精确地传达出来。

依循着艺术创造的路线，里尔克与罗丹一道，深扎于人物的灵魂世界。他在不觉中发现，那个世界云集着“巴尔扎克式的人”，而那成百上千的“巴尔扎克”同时也密切关注着罗丹，仿佛在寻求某种对话的可能。就在这种对视中，罗丹觅见打开那个只属于他的艺术世界的秘密通道。而追随罗丹的视线，里尔克显然也找到了窥探那个艺术世界的最佳入口。就是这样，批评家与艺术家共同经历着神秘幻境，目睹了艺术创造的过程。而整个过程，包括那个灵魂出窍的时刻，就是艺术作品内面图景被打开的过程。这个过程中，艺术创造中的灵魂之旅被彻底还原，成为引导里尔克走进罗丹世界的核心线索。三个灵魂汇集在里尔克的叙述中，而这种叙述里分明隐藏着一种真相的洞穿，那是批评家向艺术家致敬的密语，也是批评家向自己读者交心的暗号。所以，

---

[2] ［奥地利］赖纳·马利亚·里尔克：《艺术家画像》，花城出版社，1999 年，第 148—149 页。

里尔克与罗丹，以及他的“巴尔扎克”们，在这个灵魂的城堡中，心心相连，息息相通，构成文学批评中灵魂交响的格局。

批评是审美创造

残雪不是诗人，但我们毫不怀疑，她拥有诗人的触觉和眼光。凭借独有的艺术禀赋，残雪兴致勃勃，追索着但丁和《神曲》的创作历程，开始了漫长的艺术灵魂之旅。小说创作也好，文学批评也罢，残雪审美活动的独创性，在于她能自由飞翔于地狱、炼狱和天堂之间，把自我分裂为几个部分，充当艺术阐释的道具，演绎出一场场艺术家自我搏斗的好戏。就批评实践而言，残雪惯于将人物置于艺术之境来分析，在批评模式的构建意义上，无疑具有开创之功，因为这种语境的迁移，最终能自然地引申出艺术创造的规律：纯艺术的创作与欣赏是既苦又甜的自虐，艺术家正是通过这样的方式发展自己的精神王国的；那么，批评家解读文艺作品，则是对艺术创造中艺术家精神轨迹的追索与还原。在那空灵的精神之舞中，批评家和艺术家时刻于无处不在的危机感和空虚感中自审自虐，自我否定，通过否定来丰富自我的生命，让那向善的精神蓬勃生长。

西方文学对灵魂面向的关注，似乎肇始于现代主义思潮兴盛之际。然而，就像以赛亚·伯林所指出的那样，其实，那种内在指向的浪漫主义传统一直存在于西方文学的经典作品中。残雪的创作与批评，天然地亲近西方经典，其精神血脉暗通在欧洲影响深远的浪漫主义传统。不只是但丁的《神曲》，莎士比亚戏剧、歌德的《浮士德》，直到卡夫卡、博尔赫斯、卡尔维诺等，这些作品，残雪的解读独立于传统的文学史阐释，她以别开生面的艺术本位立场，在审美创造中激荡出批评写作的无限生机。

然而，伍尔夫、李健吾、残雪，包括上文提到的里尔克，世界一流的批评写作，绝不止于空洞的口号和抽象的演绎，而是得力于那独具魅力的叙事话语。就残雪而言，批评语言的魅力当然依仗着其作为小说家的优势，三十多年的小说实验造就了深厚的叙事功力。她能以独有的叙事方式让你看到，一个小说家与另一个小说家或诗人，艺术灵魂是如何实现深层对接的。这种叙事性质的批评范式，接续了中国以诗评诗的批评传统。在更宽泛的意义上，我们甚至可以认为，这种叙事性的文学批评自有它的文学性，它无异于批评家充当艺术家的角色，以审美的方式所进行的再度创作。这种批评话语所彰显的审美性印证了西方的接受美学理论的有效性：阅读不仅是“填空”，更是“创造”。这种创造性有时体现为散文笔法所营造的画面。例如，福斯特小说集《天国公共马车》中，作者就像一个魔术师，将姑娘们变成树木，而灌木丛中发出大神潘的笛声，公共马车升到天上。伍尔夫敏锐地发现，作品中所透露的幻想气质与作者艺术禀赋之间的内在矛盾。她这样描述作者创作上的变化：“他是一位在神仙世界中闲荡的忐忑不安的旷课的小学生。在篱笆后面，他总是听到喇叭声和疲劳行人那慢吞吞的脚步声，过不了多久，他就不得不回去。”[3] 批评者创设了这样的画面，这个画面就是对福斯特创作转向及其后果的最佳诠释。然而，比这散文式素描更难的，恐怕还是那对应于作品所构想出的整体性的艺术情境。

---

[3] ［英］弗吉利亚·伍尔夫：《论小说与小说家》，瞿世镜译，上海译文出版社，2009 年，第 232 页。

《与自我相逢的奇迹》是残雪在阅读卡尔维诺巅峰之作《假如一位旅行者在冬夜》之后写下的随想。这部常被学者忽略的长篇小说，在残雪看来艺术上达到了“无人能企及的高峰”。对于这样一部奇书，残雪在叙述自己的阅读体验时，不仅采用了第一人称和第三人称，而且偶尔也转入第二人称。读者、作者、人物，三种不同的视角，依附于三种人称的不断转换，成为打开这部奇书的多棱镜。下面是残雪描述艺术家创作中死亡演习的片段：

> 只有他（作者）的不知疲倦的死亡演习，他的高超的发明，才能从内部谋杀旧的自我，改写那铁板钉钉似的历史。蜕变因而尤其惨烈。你可以在幻想中暂时切断时间，然而你的手中总是有“一只箱子”；那么，采取抹去身份的办法吧，既无来历，又无将来；但过不久，“上司”就会现身，揭开你的伪装，毫不含糊地向你指明死亡之路。在压榨之下，“技巧”就产生了。你学会了从最模糊的背景中倾听命运的呢喃，学会了如何辨别那些面目不清的命运使者。你从这种高度集中的精神活动中，练出了追查与及时逃遁的硬功夫，并从这种高度集中的精神活动中隐约地看到继续生活下去的希望。[4]

这段文字描写纯文学作者创作中面临的矛盾状态。纯文学作者是那种惯于在危机中生存的人，只有把肉体变成零，让世俗之身彻底消失，内心才能平静。然而，世俗肉身在艺术情境中又难以彻底消失，因为艺术家并非追求真正的“死”，这不符合艺术创造的终极原则。尊灵

[4] 残雪：《与自我相逢的奇迹》，《青年文学》2006 年第 1 期。

魂的艺术家只能借由“不知疲倦的死亡演习”，练就一身“追查与及时逃遁的硬功夫”，以便艺术创造能得以持续。可以想象，在那跌宕、奇异而险象环生的灵魂流亡途中，艺术家与那些隐没在黑暗中的神秘使者相逢的景象。随着那种狭路相逢的拼杀不断演绎，艺术家经历了挣扎求生的考验，一次次摆脱危机，一次次获得新生。

批评应有大胸襟大视野

批评之难，除了灵魂突进的深度，还难在气势上。这气势与任何外部因素无关，而源自批评家审美历练所构建的大胸襟大视野。批评文章的优劣，首先取决于批评家的知识储备和生活积累，两者缺一不可，互相关联。而前者显然是关键，有什么样的知识储备，很大程度上决定了批评家审美所见之高下。批评的准备首先在于广泛的阅读，这种阅读不仅要广，而且要深。如果这样，批评家并不是令人羡慕的职业，非苦行僧者莫能为之。而当下文学批评界，阅读之风每况愈下。尽管从量上看，批评文章实属高产，但行文之单薄、内容之空洞、趣味之俗，所见之浅，一望而之。翻开文学批评史，那些建树卓著、能引领时代审美风潮的批评家，在行文中之所以能显示出大胸襟大气魄，正是构筑在那丰厚的生活积累和繁复广博的阅读之上。

仅凭个人之力，写一部国家文学史，而且能被当作经典流芳后世，可能绝少学者能够做到。然而，俄国批评家德·斯·米尔斯基做到了。他不仅写出了《俄国文学史》，而且文风非同一般，自成一派。他没有像学院派那样，只是专注于每个作家作品的细枝末节，而忘了建立在灵魂尺度上立体而细微的美学分析。而这种美学分析，所伴随的是对作家本身的生命观照和精神分析。当你读完一个章节，就会发现，一个个活生生的生命便成像在你灵魂的深处。那是一种立体图像，因为米尔斯基有能力突入作者的内心，勾勒出极具个性的精神画像，而且惟妙惟肖、令人难忘。米尔斯基的文字极富分寸感，精确到令人惊讶的地步。在写作中，米尔斯基发现无以数计的作家，以及他们的人物，犹如神秘的使者，向他走来。在这奇遇中，他努力跟上他们思维的步伐，辨明他们的心机。就这样，在结伴而行的终途，那些人物无一不向他显露原形。与此同时，作为批评家的米尔斯基，在记忆深处，无数面目不清的形象被唤醒，与途中相逢的神秘使者构成某种对位关系。因为米尔斯基的内心耸立着一座城堡，这座城堡的居民，正是文学史上那些精神棱角显豁的作家，而城堡的构造、材质和设施，米尔斯基显然了然于胸。如他对契诃夫小说的独特发现：

契诃夫的艺术被称为心理艺术，但它与托尔斯泰、陀思妥耶夫斯基或马塞尔·普鲁斯特的心理艺术很不相同。在表现人与人之间无法逾越的隔膜和难以互相理解这一点上，无一位作家胜过契诃夫。尽管如此，契诃夫笔下的人物却缺乏独特个性。他们无法像托尔斯泰和陀思妥耶夫斯基笔下的人物那样，仅凭他们的声音便能分辨出他们。……与司汤达和法国经典作家一样，却与托尔斯泰、陀思妥耶夫斯基和普鲁斯特不同，契诃夫研究的是“普遍的人”，作为种类的人。但与那些经典作家不同，却与普鲁斯特一样，他关注的是最微小的细节，是灵魂的“鸡毛蒜皮”和“细枝末节”。司汤达诉诸心理的“整数”，他跟踪心理生活有意识、有创造力的主线。契诃夫则关注意识之“微分”，关注其无意识的、不由自主的、消融毁灭的次要力量。[5]

米尔斯基对契诃夫的定位，显然基于文学史所构建的精神谱系和审美坐标。契诃夫叙事的平民性、内在性及其细节的魅力，激活了米尔斯基那敏感的审美神经，唤醒了那些尘封已久的阅读记忆。这使他自觉地将契诃夫放在整个世界文学格局中，并以其为中心辐射开去，在那参差驳杂的坐标系中展开美学辨析。这种辨析既有横向的审美延伸，也有纵向的灵魂突进。这种扩散型或辐射型的批评格局彰显了批评话语的活力，且以结构主义的科学性凸显出批评的理性力量。米尔斯基之外，特别要提到的是布鲁姆，那种霸气十足的批评话语中，看似有失偏颇，甚至耸人听闻，其实也隐藏着批评者深邃而辩证的思考。这些批评家的写作，之所以能显出大格局大气象，得益于一种作为专业读者的深厚学养，以及作为文学家的审美思维和学者的开放眼光，这些素养的日积月累铸就了批评家的大胸襟大视野。

当前批评背景下，重提米尔斯基是意味深长的。英美“新批评”所倡导的文本细读在当前批评界蔚然成风，形成了浓重的学究气。他们对待文本的严肃态度固然值得称许，但专注于文本修辞的封闭性、单向性解读，显然局限了批评的审美视野，斩断了批评触觉伸展的可能。可以预见，如果这种狭小的批评格局不能得到根本改变，如果我们的批评家执迷于那种毫无生命质感的文字的流水线式的批量生产，而终究无力自拔，我以为，在中国，再过 50 年甚至 100 年，米尔斯基这样的批评家也无从诞生。

---

[5] ［俄］德·斯·米尔斯基：《俄国文学史》，刘文飞译，人民出版社，2013 年，第 90—91 页。

活态批评

通常所说的文学批评，是指对文本的解读，对文学现象、文学流派的洞察、分析与总结。这是传统意义上的文学批评，是文本化批评或书斋化批评。它通过抽象化的理论演绎或直觉式的体悟、冥想，破解隐藏在文本中的艺术密码，照亮作家的精神轨迹和写作意图。

应该说，这是一种有深度的批评，一种揭秘式的批评，构成文学接受中最有效的环节。这时，批评家可能与作家心中的理想读者更接近，更易产生精神共振，当然，也不能排除游离于理想读者之外的情况，甚至与之构成激烈的竞争。但无论如何，批评家个体的视点及批评过程都是单一的、静止的，甚至也可以说封闭的，是某种有限视域内的审美解读。图示如下：

文本←—批评家—→作家

说实话，就当前来说文学批评是过剩的。一部作品刚刚面世，名家新锐的批评文章接踵而至。这已是常态，抑或说，是一种貌似繁荣实则疲软的批评生态。热闹终归热闹，于作品，常常不求甚解；于作者，难以求得认同；于读者亦无裨益。批评之尴尬所以如此，很大程度上在于批评与创作的脱节，批评与读者的隔膜。这种情况下，一种无效的批评，一种言不及物的批评，趁势泛滥起来。因此，如何恢复批评在读者与作家眼中的合法性地位，一直是困扰当代批评从业者的难题。

我以为，文学批评可适当吸收西方理论资源，毕竟审美是可以跨越国界的。在理论上，基于人性图案的批评能抵达每个读者的认知谱系，因此，从接受角度选择批评资源，而不仅仅从文本出发，也不仅仅从作者出发，恐怕是批评家在下笔之前需要考虑的问题。把读者因素纳入批评话语的建构体系，是批评文体获得文体独立性的重要前提。甚至可以设想，是否存在一种活态的批评，由于批评参与方式的弹性和张力，批评者可以游走于作家与读者、创作与接受之间，使文学批评从文本分析延伸到现场互动？

主持并策划读书会，对我来说，是批评写作的延伸，一种从书斋式批评走向活态式批评的尝试。2017 年 1 月开始，我策划了 24 期读书会，邀请到杨映川、朱山坡、严风华、李约热、陈肖人、陆辉艳、锦璐、黄鹏、王勇英、王云高、谢凌洁、四丫头、庞白、伍迁、杨仕芳、潘大林、海马、红日、黄少崇、周末、水纤纤、小昌、罗南、叶华、周民震、刘春等 20 多位作家、诗人到广西图书馆读书会现场，让他们与自己的读者面对面交流。之所以作出这种尝试，是因为当下批评话语和批评模式逐渐走向僵化，文学批评失去了应有的生机与活力。当今报刊所发表的文学评论，其局限性日渐凸显出来，从公信力和认可度上讲都不容乐观。在我看来，之所以造成这种虚假繁荣的批评现状，或许在于一种批评精神和批评活力的缺失，从批评本体来说，就是一种批评之所为批评的不彻底性。我始终认为，批评的意义就是让文本得到尽可能彻底的阐释，让文本潜藏的各种可能性得以充分敞开。通过图书馆搭建这个交流平台，目的就是为了把文本交给范围更广泛、层次更多样的读者，把他们对文本的理解和把握纳入批评体系中，在读者与作者对话的现场建构多层次的批评话语。在这个意义上，活态批评不是封闭的、单向的、静止的文本内部的交流，而是开放的批评，是多向度的批评，是动态的批评，是原生态的批评。图示如下：

初级读者↖ ↗作家
理想读者← 批评家
高级读者↙ ↘文本

活态批评的开放性，意思是说读书会上的沟通可以全方位展开，读者与文本、读者与作家、理想读者与一般读者、初级读者与高级读者，多种类型的审美主体聚焦文本，在碰触交融中生成新的创作问题和话语空间。这其中，也许不乏带有真理成分的火花。这是活态批评的最大优势所在，因为它客观上极大拓展了文学批评的话语空间。限于条件，书斋式批评寻求的只能是书面资源，在“史料”海洋中对接某些同质化的信息，以充实批评的立论框架。而在读书会上，文本之外的信息，朗读、对话等有声的现场互动，可以参与到文本的解读中。这些活态元素，作为一种新的批评资源，为激活文本的张力结构提供了可能。

活态批评具有丰富的层次感。一千个读者就有一千个哈姆雷特。这是从文学接受意义上说的。读书会上，参与者来自社会各阶层，有底层的文学爱好者、社会闲杂人等，也不乏评论家、大学教授、研究生等精英阶层，甚至有部分理工科出身的读者。所以，读书会就是一个大熔炉。而且，这些读者为文学而来，基本上不带任何功利色彩。从文学接受来看，来自各个层次的发声都是批评之一种，都值得尊重。从个体读者的视角出发，可以发现，读者结构的多层次为文本空间的充分敞开提供了可能。在这种情况下，文学批评无异于多声部的交响，可以彰显出丰富的层次感。可以说，这种多层次的话语，是对当前以精英主义批评为主体的批评话语体系的一种必要补充。同时，文学批评是在一种原生态的状态下展开的，它没有修辞的包装，它的鲜活、生气以及丰富性与自由度，都是精英批评所无法比拟的。

活态批评是一种有声批评。文学是有声音的。而批评通常是静止的，是批评家沉思的结晶。在朗读中，读者对节奏的把握，语音语调的拿捏，同样体现了一种批评的元素。这个意义上，活态批评回应了文学的音乐性。从创作主体对作品背景、创作动机的解释，到读者的朗诵以及与作家的互动，再到主持人在话语碰撞中的客串、衔接、评议、总结，这些环节中交汇了多种声音。因此，活态批评突破了文学的无声状态以及传统文学批评的书面化模式。

活态批评是一种批评实验。也许，作为案例，读书会上的批评话语在形式上略显粗糙，在逻辑严整性上也不及学院派，但无疑，就当前僵化的批评格局而言，作为一种多层次的原生态批评，活态批评为新世纪文学批评空间的拓展提供了无限可能。

文艺批评应回到传统诗学的原点

毛泽东同志在《论中国共产党在民族革命战争中的地位》一文中指出，中国作家要尽可能创作出具有“中国作风”与“中国气派”的作品。而后又在《延安文艺座谈会上的讲话》(以下简称《讲话》)中提出文艺形式民族化的重要观点，进而强调文艺创作符合中国现实国情的重要性。这个创作原则是对当时作家提出的要求，其观点是从文艺接受的角度出发的。毛泽东这一论断的提出有着深刻的理论背景，它既是对“五四”以来中国文学现代化进程反思的结果，又是马克思主义中国化在毛泽东文艺思想中的延伸。毛泽东强调了中国作家要发掘出蕴涵中国特色的艺术因子，创作出具有民族文化风格并符合中国读者审美习惯的文艺作品。《讲话》发表后，《白毛女》《小二黑结婚》《兄妹开荒》等凝聚着民族文化因子的艺术作品应运而生。历史地看，尽管后来很多作家由于受政治意识形态的干预，或者作家自身对《讲话》的认识出现不同程度的偏差，致使在很长一段时期内，中国文学总体上艺术成就并不显著。但就《讲话》本身来看，其中关于文艺民族化的论断无疑是符合艺术发展规律的，即使到了新世纪的今天，仍然适用，意义重大。那么，在这个审美向度内，作为读者和研究者，批评家该如何有效地扮演自己的角色呢？在这方面，胡风、何其芳等理论家的批评实践回应了《讲话》提出的文艺指导思想，形成了自己独立的批评作风。我以为，既然要求作家创作出“中国作风”与“中国气派”的作品，批评家在修辞策略上自然也该作出应有的呼应。这似乎还不仅限于文艺思潮和审美范畴的调度与转换，批评家在写作中也要建立独立的话语体系，以图在文学批评的审美实践中另有建树。

在文学批评写作中，批评家要完成的工作不仅是对作品的评价，与此相伴随的，还有与作者的对话，与读者的交流等过程。那些卓绝的文学评论往往是在三者的互动中完成的。一般来说，当代中国批评话语主要来源于西方，而在理论的原创性上少有建树。那种限定于文本内部分析的“新批评”，对文本修辞的研究固然有其深刻的一面，但文学批评不可能漠视作品产生的外部条件。在方法论上，“新批评”提倡的“纯批评”陷入自我束缚的困境，便是有力的证据。归根到底，“新批评”的文本解析是静止的、单向的，无法解决面对自身的“意图谬见”和“感受谬见”，[1] 更难体现出文学批评的灵性与活力。鉴于此，我们解读一部作品或者文学现象，需要根据中国当下的阅读现状，关切中国作家和中国读者的审美习惯。换句话说，批评家不妨在中国批评传统中吸取养料，尽可能用民族化的形式去阐释文学。在此基础上，作家、读者与批评家之间才能建构起一套有效的对话机制。小说中的人物在一定程度上隐含着民族文化心理结构，批评家对人物的分析也应从民族传统文化中寻找资源，去印证艺术形象的合法性。对传统诗学资源的文化追索是中国批评家突显民族意识和民族立场的重要标志。因为只有在具体的“文化场”中，事物的“真相”才会显露出来。而对批评语言的要求来看，中国的文学受众可能对欧化、学术化的批评话语有

[1] 赵毅衡：《重访新批评》，百花文艺出版社，2009 年，第 63 页。

着本能的抵制，而更欢迎符合民族特有的阅读心理和思维习惯的话语方式。与那些僵硬的、冗长的批评语式相比，灵动性和趣味性的批评语言更易与作家、读者达成一种默契。

批评家的立足之本绝不只是批评者对世界和经验的占有，更在批评主体与作者所达成的契约，及其与文本的深层对话。而这种对话不是对文本修辞的简单分析，也不是对作家生平的一般考察，而是建立在深刻的生命体验的基础上的。当前文学批评更多地表现出辞藻的理论化、西方化（其程序为：具体经验→归纳或演绎→抽象概念），而缺少跟踪作家和感悟文学的生命含量。从根本上说，这是背离我们民族传统文化方向的。中国传统的文学批评一开始就是超脱于分析和演绎的，老子说："知者不言，言者不知。"司空图则要求"不著一字，尽得风流"。严羽称诗"不涉理路"。中国古代文学批评受感性思维传统的影响，强调批评家的主体参与。相应地，所引入的概念皆与人的感知系统有关。"缘情""悟""不可言说""文如其人""意境""情景相生""物我相冥"等，这些美学范畴也形成了内涵丰富的诗学体系，包含了审美主体的情感因素，浸润着批评家丰沛的生命体验。

如果说学术研究更注重逻辑的梳理与理性的推断，那么，文学评论则更强调批评主体经验的参与。这种参与在批评写作中不仅表现为批评家个人经验的引入，同时也体现在对人物内心的揣摩和对作家灵魂的跟踪。由于这种生命化的体验，文学评论的文学性才不至于被抽象的诗学话语所淹没，而是在细腻的审美感知过程中突显出来。在我看来，批评家有必要把自己的写作纳入文学审美之维中考量，意识到批评写作也是一种文学写作，应该渗入文学审美的质素。其实，古代文学批评中，少有分析和推理的理论文字，而更多的是丰富意象和复杂心机的呈现。以《文心雕龙》里“原道”中一段文字为例：“傍及万品，动植皆文：龙凤以藻绘呈瑞，虎豹以炳蔚凝姿；云霞雕色，有逾画工之妙；草木贲华，无待锦匠之奇；夫岂外饰，盖自然耳。”[2] 为表征自然之道，刘勰的文章并没有过多的分析和演绎，而是以丰富的感觉意象出之。而司空图的诗论《二十四诗品》，以及严羽的《沧浪诗话》，在文学批评意象审美上的表现就更为出色。中国现代批评史上，卓有建树的批评家继承了这个传统。如李健吾这样评论叶紫的小说：“叶紫的小说始终仿佛一棵烘焦了的幼树，不见任何丰盈的姿态，然而挺立在大野，露出棱棱的骨干，那给人茁壮的感觉，那不幸而遭电击的暮春的幼树。”[3] 这种意象式批评，某种意义上，不仅是对文本的艺术化呈现，也是对理想读者的潜在召唤。对于批评文字中所显示的文学性，评论者若徒有高深的理论水平，而无诗人的才具，显然无以为之。鲁迅就说过：“批评家兼能创作的人，向来很少。”鲁迅自己身体力行，其文论所呈现的丰富的情感域和缤纷的意象群，标示出“五四”时期文艺批评的最高水准。当然，鲁迅的话是针对当时文艺批评现状来说的，其实，即使到了当代，“两栖型”写作的批评家也依然少见。如今的文艺批评既不讨作家的欢欣，又十足让读者生厌，恐怕很大程度上在于批评家缺少两副笔墨的缘故。

如果说文学批评存在一个现代传统的话，那么这个传统中最典型的代表无疑是李健吾。阅读李健吾的文学评论，你能立刻感觉到他文字中所弥漫出的艺术美感。在他看来，批评也是表现，本身也是一种

[2] 周振甫注：《文心雕龙注释》，人民文学出版社，1981 年，“原道第一”第 1 页。

[3] 李健吾：《李健吾文学评论选》，宁夏人民出版社，1983 年，第 162 页。

艺术，因此可以是美的。例如他评巴金《神·鬼·人》的开头："巴金先生再三声明他要沉默。我不相信，犹如我不相信湖面结冰鱼全冰死。因为刺激或者愤懑，永久和笔告别，未尝不可能，但是在巴金先生却不那样简单。他的热血容易沸腾上来，他的热情不容许他沉默。……他有一个敏于感受的灵魂，这灵魂洋溢着永生的热情，而他的理性犹如一叶扁舟，浮泛在汹涌的波涛。这中古世纪的武士，好象向妖魔恶战一场，需要暂时的休息，以便开始另一场恶战——一个和世俗又和自我的争斗，而这暂时的休息之所，正是患难见交情的日本，老天给人安排下各不相同的命运，苦难正是每个创造者的本分，便是休息，他也得观察，思维，好象从汹涌变成粼粼，水依然流了下去。"[4] 从这段文字，我们不但体验到批评的语言魅力，更重要的是，评论者似乎看透了巴金，那是一个真实的巴金，表面沉默的外衣下，覆盖着一颗热烈的心。作家的内在气质，以及深藏于内心的纠结之处，无论如何，也逃脱不了李健吾犀利而独到的眼光。

相对于学术化的文学研究，文学批评更着重于批评家的主体感受，而文学研究则以科学性与客观性见长。但并不是说，文学批评只是批评家一己的主观臆断，而丝毫不讲究理性的评判，而是说，批评家的情感介入和想象飞升是有限度的，因为文学批评作为一种审美判断又受到理性的潜在规约，理性之于批评如鱼之于水，同样不可或缺。中国古代诗学就有"理趣"一说。如袁燮评陶渊明的创作时说："理趣深长""理得而辞顺，文章自然出类拔萃。"[5] 李健吾的文学批评曾被很多

---

[4] 李健吾:《咀华集·咀华二集》，复旦大学出版社，2005 年，第 18 页。

[5] 杜占明主编:《中国古训辞典》，北京燕山出版社，1992 年，第 847 页。

人认为是所谓的“印象式”批评，但事实上并非如此。李健吾那些看似显得有些唯美的文字，也并不能被简单作为它被指认为唯美主义批评的佐证。其实，李健吾对巴金创作心态的分析，并不是一种初级的感触式的猜想，而是评论者与文本之间深层理性交流的结果。对文本的观察，李健吾的意识中无疑存有某些客观的审美标准。他认为：“一个批评家是学者和艺术家的化合。”这种观点深得我心，它明确道出了文学批评的两个基本要素：科学性和艺术性。没有学者视野的理性洞察，批评只能流于一种感悟，就有陷入神秘化的危险。然而，李健吾也厌憎那些不中肯而又充满学究气息的评论，由于艺术感悟的缺席，此类文章可谓“句句落空”，致使批评沦为一种工具。可见，李健吾并非独自取法于法朗士的印象式批评，也不愿委身于阿诺德的鉴赏式批评，而是综合二者之优长，为我所用。法朗士教会他将自我投入文本中“探险”，而阿诺德则不时提醒他，将其自我和文本间离开来。从批评家的理论背景来看，李健吾的批评文字是自我与非自我的融合，限制与自由的统一。鉴于当今中国文学的批评现状，李健吾的观点有着深刻的现实意义。目前的文学评论以引用西方理论为时尚，以注释的多少定胜负，致使文章不仅于读者晦涩难懂，于作者也无启迪；究其因，在于批评写作全然不是基于一种艺术感悟的审美穿透力，更遑论美感了。

在批评语气与态度方面，当代文学批评呈现出气势煊然、语调武断的气象，以不可辩驳的权威性表现出咄咄逼人的称霸作风，而这也是与中国批评传统迥然有别的。中国传统诗学罕有专断和判决的作风，而更多的是商榷和平和的态度。这种态度的确立，可能主要归功于传统批评介入作品的方式。古典诗学中，批评家的抽象思维隐没在文字背后，呈现出来的却是内心直觉的美感经验，而这种审美的呈现方式，恐怕正是避免简单专断作风的根本原由。实际上，在传统批评中，批评家文学修辞的可能性空间很大，远不局限于意象的诗美表现。如叶燮的杜甫诗论就是以连珠炮式的疑问句式取胜的："如玄元皇帝庙（按：杜甫诗）作'碧瓦初寒外'句，逐字论之。言乎外，与内为界也。初寒何物，可以内外界乎？将碧瓦之外，无初寒乎？寒者，天地之气也，是气也，尽宇宙之内，无处不充塞，而碧瓦独居其外，寒气独盘踞于碧瓦之内乎？寒而日出，将严寒或不如是乎？初寒无象无形，碧瓦有物有质，合虚实而分内外，吾不知其写碧瓦乎？写初寒乎？写近乎？写远乎？"从这段文字来看，高密度的疑问句式很容易让读者在直觉中唤起诸多层面的想象，同时在作者意象的求证中获得点化。这种疑问语气自然是批评家对诗人心境的感应，但更表达出评论者邀请读者共同品味诗境的强烈意愿。李健吾也认为："批评者与创作者是平等的，但更是谦逊的，取对话的态度。"[6]从《咀华集》和《咀华二集》两本评论集可以看出，无论是巴金、沈从文、曹禺、何其芳等名家作品，还是朱大丹、罗皑岚、陆蠡等很少受到关注的作家的作品，李健吾都能站在尽可能公正的立场，以与作者和文本的双重对话的方式表达他的见解。因此，李健吾的文学评论绝对忠实于自我的诚实，丝毫看不出因一己厉害的考虑而褒彼贬此的嫌疑。

在当代文艺批评主流趋于西化的现实语境中，我们有必要重提毛泽东《讲话》中文艺民族化的重要思想，把"批评"看成一种文体，或者是，还原为一种"写作"，这就要求批评者在审美实践中树立自觉的文体意识，从传统批评资源中吸取灵感，以突显鲜明的"中国作风"与

---

[6]　李健吾:《李健吾批评文集》，郭宏安编，珠海出版社，1998 年，第 320 页。

"中国气派"。以此为契机，建构较为完善而富有中国特色的批评伦理体系，更是当务之急。当然这并不意味着对西方文艺理论的排斥，而是说，在对西方文艺理论和批评模式的接受中，我们要考虑到中国文化的现实语境，要建立在对中国批评传统的深刻理解之上。

批评的分层与细化

如果说在 1990 年代，“雅文学”很大程度上因为大众消费文化的迅猛发展而被边缘化，那么，在新世纪全媒时代，影像热、网络热、微博热、微信热等此起彼伏，大众文化更是牢牢掌握了市场的主导权。从文化消费看，全媒时代的阅读与传统阅读不同，快感阅读、实用阅读成为文化消费的主导形式，而与此相对应的审美阅读、心灵阅读，成为小圈子内部的自娱自乐。当然，文学批评无力强求大众读者服膺精英趣味，另一方面，也断不可助推“雅文学”以迎合市场来调整方向。在这种格局下，批评何为？我以为，批评可能不能挽回什么，但至少，批评家可以跳出传统的文学评价体系，以更宽广的胸怀接纳包括网络文学在内的通俗文学；或者说，批评家须怀有“大文学”的观念，在批评实践中将复杂多样的文学文本作分层化处理，竭力避免对不同层次的文学进行错位的批评。

在全媒时代，批评家的任务很多时候不再是在理论和文本之间转圈，给出从概念到概念的阐释。这是因为作为文本载体的网络、手机等新媒体的出现，导致了写作与阅读的深层变革，由此产生的新现象新问题都应该纳入文学批评的范畴。媒体变革使文学疆域获得史无前例的扩展。如网络类型小说在题材上的空前拓展，“跨界诗歌”在诗体上的尝试等等，这些文学现象召唤批评作出有效的回应。新型通俗文学的“新”不仅在载体的更新，更是写作与阅读的整体性革新。如此，批评话语建设上，启用“大文学”观念乃大势所趋。只要想想，14亿人口的泱泱大国，所谓的“纯文学”图书几万册的销量算什么？何况，90年代以降，“纯文学”在中国社会的影响力渐趋式微，已经很难像80年代那样具有数量惊人的受众。随着文学的作者、读者的分层愈来愈明显和细化，文学发展的活力很大程度上已经转移到民间，化约到大众的日常审美中。

文学层级化发展呼唤着文学批评的细化。从传统理解来看，文学是作家就其所生活的时代作出的审美解释，它自然是发自内心的，是个体心灵发酵的产物。这种观念的背后显然是知识分子精英意识在作祟。在那种俯视苍生的启蒙者态度越来越变得暧昧化的背景下，若以这种观念来解读当今文学现实，其有效性何在？与此相对，当下的大众文化消费追求的是速度和平面，而极大缩减了审美过程和精神含量。这种文化消费整体上看是属于外向型的，无关乎文本的精神维度，从根本上说是对人本身的漠视。史蒂文・康纳指出：“网络小说既是疏离读者/观众的方式，也是使其习惯于那种疏离状况的方式。这样的小说从非理想的状态创造出了临时的理想状态。”可见，网络小说的写作缘于作者意识中的“非理想”状态，从这种“非理想”状态出发，最终所抵达的是“临时的理想状态”，也就是一种即时性。就这点而言，它与纯文学的意义深度以及对终极性的追求是相左的。那么，在这样的语境下，如何重新发掘文学的价值和意义，就成了批评家所面临的极其紧迫而严峻的课题。

传统的文学审美要求读者从语言所提供的信息中建构想象空间，而更为直接的视觉媒介则在很大程度上消解了这种建构活动。这是对时间的消解，是对深度的消解，或者说，文字本身的非物质性在认识论上的优越性被媒介的直接性所消解。新媒体文学“显示了在一个直接感官刺激和模拟越来越多、复杂的感官混合体越来越多的世界中文字的自足性的最后瓦解”。网络小说《火星之恋》讲述了一个爱情故事，在讲述中不断插入音乐、图片和音像媒介，营造出一种梦幻般的超感觉状态。这种具象化的表达，旨在赋予受众更多的感官享受，为此，文学的意义空间和审美蕴含就大幅缩减。

文字与音像相交融的视听体验给人耳目一新之感，但就文学作为语言艺术来看，这种融合的价值究竟何在？全媒时代的审美主体与传统意义上的作者/读者有何不同？这些问题不能不说是全媒时代批评家所面临的新课题。在以互联网为标志的信息社会对整个人类生活方式、认知行为、思维形式全方位的影响下，既有的传统文学理论已经难以覆盖当下鲜活多样的文学生态，文学批评的有效性越来越受到质疑。我们如何看待网络小说的繁荣？目前关于网络文学的批评，可以说大多是错位的。原因在于，网络文学与其他通俗文学以及纯文学之间在审美建制上的区分仍不明朗，网络文学自身的审美体制有待确立，而绳之以严肃文学的审美标准，对之进行挞伐或褒奖，显然是一种粗暴的批评。当前网络文学批评总体上还处于探索期，批评话语有待充实和完善。网络小说空前繁荣，花样多，但问题也一大堆，在如何雅化的问题上，文学批评能否作些建设性的引导？当然，网络跟帖也属于批评的一种，但它是初级层次的批评，在纠正某些常识性错误方面起到一定作用，同样，媒体批评也是浅尝辄止。那么，随机性跟帖以及媒体批评对深层次的问题来不及作出回应的情况下，专业批评是否应该有所作为？

之所以提出文学批评分层的问题，因为在我看来，网络文学的发生和展开有着自身的内部机制，相对应的批评话语也应是独立的，不必完全遵照传统纸媒文学的审美框架。相对于以纸媒期刊为发表载体的文学创作，网络写作有更大的弹性和自由度。一方面，为迎合网络读者的需求，网络作家可以发挥天马行空的主观想象。另一方面，由于这种想象缺少道德指标和审美机制的制约，文本更多地呈现出欲望化、狂欢化的面向。从文学接受来看，读者在现实生活中被压抑的欲望，通过网络文学阅读，能在虚拟空间得到一定程度的宣泄；然而，文学消费中的精神风险相伴而来，那种虚拟性的宣泄虽然能一时缓解某种压抑状态，却又可能导致读者在虚拟与现实之间的人格分裂，迷失在网络的虚幻之境，失去自我，失去存在感。正因此，我们既看好网络文学的强劲生长，及其对文学审美形态多元发展的价值和意义，同时也应该对其负面影响提高警惕。

以网络小说为代表的新媒体文学发展迅猛，牢牢掌握了市场主导权，对“纯文学”的生存构成严重威胁。然而，这并不意味着当下纯文学已经到了穷途末路的时候，也不是说新型通俗文学有朝一日必然会取代严肃文学，而是说当下文学生态处于一种纠缠状态，不是传统文学理论抑或非此即彼的二元论阐释所能廓清的。与 20 世纪 80 年代文学相比，新世纪很少有作家遵从某种明确的流派或思潮来创作的现象，现代与传统、雅与俗在文本中的表现不是那么泾渭分明。我以为，这是中国文学渐入佳境的标志，也是新世纪文学最值得关注的审美脉象。以此为参照，如何看待麦家的小说和张欣的小说，如何看待莫言的《蛙》和余华的《第七天》以及东西的《篡改的命》，对这些“跨界”作品（姑且称之为“跨界”，因为这些作品超越了传统 / 现代、雅 / 俗界限，杂糅了各种新旧元素），一般意义上二元对立的阐释，以及现代主义、后现代理论已难以涵盖其文本意义和审美价值。从文学资源上看，新世纪文学或隐或显地呈现出某种“混血”状态，这确实是颇值得关注和深究的现象。

从《第七天》开始，余华尝试着直面当下现实的写作，开始对鲜活的现实展开近距离观察。这种转向对他来说虽则有些冒险，然而“先锋时期”那种追问的气度倒也不曾泯灭。我们深知，对当下现实的书写一向是这批先锋作家的弱项。就此，格非“江南三部曲”便可看出，面向历史的《人面桃花》显然比直击现实的《春尽江南》写得更隐曲、更精致，也更动人心魄。《第七天》同样显示了余华把握现实的无力感。为何这部作品刚出版，批评之声便接连不断？我想，很大程度上在于我们身处全媒时代，信息资讯的空前发达，已经对写作构成严重挑战，让作家深切感受到写作的潜在危机。从余华的《第七天》以及读者的接受来看，在全媒时代，作家的认知与荒诞的现实之间构成一种竞争关系，而这种局面下，文学作品的价值认同同样面临着深刻的危机。

自长篇小说《兄弟》出版，批评界对余华的责骂声就从未停止。尽管如此，余华对自己的转型还是表现出不无得意的姿态；而七年之后，当长篇新作《第七天》遭到批评，他依然充满自信地说：“我会看批评，但不是现在。”面对作家的不屑，批评家是不是应该反省自问了呢？事实上，问题并非那么简单。按照批评界的主流观点，《兄弟》争议的焦点在大篇幅的性描写，但我们能否依此提出反问，写出过《活着》和《许三观卖血记》的余华，为什么会犯如此低级的错误呢？是否可以从这个角度出发，去追溯问题的根源所在？对《第七天》的批评集中在作家对现实把握上的偏差以及语言的审美性问题。其实，作为叱咤风云的“先锋作家”，余华的语言能力真如某些批评所描述的那么差吗？余华为何将小说语言进行生活化的处理？这些问题都很值得深思。

面对大家名家的转型，好也罢，坏也罢，批评家的任务，最紧要的不是一味地责骂或褒奖，而应抱以冷静的态度去考察作家前后文中的蛛丝马迹，觉察出创作层次的审美嬗变，不断细化批评话语，作出具有学理性的综合判断。同为先锋作家的莫言，其重要作品《蛙》也曾备受争议，但很少有人从审美分层的角度分析作品。长篇小说《蛙》无疑是莫言的转型之作，就其审美嬗变的意义上，作品虽然一改以前的狂放作风，平实了很多，但对“姑姑”灵魂的那种逼视和拷问，依然是很有力量的。话剧、书信等文体的引入更是彰显了形式探索的意愿。毕竟，在新世纪文坛，像残雪那样追求文学的绝对纯度的作家已是凤毛麟角。就精英立场而言，如果说残雪的实验写作处于塔尖，那么，尤其是 20 世纪 90 年代以来，绝大多数“纯文学”作家还是选择了“回归”，这种“回归”不是完全回到传统现实主义，也不是轻易放弃现代主义或后现代主义资源，而是更多地受到社会转型期大众文化的浸染，写作中更清晰地融入了通俗文学元素。这也是世纪末作家频频“触电”的重要原因。那些受先锋文学影响成长起来的“新生代”作家尤其如此。就“先锋作家”群体来看，创作主体在这个时期经历了“中间”诗学的转向，具体来讲，就是将现代与传统、本土与西方，以及雅与俗等多重元素缝合在叙事文本中，在新语境下实现某种创作转型或艺术调整。

总体而言，网络文学经过十多年的发展，目前已经进入雅化的初级阶段，那么，对网络作家而言，最重要的还是要以内容为王，向文学经典靠拢，从经典中发掘出适于网络文学生长的元素，实现传统文学与新型传媒的最佳结合。对精英创作而言，作家应把着力点放在如何调整创作主体与客观现实之间的距离和视角，以及如何提升对生活的认知水平，以增强文学对现实的穿透力。对批评家而言，面对雅俗互动异常活跃的新世纪文学，最要紧的是，如何突破既有的美学体系和理论框架，不断细化全媒时代文学阐释的层次，根据文学的层级性建立文学批评的话语体系，而这也是全媒时代新文本所在在呼唤的。

知识分子：亟待强化的批评视野

打开当下文学期刊，一个普遍的事实是，在那些琐碎的日常书写中，我们似乎越来越难以闻到知识分子气了。这个开端可追溯到20世纪八九十年代。在后现代思潮影响下，当代作家选择躲避崇高命题，规避人文精神，形成了世俗化、欲望化、商业化色彩浓厚的创作潮流。这种文学态势的推进和高涨，必然使作家越来越面临知识分子身份认同的危机。这种认同危机的发生固然与消费主义文化冲击以及作家利俗心理有关，但严格来说，批评家也难辞其责。确切地说，批评从业者自身所存在的不同程度的异化，从根本上决定了这个群体在当前情况下已经难以充当干预文学生活、引领审美风尚的角色。

丁帆在谈到当代文学的反智化倾向时说："近十多年来，我们的一些作家已经开始自觉和不自觉地与'知识分子'绝缘了。"尽管不能苛求所有作家都是知识分子，但无疑，优秀的作家必然是知识分子。批评家是否持有知识分子立场，也是衡量其对文艺作品审美判断是否具有公信力的重要指标。而当前的问题，如富里迪在《知识分子都到哪里去了》中所指出的那样，知识分子被体制所规训被市场所左右，知识的专门化与知识分子的专门化导致知识分子的公共性和批判性的丧失。在这种背景下，对作家批评家的知识分子身份的考察、辨析，因为问题的紧迫性而更加具有现实意义。

在这里，“知识分子”概念当然不是就知识之有无或多寡而言的，而是指向一种批判立场，一种对垒姿态，一种人文情怀，抑或如萨义德在评价罗素时所说的“特殊的、个人的声音和风范”。在批评视阈中，这个概念可纳入观照作家与批评家表现的双重视角。每个作家的写作都充满个人性，彰显出丰富多样的艺术特质，然而，必须追问的是，这种个人化写作背后，是否挺立着一个知识分子的身影？真正伟大的传世之作，必然都是知识分子个人性与公共性的强力结合。同理，批评家不能深居故纸堆，不能太局限于专业化的知识领域，沦为马克斯·韦伯所说的“没有灵魂的专门家”；也不能只满足于对作家个人负责，还必须面向公众，并拥有比作家更开阔的人文视野，其思想要走在时代前面，肩负起剖析人性、批判不公和照亮未来的重任。

20世纪90年代流行的欲望化书写也好，新世纪以来泛滥成灾的底层叙事也罢，我们似乎很难见到自鲁迅以来的知识分子传统了。这个时候，谈论鲁迅，重申鲁迅所建立的自我拷问、自我审判的个人化写作范式，及其直面现实的战斗精神，就很有必要。余华、格非、莫言等新世纪创作的某些作品，无疑都怀有对这个时代有所担当的意愿；但问题是，他们缺乏鲁迅式的个体精神的内省深度，缺少大气魄和大情怀，也是显而易见的。更多作家沉迷于社会不公的现象式呈现，或亚里士多德式的同情和悲悯，而对现实之所以如此未能发出有力的追问。同样，批评家似乎很少对此进行追究，而是心仪于在作品与理论之间周旋，热衷于对文学进行学究式的细辨考证。更有甚者，要么为红包站台，要么为交情说话，而唯独批评家的高贵人格不见了。

只要人类存在一天，文学就不会消亡。但不要忘了，文学之所以存在，不仅在于其满足人类的审美需求，更在它参与社会、向公众发言的效力。我以为，文学介入现实的深度，以及批判性和反思力的缺席，是现今文学社会影响力式微的主因。然而，这一切，难道与批评家的失职毫无关系吗？我坚信，作为知识分子的独立、公正、边缘的立场，批判精神与人文情怀，以及拒绝为政治所异化的能力，始终是批评家的立身之本。

后 记

以“不必等候炬火”来命名这个批评文集似乎显得有些突兀。也许有人要问，它与文学批评究竟有何关联？在我看来，这与批评所凸显的价值意义有关。批评就是发现。批评就是创造。因为发现和创造，批评写作就成了一种发光，抑或一种发声。而通常，批评的难度就通过这发光和发声的机制显现出来。鲁迅说：“能做事的做事，能发声的发声。有一分热，发一分光，就令萤火一般，也可以在黑夜里发一点光，不必等候炬火。”批评文体的创造本性决定了批评活动须在炬火出现之前发生。批评者应是暗夜里的光源，是一种特制的发声器。

如果可能，我愿意这本集子充当光源，它的使命在于，照亮那些隐藏在文字背后的密码。收入集子的批评文字乃笔者对最新文学现象、文学态势和文学文本的解读，是批评者直面文学现场的发声，旨在描画新世纪以来中国小说在雅俗互动中发生裂变的叙事图景。其实，所有的批评写作，其价值体现归结到一个词，就是“新”。所谓“新”，首先是信息之“新”，再者是见解之“新”。前者指批评对象，它为批评写作提供全新的材料，后者指文学批评所显示出的新的批评模式、批评视角和批评见地。

这本集子里，无论是“70后”“80后”作家的创作动向，还是神话重述，老年小说，可以说都是新近中国文学的热点现象。这些文字不能说处处都能体现出“新”，但至少是笔者在第一时间感受文学现场基础上的所思所感，忠实于批评主体的直觉。这是面对全国文学发展格局的发言。批评者需要具备敏锐的审美洞察力，以及总览全局的整合能力。这本是一种“大”批评。然而，笔者因学识和视野所限，无力抵达“大”批评的境界。只能说，它与话语霸权无关，也不为商业利益所蛊惑，而是力图以虚构文本为材料，在全国创作格局中构筑起小说审美的主体空间。

在文学创作日益“繁盛”的背景下，文学批评成为一项非常艰苦的劳作。每年发表在各种文学期刊的小说是一个庞大又不可忽略的存在。这是批评者不容回避的现实。这本批评文集中，笔者对每一年文学期刊登载的最新文本的述评，占据了书稿一半以上的篇幅。年度述评是对年度文学最新审美信息的捕捉，必须力求做到客观、准确、全面，为读者了解当年文学现状提供参考。但我知道，这一点很难做到。即便努力阅读了大量文本，而没有相应的理论素养、知识谱系和审美提炼、归纳能力，恐怕也难以获得业内认可。

那为何要啃这块“硬骨头”呢？这件事会耗费掉你大量的光阴呀！常有人这样跟我说。不错。与消遣性阅读相比，这种研究性阅读不但辛苦，而且费时。但本色的批评家，必定是“苦行僧”式的阅读者和思想者。艰苦的阅读是批评写作的必要准备。唯此，批评家的天地才更加宽广，批评才会更加接近事实。

批评写作就是“苦中作乐”。每年金秋时节是我的阅读旺季。我会到单位图书室分批借来当年的文学期刊，疯狂地阅读，不分昼夜，不避地点。在列车上，在飞机上，在地铁上……书香时刻相伴，成为生活的常态。我深信，批评家的良知是建立在丰厚的阅读积累之上的。如果说小说家是基于生活体验去搭建一个虚构的世界，那么，批评家则是通过广泛而艰辛的阅读，就虚构的文本与小说家展开对话。这个过程中，既能入乎其内，又能出乎其外。乐此不疲。

来到绿城南宁不觉已有十年。这真是一个悲喜交加的旅程。很长一段时间里，面对这座地处南国边陲的城市，心中充满焦虑。烦闷潮湿的空气幻成一股异己力量，容易让我产生不适。地铁修筑的漫漫无期，以及它给城市交通造成的乱象，时常压迫着我……但毕竟美好的事物常在。那落地瞬间发出豪迈之声的木棉花，那早春时节怒放的缤纷茶花，还有南国的美食：油茶，卷筒粉、艾粑……最重要的，一些前辈、朋友，还有家人，让我尝试着接受这座陌生的城市。南国一切美好的事情支撑着我的阅读和写作，于是，就有了这个集子。

《不必等候炬火》的出版，首先应当感谢中国现代文学馆提供的客座研究员平台，感谢主持此事的李敬泽、吴义勤、李洱等先生，他们为文集出版付出了心血。同时感谢文学馆宋嵩、郭瑾两位老师以及责任编辑于铁红老师为本书出版付出的辛勤劳动。其次，要感谢硕导高玉先生、博导吴秀明先生在学术道路上的指引和鼓励！最后，感谢阅读本书的每一位朋友！